闇黑之心三部曲
殘月餘暉
IN THE AFTERLIGHT
亞莉珊卓・布拉肯
ALEXANDRA BRACKEN

謹向梅瑞莉、艾蜜莉，以及世界各地為了讓本系列問世而努力不懈的無數夥伴
獻上愛與感激。

年輕時，我們的心熱情如火。

——小奧利弗・溫德爾・霍姆斯（註1）

註1 Oliver Wendell Holmes Jr.，美國詩人老奧利弗・溫德爾・霍姆斯之子，著名法學家，美國最高法院大法官。

序幕

黑色是非色彩的色彩。

黑色是寂靜空蕩的孩童臥室。黑色是夜最深之時——把你困在小床上，讓你被無盡夢魘壓得窒息。黑色是憤怒少年身上的制服。黑色是泥濘，盯著你一次次呼吸的不閉之眼，撕扯天空的通電柵欄發出的低鳴震動。

黑色是道路，被褪色繁星打碎的虛無夜空。

黑色是對準你心臟的嶄新槍管。

黑色是查布的頭髮，連恩的瘀傷，小雀的眼眸。

黑色是明天的希望，因謊言和仇恨而乾枯。

黑色是背叛。

我在破碎的指南針上看到黑色，在麻木悲痛中感覺到黑色。

我試圖逃跑，但黑色就是我的隨行之影。它窮追不捨，吞噬而汙染一切。它是不該被按下的按鈕，不該被打開的門，無法被洗淨的血跡。它是焦灼廢墟，躲藏在森林中的某輛車，濃煙。

烈火。

火花。

黑色是回憶之色。
我們的顏色。
他們只會用這個顏色來訴說我們的故事。

第一章

我離市中心走得越遠，陰影拉得越長。我往西行，朝著把白晝染得火紅的夕陽走去。冬季就是這點最令我討厭——夜晚似乎持續擴張，吞噬午後時光，洛杉磯的煙瘴天空被塗上深沉的紫與灰。

換做一般情況，像這樣輕鬆走過地面街道、返回我們目前的基地，我會因為天色提供的額外掩護而感激。但因為空襲造成的破瓦殘礫、進駐的軍事站和拘留營，加上電磁脈衝破壞的大批廢棄車輛阻塞道路，城市面貌嚴重改變，在廢墟走個半哩就能讓我徹底迷路。城中照明受損，人造光消失，霧光不再，如果我們想在夜間探路，就得依賴遠方軍車傳來的燈光。

我迅速瞥向四周，一手壓住外套口袋，確保手電筒和軍用手槍還在裡頭，這兩樣東西都是由名為「莫拉萊斯二等兵」的女士熱情贊助，只能在緊要關頭動用。我不打算讓任何人注意到我跑過黑夜而逮捕我，我必須返回基地。

一小時前，獨自走下高速公路、結束巡邏的莫拉萊斯二等兵倒楣碰上我。我在日出前就待在高速公路上，躲在一輛翻倒的車後，看著高架道路在人造光海的淹沒下如電流般閃爍。我數算每小時有多少穿著制服的小小身影走過離我最近的區段，他們在卡車和悍馬軍車形成的屏障之間穿梭。雖然肌肉痙攣，但我逼自己別轉移地點。

這個決定非常值得。只要逮住一名士兵，我不但能掠取讓我安全返回基地的必要工具，更能獲取情報，讓我們知道——**終於知道**——到底如何離開這座該死的城市。

我向周遭瞥了兩眼，旋即爬上某間銀行留下的一堆磚塊，我因為手被某種鋸齒物體刮傷而痛得嘶吼。我惱火得踹踢那東西——銀行招牌留下的一個金屬C字——也立刻後悔這麼做。金屬塊的敲擊刮擦聲在建築之間反彈，差點蓋過微弱的人聲和腳步聲。

我連忙躲進銀行廢墟的內部，蹲在最近的一面穩固牆壁後方。

「確認無人！」

「確認無——」

我轉身，看著士兵們沿著街道的另一邊走過。我數算頭盔——十二個——他們分頭查看兩旁辦公室和商店玻璃碎裂的入口。*我該在哪裡找掩護？*我掃視四周，迅速瞥過傾倒而燒焦的家具。我鑽進一張深色木桌底下，外頭人行道傳來的殘礫摩擦聲淹沒我的急促呼吸。

我待在原地，追蹤那些士兵的說話聲，直到他們遠去，我的鼻腔被濃煙、灰燼和汽油嗆得刺痛。我慢慢鑽出桌底，挪向出口，胃袋被焦慮感緊緊揪住。我能看到那支巡邏隊在一段距離外的廢墟之中穿梭，但我無法繼續等下去，幾分鐘也不行。

先前挖掘那名士兵的回憶、拼湊出所需情報時，我感覺彷彿一塊水泥終於從胸口滾落。她讓我看到高速公路的防線缺口，畫面清晰得彷彿遞來一份以粗黑筆跡標記的地圖。在那之後，我只需要在她的腦中消除我的相關回憶。

我知道兒童聯盟的前任特工們會因為我的方法有效而惱怒。他們試過的方法都沒成功，而在這段期間，他們的覓食收穫也越來越少。科爾逼他們讓我一試，但他們開出的條件就是我必須獨自行動——降低其他人被抓的「風險」。我們已經失去兩名特工，他們在城中走動時大意被捕。

降。

我並不大意，但確實開始感到急切。我們必須現在就採取行動，否則軍隊會讓我們餓到投降。

利用環環相扣的高速公路系統，美國陸軍和國民警衛隊在洛杉磯市中心周圍建立起一道臨時屏障，這些蟒蛇般的水泥巨獸在市中心形成緊致迴圈，把我們與外界隔絕。一〇一號公路向西北延伸，十號州際公路往東和西，一一〇號公路往西南。如果當時爬出總部廢墟後就立刻逃離市中心，或許還有些機會，不過……查布常用的那個辭彙：震嚇痴呆症。他說我們之中還有任何人能動已經是奇蹟。

我當時應該那麼做，我應該逼大家逃離，而不是像這樣日漸凋零。我當時應該——要不是我一直想到他的臉被困在黑暗中。我以手背遮眼，強忍嘔吐感和顱中刺痛。想些其他事情，什麼都好。這些頭疼令我痛苦難耐，遠比我以前試圖控制自己的超能力時產生的疼痛強烈。

我不能停步。我逼疲軟的兩腿開始穩穩的小跑，我感覺體力透支得讓咽喉疼痛、眼皮沉重，但是腎上腺素讓我繼續前進，就算我的各個部位似乎即將停止運作。我想不起自己上一次熟睡得逃離周遭的真實夢魘是什麼時候。

柏油鬆脫，路面斑駁，到處都是軍隊尚未清空的一堆堆水泥。我經過一塊塊被遺棄的鮮明色彩，例如一只紅色高跟鞋、一只手提包和一輛單車。有些物體在轟炸時被炸出窗外，被爆炸時的高溫燒焦。毀滅留下的滿目瘡痍令我作嘔。

跑過下一個十字路口時，我瞟向奧利維街，視線被三條街外的潘興廣場發出的光芒吸引。那裡原本是座公園，在城中廢墟仍在悶燒時被匆匆改建成集中營。格雷總統對兒童聯盟和聯邦黨發動襲擊時，此刻被關在那片通電柵欄後方的窮人們當時正在周遭區域工作。據說他那麼做是為了報復，因為兒童聯盟和聯邦黨跟他最近遭遇的行刺未遂有關。我們一直在暗中監視這些集中營，尋找凱特和其他夥伴的下落，發現裡頭的人數隨著越來越多民眾被強制遷入而增加。但是凱特不在其中。如果她和其他在轟炸前就離開總部的特工們沒及時出城，想必他們躲藏得非常隱密，讓我們**找不到**他們——就算我們有緊急聯絡程序。

又一支小型軍事車隊——無線電啪吱聲和輪胎低吼聲讓我知道他們在兩條街外。我吞下惱火的呻吟，躲在一輛休旅車後，直到士兵們從旁經過，他們的軍靴踢起一團灰色粉塵。我站起身，拍掉身上的灰塵，開始奔跑。

我們這些兒童聯盟的成員，或者該說僅存的成員，每隔幾天就會轉移地點，絕對不在同一間倉庫待太久。跑到外頭尋找食物和水或監視集中營時，只要稍微感覺有人可能跟蹤自己而發現我們的藏身處，我們就會立刻移動。沒人能否認這是聰明的舉動，但我開始搞不清楚自己的確切位置。

我進入城中的東半部，加深的死寂氣氛比從潘興廣場附近傳來的機關槍和其他武器的聲響更令我毛骨悚然。我抓緊手電筒，但還是不敢拿出來用，就算我摸黑撞上一面灰泥牆時手肘被擦傷也不敢。我抬頭望天，新月，上帝連月光也不願賜下。

這幾星期來，在我耳邊訴說負面話語的那種焦慮開始在我的胸中形成灼熱利刃——緩緩刺入，割開一切阻礙。我清清喉嚨，試圖排除肺中毒氣。來到下一個路口，我逼自己停步，躲進一臺自動櫃員機的隔板後。

深呼吸，我命令自己，*真正的深呼吸*。我試圖甩掉兩手的顫意，但是沉重感依然存在。

我閉上眼，聽著一架直升機從遠方急速飛過。強硬又誘人的本能直覺催促我右拐進入貝伊街，走到第七街的路口，別留在阿拉米達街。這條路線離我們目前在傑西街和聖達菲街口的基地最近，能讓我盡快向其他人說明細節，訂定計畫，而且**逃走**。

但如果有人正在監視我或跟蹤我，我就能在第七街甩掉對方。我的腳做出決定，把我帶往東邊，朝洛杉磯河前進。

來到差不多兩條街外，我注意到幾抹陰影沿瑪刁街閃過、朝第七街而去。我連忙停下狂奔的步伐，抓住路邊的一座郵筒才沒讓自己摔在路上。

我劇烈吐氣。好險。沒先確認街頭無人就亂跑，這就是下場。我摸摸太陽穴的急促脈動，感覺額頭有某種溫熱而黏稠的液體，但我懶得理。

我壓低身子前進，試圖看清楚那支隊伍前往哪個方向。他們離我們的藏身點非常近；如果我加快腳步，或許能比他們早一步回到基地、警告夥伴們快逃。

但他們突然……停下。

他們走向十字路口一間被砸毀的五金行，穿過破窗，進入店內。聽到他們的笑聲和說話聲，我的心跳放緩，血液在血管中爬行。

他們不是士兵。

我走向五金行，一手撫過牆邊，來到窗前蹲下。

「——在哪找到的？」

「好東西啊，老兄！」

更多笑聲。

「天啊，我沒想到我會這麼高興看到貝果——」

我從窗臺窺視。我們的三名特工，弗格森、蓋茲和森恩，正在俯視一小堆食物。身為前海豹部隊的蓋茲用力撕開一包洋芋片，袋子差點一分為二。

他們有食物。我想不通這一點。他們在這裡吃東西。我難以置信得動彈不得，我得慢慢釐清思緒。

他們沒把食物帶回去給我們。

每次派一小群特工出去尋找食物和情報時，原來他們就是搞這種把戲？特工們總是堅持親自出去尋找物資，我原以為他們是擔心如果超能兒童被抓就會供出我們的藏身點。原來這才是真正的原因？為了霸占戰利品？

我的指尖被冰寒怒氣凍成利爪，斷裂的指甲陷進掌心，刺痛只讓胃中的翻攪加劇。

「老天，這真美味。」森恩開口。她是女中魔獸——身形高大，緊繃粗皮下的肌肉賁張，臉上的表情總是……彷彿她知道所有的屍體都藏在哪，因為都由她親手埋葬。她屈尊向我們這些孩子說話時，只是咆哮叫我們閉嘴。

我在隨之而來的沉默中等候，怒火一秒秒持續攀升。

「我們該回去了。」弗格森站起身。

「他們不會有事的。就算史都華比我們更早回去，雷諾斯也會確保他不會在那裡嘮嘮叨叨。」

「我更擔心的是……」

「那隻水蛭？」蓋茲捧腹大笑。「她會最後一個回去，如果她回得去。」

聽到這番話，我挑起眉頭。**水蛭**，我又多了個新綽號。我被叫過太多難聽字眼，但是剛剛那番話讓我覺得火大的是：他們居然以為我沒辦法安全穿越城中。

「她的價值遠高過其他孩子，」弗格森反駁，「她遲早——」

「沒有所謂的遲早。既然她不聽我們的，就是個累贅。」

累贅。我把拳頭壓在嘴上，吞下膽汁。我知道聯盟如何處理「累贅」，我也知道**我**會如何處理任何試圖對我那麼做的特工。

森恩向後仰，兩手撐在瓷磚地板上。「計畫還是一樣。」

「很好。」蓋茲把吃乾淨的洋芋片袋子揉成一團。「我們帶多少食物回去？我想再來塊貝果……」

一小筒餅乾條，外加一包沒熱狗的熱狗麵包，他們打算拿這些東西餵飽基地裡的十七個孩子，連同留在那裡擔任保母的幾名特工。

他們紛紛起身時，我把身子貼上牆面。他們走出破窗，瞥向十字路口的四周。我握拳站起，開始跟蹤他們，保持適當距離，直到那間倉庫終於進入我的視線。

他們走過最後一條街時，森恩高舉一支打火機，讓屋頂上的特工能看到那團小火。一聲微弱口哨傳來，表示允許對方前進。

我拔腿奔跑，在那女人跟在另外兩人身後爬上逃生梯之前拉近最後一段距離。

「森恩特工！」我的嗓門輕而嚴肅。

那女人轉頭，一手抓住梯子，另一手伸向槍套。我花了幾秒才意識到自己也抓著外套口袋裡的槍，一路尾隨而來時都沒放開。

「什麼事？」她發火道，揮手要蓋茲和弗格森繼續往上爬。

不爽看到我，是吧？

「我必須跟妳說件事……關於……」希望她以為我的嗓門顫抖是出於恐懼，而非即將爆發的怒火。「我不放心把這東西交給科爾。」

這引起她的興趣。她的牙齒在黑夜裡閃閃發光。

「什麼東西？」

這次我綻放微笑。強行入侵時，我不在乎她的心靈是否因此被打碎。我掃過關於小床、訓練、總部和特工的回憶，在那些畫面來不及在我的心靈中固化前將其拋開。我感覺到她抽搐，因我的入侵而顫抖。

我立刻認出我想找的回憶，她的想像力栩栩如生，以出乎我意料的冷血效率安排出所有計畫。這個念頭的一切都帶著不自然的光澤，彷彿加熱的蠟。幾輛車進入畫面，我認出許多臉龐，是在樓上的那些孩子，嘴被布條塞住。沙色軍服，黑色制服，交換。

我上浮時拚命喘氣，無法讓氧氣深入胸腔。我只有植入少許指示，扭曲她的回憶，用另一個假景象來取代過去幾分鐘的片段。我從她身旁推擠而過，爬上梯子，沒等她恢復。

科爾——我的心靈運作得太快，視線因此浮現黑斑。我必須告訴科爾。

而且我必須遠離其他特工，趁我還沒屈服於誘惑、現在就賞她一顆子彈。

因為她不滿足於私藏食物，不滿足於威脅我們——如果不再安靜點、動作不再快點、不拚命**跟上**其他人就要丟下我們。她想徹底除掉我們——把我們的牽繩交給她認為能控制我們的那群人。

而且她想拿我們換取獎金，讓她能發動下一波攻擊。

第二章

來到倉庫二樓，我感覺胸口灼熱，腦袋裝滿黑暗思緒和恐懼。森恩跟著爬上，逃生梯隨之匡啷作響，我只想早點翻窗進入，離她越遠越好。我推開掛在窗邊、用來遮蔽室內光線的黑色戰術外套，把兩腿滑過窗臺，跳進裡頭。

我的視線在一堆堆閃爍的燭光之間來回跳動，無視光明之間的黑暗。每個孩子似乎都縮在房中深處，彷彿為了換取食物而被蓋茲和弗格森逼到角落。

*科爾不在。*我把頭髮往後撥。*該死。*我需要他，我必須向他說明情況，我們必須想辦法。

「人懂得感激，才能走遍天下。」蓋茲的嘲諷彷彿在這個寂靜空間激起厚厚一層灰，孩子們連忙低聲道謝，接著又縮回各自的位置，凝視地板或彼此。我看到我原本不願承認的真相：雖然我們接受這些特工的訓練、跟他們並肩作戰幾個月——幾年……那其實一點也不重要，因為他們現在認為我們只是等著兌現的支票。

我找到我在找的三張臉。薇妲已經結束偵查任務，回到基地，深棕肌膚帶有一條嚴重割傷。查布正在幫她包紮，他身旁是個黑色背包。我咬唇，沒表現出我感到的安心。背包裡是我找回的文件，克蘭西的母親為了找出青春退化症的治療法而製作的圖表和醫學研究，克蘭西曾試圖燒毀。

「老阿嬤，我向上帝發誓，如果你**再這樣囉嗦**——」薇妲嘶吼。

「起碼讓我消毒一下！」我聽到查布回嗆。

連恩靠牆而坐，胳臂枕在彎起的膝上，以眼角看著蓋茲，嚴肅表情從轟炸以來未曾淡去。食物傳到他手上時，他沒拿，只是傳給查布。

*特工們也想把他們交出去。*如果我今晚沒發現那三名特工的對話？我們會就這樣被他們暗算，在幾天內被出賣，我會來不及採取任何行動。我怎麼會以為我能保護他們每個人？在最關鍵的時刻，我連保護**一個**孩子都做不到。*裘德*——

我身後的森恩跟著翻窗而入，撞上我的肩膀，我幾乎沒感覺到。

我知道自己在樓上，但這無所謂——此刻的我在隧道裡，從即將崩塌的破牆之間盲目鑽過。我被遙遠的夢境、視而不見的眼睛和水泥碎裂聲追趕；塵土飛撒而下，萬物隨之窒息。他的雀斑臉龐在我閉起的眼前飄浮，他瞪大雌鹿般的棕眼，看著自己的生命結束。我看到那一切，也無力阻止。沒有任何美好回憶能抹去我想像他經歷的過程，裘德永遠消失於黑暗。

我感覺自己脫離軀體，每條神經爆發，所有器官都在迅速運作。體內壓力持續累積，直到我相信我會被壓扁，想到周遭每個人都會目睹那一幕，我感覺更糟十倍。

我的腰部被隱形之手碰觸，輕得讓我一開始沒感覺到，但那隻穩健的手足以引導我轉身面向門口——甚至在我跨出第一步而膝蓋癱軟時扶住我的身子。

我離開這個彷彿持續縮小的房間，來到外頭，走廊的溫度至少更低個十度。這裡寂靜黑暗，讓我的肌膚不再因為體內怒火而感覺滾燙。我沿走廊走幾步，離開房門的視線範圍，隱形之手輕輕把我放下，調整我的姿勢，讓我的頭貼在彎起的膝蓋上。一雙我熟悉的手脫下我的外套，把我的頭髮從冒汗的頸後撥開。

「妳很平安，親愛的。」連恩的聲音傳來。某種冰涼物體接觸我的頸部，或許是瓶冷水。

「來，深呼吸。」

「我——我做不到。」我急促喘氣。

「妳當然做得到。」他的口吻平靜。

「我必須——」我舉起雙手，試圖抓出卡在咽喉裡的雜亂情緒。連恩牽起我的雙手，貼在他的胸膛上。

「妳現在什麼都不用做，」他輕聲道：「一切都很好。」

一點也不好，你根本不知道事情有多嚴重，但我沒說出口。一陣劇痛穿過我的右太陽穴，隨著時間一秒秒經過而加劇。

這樣觸摸他，我確實覺得好受些。我逼自己的呼吸和他的胸膛起伏同步。冷空氣慢慢解開在我的前額形成的煩亂思緒，壓力減輕，讓我能靠牆坐直。

連恩仍蹲在我面前，藍眼打量我的臉。他自己也稍微吐口氣，眉間皺紋淡去。他從後口袋掏出一塊方巾，拿起水瓶，在上頭倒一些水，開始輕輕擦掉我手上和臉上的血汙和灰塵。「好點沒？」

我點頭，接過水瓶啜飲一口。

「發生什麼事？」他問：「妳還好嗎？」

「我只是……」我說不出口。他和查布花了好幾天安排計畫，讓我們在出城的時機到來時能從其他人身旁溜走。他心中的少許恨意只針對特工。如果我讓他知道真相，他會想辦法讓我們今晚就走，更糟糕的情況是，他很可能因此讓特工知道我們有何發現，他不像科爾那樣善於隱藏情緒，那些特工會像看報紙般看穿他的心思，在他來得及警告其他孩子之前就殺了他。

「我只是有點……不知所措。」

「這種情緒常常出現？」連恩在我面前盤坐。

老天，我也不想討論這些情緒反應，我做不到，就算談話對象是他。因為如果我那麼做，我就得談起裘德，談起那天發生的事，談起我們在天下大亂之前沒時間討論的事情。看來他至少察覺到這點。

「妳離開了一整天，」他說：「害我開始擔心。」

「我花了不少時間才找到能利用的對象，」我說：「我不是去外頭亂跑。」

「我沒說妳是去外頭亂跑，」連恩說：「我只希望妳在出門前跟我說一聲。」

「我不知道我需要這麼做。」

「妳**不需要**這麼做，我不是妳的飼主，我只是擔心又害怕，好嗎？」

我默不作聲。我們現在的關係就像這樣，兩人雖然在一起，卻不像幾個月前那種真正的在一起。我那樣嚴重背叛他後，我不確定我們之間還能回到以前那樣。再加上我發現自己又回到我唯一知道的應付情緒的辦法：跟腦中思緒纏鬥扭打，把它們困在那裡，不讓它們影響其他人。我一塊磚頭一塊磚頭的小心蓋起我們之間這道無形牆壁，就算我抱他、牽他的手或吻他。我知道這麼做很自私，我沒對他徹底坦然卻還這樣對他……但我需要他的陪伴，我需要他伴隨我左右。我需要看到他的臉、聽到他的聲音、知道他平安、知道自己能保護他。只有這麼做，我才能撐過每一天。

但在連恩身旁，我不可能壓抑或封鎖情緒。他喜歡說話，也比誰都感性。這幾天來，他一直試著跟我說起這些話題。裘德的事情不是妳的錯。還有避難所那件事……

「露碧，說真的，到底發生什麼事？」他輕輕抓住我的兩腕。

「抱歉，」我低語。不然我還能說什麼？「我很抱歉，我不是有意這麼……我不是故意對你口氣這麼差。什麼事都沒發生。我應該在出門前跟你說一聲，但我當時很匆忙。」而且我知道你會告訴我外頭太危險，我不想跟你吵架。「但我得到我們需要的情報，我知道如何逃離這裡。」

他打量我，嘴脣抿成一線，似乎對我的答案一點也不滿意，但也樂意換上這個話題。「這表示我們終於可以討論接下來該怎麼做？」

「科爾不會讓我們走。」尤其不會讓你走。

「我們可以去找我爸媽——」

「在外頭開車到處找你媽和哈利，那不是跟其他人待在這裡一樣危險？」我問。「這是我們的戰鬥……這就是我們從頭到尾想要的，記得嗎？科爾跟我約好，我們會把精神集中在幫助其他孩子上——解放改造營。」

至少這是我們在東河營地時的目標。當時連恩帶領我們，安排如何救出復健計畫的其他孩子。或許我是傻子，才會希望那裡發生的事不會影響他的夢。果不其然，他的眼睛移向走廊盡頭那道門，只有我和科爾能進去，某個怪物在裡頭等候。

「科爾現在這樣說，特工們或許會稍微乖一點，」連恩說：「但他們在重拾自己的企圖之前還能等多久？」

我逼自己別皺眉。遠比你預料的快。「這裡已經不是聯盟。」

「沒錯。原本可能更糟。」

「除非我們留下來想辦法阻止那種事發生，」我說：「我們能不能稍微觀察一陣子？看看接下來有什麼變化？如果情況惡化，我們可以離開，我保證。就算不為別的……我必須確認凱特和其他人平安。他們如果還活著，一定正在等我們。樂達公司的研究資料——關於青春退化症的起因——就在她手上那支隨身碟裡，如果我們能憑那些線索找出治療法，不但能幫自己，還能幫助**每個**孩子。」

他搖頭。「我不希望讓妳覺得那麼做是白費力氣，不過如果妳從火裡救回的文件沒有任何有用情報呢？就我們目前對那些文件的理解，就算那些紙張今晚被削成碎片，那對我們的人生還是不會造成任何改變。我不希望我們就這麼……緊抓那些資料不放、祈求那些東西有朝一日能讓我們明白真相。」

客觀來說，我知道他說得沒錯，但他這番話在我心中激起強烈的否認和憤怒，我差點因此推開他，我現在不需要被提醒現實是什麼狀況。我需要的希望是我能從那些燒焦的紙張上看出「落雪計畫」、「青春退化症」和「教授」這些字眼背後的意義。

如果放棄最後這絲希望，這就意味著我當時擊敗克蘭西其實根本不是小小勝利，到頭來獲勝的還是他。他沒被炸死在總部，而且他拚命試圖埋葬的情報將無法提供任何幫助。

我們需要這個希望，**我**需要這個希望。家人的臉龐在我的腦海中綻放，陽光灑在他們身上，這幅突來的畫面突然消失，被另一幅畫面取代：莎曼，二十七號木屋的陰影令她的臉頰顯得空洞，她接著如幽靈般淡去。他們的臉龐化為無盡循環——我拋下的那些人，在瑟蒙德電網後的那些人。

我的指尖陷進大腿皮肉，扭轉布料，直到幾乎將其撕裂。殘酷的事實是，不論我如何對自己否認，我確實缺乏關鍵資料。唯一擁有資料的人，就是克蘭西想辦法不讓我們找到的人：他的母親，莉莉安．格雷。

「我不會放棄，」連恩的口氣強硬。「就算這個辦法行不通，我們也會另外想出辦法。」我的指尖滑過他的臉頰，撫摸粗糙的鬍碴。他嘆氣，但沒爭論。

「我不想吵架，」我輕聲說：「我一點也不想跟你吵架。」

「那我們就別吵。就這麼簡單，親愛的。」他的額頭貼上我的額頭。「但我們必須一起決定這些事情，重要的事，答應我。」

「我保證，」我低語：「但我們要去農莊，非去不可。」

總部成立之前，聯盟的基地是在北加州一座被冠上「農莊」這個可愛代號的地點。農莊的位置受到嚴格保護，這也合理，畢竟它是在緊急情況下所使用的「最後基地」。農莊建立之時，當時的聯盟只有包括科爾在內的資深特工，也只有他們知道農莊的確切地點。

如果凱特成功逃脫，一定會在那裡等我們。我能想像她在一條空蕩走廊來回踱步，彷彿期待我們隨時會走進大門。她不會違反標準程序。她現在一定擔心得要命。某個念頭浮現，將其他正面思緒全數驅逐。*我到時候必須告訴她。*

老天，我怎麼現在才想到？她不會知道——不能知道。*她那麼相信我，她叫我照顧他。*

她不知道裘德已經……

我閉上眼，專心想著連恩正在溫柔撫摸我的脊椎。

「——**怎麼回事**？」森恩的怒吼從房裡衝出，沿走廊飛過，敲擊我們的私人世界。「史都華，你幹過許多蠢事——**多得數不清**——但這一次，這根本——」

「根本是天才？」我能聽到科爾的話中笑意。「妳不用謝我了。」

連恩惱火得瞥我一眼，我已經站起。

「走吧，」我說：「那裡顯然有狀況。」

「好啦好啦。」連恩的一手貼在我的下背，帶我回房。「他哪次沒狀況？」

特工們在窗邊緊緊圍成一圈，科爾被他們擋住身影，我只能看到他頭上的黑色針織帽。我瞥向一旁的孩子們，他們大多站著，試圖看清狀況。

「阿露？」

聽到這個綽號，我挺直背脊，感覺胃底一揪，我轉身面向尼克的聲音。

「嗯？」

「一切……」他看著那群特工。「一切還好嗎？」

「你覺得呢？」我罵道。我的語氣令尼克一愣，這卻更讓我火大。我對他不剩一絲同情。

可悲、膽小又背信棄義的尼克。

意識到城中的電子設備已經被電磁脈衝破壞得無法修復後，綠印者不知道該如何打發時間，而我們的兩名黃印者也無法以自身電力讓電子設備恢復運作。尼克大多的時候都在睡覺，只有偶爾對我和薇妲說幾句。

我原本因為尼克那樣被克蘭西利用而對他感到同情，但我後來意識到一點：要不是因為他打從一開始就讓克蘭西知道落雪計畫以及克蘭西母親的下落——要不是因為他蠢得叫總統之子追蹤我們——我們就根本不會處於這種困境，裘德就會活著，我們就不會被困在洛杉磯這個地獄。

「露碧——」連恩開口，對我的態度表示不認同。我不在乎，我沒義務安撫這小鬼。

查布和薇妲穿越擋在我們之間的特工們，來到我們身旁，我舉起一手要查布別多問，但是他還是質問：「妳還好吧？有沒有受傷？」

「不，老阿嬤，她快死了，她就倒在你的腳邊快失血而死。」薇妲翻白眼。「妳有沒有找到需要的東西？」

「有——」

「請原諒我表現出我對**朋友**的關心，」查布咬牙道，轉身面對她。「我知道這種概念對任何精神病患來說一定很陌生——」

「這位精神病患睡覺的位置離你不到三呎。」薇妲提醒他，嗓音輕盈甜美。

「我們的朋友真是一個比一個親切。」連恩喃喃自語。我的注意力早已不在這場談話上。科爾瞥向我，無聲的挑眉提問，我以點頭答覆。他轉身低頭，看著站在他身旁的某人。

那是個中年女子，橄欖色的肌膚鬆垮又帶有皺紋，而且渾身緊繃。原本想必十分昂貴的深藍裙裝下襬撕裂，髮髻鬆散，因為水泥灰或年齡而發白。她瞪大黑眸，查看周遭的孩子們。

「妳知不知道這是誰？」科爾質問。

「能指認我們、向軍方通報我們位置的死老百姓。」森恩回嗆。

「我是安娜貝爾・克魯斯。」女子開口。雖然穿著斷掉的高跟鞋蹣跚而行，口氣卻意外的充滿尊嚴。

「老天，你們這些頭腦簡單、四肢發達的傢伙，」看到他們回以茫然眼神，科爾解釋：「加州參議員之一？聯邦黨的國際事務代表？她負責跟國外建立關係，取得可能的支持。」

森恩對此並不顯得讚賞，她轉頭看科爾，雙手扠腰。「你有沒有花點時間確認她的身分？如果她是聯邦黨的人，現在應該在拘留營吧？」

「這點我能解釋，」克魯斯參議員的目光閃爍。「空襲發生時，我正在我們的總部外頭和『強訊社』的人會面。」

「那個地下新聞組織？」蓋茲問。

連恩轉頭看我，一臉納悶，我盡量簡明扼要的低聲解釋。強訊社大概在兩、三年前成立，就我所知，那個組織的成員大多是記者和編輯，因為報導暴動和示威之類的危險話題而被格雷列入黑名單，結果被迫躲藏。

連恩張嘴，眼神散發某種光芒。

「沒錯——」科爾看著其他特工。「我知道這表示她有點沒常識，不過呢——」

「你說什麼？」參議員交叉雙臂。

「他的意思是，強訊社在『確保報導真實性』這方面名聲不佳。他們東挖西撿的弄到一些名聲後被格雷封鎖。」森恩再次打量這名女子。「他們現在的活動範圍只有網路或是還沒被封鎖的社會媒體網站，或是發些簡短聳動的小冊子。他們造成的影響太小，基本上沒啥屁用。」

科爾和森恩顯然都同意這一點。

「那名男記者和她一起被困在城中，」科爾告訴大家。「我當時在外頭進行例行巡邏，聽到軍隊攻進附近的一棟建築，他們在找的是那名記者，不是參議員。記者被當場射殺，而參議員如果沒有及時表明身分，恐怕也會淪落同樣下場。」

「所以你衝進去英雄救美。」森恩翻白眼。我對這女人的恨意開始壓過理智，我感覺自己往前走一步。「你這麼做只是讓我們又多了一張等吃飯的嘴。」

「說到這點——」科爾脫下塞滿東西的背包，丟向一名綠印女孩。「我發現一間果汁店，冰箱裡還有些狀況不錯的蔬果。雖然不多，但好過我們最近吃的垃圾。」

那女孩的反應彷彿科爾獻上親手製作的糖霜生日蛋糕。查布已經衝上前，拉開背包拉鍊，動作迅速得彷彿瞬間移動。其他人立刻跟進，向科爾道謝，試圖傳遞一顆蘋果給他。

「我不用了，但是謝謝你們的好意。」他轉身看森恩，依然面帶微笑，在她的蔑視下反而更顯燦爛。但我能在他的鎮定中看到某種威脅，例如他把頭歪向右方的模樣，彷彿一支火柴等著跟稍微更粗糙的物體摩擦。

「我有點意外，森恩，我還以為妳一定會因為這種大人物加入我們的團隊而欣喜若狂。等我們離開這裡，她就能讓全世界知道我們做出什麼樣的努力。」他的口氣輕鬆。「我們就能開創新局面，不是嗎？」

嗯，是啊，不過森恩沒興趣讓我們跟世界有所聯繫，她只想讓我們被火包圍。儘管如此，他顯然話中有話——某種挑戰。隨著這場談話持續下去，其他特工越是顯得扭捏不安、面面相覷。幾個腦袋靈活的綠印者顯然看出這場談話的玄機，其他孩子似乎滿足於把這種緊繃氣氛歸咎於日子難過。

科爾知道真相。我在內心深處意識到怎麼回事。科爾未必知道所有細節，但想必猜到其他特工沒打算履行「解放改造營」的承諾。他在誘她上鉤，讓她在孩子面前自白。

「我會很樂意跟你們討論我的構想，」克魯斯參議員說：「只要我們有辦法出城？」

每個人的注意力都移向我。「沒錯——其實情況正如我們所料，他們沒有足夠人力巡邏所有街道和高速公路，夜間有幾段屏障其實只剩空車和泛光燈。」

我走向牆面的洛杉磯駕車地圖，這是我們從附近的一輛車內取得。我指出我在那名女士兵的心靈中看到的三個地點，陰影般的畫面開始侵入我的內心角落，但我的嗓門依然穩定，我也為此感到驕傲。超能士兵、以紅線繡上的超能標誌、塑膠繩、嘴套、錢、槍械。我無法看著任何一名特工，因為我知道他們究竟有何目的、他們在我救大家出城之後打算如何回報我，我心中的某個黑暗之聲對我呢喃：妳應該說謊。我應該保留幾個關鍵細節，讓危險跟他們擦身而過，在他們身上留下瘀痕。

「拿去，」科爾遞來一支筆。「把地點標出來。」

蓋茲嘴裡念念有詞，我轉身面向他，交叉雙臂，直視他的眼睛。他連忙轉頭，用袖子擦拭口鼻，掩飾尷尬。科爾以穩健的一手放在我的頭上，從我身後查看我畫下的標記，但是這個動作對我的自信心造成的強化效果，還不如我在蓋茲臉上發現的一絲恐懼。

「我相信還有更多地點，」我說：「但我只有發現這幾個。」

科爾環視四周，默默數算每支隊伍能容納多少成員才能配合三個逃脫口。孩童有十七名，而當初來解放總部的特工已經少了二十人，現在只剩二十四人，其中五人死於空襲，剩下的早已四散。分成八組，每組差不多四人。做得到。

「動作必須迅速，而且時機分秒不差。」森恩說：「沒被電磁脈衝破壞的區域恐怕遠在幾百哩外，畢竟我們都得徒步。」

「他們有在我看到的地圖上標出。」我再拔掉筆套，圈出那片範圍——西至比佛利山莊，東至蒙特利公園市，北至格蘭岱爾市，南至康普頓市。不算很廣，至少比我預料的小很多。

「我們今晚分配隊伍，然後在幾小時後出發，大概凌晨三、四點？」

「我們必須詳加討論策略，」蓋茲抗議：「還有收集物資。」

「不，我們必須做的是離開這座鬼城，」科爾說：「不容拖延。其他夥伴正在農莊等候。」

我抓住他的手腕，瞟向門口。

他微微點個頭，再把注意力移回現場。「你們每個人都得立刻去睡覺，因為我們在幾小時後就出發。沒錯，叫得好，布萊爾。」他轉頭看向一名發出驚呼的綠印小女孩。「我就是想聽到這種興奮的反應！我們很快就能換個新環境。」

「你不能不聽我們的意見就擅作主張，」森恩插嘴。「你沒資格做決定。」

「妳猜怎麼著？」科爾說：「我認為我已經做出決定。還有誰有意見？」

一片沉默。孩子們搖頭，特工們一臉嚴肅緊繃，但是沒人說話。

「拘留營那些人怎麼辦？」克魯斯參議員上前查看地圖。「讓他們自求多福？我寧可留下想辦——」

「然後害妳自己被抓受審？」科爾打斷她的話。「妳說妳原本正在跟國外領袖進行重要談判，妳明知道讓那場談判順利完成就能幫助**每個人**，又何必讓談判繼續拖延下去？除非妳是在說謊？」

「我沒說謊，」她反駁，黑眸閃爍。「可是拘留營那些人是我的朋友和同事，我們為了改善這個國家而冒生命危險。」

「民眾會知道這裡發生什麼事，」科爾做出承諾。「拘留營那些人不會被拋下太久。我會確保這點，妳也會提供協助。」

接下來的話題移向策略面，例如如何正確分組，還有選擇哪些地面路線往北走。

「大家都準備好了？」科爾慢慢走向門口時問孩子們。他的視線移向我，接著道：「大家都有足夠的東西吃？」

孩子們異口同聲的回答「有！」當然了，他們在說謊，不知道他們是不是認為真相會讓他失望，或是他會因此出去找食物。就算拿掉科爾能靠魅力說服一隻貓交出毛皮的這種能力，他還是能贏得他們的心，因為他表現得在乎他們的狀況。

「我還是想加入『瘋狂八點』撲克牌錦標賽，」他指向一名經過的綠印少年。「我要奪下冠軍寶座，夏恩，你得小心點。」

對方嗤之以鼻。「繼續試吧，老頭，讓我們看看你能不能跟上。」

科爾做個心臟中槍的動作。「這堆小屁孩！我該教教你們什麼叫做獲勝——」

「我們把你那種獲勝稱做**作弊**。」連恩的聲音傳來。他和查布跟薇妲站在窗邊，正在跟尼克和另一名綠印者輕聲談話。我的視線從他們的背脊移向他們的手腳。那東西呢？

「難怪他老是輸。」科爾朝其他人眨個眼。

特工們聚在地圖附近，我猜是為了打自己的小算盤。不管克魯斯參議員試圖對他們說什麼，他們充耳不聞。

背包呢？我繞過擋路的孩子們，搜索地面——發現背包在弗格森的肩上。我的體溫上升五度。這讓我清楚知道如果我想親手弄到治療法的研究資料，我就必須逼迫他們——我必須強迫他們每個人配合。

科爾來到通往走廊的門前，歪起頭，我多等一分鐘才跟上他。特工們就算有注意到我們倆的動靜，也顯然不在乎，畢竟我已經提供了能讓他們執行各自計畫的所有情報，不是嗎？

走廊的溫度還是比房間低十度。我離開門口傳來的微光後，只能勉強看到前方的兩隻腳。這有那麼一刻，我真希望我有抓起偷來的手電筒，但接下來的談話似乎正適合在陰影中進行。這棟建築只剩水泥和五顏六色的管線，彷彿墓穴——連室內空氣也感覺混濁。

我在心中數算到一百步，我以為自己即將來到走廊盡頭，這時一隻手從黑影伸來，把我抓進一個狹窄空間——儲物櫃？門在我身後喀一聲關上時，我的心跳還沒平定。

「所以，寶石妹……」科爾開口：「今晚很忙吧？」

這兩星期來，我勉強維持自制的唯一方法是強壓即將浮上腦海的每一個恐怖衝動，但我現在已經崩潰得隨時可能爆發，我只希望那一刻還沒到，而且不是以哭泣的形式呈現。我完全說不出話。

「寶石妹——老天。」科爾按住我的肩膀，安撫我的同時彈個響指，一團火從指尖竄出，讓這個小空間充滿光明。

「我回來的時候……」我勉強開口：「聽到森恩和其他人……他們不想——我們不會去農莊。我侵入她的心靈，發現……他們打算——他們打算——」

「從頭說起，」科爾說：「慢慢來。妳聽到那些特工說了什麼，妳看到什麼，全告訴我。」

我一五一十說出：他們打算每輛車帶上一、兩個孩童，等我們出城一、兩小時後才控制住每個孩子，他們要用血肉換血錢，他們打算買槍械炸藥——他們要去找格雷算帳，他們認為格雷應該蠢得躲在某個地方：重建的華盛頓特區。

科爾的臉上一片空白，這是連恩永遠不可能做到的程度。要不是看到他的手抽搐，我不會知道他怒火中燒，直到他開口。許久一刻，他沉默不語。我感覺汗水沿臉龐滑下，有那麼一秒，我想開門讓冷空氣進來。

他終於開口：「我來處理。」

「**我們**一起處理。但你必須做出決定，」我告訴他。「現在就決定。你不能繼續像這樣兩面討好，你必須決定你站在我們還是他們那邊。」

「我當然站在你們這邊，」他的口氣尖銳，因為我彷彿話中有話而顯得惱怒。「妳知道我——這也影響我。這裡被轟炸之前，我曾經跟妳保證過，不是嗎？妳把我當成騙子？」

「不，我只是——」我深吸一口氣。「因為你不讓他們知道你的真實能力，甚至包括**連恩**。你從那晚之後就沒再看過治療法的研究資料。」

「噢，哎呀，該不會是因為我不想讓他們發現我想消除掉**自己**的神奇怪力？」為了加強語氣，他熄滅指尖火焰再重新點燃。「只要我表現得對任何東西感興趣，其他特工一定會懷疑**為什麼**，不然就是因為我想要所以他們更想要。這種遊戲我已經被迫玩了好幾年。」

「這**不是**遊戲，完全不是。」我說：「他們現在拒絕歸還研究資料。」

「我知道這點，我也做了防備，她們的名字是布萊爾和莎菈。」兩個女綠印者，擁有照相式記憶。「你讓她們記下資料內容？」

「我試過她們的能力，我叫她們憑印象複製圖表，結果絲毫不差。我認為我們應該讓那些特工留著背包——他們會因此更相信我們的說詞。」我維持背脊挺直，看向他身後，這樣我就不用同時聆聽他的南方口音還看著他的微笑，史都華家族特有的魅力之擊。「我有個主意，但我總覺得妳不會喜歡。」

「你這種開場方式還真妙。」

「我是說真的，寶石妹，除了妳我之外不能有第三人知道這件事，明白嗎？只要洩漏出去就不會成功。答應我。只有這樣，我們才能在他們除掉我們之前先擺脫他們。」

科爾伸手，我猶豫片刻後回握。我多握幾秒，感覺到他體內之火讓周遭空氣加溫。

克蘭西跟我說過，超能者之中必定有自然形成的階級——能力最強之人應該負責領導，純粹因為沒有更強的人能質疑他們。現在，握著科爾的手，我發現這是事實，但出於不同理由。我們看出自身天賦的所有善惡面，民眾害怕我們，痛恨我們，我們也害怕又痛恨自己。我和科爾都不想擁有這種能力，我們永遠不想多保留這種力量一秒，也不可能加以濫用。從基本層面來看，擁有最強能力的超能者們必須排在最前面，就算只是因為我們最有能力保護其他超能者。

我捏捏他的手，他的臉上閃過安心和感謝，接著又回到平常那副痞樣。

「所以接下來該怎麼做？」我問：「我們沒有受過訓練的戰鬥人員，要如何達成任何目的？我們要去哪？」

「**我們**去農莊，」科爾說：「**他們**跟剩下的特工去位於堪薩斯的總部。他們終於可以擺脫我們，但得不到那座農莊，那地方屬於**我們**。」

「你要怎麼做？」

「寶石妹，更好的疑問是妳必須花多少時間才能讓他們相信那座農莊其實……嗯，又破又爛……啥用處都沒有……又無法防禦？」

我明白他的意思。「你要我心控他們。可是他們有十幾人——」

「而妳在我們出發前還剩三小時，」科爾熄掉指尖小火。「我建議妳把握時間。」

第三章

在出發前的混亂過程中，每個人都有不同的任務，有些去接替負責警戒的人員，有些打包我們蒐集的裝備，而其他人，包括連恩和查布，則把最後一批食物分配給各個隊伍。我如突來微風般在特工之間遊走，輕輕擦過他們的心靈。我和科爾決定心控的順序，好讓他們的計畫改變更顯合理，這表示我必須從森恩特工開始。

我背靠背的站在她身後，她正在研究地圖、修改車輛分配名單。一旦開啟過她的心靈，第二次入侵就輕鬆得彷彿把鑰匙插入塗油的鎖孔。

在其他特工身上，我開始感覺自己的動作越來越慢，我被逼著推開一幅幅以暴力、訓練和夢境組成的畫面。我跟這些人相處了半年，卻花不到兩小時才終於明白他們的恨意——對格雷、我們，還有任何擋路的人事物。他們各自的往日悲痛形成一道將彼此吸入的黑洞。心控結束後，我覺得自己彷彿一塊熬過山崩的岩石，鎮定得足以穿過走廊的三道門，面對克蘭西・格雷。

我輕踹他的側身，力道有點過強。「醒來。」

我把手電筒對準他的臉，他呻吟幾聲，睡眼朦朧。「如果這場閒聊的話題跟鬆開我的手、給我鏡子、史都華兄弟慘死或是給我乾淨的衣服無關，那我不感興趣。」

我用腳跟勾轉他的胳臂，逼他翻身仰躺。他以帶有黑垢的眼睛瞪我，他在逃離總部時在下水道沾染的噁心黑垢已經褪色成乾燥灰泥，只要他稍微挑眉就會剝落。

「沒吃的？」他悶哼一聲。「『剝奪物資』這種酷刑還真……直接。」

「沒人折磨你。」我翻白眼，起碼我們給他的待遇不同於一般酷刑的定義。我們不讓克蘭西跟別人接觸，這在某方面來說也算關禁閉，我沒想到他會因此心煩意亂。我猜他惱火的真正原因是因為他完全無法取得情報，只能隔牆勉強聽到幾個字，這才是適合克蘭西．格雷的地獄——還有在尷尬部位黏貼皮膚的髒衣服。

我把運動褲和T恤甩到他臉上。「我現在會割斷你手腳的繩子，再給你抹布和水桶擦身，然後你得乖乖跟我來，照我說的做。」

我用科爾提供的小刀割斷他腳踝處的塑膠繩，無視那處皮膚的凹痕。

「怎麼回事？」他坐起身。「妳幹麼這麼做？」

「我們要轉移地點。」

「去哪？」克蘭西揉揉恢復自由的手腕。「我聽說幾條街外有間肉食冷凍庫，跟這裡相比應該算是個改善。」

他脫下髒衣時，我轉過身，把抹布往他的方向丟。我凝視地板，聽著他擦身。

「當然了，要求溫水的話就太過分了，」他發牢騷。「連個毛毯都不給——」

他停止動作。聽到抹布掉到瓷磚地板的聲音，我轉頭一瞥，把視線維持在他的裸肩上方。他朝我瞇眼，顯然在思索。「到底怎麼回事？」

「轉移地點。」我重複，強壓我對他的藐視。我不會給他情報，我什麼都不會給他，他連現有的這種待遇都不配。我沉默的同時，感覺腦中傳來刺麻感，他的心靈若無其事的試圖撞上我的心靈，彷彿敲門請求進入。我把他排拒在外，想像一扇門甩在他的臉上，這股力量讓他痛得皺眉。

「妳想拿我做交易——把我交出去，」他的口氣緊繃。「所以妳要我整理儀容。」

要不是他的猜測跟那些特工對我們的企圖如此接近，我會拿這種可能性來折磨他。雖然如此，我還是不忍心做這種事。「那豈不讓你稱心如意？讓幾個超能士兵聽命於你，安排逃脫……」

「哇，原來妳**確實**能說出三個字以上的句子。」克蘭西套上乾淨衣服，再慢慢穿上運動褲。他比我印象中蒼白，現在跟我們一樣削瘦憔悴。「妳怎麼有辦法氣到現在？別跟我說是因為那個蠢小鬼。」

我不記得拳頭擊中他的下顎之後發生什麼事，只知道我回過神時，某人抱住我的腰，我還在踢打掙扎。

「喂——**喂**！冷靜下來！」科爾放開我，把我推離他和克蘭西。「妳沒這麼笨，理智點！」

我把拳頭壓在心口上，拚命喘氣。科爾扶克蘭西站起時，克蘭西還高舉兩臂保護頭部。科爾把他的雙手往後拽，用一條新的塑膠繩反綁，再用一塊舊枕頭套充當頭套，在尾端打結，確保牢固。

科爾沒說一字，而是把我拖出門外，臉部皺紋因怒火而加深。「我需要妳集中精神。」他嘶吼：「我們等會兒要開上幾小時的車，他會一直跟我們待在一起。如果他耍什麼把戲，必須由妳鎮壓。」

我瞪著克蘭西，看著他的頭朝我們的方向轉來。誰知道他現在是不是就在科爾身上「耍什麼把戲」？他多次在更惡劣的環境下操控過更多人，這裡對他來說不過小菜一碟。我原本認定只要隔離他就足以保護其他人，如果我的判斷錯誤？

「所以我們要去兜風？」他喊道。

我在科爾的臉上尋找克蘭西的影響力，壓抑在心中浮現的恐懼。科爾的眼神銳利而非茫然，神情也不恍惚。事實上，他居然在竊笑。

「沒有讓他失去意識的方法嗎？」我咕噥。那會比較安全，對我們每個人來說。

「只能靠蠻力，但那麼做可能給他造成腦部損傷。」他提高嗓門補充道：「他會待在後車廂裡，五花大綁，楚楚可憐，我就喜歡他那種模樣。」

克蘭西立刻朝我們轉頭。要不是我熟悉他的個性，我還以為他的口氣聽來有些急切。

「噢，你們完全沒必要那麼做……」

「你不能坐後座，」科爾說：「那太危險了。如果你被誰發現或是試圖逃跑？」

克蘭西嗤之以鼻：「而且丟掉讓我能破壞落雪計畫的機會？」

科爾瞥向我，露齒而笑。這就是讓綠印者過目那些文件的額外獎勵——克蘭西根本不知道我們已經「備份」那些資料。

「啊，這聽來確實合理，不是嗎，寶石妹？」

我把科爾推進走廊，把門在身後關上。「或許帶他一起走**確實**是個壞主意。如果他在農莊脫離我們的掌控，那很可能毀掉一切。」我握起垂於腰側的拳頭，試圖壓抑作嘔感，想起我以前蠢得以為自己能控制克蘭西。

有些人來到這個世界上卻未曾抬頭看過周遭的生命——因為他們太專注於**自己**想要什麼、**自己**需要什麼。對他們來說，其他人的死活都不重要。他們拔除了人類的同情心、憐憫和罪惡感，有些人是以怪物的本質來到這個世界上。我現在明白這點。

「嘿，」科爾壓低嗓門。「妳以為我不想當場掐死那傢伙？」

「他能偽裝出來的面貌比兩顆骰子加起來還多，」我警告：「如果某件事無法讓他直接獲得好處，他就不會配合。如果讓他感覺自己受到威脅——」

「他不是妳的對手，寶石妹。」

「我只希望這是事實。」我搖頭。

「我們先專心考慮以下問題：如果我們把他帶去一個讓他會想跟我們合作的環境，他能提供哪些好處，」科爾說：「例如情報、他父親的思考模式，甚至他的交易價值。」

「他太難以捉摸。」就算我們把他交給他父親，他還是可能逃跑、製造更多混亂。帶他一起走是不是比較好的做法？就算只是為了方便監視他？

「妳老是忘了一點：到頭來，我們和他的目的其實一致，」科爾顯然很想翻白眼。「我們都希望他老子下臺。」

「不，」我回頭瞥向跪在地上的那個身影。「他想毀了他父親，下臺和毀滅不一樣。真正的問題是，等他想出辦法毀掉他父親時，你是否願意面對那種後果。」

* * *

我現在才意識到既然克蘭西的雙手被綁，就表示有人必須餵他進食。他朝我怒瞪吐口水，就像被剪掉爪子的憤怒小貓。我不禁渾身起雞皮疙瘩。這對任何人來說都是極不愉快的體驗。

連恩在另一個房間裡拍拍身旁的地板，以同情眼神和一袋洋芋片迎接我的回歸。因為睡意濃厚，這裡的人們大多顯得精神不濟，剩下的則焦慮得來回踱步。外頭的風勢增強，鞭打倉庫牆壁和穿過屋頂裂縫時發出呼嘯，給這個清晨帶來貼切的陰森氣氛。

「那麼，我迅速說明，」科爾開口：「我們會分成幾隊，通過三個逃脫點。如果你們分配到的地點以任何方式受到影響，例如那裡有士兵，或是周遭有誰看來鬼鬼祟祟，就前往下一個最近的逃脫點。」

在他的一旁，森恩打量坐在地上的孩子們，顯得有些沾沾自喜。我自己也差點笑出來，感受到心控帶來的少許興奮。終於能說再見。

「編隊結束後，」科爾接著道：「大夥比對地圖，確認各自的車輛位置以及在旁邊註明的路線。A隊是我、露碧、連恩、薇妲、尼克、我們的貴賓，還有那個誰——穿阿宅襯衫的那位。」

連恩惱火得兩手一甩。

查布只是聳個肩：「『阿宅』總比『老阿嬤』好聽。順道一提，我的名字是查布。」

「我不要尼克。」我插嘴。那小子只要碰到克蘭西就會被迷得神魂顛倒，如果他再惹事，我恐怕一定會讓他付出代價。

我看到尼克消失於我的視線，躲到人群後方。連恩抓緊我的手，但我拒絕抬頭，因為我知道他一定顯得失望。他不懂。

「好吧，」科爾說：「尼克，你去D隊。」

「貴賓是指我嗎？」克魯斯參議員開口時，我才意識到她在場。

「妳是C隊，A隊的貴賓是比較不受歡迎的那位。」

想必他已經向她說明克蘭西的存在，因為她只是輕輕說一聲：「噢，知道了。」

他接著詳細說明每支隊伍將以哪條路線前往北方。所有路線都必須走地面街道，這會增加所需的時間和汽油，但也讓路程更安全。他說完後，現場沉默片刻，彷彿每個人都需要一點時間消化他的指示。

科爾指向我。「把他抓來。」

「各自編隊完畢後，」我離開房間的同時，他繼續說道：「就立刻離開這裡。祝大家好運，也希望你們照顧彼此。咱們在北方見。」

我來到囚禁室時，克蘭西勉強站起，雙手依然被反綁，腦袋依然被套住。「我們**現在**出發？現在幾點？」

我暫時拿掉他的頭套。「只要我發現你似乎對誰施展心控——」

「我就死定了。老天，妳跟我小時候的奶媽一樣囉嗦，妳想提出什麼警告我**都知道**。」克蘭西發火道，轉過身，用綁起的雙手輕輕推我。「雙手被綁跟戴上頭套一樣令人起疑。如果發生什麼狀況，我可能需要用到手——」

「什麼狀況都不會發生，」我勾住他的胳臂，把他拖進走廊，返回房間時避開跑向各個出口的隊伍。

「準備好了嗎？」我把克蘭西拉進房間時，科爾朝我呼喊。安娜貝爾·克魯斯還站在那裡，由負責保護她的兩名特工包夾。看到克蘭西，她整個人僵住。他一臉竊笑，把她從頭到腳打量一番。

「**夠了**，」我警告：「離她遠一點，否則我就把你丟出窗外。」

「我很樂意代勞。」連恩開口，回頭瞥向森恩，再朝我投以納悶的眼神，因為那女人正在調整裝有研究資料的背包。

我把手放在連恩的胳臂上，要他別擔心。我接著轉身揪住克蘭西的肩膀，在他把一腿跨過窗臺時穩住他的身子，他的鞋子被某個東西卡住，結果整個人摔倒，脫離我的掌握，面朝下的摔在逃生露臺上。

「看來你們不打算在這個過程中讓我保有尊嚴。」他咬牙站起，笨拙的以被綁起的雙手試圖整理衣衫。

我從梯子頂端探出上半身，查看科爾的進展。他已經抵達地面，正在持槍觀察周遭窗戶，我多次在連恩臉上看到同樣的專注眼神。風扯動他的頭髮，外套在周身飄動。風把我向前吹動一步。

「以史都華兄弟來說，那位大哥應該是比較好的選擇，英俊瀟灑，充滿壞男人的魅力，比較像是妳會喜歡的類型。」克蘭西順著我的視線看去，發表分析。

他顯然**根本**不知道我喜歡哪種類型。

我沒讓自己回頭查看薇妲、查布和連恩，直到我和克蘭西也來到地面，背靠牆面。

「有狀況嗎？」我問科爾。

他搖頭。「一切正常。」

我們朝東走過一條街，再沿洛杉磯河畔的鐵軌前進。我們的逃脫點大約在北面的十三條街外——黑暗死寂又令人緊繃的十三條街。我回頭看時，感覺一陣寒意沿脊椎爬過，但周遭漆黑得讓我看不見跟在後方的孩子們。科爾已經警告他們先等十分鐘再跟我們穿越逃脫點，如此一來，如果前方發生什麼狀況，他們就能及時撤退。

這種做法對他們真體貼。

我直視前方，牢牢揪住克蘭西的胳臂。在我的接觸下，他的皮膚溫熱得令我難以忍受。沒有陽光燒毀凍骨晨風，城中因此十分寒冷，但他似乎完全不受影響，彷彿沒有任何人事物能影響他。

科爾突然舉手，用力吸一口氣，要大家停下。克蘭西好奇的從我身後窺視前方狀況。

「啊，」他後退。「祝你們順利處理這個問題。」

我們順著路線來到一〇一號公路底下，這條高速公路形成跨越洛杉磯河和鄰近鐵路的高架橋。在那名女士兵的記憶中，我看到軍隊用翻倒的貨運列車阻斷橋下鐵軌，而且以泛光燈照射。高速公路上有兩輛悍馬軍車和更多照明設備，光芒朝我們的方向射來。我們謹慎而安靜的上前時，我看到他們。我一開始沒看出問題所在，直到三條黑暗身影在高速公路的路肩步道出現。他們舉起手臂，顯然正在拿望遠鏡觀察。

科爾趴在鐵軌上。我抓克蘭西一起趴下。查布開口問「怎麼──？」但某人──薇妲──摀住他的嘴。

*該死該死該死該死。*恐懼在我的心中波動。我怎麼會犯這種大錯？

雖然天色依然昏暗，但我們已經進入泛光燈的照射邊緣。科爾低聲咒罵，轉身以手勢要大家退後。薇妲拔槍，揪著查布的衣領慢慢往後爬。

風吹動我的外套背部，肌膚的裸露處因此接觸寒風。在我們的左手邊，形似錫箔的車廂鐵皮正在顫抖，彷彿即將炸開。*慢慢來，*我對自己指示。*別驚慌，慢慢來。*任何突然的動作或巨響只會引起士兵的注意──

聽來彷彿骨折的一聲**喀嚓**傳來，一道牆壁的鐵皮被風吹起，朝我們直飛而來。我連忙壓低身子，以另一手保護頭部，我已經在思考那片鐵皮撞上鐵軌、發出巨響之前我們有多少時間起身奔跑。

但是心跳強烈的跳了一下……兩下……三下之後，除了風聲和我自己的急促呼吸外，周遭一片寂靜。我抬頭，看到科爾的表情從震驚轉為安心，我轉身查看原因。

連恩朝那片巨型鐵皮的方向伸出一手，鐵皮停在第一次撞擊地面的位置，依然對準我們。生鏽的金屬豎起，如緊繃的肌肉般顫抖，但整體來說沒動。連恩因集中精神而一臉冰冷，我看過他用超能力舉起或拋甩更沉重的物體，但是寒風的勁道加上對我們身體造成的影響，正在對抗他的控制。

查布挪動身子想幫忙，但是連恩低聲道：「我搞得定。」

科爾對我彈個響指，再指向高速公路。那三名士兵開始移動，對準我們的泛光燈熄滅，這時另一輛軍用卡車到來，在那兩輛悍馬旁停下。我花了幾秒才明白狀況。

那三名士兵是來這裡替換車輛和燈光，不是為了巡邏或偵查。

其中一輛悍馬發動引擎，在空蕩的車道上大幅迴轉，朝西面急駛而去。我盯著那對持續縮小的尾燈，再瞇眼看向泛光燈，沒動靜，他們離開了。

科爾做出相同判斷。他緩緩跪起，接著站起，揮手要我們照做。連恩發出最後一聲呻吟，以超能力將鐵皮從我們上方拋過，丟向洛杉磯河的水泥河床。他讓哥哥拉他起身，但接著推開對方。

「以體育零分的人來說，剛剛那種反應力倒是令人刮目相看。」

「你這番話的意思想必是我聽不懂的**謝謝你**。」連恩轉頭看向前方，繃緊下顎。「我們能不能繼續前進，別浪費時間囉嗦？」

科爾凝視他幾秒，表情莫測。「行，咱們走。」

＊　＊　＊

徒步來到格蘭岱爾市時，太陽已經升起，灑下光明。這片區域雖然位於軍方封鎖線之外，但因為離重災區太近，當地居民已經撤離，無論是因為官方命令或出於驚慌。周遭沒一個人影，科爾已經探過附近的路，但我總覺得無法放鬆，彷彿某種不尋常的刺痲感爬過肌膚。我一直抬頭觀察每個角落、屋頂，甚至洛杉磯廢墟的天際線，尋找那種感覺的源頭，原本如雷雲般的不安情緒變得越來越尖銳，我擔心那種感覺要等到天空落下千刀萬箭時才會徹底現形。

飛塵和煤灰已經被幾天前的雨水沖入水坑。我搖頭，這一切就是讓人覺得……怪。建築物表面不是來自市區的黑煙或轟炸造成的傷口，而是一層淡灰。我跨過一塊標示出停車位的水泥塊，朝這棟建築瞇眼——是一間上鎖的雜貨店。

「那裡——」科爾指向小型購物中心的後方某處，是片停車場，高聳的街燈閃爍光芒。

「感謝上帝。」我們跨越兩片停車場時，查布開口，抬頭凝視燈光，彷彿以前從沒看過這種東西。

連恩走向最近的一輛深藍色轎車，從肩上的黑色背包抽出一支彎曲的鐵絲衣架，撬開門鎖，迅速得讓科爾根本沒發現，直到他在駕駛座彎腰，從儀表板底下拔出兩根電線，試圖用電線短路的方式發動引擎。

「怎麼？」查布呼喊。「這次不選廂型車？」

「等等等等等等——」引擎終於發動時，科爾連忙上前抓出連恩，以某種方式讓引擎熄火。「老天，到底是誰教你這種伎倆？」

「你認為呢？」連恩咆哮，掙脫科爾的手。

「哈利？」科爾難以置信得發笑。「教啥都不懂的小鬼偷車，這麼做會被上帝拔掉光環吧？」

連恩的眼神銳利得能刮下那輛車的烤漆。「說完沒有？」

「沒，我才剛開始——」我意識到科爾正在揭開往日瘡疤，他自己顯然沒發現這點。「哈利？哈利·童軍領袖·史都華教你偷車？為什麼？」

「因為他相信我不會濫用這項技能。」連恩朝他苦笑。「怎麼？他沒教你？」

科爾回敬的眼神比連恩的話語更冰冷，他把微微抽搐的右手塞進後口袋。

「老天，史都華家族連吵架也很無趣。」克蘭西的口氣陰沉。「我以為我們趕時間？」

「我們是趕時間。」我轉身面向連恩。「那輛車有油嗎？」

他點頭。「我猜足夠開上二百哩。」

「好極了，」科爾說：「只不過我們不選那輛。那裡有輛棕色休旅車，上頭寫著你的名字。」

連恩轉頭瞥去，隨即搖頭。「太耗油，而且重心太高，很容易在出車禍時翻車——」

他的兄長伸手要他住嘴，以高傲的態度做個手勢，連我看了也不爽。「你打算出車禍嗎？既然沒有，那就給我閉嘴，照我說的做——」

「你沒資格做這種決定——」

「我有！**我**是這裡的老大，不管你喜不喜歡。**我**在外頭見過世面，**我**會帶大家離開這裡，而且**我**現在叫你去偷那輛休旅車，因為我們可能需要走越野路線。」

連恩上前一步。「如果我們非得越野，那基本上已經完蛋，我寧可選擇比較省油的車。」

他瞥向我，歪起頭，無聲的表示幫幫我。我咬脣搖頭，這場吵架不行，這場不值得。科爾已經從附近一輛紅色小卡車旁朝我們的方向走回，顯然沒人能阻止他奪取那輛車。

幾個月前，只有我們四人坐在廂型車裡，開過小路，抽取棄車的汽油，就像禿鷹從骨頭挑起最後幾條筋腱。當時的我們只有兩個簡單原則：迅速行動，避人耳目。無論好壞，我們的決定大多是直覺反應，我也不否認我們做過一些值得質疑的選擇，但那是我們唯一知道的生活與生存方式——不管是為了躲避改造營或是賞金獵人，所有怪胎孩童都得像那樣勉強度日。此刻看著科爾，看到他臉上的惱火，我清楚明白他對弟弟逃出聯盟特訓後的日子幾乎一無所知。以種類來說，科爾是我們的一分子，但除了目睹樂達公司在超能研究計畫中如何虐待孩童之外，他未曾被逼著適應我們必須面對的現實。

他們今早已經在開車的問題上吵過架，所以現在倒給我們節省了一點時間。連恩三人爬進科爾選定的休旅車時，我瞥他們最後一眼，接著我把克蘭西拖向科爾示意的紅色小卡車。

我們分坐兩輛車，這種感覺有點怪，但就算連恩不懂，我也立刻明白科爾的理由。就是因為這個理由，這兩個多星期來看管克蘭西、給他餵食，以及處理他的受傷自尊等這些樂趣基本上由我獨占。如果由我開車，克蘭西這個橘印者就比較無法控制車輛，因為我能抵抗他的心控。如果換做其他人駕駛，克蘭西遲早會侵入對方的心靈、取得控制。我能清楚看見那種可能性，彷彿克蘭西已經把那幅畫面植入我的心靈。

雖然我希望科爾待在另外那輛車上，但他在這個決定上不容商量。他似乎沒想過自己的心靈很有可能被克蘭西劫掠、因而把槍口或刀尖對準我。

油箱半滿，引擎已經以電線短路的方式發動，正在運轉。科爾換掉克蘭西的塑膠繩，讓他能把雙手放在膝上，以安全帶穿過雙手之間，再把他的雙腳綁在座椅底下的一條鐵桿上，接著再給他套上頭套。

我接下來要做的，就是深呼吸，把卡車開出停車場。我從後照鏡瞥了廢墟之城最後一眼，抓緊方向盤。

我們終於要離開這個鬼地方，還有我們埋在那裡的一切。

＊　＊　＊

行車二十分鐘後，我清楚明白幾件事：車內空調故障、合成皮椅吸飽原車主的體臭，而且，沒錯，我這一側的車窗早已破碎。

我右手邊的克蘭西彎著腰，不是在睡覺就是偷偷試著用兩腿把枕頭套慢慢扯開。科爾坐在他的右手邊，正在看著外頭的街景，剛過正午的陽光和他的黑眼圈形成強烈對比，彷彿他沒再忙著東奔西跑、發號施令而靜下來後，他的身體終於屈服於疼痛和疲憊。他轉動被安全帶壓迫的肩膀，痛得皺眉。

科爾已經在地圖上給我看過目的地：名為洛迪市的小鎮，離沙加緬度市的南面不遠。如果能走高速公路，我們就能沿海岸一路往北開，頂多只需五小時。如果現在還有班機或列車，而且格雷沒命令巡邏艇監視太平洋海岸，那連五小時都不用。

我轉頭查看後方那輛休旅車，連恩顯然正在等我回頭，因為他朝我揮個手，表示一切正常。查布坐在他身旁的副駕駛座，正在滔滔不絕說著什麼，以手勢強調每個字。那幅景象既熟悉又令我安心，幾乎能驅逐周遭城市帶來的陌生感。

以各種角度來說，加州的柏本克市原本是座充滿生命和喧囂的城市，它的重要性在最近幾年更是提升，許多媒體公司本來就在這裡設有工作室或總部，鄰城的同業也紛紛遷來這裡，不是因為合併就是為了分享器材。此刻，看到城中如此寂靜空蕩，我懷疑格雷已經派人封鎖全城。

怎麼一個人都沒有？這種感覺就像在東部駕車時經過經濟最蕭條的那些城鎮，彷彿有張舊報紙會像電影畫面那樣隨風飄起，如風滾草般飄過街道。我感覺心跳加速，我在洛杉磯時感覺到的那道黑影回歸，如雷霆般在腦子裡醞釀。

「我總覺得怪怪的，」科爾彷彿察覺我的思緒。「在下一個路口右轉——」

要不是我看向後照鏡、朝連恩打手勢，我根本不會看到那一幕。那輛福特探險家原本還在那，下一秒突然消失——它被悍馬軍車撞上的巨響聽來彷彿有人拿球棒重擊我的後腦，我握住方向盤的雙手因此抖動。那輛福特翻滾一次後再以輪胎著地，停在路邊劇烈搖晃，玻璃和橡膠在翻滾過程中朝四面八方噴發。

我連忙把煞車踩到底，輪胎因此打滑。克蘭西發出窒息聲，胸口被安全帶緊緊勒住，他試圖用被綁的雙手撐住儀表板。

「怎麼回事？」他追問：「他媽的發生什麼事？」

但我應該擔心的是科爾。

我還在試圖解開安全帶時，他的表情原本因震驚而僵硬，接著出現變化。他吐出的聲音粗嘎而窒息得不像尖叫，不像人類能發出的聲音。

他推開車門，但沒跑向那輛軍車，或是兩名持槍走向棕色休旅車的士兵。我跳下車的同時，科爾上前一步，接著右手握拳，悍馬立即化為一團火球。

這場小型爆炸造成的衝擊波使我蹣跚退向卡車，震碎周遭建築的窗戶以及卡車的後擋風玻璃，也讓兩名士兵從背部被震倒。科爾朝他們走去，姿態鎮定得駭人，他從腰間槍套拔出手槍，一如往常的精確瞄準，一槍就打中最靠近休旅車的那名年輕士兵的臉部。科爾抓起另一名士兵，扯掉鋼盔，往對方的臉上不斷揮拳。

我看不下去，也拒絕觀看。我跑向休旅車時，心臟抵著肋骨狂跳。隔熱車窗的破片在我腳下碎裂，駕駛座車門在翻滾中遭受強烈撞擊，但裡頭有動靜——連恩瞪大眼睛，透過破碎的擋風玻璃看著我。

「你還好嗎？」我喊道，因最後一道槍聲響過而皺眉。

連恩坐起身，兩手拚命握住方向盤。他的臉上一片慘白，只有左臉的一條紅痕，還有迅速發紫的腫鼻。洩氣的安全氣囊垂在他的膝上。

「我的天啊，」我驚呼：「你們——」

查布已經爬到薇妲所在的後座，瞇眼查看她太陽穴上的割傷，他的黝黑皮膚似乎變得蒼白。

燃燒的軍車正在吞噬周遭的新鮮空氣，把一波波高溫推向我的背脊。雖然濃煙幾乎令我窒息，但是烈火吞噬金屬和玻璃時發出的怒吼還是逼我扯開喉嚨吶喊。

「你們還好嗎？」我朝他們呼喊。薇妲朝我比出拇指，用力吞口水，彷彿不認為自己現在能說話。「連恩？」

我試圖拉開駕駛座車門，兩手拚命顫抖，巨大的金屬凹痕彈跳作響。我體內滿是腎上腺素，我以為車門會被我徹底拔起。「連恩？連恩，你聽不聽得見我說話？」

他緩緩轉頭看我，開始脫離恍惚狀態。「我跟他說過會翻車。」

我把身子探進窗內吻他，安心得差點啜泣。「你說過。」

「我**早就**跟他說過。」

「你說過，我知道你說過。」我以低沉溫柔的嗓門說道，伸手解開他的安全帶。「你有沒有受傷？有沒有哪裡似乎骨折？」

「肩膀，很痛。」他緊閉雙眼，承受痛楚。「查布？大家……」

「我們沒事。」查布的聲音意外的鎮定，雖然聽來有些阻塞。他轉頭面向我們時，我看到他的鼻血流到嘴唇。「他的肩膀可能脫臼。露碧，妳有沒有看到我的眼鏡？在安全氣囊炸開時弄丟了。」

「發生什麼事？」薇妲指向那團火。「那是怎麼——」

「打中油箱，幸運的一槍。」科爾的嗓門從我身後傳來。車中三人大概是因為腦袋混亂或驚嚇過度，沒想到這種可能性有多低。

科爾以肩膀把我頂到一旁，抓起門把。猶豫幾秒後，我繞到右前座的位置，用力拉開頑強的車門，屈膝跪下，在地毯摸索，直到指尖接觸他的眼鏡，或者該說剩下的部分。

「妳找到了？」他問：「怎麼了？」

我拿起鏡架扭曲、鏡片破裂但大致完整的眼鏡，讓薇妲查看。她拍拍他的肩膀，表現出難得的同情。「嗯，她找到了，老阿嬤。」

駕駛座車門發出金屬摩擦的尖叫，終於開啟。連恩挪動身子，試圖拉出被變形的儀表板卡住的左腳，同時緊抓左臂，避免關節更加移位。

「媽的，你這蠢小孩。」科爾幾乎藏不住臉上的情緒。他伸手扶弟弟時，右手抽搐。「你這混蛋——能不能麻煩你別死在我的眼皮底下？」

「我盡量。」連恩咬牙道：「老天，痛死我了。」

「把手伸過來，」科爾說：「這會很痛，但是——」

「你要動手？」查布問：「確保你的姿勢正確——」

我不知道何者更糟：連恩的肩關節被推回原位時發出的聲響，或是他緊接而來的哀號。

「我們得**趕快離開**。」薇妲踹開後門。「這輛破車已經徹底報銷，我們得坐在那輛小卡車的貨架上，繼續坐在這裡相擁而泣只會招來子彈。」

「眼鏡？」查布喊著，朝他以為我所在的位置伸手。薇妲以胳臂勾住他的手，以另一手要我把扭曲的細框遞過去。我阻止她一秒，確認她是否真的沒受重傷。她雖然渾身瘀青，但沒流血。這真是不可思議的奇蹟——

克蘭西。我連忙轉身面向卡車，從後車窗看到他的輪廓之前的這幾秒內，我的心臟幾乎停止。**媽的**。這種情況最容易讓他逃走，混亂又大意。事情發生時，我因為驚慌失措而拔腿就跑，衝向休旅車，根本沒想到拔掉車鑰匙。要不是科爾綁住他的兩腿，他早已逃跑。

別這麼粗心，我的指甲陷入掌心，妳沒*這麼遜*。腎上腺素開始退去，但我還是有些顫抖。

「你知道，老阿嬤，」薇妲的聲音把我的注意力移回他們，「你在這場災難中表現得還不算爛。」

「我看不到妳的臉，看不出妳這番話有多真心……」查布說。

我把背包背在兩肩上，跑向科爾，他正在扶著跛行的連恩繞過倒地的士兵、走向卡車。我沒勇氣看向那兩名士兵，沒勇氣查看科爾在狂怒時做出的破壞。連恩把受傷的左臂貼於胸前，我攬住他的後背，看起來似乎是為了攙扶他，但其實是為了確認他平安無恙。他還活著。

連恩朝我歪起頭。「再吻我一次。」

我照做，輕柔而簡短，吻在他唇邊的白色小疤上。看到我的表情，他補充道：「翻車的時候，我看到人生從眼前飛過，我發現我這輩子吻得不夠。」

科爾嗤之以鼻，仍因為無法發洩的怒火而渾身緊繃。「哇塞，小子，難得看到你的把妹技巧這麼高明。」

我們把連恩扛到貨架上，放在查布身旁，查布把眼鏡殘骸緊抓在胸前。

「噢，老天，」連恩看到眼鏡。「我很遺憾，夥計。」

「**驗光**，」他的口氣低沉哀怨，「這是驗光鏡片。」

科爾扯出連恩身下的亮藍帆布，蓋在他們三人身上。

「你做什麼？」薇妲質問，試圖坐起身。

「躺下別動，別拉開帆布。我們得盡量遠離這裡，然後換車，他們很可能已經以無線電向其他人通報我們的所在。」

「我想聲明被帆布蓋住的感覺真他媽爛爆。」她說。

「明白。」他關上尾門。

我爬回方向盤後方，感受引擎運轉造成的震動。克蘭西成功弄掉頭套，雖然我沒轉頭過去，但我能從眼角看到他正在盯著我。他這幾星期來持續表現出的慍怒在此刻消失，他正在……微笑，他把視線移向科爾。科爾用力關上車門，車身因此搖晃，他的腿上似乎是個皮袋，還有一把手槍，想必是從士兵身上搶來。這兩樣東西在他的腿上滑動時，他的手持續抽搐，直到他終於把手壓在腿下。這幅畫面讓我想到**梅森**。**紅印者**，**烈火**。這勾起我心中某些往日疑惑，直到我終於看出兩者的共通點。

瑟蒙德那些紅印者的動作十分怪異。一般人走路，他們卻是往前衝；其他人揮手，他們卻是用手戳刺。我當時以為他們那種痙攣是因為超能士兵給他們裝上束具所造成。

但是梅森……納許維爾市的那群孩子叫他「抽瘋哥」，因為他渾身以詭異節奏抽搐。我原本以為……我不知道自己以前有沒有認真想過這個問題，我只是以為那種動作跟他受過的訓練，還有政府為了把他改造成完美士兵而讓他接受的洗腦有關。

每一名紅印者想必都有這種生理特徵。如果我只見過幾個紅印者就發現這個特徵，那麼，待過那裡的某人——對他們施展心控，還目睹過他們的訓練——怎麼可能沒發現這些徵兆？

「克蘭西……」我開口。

「這實在太精采。」他發笑。

科爾渾身僵住，面無表情，淡色眼眸中的怒火散去，眼神開始茫然，我知道這意味著什麼。

我以念力衝向克蘭西的心靈，感覺卻像開車撞牆。我被往後甩，在腦中反彈的刺麻感轉為劇痛。我來不及以正確的方式切斷連結，因為某種事情可能發生——他即將把科爾變成小小傀儡。我以手肘重擊強森教官指點的位置——太陽穴。克蘭西兩眼一翻，身子癱軟前傾，額頭撞上儀表板。

我把油門踩到底，試圖遠離科爾製造出的那團火焰，車輪因此打滑。路過的直升機或巡邏隊不可能看不到那團濃煙。我不需要考慮克蘭西知道祕密的後果，我只需要趕快帶大家離開這裡。

太陽穴仍在疼痛，心臟也反常的高速跳動時，我轉頭看到科爾正在揉額頭。「他媽的怎麼回事……」他重複這幾個字時，嗓門不斷提高，直到化為咆哮。「**怎麼回事？**」

我聞到煙味——看到他有多震驚。「科爾，聽我說——你得冷靜下來，行嗎？冷靜點，別緊張——」

他從腿上的皮袋摸出一瓶透明液體和一支針筒。他以針筒抽取液體時，我輪流瞥向他和路面，還來不及阻止他，他已經把針頭扎進克蘭西的頸後。

「**科爾！**」

「這能讓這小屁孩睡到老子把他打成肉泥的衝動平息為止。」他咬牙道：「**媽的**。他搞的這一套跟妳在總部讓我體驗過的感覺完全不一樣——**媽的！**」他把針筒和藥瓶丟進袋裡，讓皮袋沿儀表板往下滑。

他的手恢復穩定，但是焦慮情緒令氣氛緊繃，讓我感覺自己坐在正在考慮是否該點燃炸藥的某人身旁。

他轉頭看向窗外的建築飛影，但我能從車窗上看到他的臉龐倒影，他的表情清楚說明他說不出的一切。悍馬著火的瞬間，他就無法控制自己，徹底失控。

「他讓你看到什麼？」

「我自己。」

「什麼意思？」

科爾把額頭靠在窗上，閉上眼。「紅印者改造營，在某處，我看到他們為了訓練那些可憐的孩子而做了什麼，我看到我們在旁人眼中是什麼模樣，雖然這話可能讓妳聽得莫名其妙……那種感覺就像……彷彿我被濃煙嗆得窒息。那些人沒有任何表情，我卻被嚇得半死，彷彿我就在那。他們控制住我，下一個就輪到我。」

「我很抱歉，」我無法排除口氣中的緊繃。「我發現不對勁的時候已經太遲，我應該……」

「被他發現我的真實能力，這是我的錯，」科爾的口氣尖銳。「別責怪自己，寶石妹，這不是妳該承擔的問題。妳跟我說過，他曾經參加過童軍計畫。我應該控制住自己，而不是表現得像個怪物，這實在——**媽的！**」他一拳捶在門上。「我當時腦子一片空白，我就那樣——被自己的能力控制。有那麼一刻，它控制住我。」

他的話語如拳頭般抓住我的心臟。我明白那種感覺。無論你有多少力量、你的能力多麼有用，但是能力本身也有意志。如果你不隨時管住它，它就會找到辦法爬到你頭上。

「那些孩子，尤其是綠印者和藍印者，他們很容易適應自己的能力，是吧？」科爾輕聲說：「那種能力比較容易控制，比較容易隱藏，不像我們這樣被自身能力毀掉一生。我們必須集中精神，否則就會失控，而我們不能失控。」

連恩——還有查布、薇妲和每個人——一直無法了解我為了控制自身力量、不被它控制而做出多少努力。只要稍微鬆懈，它就可能傷害某人，傷害我自己。

「那種感覺就像我總是遊走在力量的邊緣，而我無法……我踏不進去，如果我那麼做，我就會因為覺得自己即將毀滅一切而驚慌失措。我不想再毀掉在我身上發生的所有好事，我有很長一段時間無法控制它——」我說。

「妳以為我控制得住？老天。大部分的時候，我覺得它彷彿在我的皮膚底下把我活活煮熟。它不斷加熱，直到我終於釋放壓力，從我小時候就這樣。」科爾發出不帶笑意的輕笑。「那不是……不是像腦子裡有個聲音對我說話那樣，應該算是某種衝動，彷彿我總是離一團火太近，我需要把手伸進去一次，體驗火有多燙。我在晚上無法入睡。我當時確信這是因為我爸是惡魔，真的，我以為他是黑暗王子。」

「哈利？」我納悶的問。

「不，我的親生父親。哈利是——」

「噢，對，我忘了。」

「看來連恩常提到哈利？」他沒等我回答就接著說下去。「是啊，我們的親生父親……那傢伙……蠢得像榔頭，凶得像條蛇，不是很理想的組合。我常常幻想去找他，闖進那間舊房子，燒毀他的全世界。」

「連恩只有提起他一次。」我試著別問太多，雖然我很想知道。這是連恩不願分享的一段人生，雖然是很糟糕的過去，但讓我更想戳這塊舊痂。「他情緒失控的時候。」

「很好，希望這表示他大多都不記得。那傢伙——是個怪物，發脾氣的時候就是惡魔的化身，看來我和連恩其中一人有點像老爸。妳知道，我以前常在想，我們的能力會不會跟心中的某處有關，我以為我的火焰——就是他的憤怒，就是老爸的怒火。」

我知道說這種話不會帶來任何幫助，起碼安慰的話語對我沒帶來多大幫助，但我還是必須說出口，我必須告訴他。「你**不是**怪物。」

「怪物不是會噴火？燒掉一堆王國和國土？」科爾朝我苦笑。「妳也這樣叫自己，不是嗎？不管其他人說過多少次妳不是怪物，妳還是看到反證，還是不相信自己。」

我靠向椅背，這是我第一次懷疑或許他不像我們其他人一樣急著想治好自己的病。

「對你來說，重點不是改造營……是不是？」我問：「而是治療法。」

他吞嚥口水，喉結起伏。「妳第一次就猜中。儘管把我想成混蛋吧。」

「為什麼？因為你不想繼續這樣受折磨？」我尖銳提問。「因為你想變得正常？」

「什麼是『正常』？」科爾問：「我相當確定我們沒一個人記得那是什麼感覺。」

「好吧，」我追問：「那麼，因為你想要一個讓你能擺脫這一切爛事的人生。我對治療法的渴望超過我對下一次呼吸的渴望。我以前從沒這樣想過，我以前從沒讓自己想過未來，現在卻成了我無法控制的衝動。我渴望那種自由，我感覺我越是試圖爭取那個自由，它就跑得越遠。」

科爾揉揉臉，點個頭。「我有時候低估了它……妳會忘記這點，因為妳會振作自己。每一次被擊倒，妳會想辦法爬起來。但現在，感覺越來越難，是吧？」

「嗯。」這是我第一次坦承。這個字跟我的內心一樣空虛。

「我並不是認為自己爬不起來，而是擔心自己有一天會……爆炸，燃燒，害死我在乎的每個人，就因為我無法熄滅心中的怒火。」他把手舉在眼前，確認手沒再抽搐，他把視線移向克蘭西。「那些孩子被鎖在全白的房間裡，燈光從不熄滅，還有從不停止的說話聲，總是對他們說些屁話，像是你錯了，承認自己錯了，好讓我們矯正你。他們**傷害**那些孩子——肢體傷害，重複不斷。那實在……我幾乎看不下去，而且被毆打的不只我一個。那些畫面是……真的？還是他捏造的？」

我抓緊方向盤。「他能把任何畫面塞進你的腦子裡，但我認為真相確實夠糟，他不用加油添醋。」

「我不知道哪種情況更讓我火大——他們那樣對待孩子，還是他們找出方法控制孩子體內的火焰。媽的，寶石妹，那到底怎麼……」他搖頭，彷彿想整理思緒。「如果他讓別人知道我的祕密，例如**連恩**，我該怎麼辦？沒有任何孩子敢踏進我的方圓一百呎。」

「他不會說的，」我保證。「那種藥劑還剩多少？」

他拉開皮袋拉鍊。「三瓶。」

「那他就會一路睡到農莊，而且我們會做好防範措施，」我說：「他會被全時間隔離，只有我可以跟他互動。」

「宰了他比較簡單。」他的話語不帶任何憤怒，或許這就是為什麼我不禁愣住。他表現出的只是冰冷殘酷的務實主義。他的態度轉變如此之快，快得令我不安。

「不行，」我提醒他，提出他以前說過的話。「只有他知道他母親的下落。你不能傷害他，直到我們找到他母親。我需要治療法，不管那東西到底是什麼，我需要它。我在這個世界上最恨的就是他，但我更痛恨這種人生，我痛恨這種人生沒有結束的一天。」

科爾看向從窗外一閃而過的建築。「那麼妳和我，寶石妹，我們得想個辦法控制住體內的怪物。」

我點頭。我的咽喉緊繃，因為我想哭，因為終於有人明白而感到驚喜——那人不但努力對抗周遭一切，甚至對抗自己。

「妳確定這不是惡夢一場？」他輕聲問：「我們不會突然醒來？」

我凝視道路，沙漠吹來的塵土讓路面染上淡金光澤，烏雲開始在上頭集結。

「確定。」過了一段時間後，我開口。

因為睡夢之人遲早會醒來，丟下夢中怪物。

第四章

來到位於莫哈維沙漠外圍崎嶇山腳的一座小鎮時，雨水隨雷鳴而來，我能在山後的遠處看到初春帶來的第一抹綠意。

「那間戴斯酒店，」科爾指向角落的一棟雙層樓小型建築。「停在那裡。我們得把他們三個放上另一輛車，換掉這輛。」

從全然寂靜的商店和住宅來判斷，這座小鎮顯然已荒廢多時。我在這一年多來已經習慣這種景象，我在看到空蕩操場、墓園新土以及被鎖鍊和木板封起的房屋時已經不再感到毛骨悚然。看來連加州也無法倖免於全國性的經濟蕭條，就算這裡一直是由聯邦黨控制，和其他州互無往來。

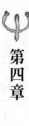

「或許有人住在裡頭，」我說：「他們可能把這裡當作自己的地盤——」

「看看那些車，」科爾說：「上頭積了多少灰，顯然廢棄已久。我在旅館窗戶或周遭都沒發現任何動靜，妳呢？**停車**。停在那輛灰色豐田旁邊。」

我熄掉引擎的同時，他仔細查看仍在昏睡、以塑膠繩綑綁的克蘭西。他接著下車檢查周遭車輛，尋找有油而且能動的車。我也跳下車，以小跑的方式來到車尾，解開帆布。他們三人同時坐起，在昏暗天光的照射下眨眨眼。

我扶他們跳下貨架時，涼雨沿我的臉龐和頸項流過，空中瀰漫沙漠雷雨特有的那種詭異又美好、無法以言語形容的氣味。

「嘿，」我以雙手抓住連恩的兩臂，在他從貨架滑下地面時攙扶他。「你還好嗎？」

連恩點頭，從我身旁走過時捏捏我的肩膀。「查布——等等——媽的，夥計——」那孩子沒了眼鏡就什麼都看不到。查布的腳趾撞到地面的一塊坑洞，在連恩來得及援救之前就跌倒。連恩用沒受傷的右臂拉起老友，再帶他走向這間汽車旅館的停車場邊緣，消失於轉角。看他們沒多加說明而且動作倉卒，我大概猜到他們在忙些什麼。

「前座是不是跟貨架一樣熱鬧？」薇妲從貨架跳下，來到我身旁，伸展兩臂和背脊，關節喀喀作響。

「沒發生殺人事件。」我說：「貨架很糟？」

「倒還好，」薇妲聳肩。「只是有點不舒服，偶爾有點冷。妳在某處急轉彎，結果老阿嬤不小心摸到我的胸部，每次我提起這件事，他的反應好像快羞愧至死。基本上來說，我會把這個話題利用到榨乾為止。」

「有這種必要嗎？」我尖銳的問。

「隨便啦。他更氣的是我們玩起『誰能給他取最糟綽號』的遊戲。」

「讓我猜猜，妳贏了？」

「其實童子軍贏了。我說真的，連我也被『喳噗喳噗啾啾』（註2）打敗，我差點笑得尿褲

註2 喳噗喳噗啾啾的原文是 Chubby Chubby Choo Choo。查布（Chubs）這個外號源自 Chubby，意為「圓胖」，而 Choo Choo 是兒童對火車的說法，源自火車的汽笛聲，Chubby 在這裡也能解釋為火車運轉的狀聲詞。

子。」

我提醒自己：在我們再次出發前，一定要好好給查布一個深情擁抱。

我瞥向身後，確認那兩個男生正在走回，這時我突然注意到某個色彩。我遮眼擋雨，朝兩間以怪異方式立於街角旁的小型水泥屋跨出一步，一道水泥牆將房屋和鄰近的停車位隔離，牆上是一片粗劣塗鴉。

「怎麼了？」薇妲問：「幹麼那種表情？」

塗鴉的美術似畫非畫，而且大半不是以噴漆繪上。我擦掉臉上的雨水，撥開礙眼的溼髮，牆上是以油性筆潦草寫下的幾個環狀大字──亨利、傑登、派柏和麗希，那些名字上方是一個大型的粗框黑圈，裡頭似乎是一道弦月。我上前看個仔細，薇妲尾隨而來。

我迅速瞥過牆面，勉強注意到從我們身後跟來的腳步聲。牆上其中一塊藍漆的圖案還算新，字體──似乎是K、L、Z和H──的顏料流向地面。我伸手觸摸，抽手時指尖沾染顏料而且感覺黏稠，在我意料之內。

「噢，哇。」連恩驚呼發笑，來到我身旁觀看。

「噢哇**啥**？」查布問。

「『路碼』。還記得嗎？東河？」

我瞥向查布，他皺起眉頭，顯然跟我一樣困惑。連恩當初一頭栽進東河營地的生活時，跟誰都能交朋友，但我大多時候都在跟克蘭西相處，而查布大多時候都在獨處。

「好吧，」連恩沒顯得灰心，「這是他們為了旅途安全而發展的系統。我們用這種路碼標示出我們在取得物資後如何返回營地，所有離開東河、獨立生活的孩子都得先學習這套方法。」

他把手掌貼上弦月。「我記得這個記號，這表示這裡是安全地帶，可以用作睡覺休息那類的事情。」

「上頭的名字就是路過這裡的孩子？」薇妲問。

「沒錯。把名字寫在這裡是以防他們需要分頭行動，或留下線索讓其他隊伍可以追隨。」雨勢增強，他不得不抽手擦臉。「還有其他符號可以用來標示出哪裡可以找到食物、物資，或哪戶人家或許願意提供幫助之類。」

「克蘭西想出來的？」我問。

「很神奇吧？」連恩說：「我也沒想到他其實能稍微考慮到別人的死活，而且還沒有因自我鄙視而自殺。」

「嗯……」查布拿起一塊裂開的眼鏡鏡片，如放大鏡般從中窺視牆面，無視薇妲的嘲笑。「真的有孩子從維吉尼亞一路來到這？」

例如我們，我差點說出口，但我們的情況跟那些孩子……不一樣，這種說法甚至略嫌保守。

「我敢打賭……」連恩牽起我的胳臂，帶我走離其他人，走向房屋的圍籬與停車場的圍籬交接之處。對街的一段距離外是某種教堂，兩個粗黑的倒V字母漆在上頭，如箭頭般垂直排列，再以圓圈包圍。「那是方向記號，指示他們該走哪條路。」

「哇，」我說：「我們離開洛杉磯之後，我有在路上看到。我沒想到——我以為那跟修路有關。」

「有趣的是，我想起我以前看過那些記號——我們當時開過——」他猶豫。「哈里森堡市？」

我抬頭看他，感到納悶，但隨即明白原因。我聽出他的話中疑問，如舊傷復發般讓我感到劇痛。

「我們確實開車經過那裡……一起，我是說？我沒──我沒記錯吧？」

跟他臉上的洩氣情緒相比，更令我心碎的是他的口氣不帶指責。我知道他被我消除的記憶已經大多──恢復，我猜，但他偶爾還是有點記憶錯亂，分不清哪些是真實情況、哪些是我植入的畫面。我曾聽到他為了弄清事實而詢問查布，但這次他直接詢問我。我的整個胸腔感到疼痛。如果我能融成一團泥水，讓自己被沖進排水溝，我願意這麼做。

「沒錯，」我終於開口：「你沒記錯，我們當時還經過那間沃爾瑪購物中心。」

我轉身想返回汽車旅館，但他揪住我的手腕。我做好準備，面對他可能說出的任何話語。他卻似乎不打算開口。他低下頭，以拇指撫摸我手腕內側的柔軟肌膚。

他終於開口：「我想起另一間汽車旅館──看起來幾乎跟這間一模一樣，只是房門不是紅色。」他揉揉頸後，露出苦笑。「我當時想給妳一雙襪子，表現得像個傻子。」

我不禁微笑。「嗯。還有對我深情高唱『門戶樂團』的曲子？來吧寶貝，點燃我的愛火……」

「要不是妳終於笑出來，我大概會開始邊唱邊跳，」他說：「我就是那麼希望看到妳笑。」

我的心臟傳來完全不同形式的痛楚。我踮起腳尖，在他的臉頰印上溫柔一吻。一聲尖銳口哨從停車場傳來，科爾站在一輛白色小轎車旁，揮手要我們回去。看到那輛車，連恩翻白眼，但還是朝駕駛座那側走去。科爾搖頭，指向薇妲。

「她開車。」他打斷連恩來不及提出的抗議。「別鬧脾氣，你的肩膀需要休養，晚點再換你開。」

「你**真是**王八蛋！我**好得很**──」

「這就是所謂的手足之情？」查布大聲提問。

「喂，我很滿意這種安排，」薇妲沒理他。「或許我們這下終於能把時速推上四十哩。露碧，晚點聊——盡量別把我們帶到巡邏隊面前，行嗎？」

「務必小心。」我朝她身後呼喊，雖然她根本不需要我提醒。

「準備好了嗎，寶石妹？」科爾問。他沒返回紅色卡車，而是帶我走向一輛藍色卡車。「我找到新車，畢竟那輛紅車大概已經被士兵通報了。我已經把小王子綁在新車上。」

我注意到他走向右前座。「你不想開車？」

「怎麼？妳需要休息？還是能再撐幾小時？我很想稍微闔個眼，我們等天黑再換手。」

我們再次上路時，看到科爾立刻入睡，我有點嚇到。他原本還把頭靠在窗邊，叫我在下一個路口右轉而且開啟雨刷，結果下一秒就睡死得與世隔離。

我辦得到，我能靠自己行駛。這輛卡車還算新，儀表板有個電子羅盤，我只需要不斷朝北走，直到指向洛迪市或史塔克頓市的路牌開始出現。

但我目前只看到以噴漆畫上的記號，在周遭建築上、牆上，還有購物中心的店鋪門口或遮雨棚上。開始注意那些記號後，我發現它們無所不在。它們不斷抓走我的視線，拚命試圖引起我的注意。

看到遠處又有一批，我感覺某個危險念頭悄然爬上。我猶豫片刻，看向科爾，試圖評估他到時候會多生氣。車子正在朝那一批路碼急駛而去，如果我現在不轉彎，就會永遠失去這條線索——

這很重要嗎？妳根本不認識那些孩子……

很重要。因為我知道試圖在街頭生存是何感受，而如果他們需要援手，我希望是由我們伸出。

我在雙箭頭轉向之處右轉，也因此遠離兩條能讓我翻山進入橡溪路的公路，橡溪路在太平盛世時曾是這裡的觀光路線。我又在某處右轉，拐進位於特哈查比市邊緣的柳泉路。所有指向特哈查比市的路牌都被畫上一個大X，字母的中心點有個小圈，這個輪廓讓我想到骷髏圖示，讓我不敢忽視。

接近一座水上運動中心時，我的精神開始放鬆，我注意到自己不只一次的閉眼又突然驚醒。別睡，我警告自己，保持清醒保持清醒保持清醒。我們在洛杉磯四處逃竄了兩星期，科爾現在需要稍微休息一下。我辦得到，我至少能撐到停車找汽油的時候。

天色隨著時間經過而越加黯淡，銀色雷雲的遮蔽更是讓冬季太陽提前退場。在灰藍天光下，水上運動中心的水泥招牌似乎發著光，漆在那裡的記號在對比下更顯陰暗。盯著路面時，起碼我在那些記號上看到的名字縮寫能讓我的大腦有些事情做。

PGJR……保羅（Paul）、喬治（George）、約翰（John）、林格（Ringo）……鸚鵡（parrot）、長頸鹿（giraffe）、美洲豹（jaguar）、兔子（rabbit）……手槍（pistol）、葛拉克手槍（Glock）、耶利哥城（Jericho）、步槍（rifle）……

HBFB……海柔爾（Hazel）、大尾（Bigwig）、五元（Fiver）、黑莓（Blackberry）……薯餅（hash browns）、培根（bacon）、麥餅（flapjacks）、麥片（bran flakes）……哈里森堡市（Harrisonburg）、貝德福市（Bedford）、費爾法斯市（Fairfax）、布里斯托市（Bristol）……

那些縮寫底下還有一串色澤較淡的字母。我放慢車速，從雨中瞇眼查看。那些字母幾乎被滂沱大雨洗淨，但我能勉強看出KLZH。

起亞（Kia）……凌志（Lexus）……Z什麼……本田（Honda）……好吧，這種聯想行不通。堪薩斯樂團（Kansas）、齊柏林飛船樂團（Led Zeppelin）、ZZ Top樂團，赫里斯樂團（The Hollies）……唉，Z還真難想——斑馬（zebras）、動物園（zoo）、零（zero）、無（zilch），還有小雀（Zu）。就這樣，我的腦汁耗盡。

我邊打呵欠邊笑。K什麼、連恩、小雀、緋奈（Hina）。噢——凱莉（Kylie），東河那位女孩，這個聯想行得通。凱莉、連恩、小雀、緋奈。或是凱莉、露西（Lucy）、小雀、緋奈——

空氣從出風口颼颼吹來，因為我的腦子徹底停止而更顯吵雜。空氣灌入我的耳中，直到我的心跳開始抵著胸腔加速，沉重得讓我能在耳中聽見。

凱莉、露西、小雀、緋奈。我的腦子不斷吟唱這些名字，直到我感覺自己幾乎精神錯亂。夠了。我試著做出其他聯想，例如袋鼠（kangaroo），獅子（lion），斑馬（zebra），土狼（hyena），但就是甩不掉血液中的發燙感。

如果就是他們留下那些記號，我們離他們一定不遠。如果他們知道如何追蹤記號，那他們一定……來自東河，是嗎？我只有親眼見過一群孩子離開東河，就是小雀的隊伍。

別再想了。我深吸從出風口吹來的空氣，伸手稍微轉高空調溫度，試圖驅逐寒意。有太多孩子的名字縮寫跟那四人一樣，再加上如果那真的是小雀一行人留下的記號，不管另外那個女生叫什麼名字，記號之中應該有個T才對，跟他們同行的少年泰倫（Talon）。我試圖回想他們每個人的面貌，但是凱莉、露西、泰倫和緋奈都是一片空白。真怪，我能記得他們的頭髮、他們綁上黑色頭巾的模樣，還有他們的聲音，但就是想不起他們到底長什麼樣子。我的心靈為了止痛而幾乎將東河的相關回憶全數封鎖，彷彿那些遭遇是發生在其他人身上。

但是小雀——我記得小雀的一切，從她在早上起床時頭髮亂七八糟的模樣，到她鼻梁上的每一顆雀斑。

我從眼角注意到另一批路碼，有兩批，畫在一塊路牌上，那塊路牌說明如何通往一條鄰近高速公路，而且離下一座城市還剩幾哩。其中一道記號是圈中弦月，另一道是一對箭頭，指向右方——東方——不像其他箭頭是指向正前方。

我打開車頭燈，讓光芒淹沒兩側群樹。因為想跟連恩和查布商量，所以我開始把車開向路肩，但我又阻止自己。

這幾天已經讓連恩很不好受，如果給了他這種期望卻再一把奪走，這麼做似乎特別殘酷。查布能承受失望，但是連恩……如果一切落空，我不想看到他垮下臉的模樣。我已經以太多方式讓他失望太多次，不能再來一次。

但是某種微弱聲音蓋過其他思緒，呢喃著如果真的是她？

凱莉、露西、小雀、緋奈。KLZH。

這很危險——彷彿我允許自己相信船到橋頭會以某種魔法般的力量自然直，結局可能遠比我想像的快樂又輕鬆。

那道噴漆——顯然不算舊，所以還沒被豪雨沖散，不是嗎？他們不可能離這裡太遠。

別這樣對待自己，我心想。連恩之前跟我說過小雀的伯父住處大概在什麼地點，那在我們目前位置的南方，加上那串縮寫並沒有泰倫的「T」。或許我是因為疲憊、急切，或需要證明人生有時沒那麼殘酷。無論什麼原因，我都無法裝做沒看見。

如果跟隨這條線索、觀看結局為何，會有什麼樣的風險？如果這就是能讓我們找到她的唯一機會？

換做裘德就會這麼做，他根本不會多想。

在下一個路口右轉時，我還是覺得自己很瘋狂，後方的夥伴顯然也有同感。薇妲輕按喇叭，提出疑問。這是一條昏暗的產業道路，甚至沒鋪柏油。輪胎陷入泥濘，壓過其他車輛在不久前留下的痕跡。路邊密林枯節密布、彼此糾纏，枝葉伸入路中，我保持一定車速，斷枝扯葉地從中突破。

睡了兩小時的科爾終於被吵醒，不是因為薇妲的喇叭聲，而是撞擊枝葉聲。我看到他繃緊身子，以雙手揉臉兩次，試圖驅逐熟睡造成的方向感錯亂。

「妳應該叫醒我！」他瞇眼查看發光的儀表板。「等等……我們到底在哪？怎麼往東走而不是往北？」

「我有種直覺。」我回答。

「是啊，我的屁眼裡還有種劇痛——不是因為痔瘡而是因為妳。」他的怒瞪從癱軟的克蘭西上方射向我。「這到底怎麼回事？」

「我認為——」樹林突然消失，我發現這條路其實根本不是路，而是一條狹長車道，通往一棟原本想必十分美麗的山中別墅。那棟屋子真大——兩層樓，雙車庫，正面以石塊和木材組成，彷彿就算體積龐大但也試圖融入周遭。

「我還在等妳回答。」我停車時，科爾開口。

「我認為可能有些孩子躲在這，」我說：「我只想很快檢查一下——我發誓，我**發誓**我很快就出來。」

科爾繃緊下顎，不知道我到底是以哪種表情讓他終於點頭道：「好吧，但是帶薇妲一起去，妳有兩分鐘。」

其他夥伴已經打開車門，但只有連恩踏進雨中。「怎麼回事？」他呼喊。

「我只是需要薇妲跟我來一趟，」我說：「不，我只要她。**她**。很小的……事情。」

查布呻吟。「什麼樣的事情？『露碧自找麻煩』那類？」

我關上車門，擋掉更多疑問。看到薇妲走來、投以期望眼神，我不禁皺眉。

「跟……凱特有關？」

她一臉期待，瞪大杏仁眼，張開飽滿的嘴脣，彷彿不確定自己是否該微笑。老天——如果凱特沒能活下來，如果凱特不在那裡等我們，我恐怕無法讓薇妲振作起來。

「我認為可能有些孩子躲在這裡。」

她立刻挺直身子。我看到她的手滑進毛衣口袋，抓住藏在裡頭的槍。

「酷，」她說：「妳打算怎麼做？」

正門和一樓窗戶都以木板封死，連同後門和側門。我們在昏暗天色下踏過泥濘和長草，步伐蹣跚的繞了屋子兩圈後，薇妲原本的興奮迅速消散。我沒發現任何能讓我們爬上二樓的梯子，屋內也沒燈光或聲響。我們接近車庫門時，門上那道怪異又陰暗的記號使我徹底愣住。是一條粗劣的弦月，以某種金屬切割而成，靠一根鐵釘固定在上頭。

安全地帶。我深吸一口氣，手伸向車庫門把的冰涼金屬。薇妲待在我身後，舉槍瞄準——

沒有目標。

沒有車，沒有行李，沒有縮在毛毯底下的孩子們。除了幾排園丁工具和垃圾桶，裡頭只有垃圾。幾條彩色毛毯散落在陰暗的地上。

薇妲踢開垃圾。眼睛適應微光後，我能看到其他跡象顯示這裡最近至少有一個人待過，包括一小堆毛毯和一個廢棄的行李袋。

「我們走吧，」她說：「如果有誰待過這裡，顯然已經在幾天前先行離開。」

「車道上有泥印。」我懷疑這番話是不是比我的思緒更有信心。我走向車庫中通往屋內的門，看到上頭的掛鎖，我停下腳步。

科爾按喇叭，幫忙打醒我。

妳在做瘋事，我告訴自己。振作點。還有更重要的事——

不，沒有更重要的事，因為事實就是我願意走來這裡，我願意從洛杉磯一路徒步至此，在黑暗豪雨中孤單而行，如果這能讓我再見到小雀。我渴望見到她——我需要知道她平安無恙，我需要知道我沒像辜負其他人那般辜負她。

我跟薇妲走出車庫時，我雖然原本就有點等著失望，但還是感到哀傷、渺小又愚蠢。我現在感謝這場雨的存在，什麼都好，只要能隱藏這個事實：只要說錯一字，或是某個錯誤的胡思亂想，我就會掉淚。

薇妲雙手扠腰，打量在房屋周遭形成高牆的深色樹林。「這裡很適合住上幾天。其實我也有看到那些記號，我認為如果妳沒過來親自查看，一定會一輩子放不下。」

「抱歉把妳拖來。」我咕噥。薇妲揮手要我別介意，轉身朝自己的車走去。連恩沒關上他那一側的車門，車內燈光讓我清楚看到兩張擔憂的臉龐。

薇妲停步，在車道邊緣慢慢彎腰，拾起某個東西——白色，而且沾染泥濘。「嘿，小親親。」她呼喊，把東西丟給我。雖然我的手指顫抖而且沾染雨水，但我還是成功接住。

是一只小鞋，顯然是兒童尺寸，白色布料幾乎被泥濘和汙垢徹底染黑，但是蕾絲依然是玫瑰般的粉紅，彷彿連汙垢也無法壓抑它的美。我打量這東西，以指尖撫過側面的螺旋狀縫線。

科爾清楚讓我知道我的改道之旅已經結束。他取代我坐在駕駛座，搖下車窗時，我把童鞋丟回地上，對他說：「我知道，我知道。」

我的牙齒打顫，渾身隨之顫抖。科爾對我做出同情之舉，把出風口的暖氣對準我，但他沒說一字，我也不打算開口。

這只鞋……老天，捲曲的粉紅蕾絲……

薇妲將車子掉頭離去，帶頭開回主要道路。科爾催油跟上，車頭燈切過樹林和落葉堆時，他撥動收音機。某處出現動靜，某種動物飛奔而過。

「好吧，」科爾說：「妳知不知道我們在哪？有看到城鎮名稱嗎？寶石妹？」

我一直想著那只鞋，著迷於它的縫線，在寒風冷雨中卻感覺溫暖，還有那些蕾絲，那些粉紅蕾絲彷彿出自——

我用力倒抽一口氣，讓科爾嚇得連忙踩煞車。「什麼？怎麼了？」

但我已經匆忙解開安全帶，跳回雨中，奔向那棟屋子。

我認得那些蕾絲。我就是因為那些蕾絲而選上那雙鞋。我從沃爾瑪的那個籃子深處把那雙鞋挖出來，因為我知道她喜歡那雙鞋，我知道——

一道槍聲傳來，在周遭的黑山中迴響，應該只有這道聲響能阻止我——也確實讓我停步。我的慣性帶我往前衝，雙腳在泥中打滑，我舉起雙手。兩輛車都已停下，科爾用打開的駕駛座車門攔住衝來的連恩和薇妲。我們已經拔出身上的槍，對準樹林。

我上前一小步，我沒想到賞金獵人、超能士兵、國民警衛隊，甚至附近的住戶，我只想到有孩子躲在這片林中，他們一定很害怕，因為他們不知道到底誰跟蹤來到他們以為安全的少數幾個地方之一。

他們還沒開槍打死我，至少這是個好徵兆。

「小雀……？」我呼喊，為了對抗騷動樹林的大雨而提高嗓門。

沒反應。

「**小雀**？」我吶喊，再上前一步。「雀兒？小雀……」

森林似乎在我周遭長嘆一聲，退回黑夜。如果有誰在這裡，顯然不是她，她會上前跟我相認。

會吧？

我開始後退，感到絕望帶來的痛楚。「好吧，」我說：「好吧，我很抱歉——我們現在就走。」

我瞥向身後，看到科爾放下槍。連恩繞過車門，站在他身旁，朝我的方向伸出一手，但隨即垂下手，上前一步後再停止，兩眼瞪大。

我轉身面向樹林時，眼中只看見她。

一抹白色、粉紅和黑色的身影衝出樹林提供的掩護，遠離試圖抓住她的幾隻蒼白之手。瘦弱的兩腿在泥中打滑，迅速拉近我們之間的距離，我幾乎來不及舉起兩臂。

小雀撞上我，力道大得幾乎撞翻這個世界。我抱著她一起往後倒下，緊緊抱住她，發出介於歡笑和啜泣的聲音。她把臉埋在我的髮中，幾乎整個人癱在我身上。她的所有肢體放鬆，彷彿想讓自己跟我融成一體。

純然又強烈的喜悅如閃電光球般劈在我身上，在我的腦中唱起天籟，讓我從頭暖到腳趾。我被這種感覺徹底包裹，一分鐘後我才意識到她顫抖得多厲害、渾身多冰涼。她正在哭泣，急促的抽氣聲聽來不像傳達快樂。為了看清楚她的臉，我扶她坐起，但她只是更用力揪住我的袖子，拚命搖頭。

「這應該是妳的東西？」我拿起她掉下的鞋子。她讓我擦掉她赤腳上的汙泥，我幫她穿上再綁好鞋帶。想必是她在跑向樹林時脫落，他們因為聽到我們的到來而驚慌。

「小雀？」連恩迅速衝來，在最後幾呎泥濘上打滑，跟我們一起倒地。「小雀？」

她一轉頭，連恩臉上的歡喜立刻轉為擔心。她朝他伸手，他牽起，打量她身上每一吋瘀痕和割傷，試圖明白她為什麼看到我們時彷彿看到死者復生，為什麼她拚命抓住我們，彷彿我們會隨著她的下一道呼吸消失。

「真的是她？」查布急忙呼喊，朝我們蹣跚走來。「我看不到——」

「這裡——走慢點——」薇妲從車門後方帶他過來。他拍拍胸前口袋，拿出一塊眼鏡鏡片。

「嘿，妳這樣的小丫頭怎麼會在這種地方？」連恩問，讓她用小手撫摸他的溼髮、捧起他的臉。

查布跪下，激起的泥漿灑上我們一身。他朝自己判定她的所在位置伸手。「妳不是一個人吧？妳知道獨自旅行有多危險，有很多——」

小雀把他撲倒在地，他被撞得窒息，泥漿拍上背脊。

「呃……好吧，」他咕噥，小心翼翼的把她抱在懷中。「妳渾身凍僵。我們需要找塊毛毯，否則她會失溫——」

小雀摀住他的嘴巴，這個舉動害連恩笑個不停。她回以微笑，雖淺又抖，但確實存在。看到她的笑容，我好想哭。

我打量她，試圖把這幅新的景象跟我藏在回憶中的景象重疊。她的頭髮已經長長，長得足以在耳邊捲起。她的其他一切也有所改變，她比以前高，卻更瘦，而且瘦得可憐，臉頰肌膚凹陷。就算在黑暗中，我還是能看到從林中走出的其他人也同樣狀況。他們蹣跚走來，因車燈而眨眼。我數算一共有十二人，身高不同，體型相異，但都是孩子。

凱莉和小雀的堂姊緋奈接著走出。一看到露西，我就想起在東河用餐時接過她以勺子送來的食物。她讓我想起火煙、松針，還有映上那片湖面的夕陽。他們三人——應該說所有孩子——都看著我們，彷彿我們耀眼得令他們盲目。

「我很抱歉，」凱莉說：「我沒想到原來是妳，否則我不會開槍，我們只是……賞金獵人和士兵還有一切——」

我聽到身後的科爾長嘆一聲。

「我們得再找一輛車，」他說：「是吧？」

第五章

雖然我本來就希望能找到她，但我恐怕從沒想過我找到的小雀會是什麼狀態，而這顯然是連恩一看到她就占據心中的疑惑。

「我以為妳們會在她的伯父家？」我說：「發生什麼事？妳們為什麼離開？」

「她的伯父不在。我們原本打算留在那裡，但是……我們在那裡沒多久後發生了某件事。」凱莉邊走邊解釋。樹林退去，露出一小片昏暗空地。他們在聽到我們的車聲到來時立刻熄滅營火，但這片空地依然瀰漫煙味。

「什麼樣的事？」連恩問。

「壞事。那裡有個男生，我們後來發現他是個好人，他……算了，那無所謂。」凱莉搖頭，黑鬈髮隨之甩動，垂於破裂的前襟。「從那之後，我們就在不同城鎮之間轉移。發現那串路碼後，我希望能找到其他孩子，但他們的日子顯然也過得很苦。」

看到他們用掛起的溼透床單充當帳篷，用舊罐頭和水桶收集雨水，我感覺自己的兩眼瞪大。

「你們是開車進來的吧？」連恩問：「妳把車子藏在哪？」

「房屋後院的儲藏室後方。」凱莉試圖擰乾上衣，但是效果不佳。站在她身旁的其他人簡短自我介紹，我一個都不認識。露西迅速說明其中的湯米和派特在我們抵達東河的幾個月前就已經離開當地，還有三名成員因為日子太辛苦而脫隊離去，從此沒了消息，剩下的十名青少年每個都年約十五，是他們在一路上發現的流浪兒。

湯米跟身旁那棵樹一樣瘦高，一頭紅銅色的髮絲大多以針織帽遮掩。派特比湯米矮一個頭，走動和說話的方式充滿一種混亂能量，快得讓旁人幾乎無法跟上。

「好吧……」科爾掃視這片悲慘營地。「你們盡力了。」

「我只是在想……」露西來到我們面前，金色髮辮在肩上甩動，身上是一件特大號的舊金山四九人隊橄欖球衣，黑色緊身褲的膝部撕裂。「你們怎麼會在這？你們什麼時候離開東河的？」

噢──他們當然不知道那裡發生什麼事，根本無從得知。我瞥向連恩，但他低頭看著小雀緊抓他的手。

「說來話長，」科爾說：「你們收拾想帶走的東西吧。」

「且慢，什麼？」連恩說：「等等──他們根本不知道我們要去哪。」

科爾翻白眼，轉身面對孩子們，兩手一拍。「我來向大家說明：我們以前是『兒童聯盟』這個團體的成員，後來總統決定消滅我們、聯邦黨和整個洛杉磯，現在我們要往北走，建立基地，再想想有什麼新鮮又有趣的方式教訓那傢伙，各位有疑問嗎？」

湯米舉手。「他們滅了洛杉磯？真正的那種毀滅？」

「我還以為這年頭沒人在用比喻法？」科爾說：「洛杉磯已經成了一團燃燒廢墟。你們當然可以繼續在這紮營，但軍隊已經控制住邊境和高速公路，大概也掌握僅存的汽油和食物，這表示如果你們不找個安全地點，日子就會更難過。」

我看這些孩子大概震驚得快哭出來。他們面面相覷，顯然很難接受這項消息。

「長期飢餓」在幫助腦子運作這方面更是幫倒忙。我看著雨水讓凱莉的上衣緊貼尖銳的髖骨。

「所以我們要去哪個安全地點？」派特問。

「跟他們說實話，」連恩的口氣尖銳。「那裡或許安全隱密，但我們也會持續被追捕。你這輩子從不搞慈善事業，所以你這項提議到底有什麼詭計，科爾？跟我們一起走，他們就得上戰場？必須以勞力換取食宿？」

「這個嘛，從現實角度來說，我們每個人大概都會睡在睡袋裡，」科爾字字暗藏怒火。「不過沒有所謂的詭計。如果他們想接受訓練，我們就會提供訓練。如果他們想戰鬥，我又有什麼立場阻止？但我總覺得他們也很想知道青春退化症的起因，想了解所謂的治療法，而且我**也**總覺得他們大概找不到其他人願意協助他們找回家人。」

「別騙他們以為這是——」

「以為這是什麼？」我輕聲問，把他拉向一旁。「讓他們活下去的方法？連恩……我明白你的擔憂，戰鬥很危險，但是這種生活也一樣危險，不是嗎？疾病飢餓，東躲西藏？他們不需要永遠待在農莊，等我們想出安全的方式，就能讓他們離開那裡，如果他們想走。」

他一臉痛苦。他當初很害怕我會永遠被困在聯盟，現在又怎麼可能允許小雀進入聯盟的控制範圍？不管他多麼希望看到改造營被解放或是真正的治療法，他的本能總是想選擇對他最在乎的人最安全的路。

「等這一切結束，」我瞟向科爾，他正在協助興奮的孩子們收拾行李。「我們想去哪就去哪。這樣不是很值得嗎？只有讓她跟我們一起走，我們才能確保她的安全，我們能照顧她。」

我們當初根本不該讓她走。

他急促吐口氣。「嘿，小雀，想不想幫我們發動一場小小戰爭？」

她抬頭看他再看我，接著皺眉，彷彿考慮這項提議，然後聳個肩，彷彿表示沒問題，反正我也沒事做。

「那好。」連恩以嘆氣收尾，我感覺自己也隨之放鬆。連恩一手放在我的肩上，另一手牽著小雀，我們回頭穿過樹林，返回其他夥伴身邊。這種畫面令我安心又熟悉——彷彿我終於被拉回地球。「好吧。」

回到車輛所在位置時，查布和薇妲斜靠在卡車旁，他興奮得幾乎以腳跟蹦跳、朝小雀吐出一連串沒有獲得回答的疑問時，薇妲看小雀一眼，兩臂交叉於胸，朝我們走來。

「嘿，小薇，這位是——」

她沒停步，沒讓我說完，沒握住小雀伸出的手，而是以閃爍的目光凝視我，眼中的指責既無聲又莫名其妙。她繃緊下顎，壓抑毒舌。「我們現在可以離開這個糞坑了嗎？」

就這樣，我重拾的安全感消失無蹤，某種強烈不安浮現，把我的注意力一分為二。一部分的我想追她進入林中，但是另一個我，嗓門更大、要求更多的那個我想留在此地，快樂的陶醉於我對身旁這三人的愛。看到小雀又攬住查布的細腰，他以平常那種笨拙的方式摸她的頭，我的心因愛而膨脹。

連恩已經轉身去追消失在黑暗中的薇妲。他折返時，我看到他臉上的疑問，以及我也感到的困惑。

我實在搞不懂薇妲為何生氣。

＊　＊　＊

我們來到洛迪市時已經是凌晨，月亮開始朝西面地平線下滑。我斷斷續續睡了四小時，精神根本沒恢復。我們不能走高速公路，而且必須以一般車速從加州山脊蜿蜒而過，讓原本已經很遠的路程多加四小時——而且我們為了再找一輛車以及汽油又多花一小時，總行程因此高達十小時。我們似乎被困在某種異世界，這裡的時間持續拉長又縮短、迅速飛過又永無止境。焦慮和恐懼的浪潮在我心中起伏，我發現自己絕望默禱：希望我們到時候會發現凱特和其他人正在等候。今天已經順利得不像話，我知道沒人能永遠像這樣心想事成。命運有個很壞的習慣，就是喜歡把我高高舉起再重重摔下。

這座城鎮比我想像的更鄉下，至少外圍區域如此。我看到幾片荒廢農地，想必原本是葡萄園，但已被遺棄枯萎，死在一間間狹長鐵皮倉庫的陰影下。

「到了。」科爾從方向盤抬起手，朝某處一指。沒想到他能分辨那些建築，它們在我眼中看起來都一樣，尤其在黑夜中。

「他們在那裡嗎？」

「咱們很快就知道。」

我們進入城鎮邊緣時，天色開始泛出淡紫，我們的小小車隊如遊行般穿越空街。車子減速，拐進一間二手車行時，科爾的心情又出現變化，變得愉快輕鬆。他把車開進一塊受到掩護的空地，在一輛顯然原本是提供除蟲服務的舊廂型車和一輛電力公司的卡車旁。

不是二手車行，起碼現在不是了。

「好啦，寶石妹。」科爾深吸一口氣，抬頭瞥向車頂，咕噥些我聽不見的話語。「準備好沒有？」

「他怎麼辦？」我朝癱軟的克蘭西點個頭。

「先別管他，我剛剛又給他打了一針。等我們確認這裡安全後，我再回來接他。」

這似乎不是最好的辦法，但我疲憊得點頭，累得不想爭論，再加上克蘭西仍在均勻呼吸，上半身癱軟，被頭套隔離於我的視線外。這次換我再三確認他的手腳依然被塑膠繩綁住，這似乎是我最後一個完整又連貫的思緒。

我爬下車時，虛脫得渾身痠痛，我能在咽喉深處和泛淚的眼中感覺到痛楚。連恩立刻來到我身旁，朝卡車的方向投以困惑一眼，我揮手要他別擔心。他摟住我時，我靠在他的懷抱中。我不斷試圖清點人數，每次都從小雀和緋奈開始，但似乎就是數到十就忘記自己數到哪，只好從頭來過。我把精神集中在查布的嗓門上，他朝薇妲吐出一連串關於身旁那些模糊輪廓的疑問，這幫助我維持警覺，但我的腦子還是花了太多時間分析我們為什麼站在某間酒吧的門口。

連恩順著我的視線看去。「她一路上對小雀不吭一聲，」他輕聲道：「我知道她不是溫柔的類型，可是這樣正常嗎？因為如果這種情況持續下去，我會很有意見。」

我又看向薇妲。「她是慢熱型，我會找她談談。」

科爾從窗戶窺視店內，無視沒發光的「營業中」燈管告示牌。他長吐一氣，扭轉這間「笑嘻嘻酒吧」的門把，發現上了鎖。

「這是酒吧？」查布在我身後嘀咕。「我們可以進去嗎？我們還沒滿二十一。」

「唉，老阿嬤，」薇妲嘆氣。「我連吐槽都不知道該從何吐起。」

我窺視前窗，裡頭有許多打磨拋光的淡色木材，吧檯後方是空無一物的置物架，座位區鋪設紅色塑膠布，牆面貼滿老舊的經典搖滾海報以及躺在跑車上的比基尼女郎照。

「我們得闖進去？」我問科爾。

「不必，我只是查看他們是不是還把這裡當作掩護，農莊的入口就在酒吧後方。」

有那麼幾秒，我納悶的心想他一定是指吧檯後方，但他走離門口，下巴撇向笑嘻嘻酒吧和隔壁廢棄商店之間的一條小巷。我們跟在他身後，繞過大型垃圾桶以及疊起的空木箱，來到一道後門。科爾直接上前，在門旁的電子鎖輸入六個數字，電子鎖閃爍鳴叫，門板開啟，裡頭似乎是一間普通後屋，牆面布滿置物架，架上大多空無一物。

「我們要往下走很長一段路，」科爾回頭說：「有人怕高？怕黑？當然沒有，你們都是冠軍。總之小心點，聽見沒有？」

往下走很長一段路。老天——又是地下通道？我敢打賭是非常長的一段路，因為我從笑嘻嘻酒吧門口根本沒看到農莊的主建築，想必之間相隔很遠。洛杉磯總部的地道也是類似設計，入口是個立體停車場，進去以後搭電梯進入下方被稱作「管子」的下水道，裡頭因為汙水、霉垢牆面而臭氣沖天，讓我總覺得惡魔就在通道盡頭等候。

為了進入通往農莊地道的暗門，我們每個人都得擠進酒吧後屋的小臥室，掀起遮蔽暗門的床鋪和地毯。科爾踹開門時，一陣混濁的冰涼空氣朝我們迎面而來。

「酷。」湯米和派特異口同聲，俯身窺視昏暗的暗門內部。凱莉雖然朝露西扮個鬼臉，卻是第二個跟在科爾身後下去。大多的青少年接著下樓，疲倦得沒質疑這裡到底怎麼回事、自己要被帶去哪。年齡更小的孩子則反應不良，小雀和緋奈一樣虛脫疲憊，她們腳步蹣跚，彷彿已在酒吧偷喝幾杯，而且無法把視線集中在連恩身上，就算他扶她們進入梯道。他和我必須一起幫薇妲把半盲又超暴躁的查布送下去，接下來輪到他自己。

我感到恐懼似乎從我身後走來、拿刀架住我的咽喉，雖然我知道這種情緒並不合理。我知道我們沒被攻擊，孩子們已經抵達梯底通道而且平安無恙，我也知道如果我想前往農莊就必須走過地道，這些我都知道，但我還是動彈不得。

連恩注意到我的表情，以微笑要我別擔心。就算我們倆沉默不語，他還是能看出我的所有恐懼。他以一手撫過我的頭髮，再貼上我的臉側，吻我的太陽穴。

「不同地道，不同終點，不同結局，」他保證。「好嗎？」

我嚥口水，逼自己點頭，他開始沿梯爬下，金髮消失在我的視線後，我感覺肌膚收縮、胃袋翻滾。不同結局。我不斷思索這個字眼。結局。

結局才正要開始。

我打直身子，把馬尾撥到肩後，踩下第一階，第二階，第三階。我試著別想周遭的黑暗似乎朝我湧來。就在我以為這道梯子爬不完時，我終於抵達堅實地面。

接下來的整個上午有種怪異甚至虛假的感覺。地道以一串串聖誕燈照明，有些閃爍，有些故障，每次只照出一小段通道。整條路都是荒涼又冰冷的水泥，低矮天花板和窄牆放大每一道說話聲，讓呢喃和嘆息聲如幽魂般在黑暗中飄蕩。我不斷淺呼吸，感覺脈搏終於開始在眼窩造成低沉節奏。這裡確實是洛杉磯總部的原型，只是規模小得多，而且按照科爾的說法，有一部分是在地表，但兩者還是十分相似，足以讓我顫抖。

我的腦子拿周遭景象和聲響玩聯想遊戲，以一道混濁鏡片過濾一切，這幾乎讓我覺得自己是透過別人的回憶觀看這一切發生。汗水和溼衣的氣味，薇妲因疼痛而呻吟，查布以陰鬱又無助的表情凝視黑暗，小雀昏睡在連恩的背上，以胳臂勾住他的脖子，由他背負而行。這條路漫長得讓我偶爾忘了我們要去哪。

前方的科爾爬上半條階梯，敲擊某種金屬——大型的生鏽方塊，顯然是道門，面向地道的這一面沒有把手，必須由門後之人開啟。

「如果裡頭沒人？」我聽到查布發問。為了安撫心跳，我假裝沒聽到他說什麼。

他用拳頭敲門一分鐘後，孩子們聚在他身旁幫忙敲擊。

沒人在，他們沒逃出來。

我無法呼吸。這裡無處可去，兩側牆面如此擁擠，我身後的孩子們擋住我的退路。我感覺連恩摟住我的肩膀，但這種重量讓我的胸腔更顯緊繃。我被自己絆倒後退時，一聲刺耳吱嘎聲傳來，通道被光芒淹沒。

凱特？

我遮眼擋光，試圖看清對方，這時科爾以愉快的口吻喊道：「哈囉，桃莉！」

「我的**天啊**！」她的話語帶有某種口音，似乎是紐約？應該是新澤西州。「快，快進來——天啊！我們以為……我們還在想是不是應該離開這裡去找你。」

連恩帶我們前進，走上階梯，進入光明。我沒意識到自己有多冷，直到一團甜美暖意湧來。我進入這間地下祕室，因上方的日光燈而眨眼。

桃莉發出哀怨的嘆息，沿孩子們排成的隊伍走來，來到我和連恩面前時眨眨眼，來回瞥向連恩和科爾。「天啊，居然有另一個你？地球怎麼還沒毀滅？」

「純粹因為狗屎運。」科爾回答：「大夥都在這？」

桃莉明顯感到猶豫。「呃……不算是。」

「凱特呢？」薇妲完全沒掩飾口氣中的盼望。

「康納很平安，只是擔心你們擔心得要命。」

連恩低頭一瞥，更用力摟住我，表情顯然替我感到興奮。我貼緊他的懷抱，我的淺笑幾乎出自本能反應，但我沒想到取代心中恐懼的第一種情緒不是喜悅或安心，而是從內心深處突然擴散而來的劇痛。她不知道。凱特活了下來，雖然機會渺茫但確實來到這裡，而且正在等我們。桃莉只會讓她知道我們來到這裡，她們倆都不知道裘德的遭遇。如果想告訴凱特，我就不能撲上去抱她，不能哭泣。她什麼都不知道。

現在她即將知道了。

「『不算是』是什麼意思？」科爾掃視周圍。「你們有十人來這裡打開通道，不是嗎？康納那隊有十二人——」

桃莉不安的挪動身子，腳上球鞋微微吱嘎。一陣赤腳踏過瓷磚的聲響傳來，讓她暫時不用答覆。某人的金髮在走廊轉角迅速出現——凱特。我感覺心臟跳進咽喉。

薇妲推開擋路的一群孩子，上前衝向她，差點和她一起倒地。

「對不起，我真的好抱歉，」凱特說：「我們當時就在轟炸區的外圍，因為那些路障而回不去——」

凱特瞥向薇妲身後，看到我，和我對望時綻放安心的微笑。天啊天啊她不知道——我說不出話，也無法移動。我感覺渾身發燙，汗水從每一個毛細孔帶出內疚、羞愧、憤怒和悲傷。接著，她沒看我或薇妲，而是看向我身旁的無人位置，再查看整間祕室，視線輪流掃過每個人，同時把薇妲抱得更緊。她在找他。

到頭來，我其實什麼都不用說。她看到我的瞬間想必已經明白。

連恩牽起我的手，抓緊我的指間，帶我走離這裡，帶我更靠向他。我把臉埋在他的右肩上，聆聽他的心跳，試圖恢復呼吸，壓抑淚水。

「何不……」桃莉把手放在湯米的肩上。「我帶你們去看浴室和睡覺的地方吧？所有房間都開著，你們挑自己喜歡的住。我們得等明天再考慮如何取得床單和毛毯，我很抱歉。」

「沒寢具？」科爾低聲問。

「被他們拿走了。」桃莉聳肩，瞥孩子們一眼再看他，他終於停止發問。

她帶我們走進一條亮白走廊，上頭的燈光讓每個人的膚色發白，身上的塵土汙垢因此更為明顯。這麼多人走過時，貼在牆上的一張張照片隨之顫動。漂白水的刺鼻味傳來，這是一處極為寬敞的大廳，跟學校體育館差不多大，門口敞開，睡袋和床墊四散其中。

休息，我終於能休息。

「嘿，寶石妹，」科爾說：「能不能跟我們走一趟？我想向凱特清楚說明經過。」

連恩更用力抓住我，我差點說「不」——我不認為我在恢復精神之前能面對凱特。但連恩會陪伴我，而且我想知道其他特工在哪。

「我很快就回來找你，」我告訴連恩。「幫我們選個好房間。」

「好吧……」他顯得猶豫，但還是跟其他人走下通往地下二樓的階梯，只有再回頭看我一眼。

科爾以手勢要我跟他進入地道入口左方的房間，但我在原地逗留幾秒，試圖更看清楚周遭。我覺得……這裡沒什麼令我欣賞之處。

洛杉磯總部有種窮酸樣，彷彿有人挖口深坑，灌些水泥，再搬些款式不一的瓷磚和桌椅進去裝飾，天花板的照明和管線裸露，而且熱水供應總是不穩。但是農莊看起來彷彿被徹底遺忘，雖然特工們已經在這裡至少待了一星期，地板卻依然塵埃密布，門把鬆脫損壞，牆面油漆剝落，幾面門板的木材龜裂，幾處的燈泡不是故障就是根本不存在，走廊因此有幾段被陰影遮蔽。天花板的瓷磚崩塌成粉，幾處天花板早已砸落在地，被踢到一旁。彷彿沒人在乎這裡。看著這一切，我開始感到恐慌。他們對待這裡的方式表示他們無意久留、無意占據。

「——**狗屁！操他媽的狗屁！**」薇妲的嗓門從科爾帶我們進入的房間傳來。我走進這個房間，把門在身後牢牢關上，差點撞上一排文件櫃。這裡只容得下一張書桌、三張椅子，還有幾面裱框的美國地圖。

這裡想必是艾爾班的辦公室，他還在這裡的時候。雖然這裡遠不如他在洛杉磯總部的辦公室那般雜亂，但某些特徵顯然有他的風格，例如掛在牆上的垂軟國旗。

「離開洛杉磯後，森恩就聯絡了農莊這裡的特工，說明她的隊伍正在前往堪薩斯州。」和凱特斜靠在桌前的科爾向我解釋。凱特垂著頭，雙臂緊抱於胸，思緒顯然飄往他方。薇妲在狹小空間來回踱步，雙手扠腰。

「結果這裡的特工全走了。」我幫科爾說完。**媽的**。科爾原本確信當時跟凱特一起離開總部、替我們尋找交通工具的特工們對凱特還算忠心，才會願意留下幫助我們。

「而且他們幾乎把這裡所有沒以鐵釘固定的東西搬運一空，包括大多數的食物。」科爾的鎮定姿態令我驚訝。「凱特和桃莉原本打算來找我們——看來妳真的讓森恩他們以為我們要去堪薩斯。我們必須重建這裡，雖然不容易，但我們做得到。」

凱特抬頭。「你說『她真的讓他們以為』是什麼意思？」

「原來妳**早就知道**。」薇妲的口氣有些惡毒。「是妳叫他們去堪薩斯？」

我舉起雙手，盡量拒絕退向門口，拒絕遠離那雙憤怒眼神。「沒錯。我以念力叫他們直接前往堪薩斯，如此一來我們就能在離開加州後跟他們徹底分開，只是我當時應該確保他們不會在我們抵達這裡之前聯絡這裡的特工。」

「**搞屁啊**？」薇妲大發雷霆。

「我同意，」凱特冷冷盯著科爾。「給我好好解釋你這麼做到底有何目的。」

「噢，這個嘛，『救這些孩子的命』的這個目的如何？」科爾回嗆，雙手交疊於膝。「妳想知道妳的夥伴森恩有何企圖？她原本打算在開車出發時讓孩子們分散，帶他們離開洛杉磯一段距離，讓他們以為自己安全後再拿他們去換獎金。」

凱特的臉色比先前更蒼白，薇妲終於停止來回踱步。

「你怎麼知道……」凱特開口。

「我在她的心靈中看到，」我讓胃中酸液包裹每一個字。「她老早做好詳細計畫，他們想拿那些錢去黑市買武器和炸藥襲擊華盛頓特區——他們根本沒興趣幫我們解放改造營。」

「而我們的計畫成功了，」科爾說：「就算有些小挫折。別像這樣氣得內褲打結，康納，沒人受傷，我們跟他們分得乾乾淨淨。那些特工離開這裡反而只是證明我們的判斷正確，他們根本不想幫這些孩子。如此一來，至少農莊歸我們所有，而且他們搞不清楚我們到底有何計畫。就算他們被格雷總統的手下攔住，也無法提供跟我們有關的正確情報。這裡是適合**我們**而不是他們的基地。這裡很低調，有水電，那些傢伙走了之後讓我們擁有更多空間。」

「是啊，看看我們**沒有**什麼！」凱特終於爆發，白皙臉龐漲紅，完全不打算隱藏顫抖的怒火。「你把那些受過訓練的專家送走——他們能照你吩咐的去襲擊改造營，能保護這些孩子！我們應該想更多辦法讓他們加入我們這一邊，而不是讓他們以為自己想走。而且你**居然**沒跟我商量就做出這種決定？我實在不知道——」她搖搖頭，以強悍眼神盯著我，我不得不轉頭。

「露碧，**這到底怎麼回事**？」

「別再鬧了，康納，」科爾的口氣強硬。「我們的計畫就是訓練這些孩子戰鬥，壯大他們。」

「壯大你自己吧？」凱特尖銳的糾正。如果不是因為薇妲在場，我恐怕不知道科爾打算如何反擊，他握起垂於腰側的一拳。「我明白，科爾……我真的明白，但這不是正確的辦法。他們拿走了電腦伺服器，我只有一臺筆記型電腦，而且是因為我昨晚把電腦拿進寢室裡處理些事情，在他們討論離開時沒被發現。他們會把我們鎖在系統外頭，我們到時候該怎麼辦？你放火燒橋時沒給我們留下退路。」

聯盟花了將近十年建立一套全方位情報網，能查詢前任政客的下落、賞金獵人和超能士兵的資料庫、建築平面圖，以及各個祕密據點的位置。想襲擊任何改造營，我們就必須依賴那些情報。就算不為別的，我們至少也需要一些改造營的衛星空拍圖。

「綠印者能駭入聯盟網路，那根本不是問題，」科爾說：「那套網路就是由他們一手打造。而且我也有做好安排，確保我們能複製治療法的研究資料。我只有一個疑問：我從樂達公司偷來的那支隨身碟呢？裡頭有青春退化症的起因研究？」

凱特咬牙，撇開頭，咽喉因為嚥口水而起伏，這幾秒的沉默讓我感到強烈不安。「在垃圾堆裡。電磁脈衝彈爆炸時，我們離城邊不遠，隨身碟的資料因此被洗淨一空……我很抱歉，我只希望——」她搖頭住嘴。

聽到這番話，我沉重的癱坐在一張椅子上，覺得自己彷彿走過一條跟別人反方向的狹長地道。我幾乎沒聽見科爾以諷刺的口吻說「噢，**好極了**」，我沒聽見凱特站起、從我身旁繞向門口。

「妳要去哪？」科爾問：「讓孩子們再睡一會兒。」

「我不是去孩子那裡，」她冷冷道：「我要去追那些特工，收拾你把我們牽連進來的爛攤子，我要找他們回來，我們才能一起處理現在的局面。」

她的話中寒意滲透我全身，直入骨髓。我從沒見過她這幅模樣，至少這是她第一次把熾烈怒火對準我。但我也很火——怒不可遏。她丟下我們，我需要她的時候她不在場，我為了保住大家的命已經盡了力。

「妳希望他們回來？」我問：「誰？為了扮演恐怖分子而願意立刻丟下妳的那些人？還是想把我們交給超能士兵的那些人？」

凱特根本不敢看我。「我相信一定有某種誤會……」

「妳說得沒錯，」我說：「是我誤會了，我沒想到妳就是不敢面對那些特工的真面目——」

「露碧！」薇妲咆哮：「他媽的給我閉——」

「我不知道他們得向妳證明多少次，但那些特工根本不在乎妳加入的聯盟，真正在乎改造營那些孩子的那個聯盟——那些孩子每天都可能死於我們即將查出治療方式的疾病。我們不需要那些特工！不需要他們來破壞我們的努力！**給我醒醒！**」

「我沒興趣送孩子出去扮演士兵。」凱特說。

「妳以前從沒反對過這點。」我的口氣苦澀。

「率領戰術小隊的那些專業特工有監督妳的安全——」

「是啊，妳是說後來反過來把我們一一殺掉的那些特工？還記得羅伯嗎？他在某次『意外』中試圖殺掉我和薇妲，還是妳根本不知道那件事？他**追殺**我們，他把嘴套壓在我的臉上！」

薇妲僵在原地，面無血色，「不讓凱特受到任何批評」的本能顯然正在跟她認清的事實交戰。科爾把一手按在我肩上，但我側身閃開，等凱特看我，等她回答。

「我和桃莉明天一早就出發，」她輕聲道：「那些特工幾小時前才離開，我們還來得及追上。」

我感覺彷彿被她打了一巴掌。「好吧，隨妳。」

「祝好運。」科爾附和，口氣帶有一絲嘲諷。

她以淡色眼眸瞥我最後一眼，接著推門而出，把門在身後甩上。薇妲迅速跟上，我從電腦室的窗戶目送她們離去消失。我嚥不下這口氣，邁步想追上去。

但是科爾揪住我的胳臂。「讓她們冷靜冷靜。她們只是情緒激動，但這是必要過程。」

「是嗎？」我衝口說出這項疑問，心中滿是懷疑。

地道鐵門又傳來一聲吱嘎巨響，我立刻繃緊身子，跟科爾衝進走廊。我相當確定自己看到凱特衝入黑暗，準備如她所說的出發上路，接著我看到八名渾身骯髒、表情疲倦的孩子站在入口處，那幅畫面令我的胸腔彷彿受到重擊。

他們一個比一個更顯驚恐。克魯斯參議員走在最後頭，幾個人伸手想扶她爬過最後幾階，被她拍開。她環視四周，避開來到我左方的桃莉投出的評估視線。

「你們的速度破紀錄了！」科爾拍拍他們每個人的背脊，換來幾個人的微笑，更多人因為安心而擁抱他。「你們碰上麻煩？」

「沒有，我們只是有點看不懂你對於如何從酒吧進入地底的說明，但我們看到地點之後就明白怎麼做。」身形高大、棕色皮膚的藍印者隊長薩克跟平常一樣毫無懼色，他把黑髮往後梳，打量此地。

薩克看來放鬆又自信，尼克卻處於另一個極端，他顯得弱小驚恐，黑髮凌亂豎起，彷彿一整天都因為情緒緊繃而抓頭。尼克交叉雙臂，抱住手肘，深呼吸，至少直到他見到凱特。她從人群之中推擠而過，朝他走去，肩膀撞上其他特工，但他沒像薇妲那般擁抱她，而是開始掩面痛哭。

只有「痛哭」一詞適合描述他發出的聲音。哭聲淹過其他人的興奮閒談，蓋過所有提問，壓抑所有笑聲，直到減弱成呻吟。我感覺內臟扭曲，直到我不得不轉頭，讓灰色雜音灌入耳中。其他孩子都沒走向他，只有克魯斯參議員清楚以表情責備我們對他的這種態度，她甚至比凱特更早擁抱他。

我面向桃莉，詢問淋浴間和寢室的位置，慶幸有這個藉口遠離尼克的刺耳哭聲，遠離凱特的失望表情，遠離其他孩子根本不知道這裡已經被剝奪得幾乎無法居住卻表現出來的興奮。

就我所見，農莊分岔成兩條平行走道，頭尾兩端以雙扇門連接。樓下跟樓上的構造相同，各有兩條狹長大廳，每間都有十幾道關上的房門。樓梯間通往的一間大廳裡頭只有一些擺放上下鋪的寢室、一間廚房，還有一個洗衣間。其中一道門開著，我瞥向裡頭的四張上下鋪。

隔壁房間的說話聲模糊，但我認出查布衝口說出的「**什麼？**」我走過最後幾呎，來到隔壁門口，抓住把手，懷疑他們為何關門。

「——她就不能早點讓我們知道？」薇妲正在叫嚷：「真他媽的不可思議。如果我們的安全受到威脅，她不應該跟科爾在那裡瞎攪和，而是應該最先讓我們知道！」

我靠向門，額頭貼上門板。

「她和科爾最近特別麻吉，」查布說：「他們做出這種安排，我不感到驚訝。」

「這不合理——」連恩壓低嗓門，我聽不到接下來的話，但我已經退後，憤怒讓心跳聲在耳中大作。

我沿走廊離去，來到桃莉所說的毛巾櫃。所有毛巾都被拿取一空，但我發現一條柔軟的大號黑色T恤塞在一袋便服裡，那些特工在搬東西時沒注意到這包衣服。我拿起T恤，走向浴室，慶幸自己不用在洗澡後穿回髒衣服。

我踏進其中一個淋浴間，脫下衣服，在水還不夠熱之前就走到水下，感覺這個上午彷彿一場夢。水從生鏽的蓮蓬頭沖出，以冰涼觸感打上我的肌膚，立刻讓我冷卻，平息頭皮的麻刺感。每個淋浴間都內置按壓式的沐浴乳和洗髮精，這些工業尺寸的大型容器已經半空。我讓肩膀下垂，我低頭凝視在底下打轉、遠離我腳邊的水流。我呼吸。我發現肋骨和雙腿上洗不掉的汙痕原來是瘀痕。我呼吸。我呼吸。

我只是呼吸。

第六章

我不知道自己到底有沒有睡著，或只是三不五時失去意識。我平躺在床上，雙手交疊於腹部，聽著農莊逐漸甦醒。說話聲在大廳中此起彼落，詢問拿去洗的衣物目前流落何方，抱怨淋浴間沒熱水，還有笑聲——聽到薇妲喊我的名字，我閉眼。

起來，我命令自己，妳不能逃避。

我把兩腿甩到床側，揉揉臉，把頭髮綁回馬尾。我開燈開門後，薇妲正在大廳另一端，看到我踏出房門便迅速朝我走回。

「怎麼了？」我問。

「噢？終於睡飽美容覺了，小親親？」她發火。「她們有等妳——等了一小時，而妳根本沒出現！怎麼？妳他媽偉大得不需要跟人家說再見？」

某種寒意在我的胃中纏繞。「凱特和桃莉已經出發了？」

雖然這幾個月發生這麼多事，我還是沒想到這讓我有多難過。她們沒來道別，也不想聽我們詳細解釋之後再走。凱特寧可徹底破壞我們為了讓那些特工離開而做出的努力，也要哀求那些特工回來，等於讓我們白忙一場。

「現在快下午三點。」薇妲說。

我難以置信地瞪著她，她臉上的寒冰終於稍微破碎。她搖頭，嘴裡念念有詞，我假裝沒聽見。「妳一直在睡覺？看來妳比我想像得更累。」
「聽著，」我開口：「關於先前的事……」
她伸手要我住嘴。「我懂。我只有一個疑問——妳不讓我知道森恩的計畫，是因為妳以為我會一刀刺進那婊子的腎臟？」
「這大概是其中一個原因。」我坦承。
「那妳其實不夠了解我，」她說：「因為我會直接瞄準心臟。不過……妳的考量也有道理。」
「其他人呢？」我問。
「老阿嬤躺在床上生悶氣，」薇妲說：「童子軍在廚房把每個人煩得要死。」
「什麼？為什麼？」她聳肩以對，我接著問：「小雀呢？」
她的表情再次封閉。她開口時，話語幾乎能把我的皮肉從骨頭上割掉。「我看起來像關心她在哪的那種人嗎？」
「薇妲，我說真的——」
不管原因到底為何，她就是不願討論。她已經轉身走向樓梯。
「我們得談談這件事。」我試圖追上她，但她以眼神逼我停步，那是不想被打擾的表情。
「順道一提，如果妳終於想知道外頭的狀況，那我跟妳說一聲，凱特走過地道的時候，」薇妲說：「叫我轉告妳：玩火只會自焚。這對妳來說有什麼涵義嗎？」
「沒有，」我猶豫片刻後開口。「我完全聽不懂。」

＊　＊　＊

薇妲說對一半。連恩**確實**在廚房——只不過他其實在爐臺和水槽後方，在陰暗角落中的食品儲藏室裡。他讓儲藏室的門敞開，大概想讓外頭的光芒支援他咬在嘴裡的小手電筒。他正在一本小筆記簿上寫些什麼，我伸手撥電燈開關，打算笑他沒發現開關所在，但是……燈光沒反應。我試了兩次以作確認。

連恩拿下嘴裡的手電筒，朝我微笑。就這樣，過去幾小時的遭遇似乎化為我徹底避開的一灘濁水。

「妳知道嗎？這個地方需要三十六顆新燈泡。那些傢伙怎麼連燈泡也拿？」連恩問。

「三十六聽來是很精確的數字，」我輕笑。「這是你的最佳猜測？」

他顯得納悶。「不，我有計算。我稍早跟凱莉和小雀確認過，我們還需要五個門鎖、幾加侖的洗衣精，還有二十幾條毛巾。而且這裡——」連恩指向自己面前的置物架，沒剩多少東西。「這太可悲了。我實在不知道他們怎麼有辦法弄到這麼多罐甜菜，可是**上帝啊**，甜菜能拿來幹麼？」

「這個嘛，炸甜菜、甜菜湯、醃甜菜……」

「**噁**。」他掩住兩耳，居然渾身打顫。「我寧可冒險一試燉番茄。」

「這裡的情況真有這麼糟？」我踏進儲藏室內部。我其實不需要問——情況確實很糟，比我想像得更糟。除了幾條麵包和冰箱裡的切片火腿，大多都是罐頭蔬菜以及蝴蝶餅和洋芋片之類的零食。

連恩繼續說著想找到義大利麵、罐頭湯和麥片時，我斜靠在他身上，閉上眼。他的胸膛令我的背脊感到暖意，我喜歡感受他說的每個字彷彿有生命般在他體內隆隆作響。他伸手過來，輕輕拉我的頭髮。「我的話題讓妳覺得無聊吧？」

「不，抱歉，我在聽，」我說：「你剛剛說到露西？」

「沒錯，她在東河的時候負責管理食物，我認為她能建議我們如何輪流使用物資，還有我們應該試圖蒐集哪些東西。」

的確。我們必須組織負責取得物資的隊伍，雖然我們的人數本來就不多，我很難想像科爾會同意這項提議，除非情況緊迫。如果是連恩出去尋找物資，科爾恐怕完全不會答應。

「妳累了，」他以拇指撫摸我的眼周。「妳跑去哪了？我有試著等妳，但我一躺下就睡著了。」

「我洗了澡，累得沒去找你們所在的房間。」我哪能承認我刻意避開他們選擇的房間？我不想面對他們的疑問，尤其當我感覺腦袋跟心跳一樣沉重。跟凱特鬧得不愉快後，我實在沒剩多少戰力。「我找到一張空床就直接睡了。」

他從貨架拿下一個單人份的小型水果罐頭，在我能拒絕前拉開易開罐。我把罐口湊到嘴邊，吞下水果時，他繼續仔細數算貨架上的物資。我在他臉上看出他考慮該提出哪個話題、他想問的每項疑問，從旁流逝的每一秒沉默都令我有些緊張。

「我不想問，但是……妳遲早會向我們說明那些特工的企圖，還有妳做了什麼，是嗎？不會讓我們在發現那些特工沒來到這裡時自己想出答案？」

「我應該一出城就對你們說清楚，」我說：「只是……後來發生太多事情，我一忙就忘了。」

「妳其實可以在我們出城之前就說。」他溫柔道。

「當時沒那種時間，」我說：「而且如果有誰表現出自己知道那些特工的企圖，他們可能就會知道我以心控影響了他們，我們當時必須盡快採取對策。」

「妳是指妳和科爾。」

「他比任何人都熟悉那些特工。在『如何讓他們把我植入的想法當成事實』這方面，我需要他的建議。」而且如果我當時告訴你，你就會逼我們立刻離開。

有時候，應該說大多數的時候，我很難想像我和連恩原本擁有各自的人生。我們倆的人生早已緊密交織，我想向他訴說一切，我想聽他所有的意見，看看是否跟我一致。我以前曾向他隱瞞事情，關於我是誰、我對我爸媽做過什麼，但不知道為什麼……感覺倒也不是比較糟，而是有種揮之不去的心煩意亂，我覺得我們之間的默契不如以往，我擾亂了我們人生中的某種自然規律。我咬脣，看著他皺眉，科爾在集中精神時也是同樣表情。

「所以妳慌了，是嗎？妳發現了真相……」連恩用手背揉額頭。「老天，所以接下來是什麼計畫？」

「大夥會在晚餐時聚在一起，討論如何解放其中一些改造營。」

「那恐怕不算晚餐，如果我們有的食物就是這些……但我會想辦法，日子總會過下去。」

連恩摟住我的肩膀，把我拉過去。我把臉靠在他的肩上，顫抖的吐口氣，以雙臂抱住他的腰。

這種感覺很對。像這樣接近他，感覺**很對**，我的思緒終於不再忙亂。在這個陰暗空間，他的親近令我脈搏加速，外頭的世界似乎遠在千里之外。他吻我的頭髮和臉頰，我只想著我不能連這種感情也失去。我不能向他坦承一切，因為我希望他能從我們的努力中獲益，因為我想保護他。但我們能維持**這種感情**，是嗎？

「你相不相信我能保護你？」我問。我知道這項提問聽來一定很莫名其妙，但我突然覺得這至關重要。我看得出來他因為我向他隱瞞那些特工的企圖而感到難過。

「親愛的，如果我得在妳和格雷的百人精兵之間評個高下，我絕對選妳。」

我突然抱住他，踮起腳尖，用力吻他的脣。

我後退時，指頭仍緊抓他的上衣。我自己的聲音聽來低沉粗啞，我努力思索該說什麼，而且我緊張得不確定能不能想出適當的話語。「我想要……」

他看著我，耐心等候，臉上的茫然消去。

我想要……我感覺臉龐漲紅，但我不確定這是因為害羞還是因為從腦海中閃過的畫面，我未曾如此尷尬又緊繃。我以前吻過他，**真的**吻他，但每次彷彿都是出於壓力、急切或憤怒，每次也被周遭世界提出的要求打斷。這其實是我第一次有機會好好思索他的全部，仔細觀察他：雙手的觸感，鬍碴的摩擦聲，從咽喉深處發出的屏息聲。

我們在**食品儲藏室**，其他孩子在廚房外頭。我的理智面知道這一刻無法持續太久，但下一次，如果我們在其他地方，如果我們能再獨處片刻——會如何發展？我感覺身體被一陣微弱震顫貫穿，以等量的驚慌和渴望驅動。我不知道該怎麼辦，不知道該如何避免搞砸一切。

連恩抓著我的雙手，背靠置物架。看到他微笑，我感到安心。他懂，他當然懂。打從我遇見他，他就比我更懂我自己。

他說話時，嗓音優美，表情卻非如此，眼中有種淘氣和渴望。我意識到這是因為我，我的內臟隨之一顫。「現在，親愛的，我有個想法。」

「是嗎？」我呢喃，因為他以拇指撫摸我下脣的舉動而分心。

「沒錯。我的想法是，妳十七歲，我十八歲，我們本來就有權利像青少年那般親熱，快樂又瘋癲的平凡小鬼。」他以兩指勾住我的牛仔褲腰帶環，把我拉得更近。我愛死他壓低嗓門的說話聲，他的南方口音變得更明顯，如雷雨即將來臨前的夏日空氣般溫暖。這是史都華魅力的全面來襲，我毫無招架之力。「想不想聽我訂下的規矩？」

我點頭，心臟如鑿岩機般狂跳。他以同一隻手滑到我的髖部，伸進我的上衣內側，貼住我的下背，感覺既溫暖又美妙。他的脣輕輕擦過我的脣時，我閉上眼。他的接觸讓我覺得勇敢，把我的猶豫推得老遠。

「規矩一，妳不能想太多。規矩二，妳想住手的時候告訴我。規矩三，妳做讓妳心情好的事。規矩四是——」

「——是你別說話，」我摸索的把身後的門關上。「快吻我？」

他咯咯笑的照做，我也發笑，因為我的神經冒泡，因為他的快樂具有感染力，因為第一條蠢規矩一點也不重要。連恩是我腦海中的唯一思緒，是在我的胸中爆發的千百種狂熱情緒。他讓吻加深，誘使我對他張脣，我模仿他的舌擊，他以低沉呻吟表示獎勵。

平凡。快樂。瘋癲。為他痴狂。

＊　＊　＊

經過半小時後，我聽到科爾從大廳另一頭不斷呼喊我的名字，最後他終於大步走進廚房，敲打老舊的大冰箱。這讓我有一秒的時間脫離連恩，整理儀容後再出去見他。

「那隻動物等著吃飯，」科爾往一個紙杯裡倒水。「還是妳忘了他的存在？」

就這樣，輕盈而美妙的幸福感在我的腳下蒸發，我墜回現實世界。

「我永遠不會忘掉克蘭西的存在。」惱火情緒令我的口氣更尖銳。「看來我不該相信你會照顧他？」

「沒錯，妳確實不該這麼認為。」連恩的呼喊從食品儲藏室裡傳來。

科爾咧嘴笑。「他被打了這麼多藥，現在一定頭痛得要死。我把他關在小牢籠裡的時候，那小子才剛醒，憤怒激動得彷彿能拉出跟磚塊一樣重的屎。」

「好吧，我們快搞定這件麻煩事。」

科爾沒帶我上樓，而是沿走廊而行，經過幾間寢室，來到一面標示為「文件儲藏室」的門前。他掏出一串小鑰匙圈遞來，我把鑰匙插進鎖孔，感到一些阻力。我迅速瞥向四周，確認沒有旁人，我轉轉門把，確認門能再鎖上。我們悄聲走進，科爾拉扯上方唯一一顆燈泡的拉繩。

金屬櫃簡單而實用，塞滿箱子和紙堆——看來彷彿是任務資料，如果門上那幾個謊言也能信，起碼這裡乍看之下還滿像一回事。我掃視整齊擺在置物架上的文件夾和活頁夾，科爾來到沿後牆擺放的兩面置物架前。

「這個，」他說：「放著紅色儲物盒的架子，拉一下。」

我把手伸到跟信紙差不多大的儲物盒上方，盒蓋上的灰塵最近受到打擾，顯然因為有人為了拉動書架支撐桿上的祕密機關。我抓住機關往上拉，一聲清楚又令人滿意的喀聲傳來，整面置物架朝我甩來。暗門後的自動照明開啟，把這間狹小儲藏室灌滿奪目白光。

沿樸素的通道走沒幾步，我們來到另一道上鎖的門前。我插入鑰匙，輸入「4004004」的密碼，門板嘶聲開啟。

「我在這裡等著，」他輕聲道：「如果要我幫忙，跟我打個招呼。」

這是他的要求之一：我給那隻害蟲送食物來的時候，必須有人在門外注意我的安全。我的選擇有他、凱特和薇妲，但我也把查布加入這份名單，因為他本來就對克蘭西的心控免疫。

我踏進這條通道，讓科爾把門在我身後關閉上鎖。

這裡有兩間以強化玻璃組成的牢房，都是寬十呎、深四呎，各有一張小床、一座塑膠馬桶，還有一桶水，用來洗臉刷牙。以牢房來說，這裡絕對比洛杉磯總部那種潮溼發霉的審問室好很多，照明也比較強，超白牆壁搭配上方的無蓋日光燈，裡頭亮得幾乎讓人睜不開眼。雖然這遠不如克蘭西・格雷平時的生活水準，但他躺在小床上、一臂遮眼的模樣似乎頗為怡然自得。看來科爾帶他來這裡之前已經給他沖洗過，而且換上乾淨衣服，他不配擁有這種待遇。

我走向門前，他絲毫不動。玻璃門上的送物口也以上鎖的鋼板遮掩，我猜得沒錯，我的鑰匙確實能開啟。鋼板吱嘎開啟，但這名囚犯還是沒反應。我把袋裝食物丟進去，把一杯水放在送物口內側的平臺上，再小心鎖上鋼板。克蘭西等我轉身後才開口。

「喬遷過程不順利？」他轉頭看我，口氣好奇得令我不安。「妳的思緒響亮得我隔著玻璃牆也聽得見。」

我知道自己的想法並不合理，但我還是不禁擔心他說的是字面上的意思。畢竟當他試圖侵入我的腦海時，我能感覺到他的動作，我的後腦和頸後總是會產生刺麻感。

克蘭西用腳把袋裝食物拉到床邊。他拆開三明治，露出厭惡的表情。「怎麼，德州以西沒剩一塊牛排？這是什麼肉？」

我正想翻白眼，突然意識到他是真的不懂。「波羅納香腸切片。」

他嗅聞幾下，因鄙視而嘴角下垂，再用原本的保鮮膜包起。「我覺得我寧可挨餓。」

「隨你便。」

「總之，」克蘭西改變話題，「我很失望，想不到妳沒顯得得意洋洋。我原本以為妳會立刻衝來這裡炫耀妳跟那支小小隨身碟破鏡重圓。是誰讓妳的心情這麼爛？」

「我正在看著他。」

他發出一聲輕笑。「我高估了妳在這幾小時內能做出多少推理的能力。那支隨身碟到底還能不能用？還是已經被電磁脈衝徹底銷毀？妳從火中救回的那些焦脆研究資料狀況如何？妳大概還沒發現他們正在對瑟蒙德做些什麼，是吧？」

似乎有隻隱形之手掐住我的咽喉，逼我向前傾。**瑟蒙德**？瑟蒙德到底發生什麼狀況？讓他因為我一臉茫然而如此幸災樂禍？

別說話，我命令自己，試圖對抗「瑟蒙德」一詞造成的驚慌。別做出反應。

克蘭西扯下三明治的一塊麵包，丟進嘴裡。看我沒追問，他的嘴角勾起竊笑。

「如果想知道，妳就得親眼目睹。」他輕敲太陽穴——提出挑戰還是邀請？

「我知道妳很生氣，」他說下去，「對洛杉磯那種結局——」

瑟蒙德，我不斷思索。這個名詞彷彿傳染病——我猜這就是他期望造成的影響。他被我們囚禁了幾星期，不可能獲得新情報——除非這根本不是新情報，只是他握住的王牌，等著在最適當的時機打出。

我花了過長的幾秒才做出答覆。「**生氣**一詞根本無法形容我的感受。」

他點頭。「不過呢，遲早有一天……一天、幾個月，甚至幾年後，或許妳會明白銷毀那些研究資料是『無私』而非自私之舉。」

「無私？」我猛然轉身面向玻璃牆，沒讓自己退向門口。「奪走讓那些孩子生存下去的機會，讓他們永遠看不到改變？讓他們永遠無法跟家人團圓，這叫**無私**？」

「那就是妳想要的？我還以為及時解放瑟蒙德才是更高優先。」克蘭西查看一顆葡萄。「這是有機葡萄嗎？」
我轉身快步從牢房走向門口。
「露碧——聽我說。治療法只是控制我們的方式之一，那會剝奪我們的選擇權。妳把研究資料帶來這裡之後有什麼結果？他們有讓妳過目嗎？妳知道資料現在在哪嗎？」
我握起垂於側身的雙拳。
「治療法不是能撫平所有傷口的魔法繃帶，不會消除他們對我們的偏見。就算治療法不會造成副作用，他們也會繼續等候觀察、祈禱我們別復發。告訴我，」他彎起腿，在床上盤坐，我默默看著他的指尖在膝上打鼓。「如果這裡的特工知道治療法的存在，會不會因此改變對妳的態度？」
我們之間一片沉默。他微笑道：「他們在這裡的目的其實跟妳毫無關係，他們或許說了些什麼，讓妳願意配合，願意信任他們，但他們不會履行承諾，包括史都華。」
「我認為唯一不值得信賴的只有你。」
「不管妳來到這裡打算達成什麼目標，」他低聲道：「妳必須盡量讓所有孩子支持妳，只有他們會追隨妳、信任妳，任何成年人都不會這麼做。如果成年人把妳看做有效武器之外的東西，那妳可算是十分幸運。」
「因為想找到在全國四散躲藏的孩子非常容易？」
「我能幫妳找出四處流浪的部落，妳能訓練他們，教他們如何保護自己。我們即將走向終局，如果妳不去找他們，他們就會在這場戰爭中遭受池魚之殃。」
我咬牙，但他在我能提出任何反駁前說下去。「忘了那些大人吧，露碧，妳一定要成為孩子們的領袖，讓他們愛戴妳，妳就會永遠享有他們的忠誠。」

「**讓**他們愛戴我。」我的怒火回歸攀升。

「東河的一切並非盡是假象。」他的口氣沉穩。

但原本重要的那一切——我對那裡的每一道回憶——都被他的黑暗心靈汙染。光想到他當時在篝火另一端以那種眼神打量我……他輕易侵入我的所有心靈防線……那些孩子，那些啃書蟲以崇拜的眼神看他。我的脊椎感到一陣寒意。這裡突然感覺又小又冷，我不能繼續站在這裡聽他想吐出的屁話。

我轉身面向門口，解開鎖，確保把電燈關掉。克蘭西的話語還是穿越黑暗而來。他汙染了周遭空氣，讓自己的嗓門聽來彷彿無所不在。

「等妳準備成為領袖，準備真的**做些什麼**，跟我說一聲，我會在這裡等妳。」

從我在他臉上看到的最後一眼判斷，他就是想待在這裡。

第七章

科爾沒對我說一個字，直到我們回到大廳，跟總統之子之間以幾道門相隔。儘管如此，他還是顯得分神，淡色眉毛皺起，雙臂交叉於胸。

「你有聽見他說什麼？」我問。

他點頭。「觀察窗底下有一道小型格柵。」

「在轟炸發生前，你有聽說關於瑟蒙德的任何情報嗎？」我問：「總部裡有沒有流傳任何謠言？」

「我原本還希望妳知道他在說些什麼。」科爾跟我走過走廊。「我會去查查。」

我正準備走向位於樓梯間左方、原本用作休息室的寬敞房間吃晚餐，但他顯然打算進入艾爾班的辦公室。他從我身旁擦肩走過時，我抓住他的手腕。「我們什麼時候安排解放改造營的計畫？」

「今晚不行，」他說：「我們還在等候兩輛車的到來，我想聯絡以前的物資提供者，當前的最高優先是整理這座基地。如果我們連讓孩子穿上乾淨衣服、吃幾頓熱食都辦不到，不會有人相信我們有任何本領。我已經叫幾個綠印者開始考慮如何襲擊改造營。在那之前，稍微放鬆點，我們很快就會開始幹活。」

他揮手道別，我也揮手以對，他走過連接兩條走廊的門，隨義大利麵醬的氣味進入休息室。他們把摺疊桌和摺疊椅整齊擺放，還拿來一架小型收音機，放在那些「好心」特工留下的破舊撞球桌上。撞球桌旁是擺放餐具的兩口大鍋，還有一小疊讓人看了就鬱悶的紙盤。

我過了幾小時才注意到農莊的狀況似乎開始變得有些……乾淨。地下二樓走廊的寂靜被洗衣機和烘衣機的隆隆聲打斷，似乎二十四小時未曾停止。我終於發現地板瓷磚的白澤多過黃漬。我在浴室稍微沖個臉時，注意到流過肌膚的水不再帶有鐵鏽。我聞到漂白水和清潔劑。這裡幾乎感覺像……家。

經過門上的兩張紙時，我停步查看，立刻認出那是連恩的字跡，但我花了幾秒才看懂這些圖表，明白為什麼紙上有以細繩垂掛的短鉛筆。這些是簽到表，以雜務類別區分：洗衣、清潔、整理、備食，每個項目下方都是孩子們的名字。人人都得幫忙，但可以選擇自己想做什麼，這就是連恩的風格。

我注意到連恩、查布、薇妲和小雀同坐一桌，垂下的腦袋湊在一塊。薇妲最先看到我，立刻閉上嘴，身子往後仰，若無其事的拿起叉子。我從鍋中把一些麵條舀進自己的餐盤，走向他們。

「怎麼回事？」我在空位坐下，轉身戳連恩的側身。「我看到雜務表——你應該早點告訴我，我就能參加其中一些項目。」

連恩從筆記簿抬起頭，我從他的手部動作看出一串數字——他似乎正在忙著解某種數學題。「沒關係啦，妳有其他事情要忙。」

很不幸的，所謂的其他事情讓我無法在食品儲藏室跟他獨處。

「這是什麼？」我俯身看清楚他在做什麼。

他朝我苦笑。「我想算清楚我們的糧食到底什麼時候會見底。我在考慮鄰近的幾座城鎮，我認為有幾個地方適合蒐集物資，比較不會讓我們碰上當地居民。」

「科爾說他會處理。」我說。

他嗤之以鼻。

這種舉動讓我有點感到受辱。「現在離開農莊太危險，他會處理。」

小雀轉頭打量我，一臉緊張。我指向她面前那盤麵條，但她還是沒碰。

「**我們**可以出去，」連恩咄咄逼人。「妳、我和小薇。媽的，我打賭凱莉也想去——重溫往日時光。」

小雀的手伸過桌面，把他的胳臂壓在桌上，搖頭而且瞪大眼睛。他不能去，她不許他去。我暗自慶幸她出面阻止他，因為我跟她的看法完全一致。我要他留在這，他在這裡就能遠離危險。

「我在這方面是老手，」他輕聲安撫她。「妳何必這麼緊張？」

她放開他的胳臂，退縮的姿態跟以前的她很不一樣。我正想問她發生什麼事，這時被一聲沮喪的呻吟打斷。

「唉，**算了**！其實我根本不餓。」查布發火，推開面前的餐盤，盤中醬汁幾乎都在他的前襟上，看來在「手眼協調」這方面如果少了**眼睛**的配合，想用叉子把滑溜麵條送進嘴裡就成了難事。

看薇妲沒對此做出毒舌嘲諷，我朝她的方向瞥去。整個用餐間充斥愉快的談笑聲，這讓薇妲的沉默不語更令人生畏。

「你不該把舊鏡片丟掉，那東西其實沒裂得很嚴重。」

「不然我能怎麼辦？」查布罵道：「拿膠帶貼在臉上？像拿放大鏡一樣拿在眼前走來走

去？」

「總好過悶悶不樂的東碰西撞吧？」我問。他先前因為絕望沮喪而把鏡片丟進垃圾桶，我從中找回，放在寢室，等他恢復冷靜和理性。「我們可以叫科爾把眼鏡加入蒐集物資的名單。」我說。

「那是驗光鏡片，」查布的口氣尖銳。「就算科爾能找誰製作眼鏡，我也沒有驗光資料。一般眼鏡的矯正力不夠，而且我戴太久會覺得頭痛——」

薇妲把某個物品推過桌面，未曾把視線從面前的麵條抬起。想必查布把這東西看成某種餐具，否則我搞不懂他為什麼不立刻抓起這副眼鏡。

鏡框的尺寸和造型跟他以前那副十分相似，鏡片凸起，雖然稱不上和鏡框完美結合，但也不算差。我展開鏡架，把眼鏡戴在他的臉上，他驚訝得幾乎後退，目瞪口呆的摸摸眼鏡。

「且慢——啥——這——這是——」

「別再弄丟。」薇妲一派輕鬆的用叉子劃起義大利麵。「桃莉有多一副眼鏡，她幫我把你的舊鏡片換上去，看起來就跟你以前那副一樣蠢，但至少能讓你看得見吧？」

我和查布都震驚得盯著她。

「小薇……」我開口。

「怎樣啦？」她稍微提高嗓門，聽來彷彿怒罵，主要是出於緊張而非生氣。「我不想再當他的導盲犬，這讓我在他摔倒或撞到東西時因為嘲笑他而討厭自己——我不喜歡老是覺得自己是混蛋，行嗎？」

「我們很難違背自己的天性——」查布開口。

「他的意思是謝謝妳，」我打斷他的話。「妳真的很體貼，小薇。」

「嗯，隨便啦。」老天，她**真的**在害羞。我為了藏起笑意而咬一口麵條。「我又沒拯救非洲飢餓兒童啥的。如果他再弄壞這副，那就沒救了。」

「等等，**什麼**？」連恩的驚呼打斷我們的談話。他把小雀寫下的紙條挪得更靠近自己。「妳確定？我是說**百分之百**？妳怎麼不早說？」

小雀的手伸過桌面，從他手中拿回紙條。他不耐煩得沒等她寫完就笨拙的俯身越過桌面，在她放下紙的同時立刻掃視文字。

我以為你想離開這裡去找他們。我很抱歉。

「噢，老天，」他摸摸她的頭。「我不會那麼做的，不會的，妳不用道歉，我明白。但是妳確定嗎？這也太巧——」

他突然愣住，因為她接下來的訊息而顯得緊繃。「那聽起來像她……但那怎麼可能？妳怎麼會跑去亞歷桑那州？」

查布伸手在老友面前一揮。「麻煩分享一下狀況？」

「小雀……」連恩把一拳壓在咽喉下方，按揉幾秒。「在前往加州的路上，小雀碰到我媽……我一直想查出我媽他們躲在哪。」

小雀依然一臉蒼白的盯著連恩，彷彿不太相信他的話。我的身子往後仰，原本的一絲關心現在轉為烈焰。以前的時候，我們總是把維持我們這支四人隊伍當作優先事項，我們很少分開，就算真的脫隊，也沒有誰真的被丟下。我能明白「團圓」帶來的強烈情緒，這會讓我們想彌補失去的時光。但我在她臉上看到的急切，看她似乎一直在找我們、確認我們還在這裡，讓我感覺心臟彷彿自動撕裂。

她到底碰上什麼遭遇？小雀平時沒那麼膽小，個性更不算緊張焦慮——至少以前並非如此。有人害她如此緊繃，掀起她的每一條神經，讓她脆弱又敏感。

「因為你這阿呆逃出改造營，所以他們被格雷的走狗盯上？」薇妲的口氣跟平常一樣百無禁忌。

「為什麼選上亞歷桑那？」我問：「我以為隨便去哪裡都好？」

我們的腦袋全擠在小雀周圍，忙著寫字的她只有抬頭朝我們投來惱火一眼。連恩舉起雙手表示投降。「您慢慢來，夫人。」

她寫完後，內容跟我預料的完全不同。從連恩的臉龐徹底失去血色來看，也跟他預料的完全不同。

他們把孩子們藏在家裡——為了保護。她用的就是你跟我說過的名字，黛菈．古德坎，但我知道她的身分是因為她的模樣和說話方式很像你。我跟她說你很平安。

「噢，老天，」我把紙張轉向查布時，他開口：「我怎麼一點也不驚訝？你全家都是從『瘋狂樹』上摔下來，砸中每一條樹枝。」

小雀用鉛筆敲他的鼻尖以示責備，接著繼續在紙上畫環形大字。我們只有相處幾分鐘，但她真的很親切。

連恩彷彿成了在無意中發現野餐籃的飢餓孩童。「她還有沒有說什麼？哈利跟她在一起嗎？妳說她在照顧孩子，她有沒有問妳想不想留下？或是跟妳同行的其他女生？泰倫就是留在那裡？」

「你到底希望哪個疑問先獲得解答？」查布問：「因為你好像在兩秒內塞進十個問題。」

小雀退向椅背，鉛筆滾落桌面，掉在大腿上，她垂眼看自己正忙著用指尖捲起的T恤下襬。

「凱莉說泰倫沒去加州。」我小心翼翼的說明。「有誰傷害他嗎？還是他……？」

「那小子有沒有招供？」薇妲的口氣如鋼鐵般鋒利。「哎呀，我可真抱歉，我應該跟他們一樣把妳當個娃娃？把每個字裹上棉花糖？還是妳已經長大了？」

連恩氣得臉龐漲紅。「夠了——」

「妳根本不知道自己在說些什麼！」查布低吼。

「妳這樣太不公平——」我開口。

唯一沒為此顯得心煩——似乎根本沒表現出多少情緒——的人就是小雀。她凝視薇妲幾秒，以嚴肅眼神回應對方的冰冷視線，接著又在紙上迅速寫字。連恩和查布無聲的朝薇妲板起臭臉。

小雀拿起紙，這次的角度讓薇妲也能看到上面寫什麼。我們的車子被賞金獵人撞上，他當場死亡。我和其他人失散時，某個朋友帶我去加州。

我輕嘆一聲，閉上眼，盡量別去想像那幅畫面。老天……泰倫。任何人都不該落得那種下場。

「朋友？」查布追問：「是個孩子？」

她搖頭，但沒解釋。

「大人？有個**大人**開車載妳？」連恩以雙手掩面。「我的天啊，我光是想像那一切就嚇得半死。我們當初根本不該分開，完全不該。老天，難道妳不怕他把妳交出去？」

小雀絲毫不動，一臉蒼白，我不確定她是不是還在呼吸。她仰望天花板，迅速眨眼，彷彿試圖強忍淚水。

「她很有看人的眼光。」我摟住她的肩膀，依然如此嬌小，細如鳥骨，因飢餓和壓力而更顯尖銳。

「妳又是如何得出這個結論？」查布推推眼鏡。「因為她當初讓妳上車而不是把妳鎖在車外？」

「完全正確，」連恩說：「我似乎記得**某人**試圖投票叫妳滾。」

「就是嘛！」我說：「還真是謝謝你，想把我隨便丟在哪條路上……」

「請原諒我為了隊伍的安全著想！」查布悶哼一聲。

小雀又開始寫字，但是薇妲從她的雙手中扯掉紙，拿在她面前，從中一撕為二。「如果妳有話想說，就他媽的給我**開口**。」

椅子吱嘎一聲，薇妲退後站起，拿起餐盤。看她僵硬的抬頭挺胸，我看得出她多麼努力控制情緒。有那麼詭異的一秒，我只想著以前在週末的舊卡通上看到火花沿引信朝一堆炸藥奔去。

我早該知道自己不應該追上去。

「小薇。」我呼喊，必須小跑才能跟上。她大步走過大廳，踩下階梯，來到地下二樓，一身結實肌肉和怒火。她到底要去哪？「薇妲！」

我揪住她的胳臂，但被她甩開——強勁得讓我幾乎撞上一旁的牆壁，一陣劇痛從我的肩膀傳來，但我沒後退。她的上脣因低吼而彎起，但她意識到自己做出什麼舉動的瞬間，表情也放鬆不少。

「我建議妳別管我。」她開口，我這才意識到她大概也不知道自己要去哪，她只想遠離用餐間，遠離我們。

「我不能就這樣走開。」我說：「到底怎麼回事？告訴我。」

薇姐轉身凝視大廳的另一端，接著又轉身面對我。我對這個情況判斷錯誤——大錯特錯。

「看在耶穌基督的份上，妳就是什麼都想管，是吧？」她怒罵：「就是無法放任其他人處理自己的私事。真好笑，畢竟妳連自己的事情也沒處理好。」

「我會盡量讓自己別那麼在乎。」我說。薩克沿大廳朝我們的方向走來，視線刻意避開我們所在的角落，我和薇姐同時轉身背對他。他的腳步聲淡去後，她才用力吐口氣。

「妳知道，我原本真的以為妳和我——」她欲言又止，接著發笑時聽來有些勉強。「當我沒說。妳幹麼這麼在乎？」

「妳剛剛才說我管太多，現在又說我管太少？」我說：「到底是哪一種？」

「都是——都不是！老天，這很重要嗎？」她罵道，用雙手抓抓一頭短髮，髮梢依然染白，髮絲之間只剩少許藍澤。「我真他媽替妳開心，因為妳能和妳**真正的**朋友們大團圓。妳能和那些人待在一起，回憶你們當年只有四人的時光是多麼美好，你們能享受只有你們圈內人明白的笑話。但我不能忍受的是——令我作嘔的是——是妳居然——」

「我**什麼**？」我勉強壓低嗓門。「我還做了什麼？告訴我，快說吧。顯然有某件事讓妳很火大，既然妳找那個從生死關頭回來的小女孩麻煩。如果妳不跟我說清楚到底怎麼回事，我就不能解決問題！」

火花終於撞上炸藥堆，但產生的爆炸不如我所預期。薇姐表情崩潰，急促而顫抖的把空氣吸進肺臟。「妳就這樣換掉他——在妳的腦子裡，妳就這樣讓那個小丫頭取代裘德，彷彿裘德什麼都不是，彷彿我們對妳連個屁都不是！我懂，行嗎？但別——既然妳顯然不在乎，就別裝得好像很在乎！」

她在哭，真的哭泣，我震驚得呆站原地。她轉身背對我，渾身散發一波波憤怒和羞愧，把她自己逼進角落。

妳就這樣換掉他。

彷彿我們對妳連個屁都不是。

她就是這麼想？一陣深沉寬廣的痛楚貫穿我全身。我從沒……我從沒在乎過他們？我對他們未曾全心投入？我在一開始對他們很冷漠，我知道這是事實，但那麼做只是為了保護我自己。讓外人進入我的生命、卸下心中護牆——我不能在聯盟裡讓自己那麼脆弱，尤其在我需要生存下去的時候。

在瑟蒙德學習隱藏所有情緒，無論好壞，這在當時似乎是重要功課——我必須在任何黑衣人注意到我洩漏的任何狂野情緒之前將其收起。在那裡，如果你保持不動，幾乎就會被視而不見；如果你能避免自己被挑釁而且被懲罰，就不會有人騷擾你。我在聯盟的時候就是故技重施，只活在每一秒當下、每一項任務和每一次訓練，我麻醉所有情緒，避免讓自己因為那種不公不義、驚悚壓迫而情緒爆發。如此一來，不會有任何人懷疑我對他們的理念是否忠誠。很長一段時間，那是我避開這個世界以及其中每個人的唯一方式。

但是裘德……裘德鑽進我的防禦，或許因為他根本沒看出我如何保護自己，不然就是明知故犯。

她把這一切都怪在我頭上？如果當初是她擔任隊長，這一切還會發生嗎？我們是不是每個人都能……我閉上眼，試圖驅逐侵入腦海的畫面。裘德倒地。裘德被自己的血嗆得窒息。裘德的斷脊、扭曲的雙腿。他的眼神，彷彿在求我救他——殺了他，讓他不用再受痛楚折磨。

該死的惡夢。查布不斷跟我說過，裘德一定是當場……說他……我為什麼就是說不出「死」這個字？他**死了**，不是「過世」，不是「走了」，不是「消失」，而是死了。他的生命已經結束，他再也不會說出任何一字，他已經抵達所有故事遲早會來到的終點。他並不是去了更美好的地方，也不在我身旁。裘德，連同他心中的所有希望，被埋在水泥、塵土和灰燼之下。

「老天，」薇姐怒罵，嗓門粗啞。「就算在這一秒，妳還是他媽的無法否認，是吧？別管我——離我遠一點，否則我——」

「妳以為我不知道這是我的錯？如果我當時緊緊把他帶在身邊……如果我一開始就沒帶他出任務……」我低聲道：「我想像那對裘德來說是什麼感覺，在最後，想必他是被那些重量壓得窒息。我想像他當時必定承受多少痛苦，我也懷疑查布每次對我發誓『裘德因為當場死亡而不會感到任何痛苦』的這番話是不是對我睜眼說瞎話。我的腦子不斷回想到那件事，不斷重複。他當時一定很害怕——地底那麼黑，不是嗎？他就那樣被丟下。妳認為他有沒有意識到真相？他當時在等我們回去救……」我知道自己說話含糊不清，但我無法控制自己。「……他當初根本不該被帶出去……他才十五歲，他才十五歲……」

薇姐沿牆面滑下，放聲啜泣，雙手掩面。「那是我的錯，妳他媽還不懂？我當時就在隊伍尾端，而妳離他遠得很！我應該能聽到他的聲音，應該逼他走在我前方，但我被嚇傻了，腦子一團亂！」

「不——小薇，不。」我在她面前蹲下。「當時地底那麼吵雜——」

那根本不是她的錯。想到其他人走過這裡會看到她如此脆弱，我感到心中浮現強烈的保護欲。等她振作起來，她會因為自己在大庭廣眾下如此失控而更感羞愧。我坐下時調整姿勢，盡量讓走過大廳的旁人看不到她的模樣。我向她伸手時，她沒阻止我。

「妳和凱特，妳們甚至沒提起他的名字，」她說：「我想討論他的事，但妳總是試著把他裝箱藏起。」

「我知道妳以為我不在乎，」我的胸腔無比緊繃。「只是……如果我不壓住這些事情，我恐怕會徹底瓦解。但是妳，你們每個人……我唯一想要的，就是大家在一起而且平安無恙，我卻連這點都做不到。」

「妳所謂的大家是指他們吧。」薇妲把雙腿抱於胸前。「我懂。他們才是妳的人。」

「難道妳不是？」我問：「我不會把我在乎的人排出優先順序，我就算想這麼做也做不到。」

「那如果這裡失火，妳會先救誰？」

「薇妲！」

她翻白眼，擦擦臉。「哎呀，冷靜點，小親親，我只是開玩笑。妳當然不會先救我，因為老娘能照顧自己。」

「我知道。」我說：「我不確定我會先救誰，但如果我必須在救援中選擇哪個幫手，妳將是我的不二選擇。」

她聳肩，過一會兒後低聲道：「想到回去那個房間，讓我很……我知道這會讓我聽來好像吸毒吸到茫，但我總是走進每間寢室，不斷找他，彷彿他會出現。我發現自己這麼做的時候，我感覺彷彿咽喉挨了拳頭。」

「我也一樣，」我說：「我總是在每個轉角等著他出現。」

「我陷入愚蠢又爛爆的情緒，」她說：「我居然吃那小丫頭和你們每個人的醋，我嫉妒**你們**能像這樣團圓，而**我們**卻再也回不去以前的日子。妳甚至不願意**看著**尼克——老天，露碧，妳到底要怎樣才願意停止懲罰他？什麼時候才會開始聽他道歉？」

「等我有機會相信他的道歉。」

她嚴肅的看著我。「裘德是他唯一的朋友。無論妳如何對待他，都不會比他對自己的譴責更嚴厲。凱特不會有辦法讓他振作起來。現在的他比他剛被帶進聯盟的時候更糟，他在那之前是那項研究計畫的對象之一，被他們在自己身上搞了一堆鬼實驗。」

我深吸一口氣。「抱歉，我那天讓妳獨自向凱特說明一切……」

「不，」她比出中指，「妳該道歉的是妳膽小得不願跟她仔細談談。我不懂——我不知道為什麼我在乎的每個人都是精神崩潰，每個都因為面對真相會帶來痛楚而不願幫助彼此。裘德絕對不會讓這種事發生，絕對不會，他是我們之中最好的人。」

說來也妙，裘德就是有辦法讓我們振作，在我們的內心深處看出我們的本質，看出我們到底想要什麼。世界上有些人似乎天生就是擔任連接點，讓我們能對彼此也對自己敞開心房。他當初對我說了什麼？他不希望只是看某人的臉，還想知道對方的陰暗面？

「他是。」這個世界上永遠不會有誰跟他一樣。除了我感到的損失，還有這個世界永遠不會意識到的損失，這兩者如巨石般壓上我的胸口。

「我不善於抱抱之類的狗屁，」薇妲警告：「但如果妳想再像這樣談談……我奉陪。好嗎？」

「好。」我不知道為什麼這一刻幾乎令我崩潰，畢竟剛剛的每一刻都令我心如刀割。我把肩膀和腦袋靠在牆上。或許因為我知道他會因為我們能走到這一步、說出這麼多心底話而替我們感到驕傲。

「去跟尼克談談，拜託，」薇妲說：「別逼我求妳，別再不把他當人看。」

「我認為我恨他。」我喃喃自語。

「他犯了錯，人都會犯錯。」

我的身子往後仰，雙手撐地，指尖抓過冰涼瓷磚。

「她以前被虐待過？」薇妲突然伸出一臂抓住我。她雖然沒壓低嗓門，但也不是在小雀面前如此提問，看來有稍微變得體貼一些。「腦漿被攪成渣之類的？」

看來我太快下定論。

「沒有，」我低聲道，看著用餐間裡的連恩在小雀身旁坐下，撫摸她的頭髮。「她不想說話，所以我們也不逼她，決定權在她。」

薇妲點頭，接受我的說明。「想必她以前碰過不少爛事，超爛的爛事。」

「在這方面別再逼她，好嗎？她以前被剝奪所有選擇，她至少有權決定自己想說什麼，而且何時開口。」

聽到腳步聲從我們身後而來，我轉頭查看。小雀在那裡駐足不前，雙手插在口袋裡，直到薇妲揮手要她過來。薇妲等到小雀面向自己時才開口：「抱歉，雀，我不該對妳發飆。別介意？」

小雀臉上的緊繃稍微放鬆，她伸手想跟對方握手，但是薇妲回以擊拳之禮。

「好啦，」我逼自己的僵硬身子從地板站起。「我們該回去了吧？那兩個男生大概在想我們跑哪去了。」

「讓他們慢慢去想，」薇妲說：「咱們有很多話要聊。」

第八章

走廊由我熟悉的紅光提供照明，這種氛圍令我有點心神不寧。我再上前一步，瞥向掛在兩側水泥牆上的一張張裱框照片時，紅光持續增強而脈動。我認得照片上的一些臉龐：一名年輕特工在任務失敗而被捕後因試圖脫逃而被殺。一名女子在去見一名線人時被抓——丟進陰暗的廂型車內，從此沒了消息。

我撫摸照片底部，一次數算兩人，接著一次數算三人。他們都死了。聯盟把犧牲者列在這裡，紀念永遠無法予以安葬的屍體。這麼多人——眾多男女在我加入聯盟之前已經喪命，為期將近八年的死亡。

我的指尖停在布雷克·強森不帶笑意的臉上，他看起來……如此年輕。或許因為他被一張較為年長的臉龐包圍，又或許這張照片是在他剛被聯盟網羅時拍攝，一定是因為這個原因。執行那項害自己喪命的任務時，他的模樣一定比照片上年長許多吧？十四歲和十六歲之間為什麼有這麼大的容貌差異？

某種溫暖而溼潤的液體接觸我的腳趾，墨水般的少許黑液正在累積，讓我的肌膚染上汙漬，這條涓涓細流是四條沿大廳的瓷磚牆面蜿蜒而下的滲水造成的結果。我穩住身子時，手敲到一張照片，掌心的強烈刺痛逼我抬頭。最後十幾張照片的表面帶有裂痕，損壞的框架以鐵釘固定，看起來就像一團扭曲金屬和破玻璃。

紅光增強又黯淡，不斷重複。我遮眼擋光，雖然那只是出口指示燈發出的光芒。在下一波燈浪中，我看到那條黑墨有個源頭，是一灘持續擴大的積水。我知道那不是黑墨。

那人垂著頭，四肢以怪異角度扭轉。那是……是個男孩，身形細瘦，大手大腳，彷彿發育速度還沒追上擴張的骨架。凱特曾說那雙手是小狗腳掌。我衝上前時，映在他身上的紅光減弱，接著再次增強，讓我看出他是裘德。

他渾身是血，沿臉龐、雙手和斷脊流過。我不斷尖叫，因為他睜著眼，嘴朝向地面的黑水，但雙唇正在挪動。他的身軀顫抖，不由自主的最後抽搐幾下——

有兩隻手壓住我的上臂，把我拖進另一條走廊。不——**天啊**——他需要我的幫助，我必須救他——

我的心靈突然驚醒，因為速度太快而讓我差點嘔吐。我轉身，看不到自己的兩腿，但某人扶著我。我被甩回現實的同時，牙齒打顫。

「放輕鬆——放鬆！」南方口音——連恩？是科爾。我的視線恢復清晰，看到他臉上的焦慮。上頭的燈具投下純潔又可靠的白光，大廳兩側的一道道小窗引進更多光芒。我盯著他後方的玻璃窗，我能看到舉重器材、跑步機和體操墊。**健身房**。科爾滿臉汗水，膚色漲紅，因為他剛剛在運動。但我不是用走的進來，我不是來這裡找他，我沒丟下——

科爾帶我走向訓練室。這裡的空調開到最強，讓我的背部和腋下汗水急速冷卻。他把我放在一張長椅上，接著離開，片刻後拿來一條小毛巾和裝水的紙杯。

我試著喝水的時候才發現自己在發抖。科爾抓起我的左手，把毛巾塞進我的掌心。我低頭，居然看到幾條鮮血沿手腕流過，滲入肘彎，沾得牛仔褲和上衣到處都是。

我嚇得站起，或者該說試圖站起。我想著裘德的模樣，紅光讓他的血呈黑色。但我身上——這不是他的血吧？這裡不是總部，不是洛杉磯。

我們把裘德留在洛杉磯。

「妳知不知道這是哪？」科爾在我面前蹲下，等我點頭再接著說下去：「很抱歉以那種方式把妳弄醒，我知道不該叫醒夢遊的人，但我看到妳走過，而且妳開始尖叫，我沒想到原來妳的嗓門如此嘹亮。」

我幾乎沒聽見他在說什麼。「我在……夢遊？」

「似乎是，」他的口氣並不刻薄。「妳的手被什麼東西割傷？」

我聳肩，感覺喉嚨疼痛。「現在幾點？」

「大概早上五點。」科爾嘴邊的細紋變得更為明顯，臉上紅潮已退，陰影回歸——在眼眶底部、高顴骨下方，還有在下顎長出的鬍碴。「妳大概睡了五小時。」

「比你多。」我指出這點。

「這個嘛，我決定試著逃離惡夢，而不是一頭栽進惡夢。」他剛剛使用的那臺跑步機的螢幕還在閃爍，進入暫停模式。「我的體內有太多腎上腺素，太多思緒敲擊顱內，還有等待燃燒的能量。」

聽到牆面電視的新聞主播正在以輕柔嗓門說話，我終於徹底恢復清醒。訓練室的氣味湧入我的鼻腔：塑膠、汗水和金屬，壓過我身上的血味。

科爾以敏銳眼神打量我，彷彿在我身上看出我或許沒發現的東西。不同於凱特、連恩、查布——還有裘德——他已經放下剛剛發生的事，沒追問我有何感受或看到什麼，而這就是我想要的待遇，我想放下，不再提起。

他從我的手中扯回毛巾，查看我的傷勢。

「傷口看來很淺，」他宣布，站起身。「已經開始癒合，雖然大概會痛一陣子。」處理完我的情況後，他脫下T恤擦掉臉上的汗，讓我瞥見我沒要求觀看的結實身材。

我撇開頭。「你每早都來這裡？」

「沒錯，打從我們兩天前抵達。」他的口氣略帶笑意。「我想恢復體能，我已經有一陣子沒健身，而且這也能讓我……」他做個模糊的手勢。「發洩情緒。」

「我很想念那種感覺，」我聽到自己開口：「感覺自己強大。我只是覺得，我們知道接下來的方向，你和我，但我就是覺得我在不停打轉，等著抵達那個目的地。而且**該死的是**——青春退化症起因的研究，我老想著丟了那些資料是多麼可惜，我們經歷那麼多苦難卻連**那東西**都留不住。我以前有能力處理事情，但現在……」我抬起手。「現在顯然不是這回事。」

「嗯，所以妳想怎麼辦？」科爾交叉雙臂。「妳看出問題所在，接下來打算如何處理？別再想著隨身碟和病因，別把精神浪費在後悔或自憐上。如果那條路被封起，我們就專心查出治療法。所以，我再問一次：妳打算如何處理？」

「訓練，」我說：「我們必須訓練這裡所有孩子，他們必須有能力戰鬥。」

「除非妳調整好自己的狀況，否則妳沒資格訓練任何人。」

「你是向我提出邀請？」

他緩緩露出微笑。「怎麼？妳該不會以為妳的怪物追得上我的怪物？」

我認為我的怪物能邊跑邊繞著他的怪物打轉，把他的怪物打成一道道繩結。

「別想一步登天，如果妳在做這種白日夢。」科爾的頭撇向跑步機。「我要把自己練得更強更快，如此一來，就算我無法擊退腦子裡那些怪物，起碼能暫時擺脫。妳上一次認真訓練是什麼時候？」

「在……」老天，到底是什麼時候？我脫隊去找連恩的一星期前？在總部受訓的初期確實殘酷，完全符合「上坡戰」（註3）的定義——以癱軟疲憊的肢體奮戰到底。我的手腳因此布滿水泡，身上的無盡瘀青讓我看起來彷彿經歷過重大車禍。我被劇痛鞭笞、拖拉又扭轉，彷彿它想把我的身體塑造得符合它自己的標準。

大多數的孩子都受過不少訓練，為了日後任務而訓練體能的同時也試著鍛鍊自身的超能力，這表示每兩天就要進行一次舉重加有氧訓練，再搭配多元化的防身術、自由搏擊和武器訓練。在那種高強度訓練中，你的注意力會集中在自己的身體做出的每一個動作，你會試圖把每一條肌肉鍛鍊得銳利如刀，你也能暫時擺脫腦中思緒。

有一陣子，我處於絕佳狀態——身心強大，而且鬥志激昂的想完成每一項任務。出於某些原因，在尋找連恩的過程中，我竟然喪失了那部分的自我，我讓自我懷疑和不安再次回歸，我失去自我控制。

「我想讓自己被操得超過教官當時訓練我們的程度，」我告訴他。「我不能老是像這樣天天崩潰、再等著周遭夥伴把我的碎片重新黏合，我想照顧每個人。」

科爾把雙手舉在胸前。「我懂。」

「你不懂，」我痛恨自己口氣中的急切。「這種感覺好像我每次拐個彎就回到那條崩塌地道，就像——」

「夠了。」科爾站起身。「別以為我會跟妳坐在這裡手牽手、搞凱特・康納那套『我們來用

註3　上坡戰（uphill battle）在字面上是指在上坡道作戰，不但要對抗敵軍還要對抗地心引力，可解釋為苦上加苦或逆境求勝。

指尖沾墨作畫吧』的美術療程。」他以兩個大步走過室內，在一個藍色塑膠筒裡挖出一副破舊的對練拳套，朝我丟來。

他把雙臂交叉在胸前，但姿態完全沒放鬆。我立刻戴上，毫不猶豫，也沒考慮手部的割傷，他點頭表示讚賞，這令我的心中放暖。如果我做好準備，他也老早做好準備。

他拿出自己要用的手套。後牆旁鋪了一大片黑色軟墊，我朝那裡走去。塑膠、汗水、橡膠——熟悉的氣味。我深吸一口氣，做出戰鬥姿態，讓體重陷進地墊提供的少許緩衝。

「先跟妳說一聲，」科爾轉身，戴著拳套的雙手互擊。「想變強就得先挨揍，挨到讓妳吃飽為止。只要妳表現得好像撐不下去，或是倒地不起，訓練就此結束。」

「行，」我說：「只要你別以為我挺不住而手下留情。」

他嗤之以鼻。「還有，寶石妹？最後一項規矩：別讓任何人知道我們的訓練，不管是康納、薇妲還是連恩，都不准說出去。」

有誰會在乎我跟他一起訓練？

「先看看你能不能打中我再說。」我嘲諷道，但他的目光依然冰冷，因為某種我不明白的情緒而陰暗。「你是害羞還是怎樣？」

「我這麼說吧，我猜他們大概不會贊同我們這種心理療程。」他把一腳往後挪，舉起雙手護臉，話語輕得讓我幾乎聽不見。「他們不會燃燒，不是嗎？不像我們這樣。」

他的拳頭飛出，擦過我的太陽穴，我蹣跚退後，但沒倒下。怒火淹過心中，我氣自己沒集中精神，也因為疼痛而惱怒。我朝他揮出一拳，他的嘴角勾起微笑。他放下架式，糾正我的動作，逼我不斷出拳，直到我的拳頭以他期望的方式擊中他。科爾以嬉鬧的姿態出拳打中我的肩膀，再迅速踢出一腿，我以腿攔截的同時他還在咧嘴笑。他往後跳，再朝我的身軀出擊。

時間迅速流過，我也似乎隨之飛舞。我的肌肉想起如何搏鬥，就算我的心靈早已鞠躬退場。我擋住一擊，旋即反擊正中他的腹部，感覺渾身被熾熱的興奮感貫穿。他的吐息夾雜笑聲和呻吟。他想起這場對打的宗旨是為了指點我時，我們已經雙雙仰躺在軟墊上，氣喘連連。

沒錯，我撥開遮眼的溼髮。他們不像我們這樣燃燒。

＊　＊　＊

幾小時後，我的肌肉軟如果凍，惡夢早已脫離心靈，我們聚在休息室，正式開始安排襲擊改造營的計畫。

我審視這個團隊，包括最後一批抵達的成員。我在訓練結束後去洗澡時，他們的車輛終於到來。這四名孩童勇敢的對抗疲憊，解釋他們因為車子出問題而耽擱，這時科爾從我身後走來，輕輕把我朝圍坐在地上的孩子們一推。我納悶得稍微往後仰，但他以微笑鼓勵。「如我們討論過的，記得嗎？妳來向他們說明一切。」

「不是應該由你——」

「不，應該由妳。」他又把我推向他們，沒理會朝我們瞇眼的查布。「交給妳了，寶石妹。」

讓他們愛戴妳……我甩甩頭，無視克蘭西在我耳邊的低語。小雀往後挪，示意要緋奈和湯米照做，讓圈子打開一個口。

「所以這裡是……」我開口，但立刻阻止自己。突然間，重要的不是誰在這裡，而是誰不在這裡。我看向查布，他正在摳牛仔褲的一塊破洞，典型的故作鎮定。「連恩呢？還有凱莉……和詹姆斯？」

「應該在浴室吧。」他勉強開口，嗓門尖得反常。突然沒人敢看我，連小雀也是。不會吧，連恩，我試圖壓抑持續攀升的驚慌。*別跟我說你連武器都沒帶就急忙出去蒐集物資。*

「他們離開了。」某人以微弱嗓門低語。我掃視四周，沒看到是誰說話。

「誰離開了？」科爾注意到情況不對勁。「其中一個——」我看出科爾發現誰不在場的那一秒，他僵住不動，表情冷靜而空白，彷彿準備以鎮定又精準的動作行刺某人。

「他們為什麼離開？」我問。

「為了讓我們今天有些東西吃！」查布發火。

「他們什麼時候走的？」我逼自己別咆哮，別伸手拚命搖晃他。

「隔壁那座城鎮，」露西說：「他們保證一小時內回來。」

「是嗎？」科爾咬牙道：「好吧，如果他們害自己被殺，起碼這裡的平均智商能隨之提升。**不准**——」他現在是對全場發言，「出去，除非你們受過必要訓練，除非我們取得武器。我會處理一切，我們也會照顧彼此，但你們必須聽我的，否則這裡完全無法運作。行嗎，各位？」

有人點頭，有人開口表示明白。

「那好。」我說。*該死，連恩，你到底在想什麼？*「接下來，」我逼自己把精神放回正事上。「你們首先要知道的是，科爾從樂達公司偷出的那支含有青春退化症起因資料的隨身碟已經被電磁脈衝銷毀。」

想必薇妲已經跟查布和小雀說明這點，因為他們倆完全不如其他人那般震驚。看到他們的表情，絕望在我的心中造成刺痛。我壓抑這種情緒，因為我知道科爾正在盯著我的背脊。

「完全沒辦法修復?」湯米問。

「嗯,」尼克開口:「我們試過所有辦法,但是資料已經回不來了。」

「但我們還掌握治療法的研究資料。」我連忙解釋。綠印者已經將其複製,上傳到我們唯一一臺筆記型電腦,無人能解讀的十五頁。「我們會從這裡著手,但在這段期間,我認為我們應該朝解放改造營的方向努力——這是我們該做的事,也是讓格雷在襲擊我們的這件事上付出代價的最佳策略。但是我——我們——」我指向身後的科爾,「不可能單靠自己的力量達成這個目標,所以我必須詢問各位是否願意加入?如果你們害怕或不願參加任務,我們也絕不勉強,各位無需為此感到羞愧。這裡有很多事情要處理,你們還是能以自己的方式參與。如果你們願意,等局面較為穩定後,我們也會想辦法讓你們跟家人團圓。」

我耐心等候,直到他們點頭或出聲表示願意加入。「那麼,最好的辦法就是我們一起想出襲擊改造營的可能辦法。請大家分成幾個小組,每組大約四或五人,開始考慮有哪些辦法——就算聽來瘋狂,或我們目前缺乏相關物資也無所謂。盡量發揮想像力,我們再從大家的構思開始討論。」

我讓他們自由分組,看到每組的成員夾雜原本的聯盟隊伍以及包括小雀在內的新成員,我替他們感到驕傲。科爾一拍我的肩,以咧嘴笑容表示讚賞,接著開始巡察每個小組。我回以微笑,感覺輕盈得能從地板跳到天花板的橫椽。

這種感覺突然消失,某種寂靜沉重的存在感從我身後如黑影般逼近,我不用轉身也知道那是查布。他越是以這種充滿壓迫感的沉默懲罰我,我越是火大。我轉身,看著薇妲如女王般坐在由湯米、派特和兩名聯盟孩童組成的團體之中,他們以讚美、好奇和仰慕為她加冕整整三分鐘,她才屈尊的對他們的提議表示意見。

「妳到底什麼時候才打算讓我們知道剛剛那些事?」查布終於開口:「妳好像一直對我們有所隱瞞,因為妳知道我們會提出反對。」

我吐出卡在鼻腔裡的氣息,回以同樣嚴厲的眼神。「如此聽來,真正的問題是你不相信我沒有你也能做出正確決定。」

科爾已經跟我警告過這種事情會發生——我在評估選擇時,腦子裡有太多聲音,所以我在做決定時總是感到不安。他們不斷對我說他們相信我、對我有信心,但事實顯然並非如此。

「你為什麼放連恩出去?」我質問。「他連武器都沒有。」

他不耐煩得兩手一甩。「他們是擁有超能力的藍印者!我的天,露碧,妳必須——算了,當我沒說,那不——」

「我必須怎樣?」

查布朝我瞇眼,我也立刻瞇眼回擊。

「好吧,聽好,」他深吸一口氣。「不管妳打算如何定義妳和連恩之間的關係,那都不關我的事。而且,說真的,你們倆對彼此繞的圈圈實在讓人很難跟上。但是當我的好友開始用妳最近對待他的方式來對待其他人,這就**成了**我的問題。」

「什麼意思?」

「對他若離若即。妳好像……在這裡,但其實不在這裡,妳懂嗎?」他說:「就算妳就在我們之中,卻又在我們之外。妳心不在焉,閃避話題,**有所隱瞞**,而且三不五時還會……搞消失。妳是不是有什麼事情不讓我們知道?」

「你忙著對我做的每件事挑三揀四,卻根本沒看懂我在做什麼。我**搞消失**?」我說:「你應該試試別的說法,例如**特訓**,因為我要確保我在訓練這些孩子時別讓自己出糗。還有**安排計**

畫，因為我要確保不會有任何人受傷或喪命。更別忘了應付克蘭西，因為沒有第二個人做得到。」

我的嗓門化為憤怒的低語，這股力量顯然令他震驚。他抓住我的肩膀，表情變得柔和，而我的則更為嚴厲，我痛恨他以這種方式打量我。

「我只是希望妳能跟我們談談，」他說：「我知道以前那種日子回不去了，但我很懷念那段時光……我懷念……」查布搖頭。「我不是有意激怒妳。」

「但你確實激怒我。」我嘆道。

「因為必須有人跟妳說真話，」查布說：「從我的角度來看，妳根本臣服於那個混蛋大哥——這無所謂，但別忘了，打從我們抵達東河的那一秒開始，是誰拚命鼓吹解放改造營的計畫，還是妳已經不記得？當時的連恩就跟以前一樣，以為自己已經想出所有辦法，因為他一直在努力，他想以某種方式幫助身邊的孩子們。妳必須讓他**做些**什麼，露碧。我想知道的是，妳生氣的原因是不是連恩未經妳許可就離去？」

我難以置信的搖頭，思緒跟情緒一樣雜亂。「我生氣是因為他這麼做太危險！因為他可能被抓甚至被殺！而我不能——」這番話令我窒息，一湧而上的強烈情緒令我震驚。洩氣、憤怒，最強烈的是恐懼。「我不能再失去任何一人……」

查布長嘆一聲，把我抱進懷中，以平常那種笨拙但關心的方式拍拍我。我的雙手壓住他的背脊，把他抱得更緊，想起當初分離幾個月後終於看到他平安無恙時我是多麼狂喜，那道回憶的質感已經改變，彷彿逐漸淡去的陽光。他說這些話，不是為了指責或找我麻煩，只是希望我們平安而且在一起，但他考慮得不夠遠，他所有的精神都在我們這個小圈子上。但我不能這麼做，起碼不再能這麼做，我必須對抗那種本能，考慮**每個人**的未來。

「他只是一個人，我知道，但他是**我們的人**，」他彷彿看穿我的思緒。「而且，說真的，我認為我們需要把注意力集中在小雀身上，我們必須試著讓她完整說明送她來加州的那人到底有何遭遇，我不認為我們可以慢慢等到她願意說的那天。」

我點頭，背靠牆壁，看著小雀跪坐在緋奈和露西之間，她的兩眼盯著地板，雙手優雅的交疊於膝。

「把他們帶來這裡，這應該不是錯誤決定吧？」我問查布。「那些年幼的孩子？我不會讓他們戰鬥，但我總覺得這會以我還沒發現的某種方式傷害他們。」

「既然我們決心給他們選擇權，就不能讓他們免於風險。重點就在此，不是嗎？給他們以及其他孩子一個機會，讓他們的日子能過得比我們好，讓他們能不再躲藏。」

沒錯——正是如此。一旦超能力消失，我們就能在自己的人生上做決定，那種自由就會隨之而來。我們能自由選擇想在哪裡生活、和誰一起生活，不再因為任何風吹草動而提心吊膽。孩子們能不用再活在恐懼中，擔心自己可能無法從睡夢中醒來，或是在哪個稀鬆平常的日子如燈泡般突然熄滅。

我知道，正如科爾也知道，想成功熬過這一切，只能透過武力，一場真正的戰鬥。但是代價……我再次環視周遭，看到孩子們興奮的臉龐，我試著吸收他們的模糊笑談聲，讓胸中恐懼因此減緩。魚與熊掌不可兼得，不是嗎？如果要開戰，我就必須承認恐怕不是所有孩子都能活著領受勝利帶來的成果。

「我渴望那一切，露碧。我想回家，我想見我爸媽，我想在光天化日下走在自家周遭。我想去**上學**，這樣一來，就算他們因為我的超能力給我扣帽子，也不能因為我沒受教育而把我踩在腳底。我受夠了。我知道這場仗會很辛苦，我也知道我未必能活到戰爭結束的那天，但我如果可能因此擁有那種人生……」沉默片刻後，查布接著低聲道：「所有努力都會值得，我們會活到最後，目睹成功。」

「這不太符合你的『現實隊』風格。」

他的微笑回應我的笑容。「去他媽的現實隊——我現在要加入理智隊。」

＊　＊　＊

一小時後，連恩一行人出現在地道入口，每個人都拖著大紙箱或塑膠箱。他們的說話聲沿狹長地道反彈，泛著興奮情緒，他們顯然不知道誰正在地道盡頭等候。

連恩最先出現，臉和手被細細一層塵土覆蓋，頭髮被外頭的呼嘯狂風徹底吹亂。他狼狽、歡笑又開心的模樣讓我忘了自己為何生氣。

這對他哥沒造成同樣影響。

科爾站起身，肩膀靠在入口右方的牆上，他不發一語，但是呼吸聲在這一小時中越來越沉重。雖然雙臂交叉於胸，他還是藏不住每幾分鐘就會抽搐的右手。我清楚看出現場氣氛緊繃得只要一點零星火花就會引爆。

儘管如此，我起身反應的速度還是不夠快。

看到我坐在這裡，連恩臉上的喜悅只維持半秒就被科爾打斷。科爾迅速伸出一臂，揪住連恩的前襟，把他甩在牆上，他手中的箱子掉落，裡頭的罐頭和袋子散落一地，一盒亮紅色的「幸運符」早餐麥片朝我滑來，在我腳前停下。

「**我的老天**——」連恩幾乎窒息，但已經被科爾拖向艾爾班的辦公室，我在門板被踹上時連忙抓住。連恩幾乎是整個人被砸在老舊的大桌上。

「你**到底**有什麼問題？」連恩倒抽一口氣，依然呼吸困難。科爾比弟弟高幾吋，但是連恩的脊椎似乎被怒火延展，彌補身高差距。兄弟倆的模樣未曾如此相似，兩人都準備扯掉對方的腦袋。

「我的『問題』？例如發現有個小子帶另外兩個小鬼溜出去找死！你真有這麼蠢？」科爾衝上前，憤怒的以一手劃過半空中。「希望你覺得這麼做值得，希望你因為再次假扮英雄而獲得快感，因為你讓所有計畫陷入危險！很可能有人跟蹤你而來——此刻正在監視我們這棟建築！」

連恩的情緒終於爆發，他把科爾推向後方的空蕩書架，以胳臂壓住對方的胸口。「假扮英雄？你是說你自己從頭到尾在玩的遊戲吧？四處遊走的發號施令，好像你**真有**權力領導這些孩子，好像你真的明白他們有何感受、有何經歷？」

科爾發出嘲弄的笑聲，有那麼幾秒，我真的以為他打算對弟弟說出自己的祕密，就算只是為了讓對方啞口無言，讓對方表現出他一直試圖逃避的震驚反應。

「我把事情搞定了，」連恩怒罵：「我們沒被跟蹤，沒被任何人看到。這種事我幹過不知道多少次，還是在更惡劣的環境，而我每次都能全身而退——要不是因為你總是把我當成只會坐在那裡把拇指塞進屁眼等旁人來照顧的廢物，我在出發前就會**告訴**你！」

他說得沒錯。跟這裡的任何人相比，他在這方面最有經驗。光靠打劫附近那條高速公路上的貨車，東河的警備隊也確保每個孩子都有充足的糧食、醫藥和衣物。

「你又何必裝得好像真的在乎？」連恩質問，因沮喪而口氣銳利。「你忽視我這麼多年，自以為——」

「你根本不知道我在想些什麼，」科爾低吼，終於推開連恩。「你想知道？真的？那我就告訴你——我想的是**我要怎麼讓老媽知道她又死了一個孩子**？」

這番話似乎讓現場瞬間化為真空，連恩臉色發白，咬緊的牙根突然鬆開。

「當時還是你叫我去跟她說的，記得嗎？你哭個不停，甚至不願意走出克蕾兒的房間。我得下樓攔住老媽，因為她正在幫克蕾兒做三明治、準備學校午餐。」

我以一手摀嘴，那幅畫面痛苦得讓我根本不願想像。連恩踉蹌後退，撞上書桌，以一手抓住桌緣支撐身子。我看到他臉上的悲痛，但只有幾秒，因為他隨即以雙手掩面。「抱歉——老天，對不起，我沒多想——我只是想**做些**什麼——」

看過他臉上各種形式的憤怒，我沒想到科爾能讓自己的嗓門和表情冷漠得如此駭人。「你之所以還在這裡，純粹因為我不知道老媽和哈利到底躲在哪，所以我沒辦法把你宅配到他們面前——**怎麼**？」

連恩向來很容易被看穿，心中每道思緒總是在臉上表現出來。就連我這種當初被嚇傻的女孩也願意相信他說的是字字真心——他拿出任何東西，純粹只是因為他想給你，沒有任何陷阱，不會改變心意，也不是為了換取任何利益。我以前常在想他擁有如此感性的心靈會是多麼痛苦，他連最祕密的心事都無法完全藏起。

我只祈求他沒在自己爸媽被提起時抬頭。因為看到弟弟的表情時，科爾立刻明白怎麼回事，我也是。

連恩沒告訴科爾，雖然我無法明白這點。連恩和科爾都知道母親和繼父離開北卡羅來納、躲往別處時改用黛菈．古德坎和吉姆．古德坎的假名，但兄弟倆在網路或電話簿中都查不到任何資料。小雀說出自己見過他們的母親時，連恩就應該立刻讓科爾知道，他應該當場站起，衝去找大哥——

「你居然知道！」這次科爾確實出手，一拳打中連恩的下巴，自己的冷漠態度也隨之粉碎。「你敢在我面前撒謊！**他們在哪？**」

「住手！」我吶喊：「別再打了，你們倆都給我住手！」

連恩撲上前。看到連恩的胳臂往後舉，看到科爾眼中的光芒，我立刻衝上去，鑽到他們倆之間，但沒能完全擋下連恩揮出的拳頭，他擊中科爾的腹部。有那麼一秒，他似乎想克制自己，似乎不願下手——但他接著回過神來。我看到他的苦悶和怨恨隨著猛然吸氣和恐懼眼神而宣洩。我以一手牢牢揪住他的上衣，避免他出於本能而驚慌逃跑，再以另一手揮向科爾，警告他別動。

「我的天啊，」連恩沙啞道：「妳怎麼——這麼做太愚蠢——」

我鬆開指尖，把手滑到他的背後，更靠向他身旁。他仍在喘氣，試圖別讓自己的情緒再次沸騰。我早該料到他多快就會被自己的內疚控制住。他不是戰士，起碼天性並非如此。該死——想到自己這樣傷害自己在乎的人，這種自責對他造成的傷害遠超過科爾的拳頭。

「連恩應該擔任軍需官。」我說。

科爾交叉雙臂。「這——」

「是非常棒的主意，」我說：「不用謝我。他確實知道你們的父母在哪，現在也很願意對你詳細說明。」

「做為交換？」科爾搖頭，朝弟弟投以懷疑的眼神。「你知道軍需官是什麼意思嗎？」

「當然知道。」連恩咬牙道：「我知道你想忘掉這點，但我在聯盟待過幾個月。」

「這不是交換，」我說：「而是因為他比誰都適合，因為必須有人填補軍需官這個空缺，而且不容拖延，也因為你們倆是兄弟，你們愛護彼此，你們應該尊重對方的能力，把精神集中在我們眼前的戰場上而不是內鬥，我有說錯嗎？」

「寶石妹，妳是獨生女這點在這一刻尤其明顯，手足之情帶來的種種喜悅向來與邏輯不合。」

盤點現有物資而且取得額外物資，這份工作是個重擔。要不是因為我親眼看過他的能力，我可能也會懷疑這個決定。

「科爾，」我輕聲說，這讓連恩又繃緊身子。「他已經在處理清點庫存這項差事。」

「重點不是他辦不辦得到，而是有沒有資格，」科爾回擊。「他違背『不准離開基地』這項命令，而且未經許可就採取行動。」

「噢，是啊，我忘了，你自封首領，」連恩的苦澀口氣令我畏縮。「真高興我們在這件事上有投票決定。怎麼，你害怕有誰質疑你為何有資格擔任領袖？質疑你對我們的身分和人生有什麼了解？還是這是你們倆做出的其中一項決定，沒跟我們商量，希望我們都會點頭、像小老鼠般跟在你身後？」

我拉開自己跟他之間的距離，他的口氣比用字更刺痛我。科爾的反應跟我完全相反，他走上前，臉湊在弟弟面前。想不到連恩毫無退縮，直到科爾開口：「我的資格？例如我沒因為拙劣執行自己的天真計畫而害一百零五名孩童逃出一個還不差的改造營時被殺。」

「這話太過分了，」我警告科爾，感覺自己的脾氣爆發。「你居然以為有**哪個**改造營『還不差』，這表示你根本不知道自己在說什麼。你們倆──」

「你想懲罰我，」連恩打斷我的話，把我從他們之中往後推，他氣得臉紅脖子粗，身子和嗓門都在顫抖。「沒問題，儘管說。既然你想裝老大，那就趕快判刑，別再浪費我的時間。」

我以銳利眼神警告科爾，但他已經開口：「洗廁所，用漂白水。」

我看過科爾得意洋洋的模樣不知道多少次，這次是第一次在連恩的臉上看到，他以高傲眼神等著對方上鉤。「洗過了。」

「清掉排水系統的阻塞。」

「清過了。」

「洗衣服，一個月，你一個人。」

「是你讓他們偷走所有床單和毛巾，」連恩說：「如果你有辦法忘掉這點。」

科爾從鼻孔用力吐氣，瞇起兩眼。他顯然想到某個點子，因為他抿嘴微笑。「那就去整理車庫。」

我納悶得轉身看他。「整理什麼？」

他沒多說一字，只是走向門，拉住門板。連恩先進去時，我從眼角注意到他看著我的反應，但我們跟科爾下樓時，我只看著他的背。他一直跟我保持兩步的距離，沒回頭確認我還在。我們走過廚房時，我的不安轉為困惑，我們經過水槽、爐臺和烤箱時，我能在不鏽鋼表面看到自己的蒼白臉孔。我們最後走過食品儲藏室，來到一面原本擺放鍋具和烤盤的金屬置物架。

科爾把置物架從牆面拉開，胳臂肌肉緊繃。金屬刮過亞麻油地氈時吱嘎作響，但架子被拉開後，我清楚看到背後的祕密。

「不會吧？」我大感惱火。「又一道暗門？」

連恩終於看著我，挑起雙眉。「還有其他暗門？」

「這不是**暗門**。」科爾走進漆黑入口，摸索牆面，打開電燈開關，我看出這又是一條潮溼的水泥地道。「我們後來沒再使用這個空間，這裡就這麼……荒廢。我認為這裡可以當作緊急出口，每個孩子都必須知道這個位置。」

「這裡以前做什麼用？」我問，主要是為了避免氣氛沉默。我走在他們中間，盯著科爾以強健沉穩的步伐向前，寬肩在衣料底下挪移。但我的心思在連恩身上，他的沮喪似乎滿溢而出，籠罩周遭空氣。他走在我身後，我能感覺他正在打量我，清楚得彷彿他伸手拉扯我的髮辮。我們的腳步聲和呼吸聲在周遭迴響，而且被某種氣氛增強——他們倆彷彿隨時可能把對方壓在牆上狂毆痛扁。

「這裡以前用來進行任務模擬，所以現在必須清空——如果我們想襲擊任何改造營，就必須安排演練每一步，」科爾解釋。「這裡後來成了儲藏室，塞滿累積多年的垃圾。」

「棒透了，」連恩咕噥。「我猜裡頭沒有任何有用的東西？」

科爾聳肩。「你得自己找出答案，小老弟。」

連恩只是呻吟以對。

我向後伸手，放慢腳步，突然覺得他最氣的就是我——連恩一定認為我在樓上沒努力替他說話，而且「沒向他說明我和科爾訂下的計畫」一定比我預料的更讓他難過。我尋找他的手，我想要他的觸摸帶來的安全感，我想安慰他，向他道歉，要他……陪伴我。他剛回來的時候，我甚至沒仔細確認他是否安好。雖然他現在思緒混亂，但我沒查看他身上是否有瘀青、撞傷或割傷。

我摸到……空氣。我的手懸於冰涼空氣中。老天，他**真的**在生氣，或許到了大發雷霆的程度。我的胸中形成一道痛苦的繩結，我把手抽回，移向側身，為了在最後關頭讓自己免於被拒絕的難受情緒。

連恩抓住我的手指，但沒扣住我的指間，而是在手上一吻，跨過兩步的距離，走在我身旁。他摟住我的肩膀，我靠向他的側身時，他沒後退。我上下撫摸他的背脊，直到我感覺此處的緊繃肌肉終於放鬆。他低頭看我時，表情稍微變得柔和，讓我突然很想踮起腳尖、輕柔而簡短的吻他的下顎，所以我付諸行動。他低下頭，試圖隱藏欣喜的淺淺一笑。打從他踏進地道入口，這是我第一次感覺自己放鬆。

我們之間很好，我心想。這樣很好。

從暗門走到另一道入口一共花了五分鐘。盡頭是條樓梯，我突然意識到我們即將返回地面。樓梯頂端的入口看來似乎是以實心金屬打造，雖然沒上鎖，科爾還是得用肩膀撞開被門框卡住的門板，整個人因為慣性而踉蹌衝入。

我們踏入門內時，連恩臉上的竊笑消失。

這裡顯然是附近一間倉庫內部，洛迪市這一區到處都是這種長形的白色建築。大小看來跟農莊差不多，但只有單層，而且水泥結構和金屬橫椽實在不適合居住。牆壁高處開了一排窗，塵埃密布，以布簾遮蔽。垂於橫椽的燈具閃爍開啟，照亮聳立於我們周遭的垃圾堆。

這裡沒有隔牆或辦公室，也顯然沒有暖氣或保溫設施，只是個極為簡陋的車庫。這裡還真的停放幾輛車，嚴格來說只剩裸露的車架，每一輛都放在升降平臺上。連恩走向最近的一輛，蹲下查看放在一旁地板上的引擎和零件。所有輪胎和輪蓋似乎都堆在以多條鐵鍊和鎖頭固定的車庫門前。整體來說，那是很怪的一堆東西：破床架、睡袋，還有一袋袋螺絲鐵釘。我上前打開其中一口垃圾袋，有點害怕自己會看到什麼東西，結果裡頭只是一堆皺巴巴的舊衣服，大概是從哪個衣物捐贈箱偷來。

這裡的氣味略帶酸味，混雜少許廢氣和機油味。半空中塵埃飛揚，我為了呼吸而必須用手揮開面前的灰塵。這裡似乎看不出聯盟堆積和整理物資的特定方式或理由。轉身看到科爾走過室內，我感覺心中燃起怒火。

連恩站起身，雙手扠腰，眼中綻放我看不懂的情緒。一開始的震驚消散後，他似乎毫無懼色，反而有些迫不及待。不知道為什麼，他看到我沒看到的某種東西——某種潛力。

我只看到自己的視線被怒火染紅。

「這是很沉重的差事！」我朝他哥呼喊：「**科爾**！他不可能靠自己搞定。」

「確實如此，」科爾吶喊回應：「他可以帶些免於受訓的孩童來幫忙，還有他那位閨密——似乎屁眼裡總是有隻蟲的那位。」

我走向他。「他們不可能一天之內幫你處理好這裡——我們**每個人**都應該幫忙——！」

金屬敲擊水泥的聲響令我回頭查看。連恩已經離開那輛車，來到一堆如灌木般糾結的機車零件前。他在車架、輪圈鋼絲和車輪之間翻找，動作仔細，試圖查清楚這堆東西底下到底藏有什麼。我跨過一座倒地的落地燈，上前幫他。我看到一抹銀光，接著我的手指擦過一條輪胎。

連恩吐出窒息的笑聲，動作加速，臉上微笑幾乎帶有感染力。

「這是什麼？」我們扶起這輛機車時，我問：「越野摩托車？」

他一臉興奮，雙手迅速撫摸它的流線車身，擦掉塵土。「哇靠，」他驚呼：「它超正點的，不是嗎？」

「你說了算……」我答覆。

這看起來似乎是越野車和摩托車的混合款式。看來我猜對一半，因為連恩迅速解釋：「這叫做『雙運動型摩托車』，能用來越野，但是妳看這裡？它也有適合道路用的後照鏡和車速表。這看起來似乎是輛……沒錯，鈴木。**哇塞**，我好興奮——」

「我知道。」我笑出聲。「我看得出來。你覺得這還能跑嗎？」

連恩以恭敬的態度查看，撫摸每一吋車身。「看來狀況還不錯。雖然車子被操得很慘，沒好好保養，但應該很快就能修好。」他抬頭看到我的表情。「怎麼？」

「你真的會騎？」

「我會不會騎？」連恩嗤笑一聲，上半身越過機車的座椅，臉龐因此離我只有幾吋。他的淡藍眼眸興奮得放電，電流貫穿我的身子，讓周遭世界化為平靜的靜電雜訊。這最後一段距離對他和對我來說想必一樣令人難以忍耐，因為他的手指蓋住我放在破損皮椅的雙手上，我感覺他的觸摸如午後陽光般在我的肌膚上擴散。他的嘴唇擦過我的臉頰，溫暖氣息拂過我的耳朵，嗓門低沉甜美。「我不但會騎，親愛的，我還能指點指點妳——」

「喂，地獄天使（註4）！」科爾咆哮：「我帶你來這裡不是讓你給自己挑貨的！給我滾過來！」

連恩後退，板起臭臉，興奮情緒如燭光般被一口氣吹熄。我的表情想必跟心中一樣失望，我惱怒得微微呻吟一聲，他因此立刻綻放微笑，幫我把一縷髮絲撥到我的耳後。這抹笑容雖然比剛剛更淡也更淺，但專屬於我，讓我打從骨髓感到溫暖。

確認這輛越野車的腳架能支撐車身後，他把雙手的汙垢擦在衣服上。他朝我伸手，我牽起捏住。他回頭朝戰利品瞥最後一眼後，我們走向科爾，他站在高高疊起的一堆木製棧板旁。我終於意識到這些是什麼東西時，我們已經來到他身後。

我以前見過這種紙箱，我認得印在上頭的文字：十包二十四小時份之通用口糧／北大西洋

註4　地獄天使（Hells Angels）是北美著名的重型機車幫派。

公約組織核准。

「這是啥？」連恩問。

「人道主義一日用糧食。」我搶先科爾一步回答。看到這些東西，我感覺內心空虛。「這些來自哪個國家？」

「妳見過這種東西？」科爾挑眉。「政府把這種糧食藏得很隱密，也沒人把這種東西帶回去洛杉磯總部。」

「是在……」我放開連恩的手，走向紙箱，以免讓自己說話時看著他的臉。「我們在納許維爾市的時候。軍隊把食物和醫療用品藏在一座舊機場的機棚裡。」

在我的記憶中，那場突擊如夜潮般不斷從心靈中最黑暗的角落滲來，趁我不注意的時候把我摺倒在地。連恩臉色蒼白，呼吸急促。插在我背上的刀。裘德自告奮勇擋在我們面前，以電浪擊退士兵。我和夥伴們失散。羅伯。嘴套。破碎擋風玻璃上的血。

我轉身背對紙箱和木製棧板，但逼自己站立，直到胸中重擔退去、我能恢復呼吸。我越來越難逃離那道回憶。

「好吧，」連恩終於開口：「不過**這些**東西是哪來的？放了多久？」

「有幾年了，但這些大多是防腐食物，放一輩子都不是問題。我在辦公室裡看到一份存貨清單後才想起這些東西的存在。」科爾從後口袋掏出一把小型摺疊刀，甩出刀片，劃開紙箱，讓一包包紅色包裝的食物撒在我們腳邊，包裝上的簡單圖案是個男子把食物湊到嘴邊，還有中國國旗。「我們聽過謠言，聽說政府試圖藏起其他國家空投而來的人道援助，政府那套『我們是美國，我們能靠自己活下去，我們已經被其他人拋棄』完全是狗屁。這批貨原本被留在內華達州某處。」

「你們從沒吃過？」我問。

「從沒這種必要，」科爾說：「我們當時有食物供應商。艾爾班想拿這些人道糧食證明格雷不顧人民死活，但後來也不了了之。這座基地塞滿一大堆半熟的點子和中斷的構思。」他閉上眼，用手背揉揉額頭。他轉身面向連恩之前的那瞬間，我看到他的嚴肅表情似乎因痛苦而扭曲。「如果你能把這裡整理好，那你就能自封軍需官，想辦法蒐集額外物資。」

「物資是指食物、乾貨和清潔用具，」連恩說：「如果你以為我能幫你弄到槍——」

「廢話，小子，」科爾打斷他的話。「想弄到汽油、武器和堆積如山的彈藥，我們得靠克魯斯參議員的人脈。」

「你認為到底需要多少彈藥？」連恩提高警覺。「我們要打多少場？一、兩場關鍵戰役？不可能是全面戰爭吧。」

「你那顆漂亮小腦袋忙著煩惱我們的一日三餐就行，」科爾回嗆：「大問題交給大孩子處理。」

科爾無視我的眼神警告，而是彎腰從地上抓起一包口糧，在手中拋接，額頭因沉思而皺起。「但這無法解決我們現在面對的更大問題。根據那些孩子們群體討論提出的計畫，我們需要更多人手。想襲擊改造營，我們至少需要再來二十幾個孩子。如果你在如何募集人手的這方面有任何高見，我洗耳恭聽。」

某種無可奈何的情緒在我的思緒中穿梭，壓過我拚命試圖隱藏的回憶。想必我吐出嘆息，因為史都華兄弟倆轉頭看我，兩人同樣感興趣。

「其實，」我的嗓門透露出令我不安的自信，「我確實知道。」

第九章

孩子們忙著討論計畫，沒注意到我悄悄下樓，因此我不需要老是回頭確認有沒有人看到我打開文件儲藏室的門鎖、進入內部。

我停止動作，因為我發現自己急忙拉扯上頭的電燈拉繩，黑暗似乎停留在我的肌膚上，我的呼吸聽來沉重。這種感覺怪得要命——身體陷入驚慌，心靈卻在後方觀望。我的心臟狂奔，節奏過於急促沉重。並不存在的聲響充斥我的耳中，腳下的地面似乎捲動。人如果少了一種感官，另一種就會更為敏銳，而黑暗造成的效果不就是如此？黑暗將細微的焦慮增強，予以重新塑造，就是為了達成自己的目的，為了把你渾身癱瘓的困在原地。難怪裘德那麼害怕陰影。

這麼小的空間很容易讓人以為自己無處可逃，但我的理智面知道這裡沒什麼好怕。這裡有兩道門，兩道出口，但穿越黑暗只有一個辦法，就是面對它，**往前走**。我可以像這樣不斷提醒自己上千次，但我每次都感覺到那種震驚——因為萬物都消失在黑暗中，黑暗吞噬所有美好事物。

這裡不是洛杉磯。我推開以塵土和濃煙組成的回憶。

這裡不是地道。我推開裘德的臉龐和哀求聲。

這裡是此時此刻。我不斷推開那些思緒。

我逼自己留在這裡，直到我決定非拉扯救生繩不可。淡黃燈光立即淹沒我的周遭，揭露出從貧瘠書架飄起的灰塵，上升、墜落、旋轉。我把精神集中在灰塵上，直到我的呼吸恢復均勻。這裡沒什麼好怕，除了門後那隻怪物。

不管我需要多久才能讓自己集中精神、鼓起勇氣，這種時間都花得值得。如果帶著破碎又分神的心思進去，無異於把一支上膛的手槍遞給克蘭西．格雷，而且我這次沒帶科爾來擔任後衛。

克蘭西仰躺在小床上，拿某個東西——揉成球狀的三明治塑膠袋——不斷拋接，同時以口哨吹著愉快小曲。聽到門鎖再次固定，他接住小球，轉頭看我。

「我有個我想確認的推理，」他開口：「原本在這裡的那些特工離開了，是吧？」

「他們還在。」我說謊。

「那就怪了，我完全沒聽到**他們**的動靜，只有聽到那些孩子。」做為解釋，他指向上方的通風口。「想必他們在你們抵達之前就已離去，至於其他人——怎麼，他們拋下妳？放妳鴿子？」

看來我的沉默已經做出答覆。

「這真是好消息。」他的口氣聽來真誠又興奮。「少了他們，妳會過得更好。你們的計畫還是襲擊改造營？妳有沒有查到瑟蒙德的那項情報？」

又是那件事。他又丟下同一顆未爆彈，等我撿起、煩惱該如何面對。我把雙臂交叉在胸前，藏起似乎不住顫抖的兩手。那項情報到底有什麼內容？到底發生什麼情況？

「克蘭西，你真的還想假裝你跟我們是同一隊？」

「我基本上根本是你們的吉祥物吧？」他的嘴角勾起近似微笑的曲線。「如果妳來這裡是希望我幫忙，那就麻煩妳盡量別羞辱我。別以為我不知道妳需要我幫妳那支可愛的小小軍團弄到更多孩子。如果妳想要那筆情報，就得親自來拿。」

我的耐心已經在這兩分鐘內被磨得跟牙線一樣細。不過克蘭西．格雷就是喜歡把人逼到懸崖再看他們往下跳，我不會讓他稱心如意。「你把那些文件留在哪？科羅拉多？難道是維吉尼亞？」

「那些東西不是以文件的形式儲存，而且比妳想像得更近，」他挑眉。「得了吧，別裝傻了，妳清楚知道我在說什麼。」

我確實知道。

「你真的腦子有病，」我告訴他。「就算我試圖入侵，你也會把我排拒在外。你想用這種方法自我安慰？看我出糗？」

「妳以前這麼做似乎不費吹灰之力啊，例如在科羅拉多的時候，還有你們在洛杉磯那個稱做『總部』的老鼠洞，怎麼現在這麼沒自信？」他挑釁。我比他自以為的更清楚他的個性——我快悶死了，這才是他的意思，給我點樂子吧。

「考慮到在洛杉磯發生的事，」我說：「沒想到你還剩下自信。我真的很高興看到你和你媽的珍貴回憶，你以前似乎算是個媽寶，是吧？」

他皺眉沉思。有那麼幾秒，我後悔自己提起莉莉安．格雷，我不該這麼早就讓他發現我對她感興趣、讓他察覺到她在我的思緒中。如果想探聽她的下落，還有她兒子到底對她做過什麼，我就得想個策略。

我維持面無表情，呼吸均勻。妳以前這麼做過，露碧。在某人的心靈中開出道路後，後續的入侵就簡單得多。但我在之前那兩次都是透過奇襲才成功——而且都處於暴怒狀態；如果當時用的是蠻力而不是念力，我有點相信我能打碎水泥牆。

他眨眨眼，我心靈深處的隱形之手展開。他的濃密睫毛再次上升，他的視線對準我時，隱形之手的利爪化為鉤子，等著抓住——

克蘭西的防禦讓我感覺自己彷彿一臉撞上這間牢房的玻璃牆。我不禁後退，以所有意志力逼自己別揉壓眉心之間的痛楚，原本隱隱作痛的頭疼爆發成強烈劇痛。

「妳的技術生疏不少。」他顯得意外。「剛剛那種入侵簡直可悲。妳上一次施展念力是什麼時候？」

閉嘴。我在心中咒罵，試圖維護自尊。

還是妳希望我們以念力對話？他的嘴唇絲毫不動，聲音卻滲入我的心靈。在東河的時候，他曾經以友誼賽的名義這樣跟我交流，當時的感覺就和現在完全一樣，彷彿上千隻飛蛾被困在我的肌膚底下振翅鼓動，直到我想動手把牠們一一拔出。

我的能力確實荒廢不少，但被擊倒不等於我已經認輸。為了支撐心中的自我意識，克蘭西就是不斷靠這種小小勝利來壯大自己的信心。我就是等著他露出那副招牌般的沾沾自喜，他只願意相信這裡沒人比他更強。來吧，王八蛋……

就算只有幾秒，但我想讓他真的以為我的能力不只是如幾星期沒鍛鍊的肌肉那般退化，而是我已經徹底成了廢物。

我甩甩頭，逼自己露出沮喪又難過的神情。他已經認定他的進攻對我的自尊造成致命打擊，這就是我占的上風。我能在他臉上看出這點：他以為逼我用超能力就是在折磨我，他喜歡看我掙扎，看我不斷嘗試又失敗。

他被關在三吋厚的防彈玻璃後方，我猜他就是想用這種手段讓自己再次覺得強大。

我的超能力興奮得幾乎在顱內打呼嚕，我動用我不知道自己擁有的意志力來逼自己別發笑，逼自己維持臉上的惱怒。我只需要讓他失去平衡一秒，一秒即可，但這彷彿試圖擊中站在空心磚牆後方的某人。不過，這種戰鬥就跟街頭打架一樣，不管哪方似乎占有極大優勢，另一方總是有辦法取勝，例如採取下流手段。

我沒高尚得不打算作弊，一點也不。

「抱歉，我剛剛實在忍不住。準備好再來一次沒有？」克蘭西交叉雙臂，從玻璃牆後方瞪我。「我只有一個請求，就是拜託妳裝得好像自己有拚命嘗試。」

他再次微笑時，我也立刻回以微笑。

這一次，我的念力如拳頭般朝他飛去，瞄準他為了保護心靈而豎起的白布屏障。我放慢攻擊，讓他把那面簾布揮向我、試圖把我趕出他的精神空間。他的念力擦過我的念力，彷彿拳頭輕輕擦過臉頰。

我立刻伸手解開牢房門鎖，以一腳撐住門。克蘭西驚訝得後退，遮蔽心靈的那面巨型白布被掀開，足以讓我鑽入他心中的蜿蜒迴廊。如寶石般鮮豔的色彩乍現——潔淨的翡翠草坪、坐落於藍寶石大海旁的一棟房屋、飄柔的紫水晶禮服；相機閃光燈彷彿陽光映於鑽石表面，世界如一道道純白閃光般隨之融化。

我的速度超過我自己的想像，我翻閱每一道回憶的同時往後退，關上牢房，拉上沉重門鎖。這場勝利沒維持多久。以前，克蘭西的回憶和思緒總是如雷雲般穿過我的心靈，寬廣黑暗、蓄勢待發，現在卻明亮清晰而且靜止不動，彷彿我正在瀏覽一疊照片，而不是試圖走過每一道回憶之中的蜿蜒長徑。我感覺自己滑動，被某種外力牢牢抓住引導，由某人操控方向。

這間牢房，這間拘留室——在一次用力拉扯下被拋出我的視線邊緣。就這樣，現實世界消失，取而代之的是一幅熟悉的往日景象。

克蘭西背對我。我走向他的同時，房中周遭隨之具體化，到處都是黑木家具，書架擺滿書籍和文件；一臺電視在角落出現，畫面無聲開啟。一張書桌在克蘭西所坐的位置前出現，他的雙手懸於半空，直到一臺筆記型電腦在他舞動的十指下出現，整齊堆疊的紙張從桌面延伸而出。

想必他沒關窗，因為他用來隔離床鋪的那面白簾在我後方飄動。這道回憶是如此清晰，我甚至能聽到篝火坑那些孩子的聲音，一陣微風從周遭樹林帶來溼潤土壤味。

我打顫。我們回到東河。

這道回憶正在流動，把我向前甩，速度卻是慢動作。我走到克蘭西身後，他把一半的注意力放在電視螢幕上的父親臉龐，另一半放在面前的電腦上。

我倒抽一口氣，雖然我的理智面知道這一切都不是真的——我不在這裡，克蘭西也不在這裡——但我還是不敢碰他，連從他肩後探頭過去都不敢。

*他是怎麼做到的？*這不是回憶——而是完全不同的情景，彷彿我在話劇開演後走上舞臺。我突破某道屏障，我不再是旁觀者，而是參與者。

他深吸一口氣，以一手解開領口鈕扣，輸入一串網址……然後是密碼……

坐在我面前的這個克蘭西靠向椅背，頭往後仰，往上看，幾乎像在看我——

我衝出他的心靈，切斷聯結，以防他……把我封鎖在他的心靈之中？那有可能嗎？難道他能夠——

「妳看到沒有？」他問。

走廊的燈光閃爍開啟，突來的強光令我盲目幾秒。我知道自己的腦袋仍因為第一波的驚慌而失常，因為我只能聞到松樹——東河營地的篝火煙霧。

他已經回到床上，抓起自製小球。這真的很怪——那道回憶消失、腳下地面恢復堅實後，我不再因為他還是有辦法從我手中奪走控制權而感到害怕或憤怒，反而覺得……好奇。我以前從沒經歷過他像這樣帶我走過某道回憶——在東河的時候，他讓我看過他拼湊起來的回憶，但這次非常……不一樣。我根本不知道原來我們橘印者居然有這種能力。我感覺眼窩的悸痛已經消失，這是我第一次沒因為侵入他的心靈而感覺虛脫或喪失方向感。我還沉醉在突破他的屏障所帶來的興奮，雖然只有幾秒。

「明天見，露碧。」克蘭西又抛起塑膠球。走出牢房、完全擺脫他後，我竟然覺得胸中無比輕盈，彷彿釋放火花、顫抖而且發光。看來我壓抑心中的怪物太久，它需要被釋放，伸展身子，想起掌控局面的感覺是多麼美好。

我現在想起掌控局面的感覺是多麼美好。

我甚至認為我應該會樂在其中。

* * *

農莊只有一臺筆記型電腦，雖然幾名綠印者迫不及待想用，但他們的不成文規定似乎指出幫凱特保管電腦的那個孩子擁有所有權，或至少擁有優先使用權。

所以我們常常看到尼克在無人電腦室的中間桌位用電腦。有時候他身旁會聚集一小群觀眾，他們從他身後探頭指向螢幕，甚至在他的身子往後仰時幫他在鍵盤上輸入。

「那些孩子讓禿鷹相形之下彷彿黃毛小雛。」我們站在電腦室外頭，透過大型玻璃窗看著他們時，科爾說：「如果他突然暴斃，妳覺得他們會不會把他的屍體推到地上當腳凳？」

我噗嗤一笑。「他們只是覺得日子無聊。如果我們不給他們找些事情做，他們會開始拆掉門上的電子鎖，試著改造成手機。」

「嗯，關於這點，他們原本應該由康納負責看管，妳和我顯然沒耐心處理……」尼克乖乖向一名綠印女孩交出電腦時，她興奮得尖叫。「……這種事。」

不知道為什麼，我終於沒再總是想到凱特，或是她在意識到我和科爾趕跑其他特工時所露出的表情。

「她跟我們聯絡了沒有？」我問。

科爾的身子前後搖晃幾下，皺起眉頭。「沒。」

「她當時應該好好聽我們解釋。」我沒意識到自己說了什麼，直到科爾把手輕輕放在我的頭上，表示安撫。

「我向妳保證，寶石妹。康納被他們拒絕後，明天就會夾著尾巴爬回來。這對她來說是好事，每個人都需要偶爾被現實打擊，這能讓我們維持警覺。」

問題就在這裡，我不希望她像這樣被擊倒，我的憤怒本來就扎根不深。她當時離開的時候，我確實感到難過，我的自尊沒強烈得讓我不准自己顯得難過。但我能明白她的決定，她總是出自本能的想撫平傷口和衝突。她不明白那些人確實樂意丟下我們、利用我們、傷害我們，因為她自己絕對不會那樣對待我們。

自從我們抵達農莊，那場對話是我跟凱特之間第一次也是唯一一次說話，這讓我暗自感到憂傷。她相信我有能力保護我們的隊伍，但我在洛杉磯的表現令她徹底失望。我應該在她離開農莊前逼自己對她說些什麼，什麼話題都好，只要能開始修補我跟她之間的關係。或許現在已經太遲，我已經錯過機會。

這道苦澀思緒令我感覺內臟被挖開、拖過地面。我只是不知道該說什麼，不知道要如何光靠道歉就讓她原諒我。壓垮胸口的重擔要如何以兩個字表明？**抱歉**，**抱歉**，**抱歉**，**抱歉**……**抱歉**並不足夠，無法抹平「失去他」的這個罪名。抱歉二字在他留下的虛空中迴響，無法彌補他原本能擁有的未來。

科爾朝名為艾蕊的綠印女孩友善的揮揮手，她朝我們瞥來，臉頰立刻泛紅，又低頭對著電腦，身影被尼克擋住。螢幕的幽暗藍光讓尼克看來彷彿半僵的屍體，他越是把注意力集中在螢幕上，臉上的線條似乎越是深沉嚴肅。

「我不認為讓他存取克蘭西的伺服器是個好主意，」我輕聲道：「只要跟克蘭西有關，他的判斷力就會失常。」

「我明白妳對他持保留態度，寶石妹，但在電腦相關的事情上，他是我們的頂尖高手。我願意在他身上賭一把，因為他急於將功贖罪，而如果可能，他也絕不會再讓妳或凱特失望。」

「**如果可能**這點就是問題。」

「喂喂，我當時願意讓妳幫連恩求情，現在換我替尼克求情，輪到妳跟我談條件。」

「連恩沒把聯盟的機密情報交給敵方頭目之子。克蘭西不但背叛我們和尼克，甚至可能已經銷毀我們尋得治療法的唯一機會。」我轉身背對電腦室的情景，靠在玻璃窗上。

「沒錯，但如果尼克沒向克蘭西通報，如果妳沒因為被騙而回到加州，我們根本不會知道治療法的存在。」

我瞪著他，無語片刻。

「妳以前沒換這種角度想過吧？」科爾聳肩。「那種損失帶來的心痛……彷彿在妳所在之處挖個坑，在妳的世界中心打開一道該死的黑洞，它吸掉妳的思緒，讓妳甚至來不及反應，而且它總是想吞下更多。評估自己損失什麼又獲得什麼，妳的痛苦並不會因此減輕吧？」

我搖頭，確實不會。片刻後，我用腳蹬牆面，撐起身子，遞出一張紙條，上頭寫著我在克蘭西的心靈看到的伺服器名稱和密碼。科爾默默接過，低頭閱讀我的潦草字跡。

「嘿，露碧，」他輕聲道：「重點是……在『寬恕』這回事上，以前沒人教妳的是：我們寬恕某人不是為了對方，而是為了自己。」

「你從哪偷來這句話？」我問。

「來自人生經驗。」

我翻白眼。「嗯，我很確定——」

我的心靈無法完成這道思緒，它原本在那，旋即消失，正如從他眼中閃過的陰影。科爾的眼神也恢復得同樣迅速，他立刻把視線從我身上移向地板，接著勉強一笑，連我看了都感到不忍。片刻後，他聳肩，把雙臂交叉於胸前，等著看我敢不敢對此發表任何意見，我沉默越久，他越是顯得不自在。我清楚看到他的脆弱面在哪一刻浮上心頭。在這種尷尬氣氛下，他彷彿變回小男孩，站在那裡等著接受懲罰。

「所以你寬恕了誰？」我知道這不關我的事，但他的反應令我感覺胸腔凹陷。我想知道他的過去，我想聽他說明，讓他能放下一些重擔，就算只是片刻。

「那不——聽著，那無所謂，總之——好好考慮我剛剛說的？」他結巴道，抓抓短髮。我這項疑問有太多可能答案，例如他原諒他爸媽沒看出他的超能力，他原諒連恩對他咄咄逼人，還有那幫聯盟特工背棄他。那些是我知道的事，而他的沉默不語以及轉移視線讓我明白他原諒的對象不在我的所知範圍內，看來那段過往比我想像得更嚴重。

科爾善於躲進他從不脫下的「魅力盔甲」，讓我因此被稍微轉移注意力，看不到他心中真正的混亂。他不會讓任何人知道他的內心傷痛有多深，不是嗎？或許他以後會願意向我吐露心事，而我能像連恩他們支持我那般支持他。多虧那些夥伴，我才沒被瑟蒙德的陰影和我心中的怪物拖回狹小寂寞的自我隔離。

「好吧，」我從他手中拿回紙條，把他推進電腦室。「我們走。」

尼克抬頭兩次，才確認我真的站在他面前。

「你能不能從這臺伺服器下載檔案？」我問。

他的目光在我身上逗留太久，讓我有點不自在。

「噢，當然，沒問題。」尼克喃喃自語，接過紙條。

圍在他身旁的綠印者們讓路給我們，尼克在螢幕上打開幾道視窗時，他們又好奇的挪近，組成電腦語言的怪異編碼開始從畫面閃過。

「嘿，各位，」科爾換上博取感情的口氣。「你們有誰能去參議員的寢室把她帶來？剩下的人如果能去幫可憐的露西想辦法湊出今天的晚餐，就絕對是我的英雄。」

這些聰明的孩子當然知道這是解散令，但顯然沒人抗議。畫面跳出一道視窗，連同六個資料夾。

「那是什麼？」最後一名綠印者離開房間、把門在身後關上後，我問。科爾默默指向尼克，後者徹底靜止，似乎連呼吸也暫停。尼克垂下肩膀，駝起背脊，彷彿只想把自己如紙張般捲起消失。

「尼克，老兄，」科爾的口氣依然一派輕鬆。「你要不要——」

「我留下。」我得豎起耳朵才聽得見他說什麼。

「或許你可以——」

「**我留下**。」尼克的口氣強硬。他打開第一份資料夾，這個大型資料夾開啟時，我才看到標籤：瑟蒙德。

裡頭大概有五十份檔案，包括影片、照片和文件掃描檔。尼克瀏覽畫面，突然放開屏住的呼吸，滑鼠游標懸浮在其中一幅圖片上。

不知道為什麼，尼克開啟圖檔之前，我已經知道誰的臉龐會出現在螢幕上。尼克的外表向來小於實際年齡，但是螢幕上的他是個小男孩，如尖刺般醒目。他的黑髮被剃得只剩一大片黑點，原本呈深棕色的皮膚如水泥粉般蒼白，跟那雙茫然黑眼以及頭皮上的未癒疤痕形成強烈對比。

天啊，我覺得作嘔。**天啊**……

十七歲的尼克盯著螢幕上的孩子，彷彿對方是陌生人。那就是他爬出的地獄，此刻的他沒逃避，甚至沒轉身背對。看他維持鎮定，而我自己卻很可能因為看到不該看的照片而崩潰，我不禁對他感到尊敬。

瑟蒙德。當時在瑟蒙德的尼克。那座改造營原本用來研究青春退化症的起因，但後來隨著時間而擴張。我被抓去瑟蒙德之前，樂達公司已經掌控那項研究，把最初那批實驗對象——孩子——送去費城的研究設施。科爾之前在樂達公司當臥底，試圖弄到他們在孩子身上進行的實驗所獲得的資料，他後來救出尼克，條件是私底下讓艾爾班知道樂達公司的研究內容。那是在克蘭西逃出瑟蒙德、把其他孩子丟在那裡之後的事。

「你還好吧？」科爾把一張椅子拉過來，坐在他身旁。片刻後，我也拉張椅子坐在尼克另一側。「你不用勉強自己看下去，」科爾補充道：「我和露碧可以接手。」

「這些是……**克蘭西**寫的，是不是？」

我和科爾交換視線，尼克點頭。

「如果他擁有瑟蒙德研究計畫的檔案，」尼克說：「或許也有把青春退化症起因的相關情報存在這裡，或是研究人員已經排除哪些可能性。這是……」尼克顫抖的喘口氣，關掉圖檔，退出資料夾，回到主資料夾。「這樣很好。如果我們能取得一些有用的資料，這樣很好。」

克魯斯參議員從門口探頭進來，科爾揮手要她過來，起身讓位的同時解釋我們正在看什麼。

「我的天啊。」她輕聲驚呼，靠向螢幕。尼克打開名為「聯邦黨」的資料夾，再打開標示她的名字的文件時，她的不安急速攀升。資料夾裡有幾百份個人檔案，包括超能士兵、格雷總統的核心手下、聯盟特工、艾爾班，還有孩子——包括我自己、連恩和查布。在孩子的資料夾中，他顯然從超能士兵和賞金獵人網路找出資料，把自己的分析存在名為「觀察紀錄」的註記中。

他對我的觀察：在做出只影響自己的決定時猶豫不決。在處理重要夥伴時顯得更有自信，甚至過度保護。沒有嚴重缺點——不喜歡甜食，喜歡老歌（與她父親的回憶有關）。允許自己不切實際的相信能找到祖母。渴望與人親近，因此容易對旁人的示好之舉做出反應。能分辨哪些情緒是出自外表的吸引力。容易受騙，天性不喜報復，太容易原諒……

看到這種不甚恭維的評論，我惱怒得咬牙。太容易原諒？咱們等著瞧。

「這裡，這就是我們要找的，部落，」我說：「打開這個。」

「部落？」克魯斯參議員問。

「克蘭西把離開東河那個避風港的孩子所組成的團體稱作『部落』……好吧，我們後來才知道東河根本不是什麼避風港，雖然他如此宣稱。總之，每次只要有一群孩子離開，他會在他們出發時提供一些物資。」而且教他們如何用路碼向彼此描述安全路線。我不只一次感到好奇，有多少「部落」在我們抵達東河之前離開那裡？我現在終於知道答案：十二個，每團大約有五或六人。

螢幕上的表格以團體分類，每一個標題底下標示日期和地點。我叫尼克繼續捲動畫面，直到他找到小雀的隊伍，這一欄的資料有更新兩次，第一次是在科羅拉多，第二次是一個月前在加州。

他知道她在哪。或者說，他起碼知道她有抵達西岸。我把雙手在背後握緊，逼自己別捶打螢幕。我以為自己永遠找不到她的那段時間裡，他老早知道她的下落。

「他是怎麼弄到這些資料？」科爾問：「如果這些更新資料是真的，那就實在珍貴。」

「他跟我說過一次……」尼克開口。我感覺到——而非看到——他瞥我幾秒。他繼續說下去時，口氣輕柔。「有個號碼，孩子們可以打電話過去，說明自己的近況，或尋求幫助。他說他有時候幫他們找到其他孩子，如果他們因為自己人數太少而害怕。他什麼都知道。」

我不懷疑這點。這臺伺服器有這麼多情報，我們得花幾天的時間才能篩選所有內容。我們匆忙看過，完全沒發現莉莉安的資料，雖然我也沒如此期望。

「你能不能再打開瑟蒙德資料夾？」我問。我從眼角看到克魯斯參議員以手摀嘴，坐直身子。

「所有改造營……都像這樣？」她問。

「這有點像在比哪顆蘋果更爛，」科爾開口。我知道他跟我一樣正在觀察她的反應。「那些改造營都很糟，但其中一些在相比之下讓其他營地看起來還不錯。」

「資料夾裡最近期的檔案是哪一個？」我問尼克。「你看得出來嗎？」

「嗯，這個…………」

「火災疏散計畫？」克魯斯參議員問。我們已經看過這份文件，看過地圖標明超能士兵和營地管制員在緊急情況下將以哪種順序清空木屋。其他檔案是關於超能士兵的人事資料，還有一些研究資料，我知道進行研究的地點叫做醫務室。當然了，沒有任何資料跟克蘭西本人有關。如果有任何證據曾經存在，他也會想辦法銷毀，不會讓任何人看到他如此無力的一面。

「克蘭西不斷暗示有某件事正在發生……」

「妳不覺得他很可能只是在騙妳，為了影響妳的情緒？」克魯斯參議員拍拍我的肩膀。「他的父親最喜歡耍這種手段。」

尼克正想關掉視窗時，科爾倒抽一口氣。「等等，把畫面往上捲。」

科爾瞇起眼睛，揉揉沒刮鬍子的下巴。我來回瞥他和螢幕幾次，試圖弄懂他在看什麼。

「媽的。」科爾輕聲咒罵。

我感覺胃袋有些下沉。「怎麼了？」

「在這個疏散計畫中，他們要把孩子**送出**改造營，但如果問題只是火災，為什麼不乾脆把孩子送進營地內環，等到火勢被控制？或是把孩子帶到營地邊緣？營地起碼有一哩寬，不是嗎？而且為什麼只準備了一項疏散計畫？如果起火地點是在食堂或工作區？我們看到地圖上有一堆箭頭和數字就**以為**這是疏散計畫，但地圖根本沒如此註明。」

「如果這不是疏散計畫，會是什麼？」我問。

「我認為這**原本**是疏散計畫，為了因應改造營地點被洩漏出去，或是格雷被殺或被推翻，但是這裡——」

我俯身向前。他指著畫面頂端的一小行文字，「已修改」一詞列在去年的「十二月十日」

這個日期旁，而旁邊那個被劃掉的日期幾乎是在五年前。

科爾搶走滑鼠，再次把畫面往下捲動。「這項計畫被他們標示為『主教行動』。還有這裡——我原本以為每間木屋旁邊註明的數字是指超能士兵必須在幾分鐘內抵達，但是這個『301』可能是指三月一日，不是嗎？」

「等——」我說：「等等，所以這到底表示什麼？」

「這表示計畫的宗旨不是疏散營地，」尼克的嗓門微弱，「而是把孩子送走，每天清空四間木屋。」

「我猜他們把孩子送出去的唯一原因是他們打算關閉改造營？」克魯斯參議員問。

「還有一份名為『主教』的文件，」科爾說：「沒錯，就是這個，小型改造營的名單。」

「還有超能士兵轉移名單，」我說：「天啊。」

我把雙手壓在臉頰上，逼自己別忘記呼吸。明白怎麼回事時，我感覺四牆朝我壓迫而來，持續收緊。**他們要關閉改造營**。

「甜心，妳還好嗎？」克魯斯參議員問：「我不明白——這應該是好事吧？根據妳描述的營地狀況……」

「如果妳是這樣判讀，這確實看來是個祝福，」科爾說：「但是拆毀改造營也很可能表示他們會運走或銷毀營地的所有證據，更別說如此一來就沒人能證明復健計畫多麼殘酷。瑟蒙德是……很強大的象徵，它是歷史最悠久、規模最大的改造營，而且我認為那裡確實把虐待程度推到最高標準。」

「將孩子與彼此隔離……還有木屋……」我口乾舌燥。那裡的孩子大多已經待了將近十年，老早成了彼此的家人，現在連這點也要被剝奪？

「好吧，所以那座改造營即將關閉。」克魯斯參議員靠向椅背，雙手交疊於膝。「還有哪些大規模襲擊計畫？」

「沒有其他大規模襲擊計畫，」科爾說：「我們的目標還是瑟蒙德，那是我們的最終目的。」

我抬頭。想必我一臉震驚，因為科爾一臉納悶。「妳懷疑什麼，寶石妹？我今早說了起碼十次。**瑟蒙德，無論如何**。妳幹麼那種表情？」

我試著回想今天發生的事。想必是在我們的特訓結束後……還是連恩他們回來之前？整個上午都帶有一種詭異又模糊的感覺，彷彿疲憊感如蒸氣拂鏡般令我的回憶混濁。

彷彿看穿我的思緒，科爾說：「老天，丫頭，我們得讓妳有更多睡眠時間。」

「五星期的時間夠不夠完成計畫？」克魯斯參議員因擔憂而皺眉。

「我們會想辦法。」科爾簡短回答。

「你已經叫他們提出構想，是嗎？」克魯斯參議員問：「我無意冒犯，但那些小孩子哪可能有辦法想出一套可以成功的作戰計畫，而且加以執行？」

「我們受過訓練，」我告訴她，「為了執行那種計畫而受的特訓，至少我們這些待過聯盟的孩子都是如此。我們需要安排時間跟其他孩子合作——招募更多孩子，確保他們擁有足夠抗壓性。」

科爾拿起一小疊紙遞給她，那是從孩子那裡收集來的提案。「其中一些人的想像力令我十分欽佩，裡頭有不少很好的點子。綠印者提出的這些構想之中，有些確實令聯盟的高手汗顏——我確實沒期望他們提出能以統計學證明的成功概率，或是……」他瞇眼看手中的紙張。「老天，我根本不知道成功概率是什麼意思。總之，襲擊瑟蒙德之前，我們必須先在某座小型營地做實驗，確保計畫可行。」

參議員坐得稍微更直。「任何改造營？」

「最好是在西岸，不過，沒錯，哪裡都行。我們會試著找一座格局與瑟蒙德相似的小型營地，取得與真正目標相似的經驗。」

「內華達州？」

科爾靠在桌邊，因興奮而眼神發光。

「你想在綠洲營地下手？」

綠洲？這裡其中一條走廊掛有一面美國國旗，上頭以圖釘標示所有已知改造營，無論大小。我閉上眼，回想西岸和東岸之間的各州。綠洲位於……內華達州的東北角，地點偏遠。

尼克一直盯著電腦螢幕。「裡頭關的是聯邦黨的孩子。」

克魯斯參議員點頭，用力嚥口水，揉揉喉嚨。她的視線移向我們後方某處，大概是牆上時鐘。「我的女兒蘿莎就是其中之一。我原本把她藏在我母親那裡，可惜……格雷下定決心要給我們好看，為了抓到我們聯邦黨成員的子女，他僱用了專家，就是要拿我們殺雞儆猴。我知道至少有十名聯邦黨官員相信自己的孩子被抓去那裡，應該說之前……**老天**。被抓去拘留營的那些人還可能活著嗎？他們會不會再見到自己的孩子？」

「當然會，」科爾回答，雖然口氣聽來不算自信。「那種可能性一定存在，不是嗎？但不管那些孩子的父母是否還活著，那些孩子都能待在我們這裡。如果他們願意，還能加入反抗的行列。反正洛杉磯早已化為廢墟，他們回去也沒意義。」

尼克推開椅子站起，緊抱胸口，迅速瞥向四周，搖擺走動，試圖避開我們。「我要去……去……洗澡。」

他的腳步匆忙得彷彿這裡失火。他的髖部撞到一張桌子，整個人因此蹣跚往前晃，我好奇他到底有沒有感到刺痛。

我上前一步，但立刻阻止自己。科爾挑眉，以眼神向我提問。我搖頭。**不**。我不打算追上去。逼他短暫重溫那段人生，我原本可能因此感到內疚，但我不打算安慰他或避免讓他想起對洛杉磯的恐怖回憶。我在內心深處因為他跟我一樣痛苦而竊喜，我怎麼可能因此內疚？

那座城市不是我炸的，我心想。

但也不是他炸的。尼克沒安排由軍方執行的襲擊計畫；他沒命令那幫特工在半夜血洗總部、推翻艾爾班，讓聯盟永久分裂；他沒有——

我以掌心按壓額頭。我現在不想考慮這件事，這種感覺就像去戳一塊還沒爆開的腫脹水泡。我得把精神集中在瑟蒙德上，我們剩不到兩個月的時間收集物資，我們還得招募更多孩子，訓練他們，安排交通工具，前往內華達，離開內華達——越想越不可能成功，彷彿一座高山在我接近的同時更顯得聳入雲霄。

「我們今晚會召集大家，決定計畫，」科爾說：「我們會詳細說明目標，把大家的精神集中在正確的方向。在此同時……」

「是啦，是啦，當然，我會聯絡加拿大那些夥伴，看他們能否提供彈藥和汽油。」克魯斯參議員以一手撫過我的胳臂，要我別擔心，再捏捏我的手，但我幾乎沒感覺到。

「妳是我心中的女王，參議員夫人。」科爾朝她綻放破壞力拔群的帥氣微笑。

「綠洲。」她提醒他，走向門口。

「我們七點在這裡準時集合，」科爾說：「我會準備好行動計畫給妳。」

她停步，回頭看他。雖然比眨眼的時間更短，但我看得出她允許自己擁抱希望的那一刻。

「謝謝你。」

等她離開後，我把頭趴在其中一張空桌上，閉上眼，頭疼沒因此減輕。我把心思移回瑟蒙德時，腦中的混濁感甚至因此加深。我感覺自己坐起身，腦中突然都是黑衣男子比我搶先一步破壞改造營，銷毀所有證據，讓世界無法目睹營地真相的畫面。

「──石妹？露碧？」科爾從幾排外的電腦旁朝我招手，臉上有種怪表情。「妳還好吧？」

「嗯，」我揉揉不適的雙眼。「怎麼了？」

「妳剛剛……瞪著四周，卻沒有──」

我恢復警覺，起碼足以讓自己脫離我陷入的那種緩慢、麻痺而無形的思緒。「我沒事，」我打斷他的話。「所以那些計畫──孩子們提出的構思，你已經看過了？」

「嗯，」他在尼克的位子坐下，敲敲電腦。「那些計畫還不賴，但我似乎想起一個更好的點子。」

「誰提供的？」

「妳，」他的口氣尖銳。「妳提出襲擊瑟蒙德的完整計畫，還記得嗎？妳沒讓康納知道，而是直接交給艾爾班。」

確實如此。三個月前的事彷彿是三年前。他們扭曲我的計畫，想給孩子們綁上炸藥、送他們進改造營。那種感覺彷彿我的小腿被砍斷，他們把我的夢想扭曲成夢魘。

「瑟蒙德這件事……爛透了。我知道這種字眼無法充分描述情況有多糟，但就是**爛透了**，而且我們現在得加倍努力，我們必須在三月初之前做好準備。如果計畫完整得讓我們能立刻開始著手──妳花了幾個月的時間安排的計畫，這會有些幫助。」

科爾從裝著孩子們的手寫紙張的文件夾中拿出一本小筆記簿，丟給我。「拿去，把妳記得的所有構思寫下來。為了今晚的會議，我會試著把大夥的意見整理得更一致而實際。」

我在靠近前方的一張桌子抽屜中找到筆，坐下寫字。我一開始寫得很慢，我也很在意自己的字跡多麼歪七扭八。但我越寫越順手——文字慢慢流回我的心中，彷彿它們不太相信這一次會不一樣，不太相信我值得再次懷抱希望。

這次不一樣。發動襲擊前，先派一名孩子進入改造營，以藏在眼鏡中的微型攝影機把營地畫面回傳給總部，讓我們能安排戰術。科爾保證這會發生。我們搭乘營地人員的交通工具進入營地，偷襲超能士兵和營地管制員，制伏他們但不殺他們。如果妳對這項計畫沒信心，他們也不會有信心。我心控其中一名營地管制員，他會持續回報一切正常，直到我們全數離開。

我在紙張的正反兩面書寫，整整寫了十頁，我的字跡越來越凌亂，因為我再次興奮得開始血液沸騰，我能清楚看到每項行動執行的那一刻。到最後，我的手抽筋，我感覺虛脫，但思緒清晰。我確實感覺心情比較好，至少比較平靜，這就有很大的幫助。

我起身面對他所坐的位置。我三不五時聽到說話聲和聲響從他的方向傳來，我有一部分的注意力知道他正在觀看我們下載的影片。哭泣、輕聲求饒、未曾被回答的疑問，那些是我在瑟蒙德為了自保而學會充耳不聞的聲音。如果我當時每晚都作惡夢，我不知道那對我會造成什麼後果。

螢幕光芒掃過他的臉龐，投向他身後的牆壁。我在桌邊逗留，他的陰鬱表情令我一愣。我後退幾步，看到他正在觀看的畫面反映在牆面玻璃窗上，影片中烈焰舞動，致命的橘紅金三色光芒映在科爾身上。就這樣，我那小小的希望已經消失，被突來的冰冷覺悟洗去，我的頸後寒毛豎起。

畫面上是一名少年的特寫，年紀不超過十三歲，他被綁在某種金屬柱上，氣喘連連，試圖掙脫把雙臂綁在身側的束具。幾塊小型電極體黏在他剃光的頭上，幾條電線纏上頭皮。我感覺強烈作嘔，膽汁一路燒上喉頭。我以一手掩面，逼自己鼓起勇氣觀看恐怖真相。

我來到科爾身後，他抬頭瞥我一眼，又繼續盯著螢幕，這算是他對我的邀請。他從頭播放影片，聽到紅印者的喉音和尖叫，加上科學家以冷靜又單調的嗓門對著攝影機講解，這更令人驚悚。

「他們在這孩子身上做實驗，想知道哪些情緒反應會引發他的能力，」科爾凝視最後一幕特寫，男孩臉上汗淚混雜。「想知道他的心靈如何運作。」

「露碧，」他轉頭，讓我看到他的側面，「等今晚結束……等我們想好行動戰術……我希望妳盡全力找出莉莉安·格雷。**盡全力**。妳明白嗎？」

「嗯，」他再次播放影片時，我終於恢復言語能力。「我明白。」

第十章

我離開電腦室，又感覺精神恍惚，腦海中除了那些孩子之外一片空白。燒傷、手術、抽血、疑問。孩子們以各種方式詢問你們在對我做什麼？你們為什麼要這樣對我？

就算我關閉心靈，我的身體還是知道自己想去哪。今天一整天讓我感覺自己彷彿在水底下待了一整年。我只想去睡會兒，晚點再試著上浮。

連恩他們占據了樓下一間無人寢室，如此一來，我能獨占一張嘰嘎作響的床鋪，但我就算縮在走廊角落、窩在冰涼的瓷磚地板上也無所謂，只要能闔眼片刻就行。

某人顯然也有同樣看法。寢室裡的天花板燈光關閉，但牆邊那張破舊梳妝檯上的小型檯燈開著。看到他在那裡，我才意識到自己多想見到他，我感覺心中綻放微光。連恩趴在床上，面朝牆邊，兩手縮在充當枕頭的毛衣底下，頭髮和背脊仍有些潮溼，看來剛剛才洗過澡。

「嘿。」我開口，朝他走去，也稍微試探他的心情，如果他不希望被打擾，我會立刻轉身離去。相反的，他因為我的出現而放鬆肩膀和全身。我在裸露的床墊旁跪下，他的手伸來勾住床邊。

「嘿妳。」連恩咕噥，聽來睡意不濃，但確實疲倦。「該吃晚飯了？」

「還沒。車庫的狀況如何？」

「改善中，一半的地板終於重見天日，這算是進展吧？」他終於轉頭看我。「給妳的禮物。」

我順著他的視線看向梳妝檯，檯燈左方是塊透明塑膠物體。拿起查看後，我不禁發笑，這是一塊CD盒，海灘男孩的《寵物之聲》。我打開盒子，對裡頭的小冊和光碟微笑。

「彷彿我們專屬的曲子跟著我們到處跑。」他說。

他是指這張專輯的第一首歌，《這樣不是很好？》。我微笑。「我們專屬的曲子？」

「如果我們的年紀再大些有多好……」他的輕柔歌聲化為哼聲。「我猜妳應該用得著這種愉快音樂，可以用來遮掩妳和科爾互毆的聲響，如果那是你們每天早上的例行公事。」

我心中的暖意蒸發。我蓋上唱片盒，貼在胸前。「你是怎麼知道的？」

「你們倆每天都帶著新傷去吃早餐，稍微推理就知道。」他終於抬頭看我。「拜託……務必小心。想到他那樣揍妳推妳……讓我很想宰了他。」

「那只是對打，我需要訓練。」

「妳就不能找薇妲？」

我感覺自己渾身發熱。「你在……暗示什麼？」

我不想對他解釋這件事，我根本不應該需要解釋，這與他無關。我往後退，但他抓住我的手。

「不，該死，當然不是。抱歉。那不是原因。」他閉眼嘆氣。「我在那輛破車的置物箱發現那張唱片，它讓我想到妳，所以我把它帶回來。」

我把唱片放回梳妝檯。

「抱歉，我今天的狀況不佳。」他又把藍眼移向我。我感覺挫折感從我的胃袋收回爪子。

「我也知道妳能照顧自己，但我還是想到就難受。我猜我是個偽君子，畢竟我今早差點打到妳。」

他今天一整天都在清理垃圾，試圖在車庫整理出某種秩序——而且在那之前還被他哥教訓，他當然會生我的氣。

我在床邊坐下。「你沒打到我。嘿——我說真的，你當時根本沒碰到我。我知道我能攔住你，所以我才會衝上去。」我牽起他的一手，把他的拇指包在他的另外四指之中。「更何況，你當時是這樣握拳——拇指很容易因此脫臼。」

我把嘴唇貼上他的指關節，讓他知道我只是在逗他。終於——**終於**——我贏得微笑。

他的柔軟棉料T恤在背部有些裂開，露出一部分皮膚。我想觸摸，所以我這麼做。我輕輕來回撫摸他的背脊，把他的T恤往上拉。

「真舒服，」他低語：「妳可以陪我嗎？我想跟妳獨處片刻。」

他退向牆邊，無聲邀請我躺在他身旁。這種感覺美好又輕鬆，我清楚知道我們倆的身子如何貼合，彷彿我們是以相同的輪廓剪裁。

「你還好嗎？」我以指頭撥弄他的前襟。他摟住我的腰，把我靠向他。從洗衣間拿出的所有東西都瀰漫洗衣精和漂白水的味道，包括他穿的T恤，但衣服底下的味道是溫暖的皮膚、常綠樹和薄荷牙膏。這就是連恩。

他的氣味給我的器官帶來嗑藥般的效果，我一口接一口的嗅聞。

「只是累得跟狗一樣，親愛的。」

隨之而來的寂靜是我這幾個月來第一次真正體驗到的祥和。昏暗的光芒、他的胸膛貼著我的臉頰均勻起伏、他的體溫貼著我的體溫，這些東西都密謀對付我；前一秒我還醒著，連恩輕輕撥開我臉上的髮絲，下一秒我就開始緩緩進入甜美夢鄉。

只有他的輕吻讓我醒來。
「晚餐時間，」他自己的聲音也因為睡意而沙啞。「他們剛剛在走廊吶喊宣布。」
但我們倆都沒動。
「妳今天做了什麼？」過了一會兒，他開口：「我居然現在才問……」
「你真想知道？」
聽到我的回應，他往後靠，眼神更為敏銳。
「我弄到克蘭西私藏的情報，不但列出所有部落的最後位置，那基本上是一本數位夢魘書。」
「妳怎麼弄到的？」
現在換我瞪他。「老方法。」我仔細觀察他的反應，已經感覺到那些話語來到我們之間，那些不速之客帶來提醒：我就是專門做這種事，我就是這種人。
他泰然接受。「有沒有任何治療法的相關情報？」
「有一點點，關於在瑟蒙德進行的研究計畫。不過……情報顯示瑟蒙德將在三月底關閉。」
「噢，靠，」他說：「我很遺憾。」
「科爾還是想安排襲擊行動。」
「那麼……我猜兩個月的時間總好過兩星期，」他說：「我們會想辦法。但是，我能不能問妳一件事，妳能不能老實回答我？」
這話讓我有點生氣。
「妳提議的軍需官那件事，由我負責物資……那是不是安慰獎？」
「這話什麼意思？」

「為了讓我留下？我的意思是，為了避免讓我上前線。你們開始襲擊改造營後，我是不是會被留在這裡、祈禱大夥平安回來？」

「你的意思是，你在管理物資時，我們其他人會在做什麼？」我說：「不，你不會被丟下。還有，我說這話或許是廢話，但是科爾當時之所以驚慌，只是因為你沒事先讓他知道你跑去哪。我也一樣──你就那樣突然消失。我知道你在別無選擇時有能力戰鬥自保，但我不確定他是否知道這點。」

「他根本不知道我經歷過什麼……我被迫做過什麼。他表現得好像我連槍都不會用。」他以雙手拉扯我的T恤背部。「但我會用，哈利在我離家之前教過我。我只是不想對人開槍，除非有必要。」

「用槍是該如此謹慎，」我告訴他。「有時候我不敢相信這種事發生在我們身上，我很好奇我們是從什麼時候把用槍看作家常便飯。我必須教孩子們如何開槍，我也完全不知道我該怎麼教。我不知道該如何向他們示範開槍是多麼殘忍的事，他們卻非學不可。」

「或許我們不需要那麼做，」他低聲道：「或許我們不需要槍聲大作的衝進改造營。」

如果他提議我們應該直接去暗殺格雷，我的反應可能不會更為驚訝。我的改造營解放計畫就是根據他和其他人在東河想出的計畫上，兩種行動都必須動用不少武力。

「不，那必須是一場真正的戰鬥，」我說：「他們必須把我們的反擊當一回事。重點是……我一直想不透的是孩子們會有何反應，他們發現自己必須扣扳機的時候會發生什麼事。我們能訓練他們穩住情緒，讓他們對槍靶練習，但那彷彿逼他們喝下永遠無法排除的毒藥。我知道這是一種犧牲，他們必須自己決定是否願意那麼做，但我擔心代價會有多高，我擔心我們最終必須面對哪種後果。」

看看我們已經受到什麼樣的影響。我想起小雀在那晚哭泣，接著想起查布坦承成為賞金獵人必須做出什麼樣的事情，還有他中槍，接著是連恩被痛毆的臉龐——那些回憶都在我的腦海中串聯，永不淡去，就算在這一切結束後留下的餘光之中（註5）。

「我認為他們比妳預料的更明白，」他以指尖撫過我的耳邊。「沒加入聯盟的孩子們在外頭東躲西藏了**那麼多年**，這裡沒一個人天真爛漫，他們跟我們一樣渴望改變。我們會想辦法盡量保護他們，我們會照顧他們。」

「這樣夠嗎？」

「夠的。」連恩的吻極其溫柔。「我很懷念這樣，我是說我們像這樣談話。」

他的口氣聽來如此滿足，讓我感到有些愧疚。

「其他的一切看來很瘋狂，」連恩撥動我的髮絲，「我們待在這吧，妳和我，暫時別讓任何人或任何事來打擾，好嗎？」

這就是他的危險性，他能立刻卸下我肩上的重擔，他成了我心中所有懷疑和困惑的解答。我的世界在他這裡再次清晰穩固——美麗而完美的他。我不用思索自己做過什麼，不用考慮五分鐘後會發生什麼事。

或許他永遠不會徹底原諒我，但我其實根本不用多想。就算我不能向他坦承所有祕密和心事，但至少我能像這樣親近他。他需要慰藉，我也是。

我點頭，讓嘴唇如吐息般輕輕擦過他的耳後。反應立即出現——他打顫，害我想讓他不斷

註5　本系列的原文書名分別是「The Darkest Minds、Never Fade、In the Afterlight」，三者可以串成一句話，意思大略是「最黑暗的心靈永遠殘留在餘光之中」。而文中這句「永不淡去」為第二集書名原文。

出現這種反應。他翻身壓到我身上，我用腿勾住他的腿，他俯身捕捉我的嘴，我們之間的摩擦令我僵住。

連恩後退，兩肘撐在我的頭側，皺眉打量我的臉龐。我感覺自己的臉龐漲紅，血色沿咽喉蔓延至胸口。這不是我第一次感覺到他多想要我，但在這個房間裡，這張床上——這感覺更像是必須被做出的決定，但我還沒準備好。

「我們不需要更進一步，」他輕聲道：「我不希望妳以為我們必須更進一步，這樣其實已經棒透了。」他用指頭掠過我的肋骨，沿運動胸罩的邊緣拂過，所有注意力又回到我的嘴唇上。「但如果……我之前出去找東西的時候，有弄到……」這番話慌張糾結，但我明白他的意思，這在我心中激起一道持續擴張的幸福感。因為他想要，所以他有事先做好準備，他願意採取安全措施。「不管是幾天，幾星期或幾年後……等妳準備好。好嗎？」

不知道他有沒有感覺到這幾個字讓我的心臟跳得有多快。彼此距離這麼近，我能看到他的咽喉脈搏，彷彿他雙手的顫抖還不足以說明。

我以雙臂摟住他的腰，再把他拉向我。

「我到底該怎麼對付你？」我半開玩笑的問。

他的臉湊到我面前，笑意擴增。「噢，妳可以試試一、兩種事……」

「什麼樣的事？」我逗他，在他靠向我時故意後退，他微微發出急躁的呻吟。「會讓我們惹上麻煩的事？」

「妳**就是**麻煩，」他說：「包辦一切的大麻煩——」

我把他拉向我，打斷他即將發出的笑聲。在他的觸摸下，我的吻變得更緩慢，慵懶得甜美，這讓我這輩子第一次覺得自己擁有時間，我們可以漫步探索。

「我們能不能不要每天都吃晚餐？」他的脣從我的脣移向咽喉時，我問。

「行，」他低語，「我接受。」

我再次把雙手伸進他的T恤底下，開始拉起時，我沒感到害羞或笨拙。我聽到他輕喚我的名字，低沉沙啞，讓我感覺彷彿被注入麻藥。我想再聽一次，再聽一次再聽一次再聽一次再聽一次再聽一次……

試探性的敲門聲傳來。

連恩後退，呼吸沉重，我很難判斷他的頭髮還是眼神更顯狂野。

別發出聲音，我心想，他們會離開的……

外頭那人似乎確實離去。我輕嘆一聲，連恩又回到我身上，以寬肩將我與外界隔離。

這時門打開一條縫。

連恩連忙跳起，上層床板居然被他的腦袋撞得斜落在地。涼風襲上我的肌膚，我低頭一看，這才發現身上的T恤不知在何時神祕消失，在這塊薄床墊的尾端現形。

「等一下！」連恩吶喊。「稍等！」

他彎腰從地板撿起T恤時，我連忙套上自己的衣服。一小張摺起的紙條從他的後口袋掉出，輕輕落地。他蹣跚走向門口，伸手抓住開到一半的門板，用身子擋住門口，讓外頭那人無法窺視或進入房內。

「嘿，抱歉，」對方的嗓門聽來膽小，「但是蓬蓬頭出了大問題，你能不能去看看？」

連恩整個人放鬆。「現在不太適合……」

「整間浴室都在淹水，而且，我很抱歉，我不是故意挑這時候——」

「沒關係。」連恩回頭瞥我，滿臉歉意，伸出一指要我在這裡等候。

門在他身後關上時，我決定整理他的床鋪，把我們踢掉的毛毯重新摺好。我的腳跟擦過某種溫暖物體——顯然不是冰冷瓷磚。

我彎腰撿起從連恩的口袋掉出的紙條。這張紙原本摺成小方塊，但在落地時攤開。我看著整齊的字體，還來不及警告自己不該窺視他人隱私，我的眼睛已經吸收紙上的整齊字體。

你的名字是連恩‧史都華。你十八歲。你的父母是哈利和葛蕾絲‧史都華。科爾是你哥，克蕾兒是你妹。你原本在喀里多尼亞改造營，但逃出那裡。東河燒毀。你和夥伴分開。你是自願來到洛迪市，因為你想跟查布、小雀和露碧在一起。你想留下來幫助他們。**別走**，就算他們叫你走。**別走**！露碧能奪走你的記憶，但你所感覺到的是事實。你愛她，你愛她，你愛她。

我反覆閱讀三次，試圖看懂。雖然我認得這些文字，我知道自己看的是句子，但在我的心做出關聯之前，我的思緒已經退場。

露碧能奪走你的記憶……

這是他給自己的提醒——未來的他，他深信自己會再次成為我的受害者。這是小抄，為了保護他自己，因為我的口頭承諾顯然不足以採信。我可以不斷向他保證我不會再侵入他的心靈，但那只是空口說白話，畢竟我有前科。我跟他之間的信賴早已崩潰。

我打從心底發涼。這給我帶來的震驚——從他的溫暖觸摸換到這張紙條——超過我的承受範圍，我是火焰終於被吹熄後被拍到一旁的灰燼。妳真蠢真蠢真蠢。他不相信妳，不管他嘴上說什麼。

「停。」這個字把我救出我陷入的自由墜落，掉落的感覺立刻減緩。我重複這個字，逼跳上咽喉的心臟回歸原位，逼紛擾思緒平靜下來。我重複這個字第三次，第四次，直到我的聲音聽來屬於我自己，而非乾燥粗嘎。

我沿房中來回踱步，試圖平息洪流般的雜念。聽到匆促的腳步聲從走廊傳來，赤腳踏過瓷磚，我陷入恐慌，連忙把紙條塞進CD盒，這時連恩回到房中。

他身上有幾處溼透——左肩、右側身、毛衣背部、膝蓋下方的布料——臉上表情無可奈何，彷彿硬是被提名為聖人。

我逼自己微笑，屏息希望這麼做能讓自己別哭。光是看到他的臉，就足以讓我在傷痛處纏上的繃帶開始解開。

「看來，」他撥開臉上的溼髮，「我不能再到處讓人知道我對修水管略知一二，因為我的**略知**一二其實只是轉動水龍頭開關而已——怎麼了？我看起來這麼狼狽？」

「怎麼回事？」他朝我踏出一步。「妳的聲音聽來——」

「不——不，一點也不。」我說。

「我只是意識到現在快七點了，」我說：「科爾要我們上樓討論襲擊改造營的計畫，我們應該——應該過去了。」

他皺起眉頭，但還是從門邊站開，幫我拉住門。我走過他身旁時，他抓住我的肩膀，逼我轉身面對他。一滴水從他的頭髮落下，爬過他的臉頰、下顎和用力吞嚥的咽喉。他打量我時，我無法看著他的眼睛。他俯身在我的臉頰印上甜蜜一吻時，我逼自己別退縮。

＊　＊　＊

其他人魚貫進入電腦室，裡頭的綠印者們正在把原本整齊排列的桌子拖到牆邊沿牆擺放。尼克已經拿回筆記型電腦，坐在後牆旁的桌前背對我們。其他人則朝向另一側牆上那面滿是水性筆痕跡的老舊白板，以及以膠帶固定的美國地圖。

查布站在地圖前，在薇妲朗讀一份列印清單時刺上紅色圖釘，似乎是城鎮名稱？

「妳的蠱術確實厲害，小親親，」看到我們時，薇妲開口：「雖然妳沒去車庫跟我們一起搬那些垃圾，但就當我原諒妳了。」

查布回頭一瞥，一手仍攤在地圖上。「如果想去找其中一些團體，我們有四個很好的選擇，光是懷俄明州就至少有十個孩子。」

「如果他們還沒離開那裡。」連恩指出。

「現在誰才是憂鬱悲觀哥？」查布回嗆。

連恩原本打算反擊，這時他的兄長如龍捲風般登場，跟隨在旁的克魯斯參議員顯然心情愉快，難得的笑意讓她看起來年輕十歲。注意到我的視線時，她朝我微笑，點頭表示肯定。看來她辦到了，她幫我們弄到一些物資。

小雀、緋奈和凱莉最後出現在門口，小心跨過坐在地上的孩子們，來我們身旁坐下。

「好，」科爾兩手一拍。「**那麼**，謝謝大家的巧妙構思和安排，我看過所有提案，我認為我們已經找出必勝策略。」

他走到白板前，抓起一支粗筆，在板子中間畫下一條藍色橫線，在上半部寫下「瑟蒙德」，在下半部寫下「綠洲」。

他沒多說廢話，而是直入重點。「我們要襲擊兩個地點，第一個是綠洲，位於內華達，為了測試我們將在五星期後襲擊瑟蒙德的大規模行動。除了救出那些可憐的孩子，綠洲行動也能讓我們調整戰術中的瑕疵。」

我盤腿而坐，手肘撐在膝上，雙手交握於身前。平靜。看到這熟悉的一幕——聽取行動計畫——我感覺腦中思緒定位。其他聯盟孩子，包括薇妲，似乎也是同樣狀態，他們專心聆聽，而其他孩子似乎因猶豫而身子往後仰。

「一名或兩名自願者將在我們發動襲擊之前先進入綠洲。」他轉身面向坐在一起的綠印者們。「我們必須在某人的眼鏡中安裝微型攝影機，把畫面回傳到這裡。我們需要弄清楚營地的格局，才能精確調整行動時機。」

「為什麼用眼鏡？」克魯斯參議員問：「他們被帶進營地後，眼鏡不會被沒收？」

「不會的，那種東西被看作生活必需品，」我開口：「大概只有眼鏡這種東西不會被拿走。」

如果連恩有發現這個點子出自他在東河提出的構思，他也沒表現出來。他伸腿而坐，身子後仰，雙手撐地，以警惕的眼神看著兄長。

「問題在於，自願者以前不能待過改造營。超能士兵的規矩是把孩子送回他們原本待的營地，而綠洲算是新建的營地。我們**絕不會**逼任何人參加。如我所說，這完全採自願制。」

小雀來回瞥連恩和查布，但是伸手幫她撫平亂髮、無聲表示安慰的人卻是薇妲。

「瑟蒙德行動並不需要這種先行探路，因為我們有三名夥伴待過那裡，熟悉當地的格局。兩項行動的另一項差異是我們如何處理被救出的孩子。根據我們掌握的情報——」克蘭西允許我們掌握的情報。「綠洲大概有五十名孩童，我希望把他們全帶回來。端看他們的戰鬥意願，我們能邀請他們加入瑟蒙德行動，或一次讓幾個孩子回到各自的父母身邊。」

「我們還打算出去找那些部落嗎？」查布以拇指指向地圖。

科爾點頭。「拿到物資後，我們會開始派車出去。如果想讓這次行動成功，我們就需要盡量擴充人力。」

他迅速說明計畫的其他部分，在我們弄到營地的內部影像之前，這些部分只能算是概略。我們到時候會組成一支小型隊伍，不超過十人，雖然會攜帶武器，還是會盡量避免開火。既然綠洲只有五十名孩童，那裡大概頂多只有十二名超能士兵，以及一、兩名營地管制員。我們可以假扮成每星期送物資過去的軍用車隊，當然了，我會坐在前座，因為我將負責心控管制員，讓對方持續回報現場一切正常，而我們趁機用營地的交通工具送走孩子，不管是休旅車、卡車或巴士。

孩子們默默聆聽，直到連恩終於開口：「五十名孩童跟三千名孩童是天差地別。」

「所以我們應該在綠洲營地那種比例模型上模擬戰術。」科爾皮笑肉不笑。

「好吧，你說得或許沒錯，但是綠洲行動除了讓我們有機會模擬，而且救出一小群孩子，還有什麼好處？」

科爾雙手扠腰，挑起一眉。「這些好處對你來說還不夠？真的？」

「不，我的意思是——」連恩焦躁的抓抓頭髮。「這項計畫很好，但就沒有別的方法？我們何不把相關影片散播出去，讓民眾知道改造營裡頭到底什麼狀況？」

幾個孩子低聲贊同，露西也附和道：「我很喜歡這個點子，人們應該有機會知道真相。」

「你們有辦法阻止格雷追蹤影片來源，把我們這裡炸上天？」

連恩依然一臉嚴肅，但我看得出他在科爾的眼神下退縮。

「這是誰想出來的計畫？」查布問：「我看過所有孩子的提案，不記得有這項……」

科爾咬牙，雖然只有片刻。「從其中幾項計畫擷取而來，挑出最好的構思。」

其實這項計畫就是我向他提出的構想，他也知道這點。我面向電腦室前方，感受到查布的視線時，我拒絕轉頭，現在向他們說明這點也只是火上加油。

「參議員？」科爾請她上前。

「啊，是的，」她說：「我在加拿大的一些聯絡人答應提供物資，食物、汽油、電子設備，還有少量槍械。問題是，他們不願帶東西通過邊境進入加州，而是想用船運到奧勒岡州的戈爾德比奇市。這能處理嗎？」

連恩搶先科爾一步開口。「我只需要地圖和車，我在這附近能弄到這兩樣。」

「至少帶三個孩子提供支援，」科爾糾正。「凱莉、薩克和薇妲。」

「還有我——」我才剛開口，一道碰撞聲從後方傳來。我轉身看到尼克蹣跚後退，被他剛剛坐的椅子絆倒。他屈膝跪地，以雙手摀嘴，發出尖銳哀號。

來不及阻止自己，我已經衝向他，揪住他的胳臂，制止他的身子搖晃。「怎麼了？到底發生什麼事？」

科爾和其他人已經包圍筆記型電腦，我因此看不到螢幕。

「凱特，」尼克哭喊：「**凱特**。露碧，她被抓了——**凱特**被抓了。」

驚呼聲如鳥鳴般此起彼落。我放開尼克，擠到人群前方，孩子們連忙讓路。薇妲已經從桌面抓起電腦，要不是因為胳臂被查布抓住，電腦已經被砸爛。

「你這**王八蛋**！」她朝科爾怒罵。「這是你的錯，混帳！媽的——**媽的**——」查布抱住她的胸口及雙臂，她以一腳不斷踹踢，不在乎自己踢到誰。她拚命掙扎，試圖用腦袋撞他，結果只有打掉他臉上的眼鏡。小雀連忙上前，在眼鏡被踩爛之前撿起。

螢幕上是個新聞網的首頁，正在循環播放模糊又顫抖的影片，彷彿從一段距離外拍攝。許多男女被套上黑色頭套，四肢被綁，躺在一條公路旁，附近是一團冒煙的車禍現場。他們被一一送上一輛軍用卡車，一群士兵在一旁監視，手中的步槍在午後陽光下閃爍。影片下方的標題寫著兒童聯盟特工在科羅拉多被捕。

看著這段畫面再次重播，我感覺頭痛欲裂，我試圖尋找她的身影，查看薇妲和尼克為何如此肯定她被抓。幾乎所有俘虜都身穿黑色運動衣或戰術裝備，跟他們離開農莊時的衣著相同——有些讓我一眼就認出，例如森恩的長髮辮，還有強森教官的高大身形。

或許凱特沒能及時攔住那些特工，或許影片就是由她拍攝，她很平安，正在返回農莊的路上，或許她——

科爾暫停影片，指向被送上卡車的俘虜隊伍尾端。我俯身向前，臉湊向螢幕，科爾挪開指尖時，我看到幾縷金髮從那名俘虜的頭套散落而出，那人雖然雙手被反綁，但站姿依然鎮定。其他特工衝撞士兵，被丟進大牢之前還是要稍微反抗。科爾繼續播放影片，畫面上的她低頭往前走，被士兵抬上卡車時乖乖順服。

不。

我感覺胸口出現一條疼痛的裂縫。我往後退，以雙臂緊抱身子，周遭的人影和臉龐似乎變得模糊。我感覺心跳加速，頭重腳輕，我無法讓神經暫時平靜下來，無法清楚思考。**凱特**。

她離開農莊。

是我讓她離開。

他們會殺了她，她會以叛國者的身分被處決，是我讓她離開，害她被抓——**凱特**在他們手上——我聽到尼克哭泣，我感覺眼窩之內的壓力攀升，某種疼痛覆蓋我的臉龐。

「那個AMP的標誌是什麼意思？」連恩問：「影片右上角。」

「強訊社（註6）的簡稱，」克魯斯參議員回答：「某個地下新聞網。想必格雷會因為這項新聞而勃然大怒，那些俘虜證明了他對洛杉磯的襲擊沒他宣稱的那般成功。」

「強訊社善於蒐集情報？他們如何發布新聞？」連恩追問：「妳在強訊社有任何認識的人嗎？」

「嗯，有是有，但是——」

「但是那不重要，連恩。」科爾打斷他的話。

「看看這個，」連恩指向電腦。「他們有辦法在大型網路新聞網上發布影片，他們說服新聞網這麼做，就算知道格雷也會找對方算帳。**這**才是我們該做的，而不是戰鬥。」孩子們點頭附和，竊竊私語。「我們不需要槍，而是讓民眾獲得情報——關於改造營的地點以及狀況。強訊社能幫我們散播消息，家長們就會想採取行動拯救自己的孩子，他們會在改造營前示威——」

「**連恩！**」科爾咆哮：「把精神集中在重要的事情上。我們不能相信新組織，不管他們宣稱自己多麼『地下』。只要能讓他們走紅，他們會立刻出賣我們。你想知道我為什麼不跟他們聯繫？因為我不想洩漏這個地點，無論有意無意，這只會讓這裡的每個人陷入危險。我們可以靠自己。**討論到此為止。**」

連恩毫不退讓，氣得從咽喉漲紅到臉部。火冒三丈的科爾站在他面前。

「我們必須去救他們，」薇妲說：「他們被抓的地點離哪座監牢最近？會不會被空運回東

註6　強訊社的原文是Amplify。

岸？他們不可能被殺，他們必須活著接受審問，不是嗎？我們能想辦法探聽情報，安排行動——」

「我們不能那麼做，薇妲，妳也很清楚這點。」科爾靠向桌邊，雙臂交叉於胸。儘管如此，我能看到他的手微微抽搐，他為了隱藏這點而把手抱得更緊。他臉上的怒火夾雜同情，他的話語和表情明顯不符，讓我覺得莫名其妙。

「**操他媽的狗屁**——」

「喂——**喂**！妳以為我不想去救我的朋友？妳以為我想看到她那樣被折磨？沒人應該落得如此下場，尤其是凱特，但現在已經太遲。妳說得沒錯，他們大概會被審問，但一旦他們被送進某處的地下監牢，就會永遠消失，我們不會——」他吞口水。「我們不會再見到他們任何人活著回來。」

薇妲惱怒得尖叫。「我們救出你這王八蛋！把你從地下監牢救出的是——」

「是一支全副武裝又訓練有素的戰術小隊，」科爾說：「但當時還是免不了傷亡。就算我們查出他們被關在哪，妳真以為凱特想看到你們有誰為了救她而自我犧牲？這就是為什麼聯盟訂下規矩，被俘者一律不救。」

「是啊，除非被抓的是**你**。」她咬牙道。

因為艾爾班當時以為裝有樂達公司研究資料的那支隨身碟還在科爾手上，也因為科爾其實是超能者。我看著他，默默希望他乾脆**坦承一切**，讓他們能明白原因。

「你總是吹噓自己幹過什麼偉大任務，」她換上哀求的口氣，肩膀下垂，怒氣減弱，無力得必須由查布幫忙攙扶。「為什麼就是不願意去救他們？為什麼？」

「因為去救他們並不是偉大任務，而是自殺，」科爾說：「而救出凱特他們的最佳方式就是確保我們襲擊改造營的行動成功，讓格雷早日下臺。」

「我們應該跟哈利聯絡，」連恩說：「他在軍隊的各個部門都有熟人，他能讓我們知道該跟誰商量。」

科爾似乎想反駁，向繼父求助的這種做法令他反感，但他控制自己。「我們現在最優先的考慮是決定該不該留在這裡，他們之中任何一人都可能說出這個地點。」

「你說過你讓那些特工以為我們也會前往科羅拉多，」查布說：「他們以為我們不會來到農莊。」

「沒錯，」科爾顯得猶豫。「但是康納知道我們在這。」

「噢，**操你媽的！**」薇妲咆哮，終於掙脫查布。「去死吧你，史都華！你以為她會把我們供出來？」

「我親身體驗過他們的逼供手法，親愛的，」科爾的口氣惡毒，「我認為那是很不幸的可能性。」

「她不會那麼做。」其他人轉頭看我，我懷疑自己的表情是否跟心中一樣緊張又狂野。「凱特寧死也不會說。」這就是問題所在，不是嗎？她寧可讓自己被殺，寧可自我犧牲也不會讓他們傷害我們。我感覺一聲尖叫在胸中浮現時，連恩走來，試圖挽住我的胳臂，但我甩開他，避開他的接觸，我現在不想接近任何人。現場氣氛凝重，越來越多人轉頭瞪我。

我必須離開這裡。現在，不容拖延，在我的視線發黑之前。這裡有太多人包圍，我吸不到氧氣。

至少走廊的空氣還算涼爽。我想離開，**立刻離開**，但我的視線無法恢復，我也不能像個瘋子一樣在地下二樓的走廊來回踱步。我的腦中一片空白，我不記得自己如何來到地下一樓，我推開大廳之間的雙扇門，來到健身房。

我踏上跑步機，把速度調快，開始奔跑，面板的嗶聲被耳中脈搏掩蓋。我不斷加快跑步機的速度，直到我感覺自己彷彿在飛行，我的雙腳隨著心臟的沉重節奏撞擊輸送帶。她走了，她走了，她走了，就跟裘德一樣，是妳叫她走，是妳要她離開，他們會殺了她——

我丟掉時間感，丟掉思緒，丟掉一切，專心奔跑。

我的雙臂擺動得更用力，彷彿在兩腿脫力後還能繼續把我往前拖。空調出風口朝我的背脊吹來涼風，冷卻臉上的汗水。我漫長又用力的喘氣，每口氣如啜泣般進出我的身體。

一道模糊影子進入我的眼角。腳下的輸送帶突然停止，我往前傾，差點沒抓住扶手。兩腿停止動作後似乎融解，我無法以腳踝撐起身子，更別說挺直膝蓋。

我的右方傳來聲響，模糊咕噥聲變成文字，我終於聽出對方在說什麼。我跪倒後仰躺在地，以雙手掩面，一口一口慢慢吸氣。某人拉開我的手，某人的臉進入我的視線，金髮、方下顎、藍眼——**連恩**。

「好啦，慢慢起來。來吧，寶石妹，夠了。」

科爾。他抓住我的雙臂，扶起我的上半身，把我往前推，讓我坐在跑步機的邊緣。汗水刺痛我的眼睛，給嘴唇帶來鹹味。

「是我叫她走，」我沙啞道：「是我的錯。」

「那不是妳的錯，」他輕聲回答，撥開我額頭上的溼髮。「她選擇離開，她做出她認為正確的決定，就跟妳我一樣。」

「我不能連她也失去。」我告訴他。

「我知道，」他說：「但她會熬過來。妳說得沒錯，她不會放棄我們，她當然不會。康納是個聰明人，她會想辦法活下來，回到孩子們身旁，向來如此。」

她和裘德，還有誰？在這一切結束之前，我還得失去誰？

「堪薩斯總部大概已經採取行動，」他輕聲道：「我們沒能力去救她，但他們有。他們有許多特工，各個都是高手。我會想辦法探聽他們有沒有任何安排。」

他把我的身子稍微轉向右方，把我的視線對準門口，那裡至少有十名孩子正在看著他的進展，臉上的擔憂程度不一。我試圖站起，但肌肉在停止動作後彷彿僵住。

「妳得起來走動，寶石妹，」他轉身背對他們。「妳必須走出這裡，不只為了他們，也為了妳自己。來吧。妳必須靠自己的雙腳走出去。」

我照做。每一步都讓腳部皮肉因為摩擦網球鞋內部而痛得要命。我低頭一看，發現血汙在白棉襪上暈開。

我把頭靠在科爾的肩上，試圖隱藏自己多麼無力。我們在大廳往左拐，而不是往右下樓、前往寢室。他帶我進入凱特的房間，打開電燈，我疲憊得沒抗議。

我勉強維持直立，直到小床在我的觸手可及之處，這時我的膝蓋終於徹底癱軟。我往前傾，試圖解開鞋帶，但我的雙手劇烈顫抖，得由科爾代勞。看到我脫下的襪子，他嘖嘖幾聲，但沒說什麼。

「我搞砸了，是不是？」我問：「其他孩子不會再相信我。」

科爾搖頭。「他們只看到妳因為所愛之人被抓而難過。那不是妳的錯。妳能不能對自己好一點，別再這樣折磨自己？好好照顧自己，妳才能幫我照顧他們，行嗎？這就是規矩，從現在開始生效——妳必須待在這裡，至少睡上七小時。」

「可是克蘭西——」

「今晚就由我送餐給小王子，」他說：「如果他現在試圖對付妳，妳真以為自己招架得住？」

「帶別人一起去，」我說：「讓夥伴在門外等候，以防克蘭西想要花樣。」

「我會找薇妲。」

「查布更適合。」

「明白。」

他站起時，我把兩腿在床上伸直，累得無法抗議，什麼都做不了，只能目送他離去。他關燈時，我開口：「明天，明天我就開始找出莉莉安．格雷的下落，我會處理一切。」我會照顧每個人。等這件事搞定後，我會去找凱特，我會救她，正如她救了我。

「好孩子，我相信妳說到做到。」他在門口停步回頭。「有人在等妳，要不要讓她進來？」

我點頭。

是小雀。科爾把門在身後關上，我透過從門縫滲入的光芒勉強看出小雀的輪廓。她幫我蓋起薄毯，在我的額頭印上一吻。

這個溫柔的吻——而非網路上的影片，或是我想像凱特會有何遭遇——讓我的淚水浮現。

「對不起，」我低語：「我不是有意讓妳擔心。凱特照顧過我……我卻未曾好好對待她，而她現在被抓，她不知道我有多抱歉。他們可能會殺了她……」

我感覺到她以安慰的態度握起我的手。我懂，我懂。她用另一手撥開我臉上的頭髮。

「妳失去了某人，」我的聲音聽來粗啞。「帶妳去加州的那人。能不能跟我說說他的事？不是他發生了什麼事，除非妳想說，而是他是什麼樣的人，好嗎？」

我的瞳孔已經適應黑暗，能看到她點頭，就算看不清楚她的表情。

「他叫什麼名字？」

小雀掏出最近一直帶在身上的小筆記簿。我閉上眼，聽著她的鉛筆刮過紙面，她用鉛筆敲敲我的肩膀時，我才睜眼。她打開梳妝檯上的檯燈，讓我能看到紙上文字：蓋伯。

她關燈之前的那一秒中，我看到她睫毛上的淚水，她的表情如利刃般刺穿我的心臟。我願意做**任何事**，只要能搬走她肩上的重擔，在她被壓成塵土之前。但我知道那是不可能的事，那種重擔永遠無法被徹底擺脫，我們只能甘願於接受旁人提供的支持，在他們被自己的重擔壓得喘不過氣時也幫忙分擔。

我的身子向後挪，讓她爬到我身旁。小雀瘦得彷彿全身只剩手肘和膝蓋，她正在發育，正在長高，每個孩子似乎都像這樣，直到他們跨越那怪異界線，成為青少年，成為半個大人。可是她哭的模樣，她摟住我、把溫暖溼潤的臉埋在我的頸窩──還是孩子。這個孩子經歷過艱苦人生，現在被要求承受更多苦難。

「我懂，」我低語：「我懂。」

黑暗浮現，如寒浪般將我淹沒。我閉上眼，陶醉於這一刻──我的心靈彷彿白紙，沒有任何思緒。但是幾小時後，不管我如何逼自己靜止，我還是甩不掉兩腿的感覺──我感覺自己還在奔跑。

第十一章

我在第二天早上因為想打架而醒來。我渾身痠痛不已，套上網球鞋時兩腳更是痛得要命，睡眠只是讓我的沉悶哀傷轉化為純然怒火，我的能量等著被燃燒。我打開房門，在身後輕輕關上，盡量避免吵醒小雀。

走廊的機械鐘顯示現在是凌晨四點四十五分，其他人要再過一小時才會起床，讓我有充足時間釋放體內的閃電，獲得一些平靜。

健身房的燈光已經開啟，看到是誰以穩健迅速的步伐在跑步機上慢跑，我因為期待而繃緊全身。想必科爾從眼角看到我，但他繼續跑步，沒跟我打招呼，直到我就站在轉動的輸送帶旁。

「我沒那種心情，寶石妹。」他的口氣平淡，略帶警告。

「真可惜，」我走向一旁，拿起兩副手套。「因為我有。」

我等他。我戴著手套伸展身子，熱身準備。經過至少五分鐘後，他終於悶哼一聲，按下跑步機的停止鈕，接著從地板抓起手套，臉龐因奔跑而潮紅，眼神明亮敏銳。我只有半秒的時間擺出戰鬥姿態，他的膝蓋已經朝我的腹部直衝而來，我連忙往後跳，但還是被他以重拳擊中胸骨，我被打得腦中連同肺臟一片空白。但這只是聲東擊西——他在一秒內把我擒抱在他胸前。

我從他的胳臂底下掙脫，試圖利用這股慣性把他摔倒在地，但這只是我的妄想。我只有踩到他的腳背，他沒像平常那樣後退。我感覺現場溫度突然升高，然後——

他後退，發出藐視的悶哼聲，看著我倒地。**不**。他轉身背對我，開始脫下手套時，「不」字從我的腦海閃過。這場對打原本算是讓我發洩怒火的方式，但也讓我感染預料之外的刺激。我需要繼續打下去，我需要從腦中排除凱特、裘德以及我們日後將面臨何種結局的種種思緒，而這需要透過流汗或流血。

我低頭朝他衝去，他因此撞上前方的鏡牆，我從鏡中看到他在被撞時臉色變得陰沉。這一次，慣性確實發揮作用，我們倆都倒在軟墊上。科爾不發一語，而是勾住我的脖子，把我拖進軟墊中央，讓我知道他到底有多火大。

我試圖翻身，試圖踹他，但毫無效果。他把我壓在身下，以體重壓制我的胸口，以一手把我的手壓在我頭上，以另一條胳臂纏繞我的咽喉，以適度壓力逐漸切斷我的氧氣輸送。

他稍微放開我的氣管，但幅度不大。我不斷掙扎，試圖以膝蓋攻擊他的下背。他的顱骨皮膚顯得緊繃，臉上滿是怒火。

我淺吸一口氣，但他沒放開——我的思緒飄離身軀，飛進在視線中形成的黑池。

「科爾——」我窒息道：「停——」

他沒聽見。不管他的心思在哪，我顯然碰不到他。我知道逃脫的唯一方式就是**進去**。

我如出拳般衝進他的心靈，我原本應該成功命中而且立刻收手，讓他感受觸電般的衝擊，但他的思緒彷彿帶鉤般抓住我的心靈，把我拖進我看到的景象。光芒在我周遭旋轉，化為陰影，形成一間以黑木材質裝潢的小廚房，昏暗而溫暖的光線穿過水槽上方的窗簾。我聞到某種東西在燃燒——食物。飄蕩於我周遭的灰煙來自緊閉的烤箱，鍋具一一憑空出現在爐臺上，微弱的吱吱作響來自在鍋中沸騰的棕色醬汁。

一名女子在我面前出現，身穿樸素的藍色裙裝。我的身高很矮，我只能看到她的金色長髮，還有她不斷用雙手把我往後推。一陣怒火在我體內湧現，我看到而非感覺到自己的雙臂舉起，試圖拿某個東西——

男子最後現形，他面對女子，臉龐被陰影遮蔽，但令我眼熟，他的鼻梁和嘴角——我認得這張臉，我見過兩張較為年輕的版本。他滿臉通紅，正在不斷尖叫，灑下汗水和怒氣，廚房因此被煙霧包圍，讓一切都感覺緩慢沉重。我的視線往下移，看到他身穿滿是皺褶的深色POLO衫，他把一名扭來扭去的學步幼兒如布袋般扛在懷中，那孩子邊哭邊掙扎，臉龐漲紅，試圖抓住我的胳臂，他的髮色較淺，髮梢翹起。這道模糊回憶出現第一道聲響——孩子嚇得哭喊，因為男子從燙衣板拿起冒煙的熨斗，湊到孩子面前，彷彿即將往臉頰壓去。

我面前的女子連忙下跪哀求。「把他放下，拜託，我來處理，我來處理，別擔心，難道你不知道我愛你？我不會再邀請任何人過來，我保證。只求你——拜託把他給我，拜託把他給我——」

男子把熨斗放回燙衣板，板子上的衣服因此被燒焦，燃起細微小火。男子的表情改變，換上病態的勝利姿態，把啜泣連連的孩子抱在另一條胳臂中，以原本那隻手觸摸女子的臉龐。男子盯著她低下的頭，沒看到她從一旁的低層置物架拿出一口平底鍋，直到她站直身子，拿鍋子朝他的臉龐猛然揮去。

幼兒摔在地上，我立刻衝上前，他歇斯底里的哭聲淹沒男子的痛苦窒息聲以及金屬敲擊骨肉的聲響。我轉動幼兒的柔軟身子，把他抱起，發現他的嘴角被乳牙割傷。雖然傷口不斷滲血，但他安靜下來，以泛著豆大淚珠的大眼抬頭凝視我。我試圖幫他擦掉血跡時，他把拇指塞進嘴裡，沒繼續哭泣，直到他看到那女子——他的母親——也在哭泣。她彎腰把他抱起，緊貼於懷中。

她抓起我的手，拖我遠離倒地的男子，遠離他在黑白棋盤狀瓷磚地板留下的血跡。男子顫抖咳嗽，我們只是更快走向門口。她從流理檯抓起手提包，接著迅速折返，尋找不知在何時掉落的鑰匙。

門通往車庫，光芒湧入狹窄昏暗的空間，這道回憶也徹底隨之消散。

重物從胸口挪開時，我也上浮脫離。我呼吸咳嗽，灌入肺中的空氣把我嗆得呼吸困難。我翻到側身，以自我保護的姿態把身體縮成一團。經過痛苦的幾分鐘後，恐懼終於從我心中抽回利爪。

我聽到不屬於自己的微弱啜泣。我用手肘撐起身子，尋找聲源。

科爾坐在軟墊邊緣，抱腿背對我，試圖控制呼吸。他面前的鏡子被打出蜘蛛網般的裂痕，而且沾染血汙。我逼自己以顫抖的雙腿站起，朝他跨出蹣跚一步，接著再一步。他把右手抱在胸前，無視衣服染血。我走向毛巾架，拿起一塊小毛巾返回，把他的手拉向我，清理他手上的血跡。他打顫，皮膚灼熱滾燙。

「我操，」他低語：「抱歉——我們不該再這樣對練。**我操**。」

「好吧。」我輕聲道，但還是留下。

＊　＊　＊

聽到查布的聲音從走廊傳來時，我正在浴室，因為洗完澡而渾身溼淋淋。確認我以帽T的兜帽遮住頸部瘀傷後，我衝出浴室，朝他背後呼喊。

他立刻轉身，一臉安心。「原來妳在這，其他人已經出發了。從這裡開車去戈爾德比奇市得花上八小時，而那些笨蛋想在當天來回。」

「他們找到用來搬運物資的卡車？」我問。

「嗯，如果妳在早餐時有出現，就會親眼目睹——啊，抱歉，我說錯話了。我昨晚沒機會告訴妳，但我對康納特工的遭遇很遺憾。我想對妳說船到橋頭自然直，但我擔心這種話會換來妳的拳頭。」

我露出今天第一抹淺淺微笑。「小薇答應一起去戈爾德比奇？」

他長嘆一聲，似乎有些洩氣。「她昨晚原本想去找妳商量事情，但她終究打消念頭，那或許也是最佳決定，她想跟妳溜出這裡去救康納特工。」

又來了，我現在天天都覺得自己是天下第一大混蛋。我昨晚甚至不想跟她討論這件事。我跟她保證過，我們會好好討論，結果我做了什麼？我為了整理思緒而搞消失。

「我們還要去找克蘭西嗎？」他問。

「等等——你是怎麼——？」我不記得跟他提過這件事，但我叫住他就是為了這件事。

「我們昨天下午討論過，妳那時候打算去睡一下。」他說。

我的眼神想必反映腦子裡有多空白。「有嗎？」

「呃，有，我們至少談了十分鐘，妳有點頭。妳知道，『點頭』基本上表示明白而且同意。」

「噢……你說得對，抱歉。」

「妳這叫疲勞過度，」他戳我的額頭。「判斷力失準和健忘都是症狀。」

我點頭承認。「你介不介意現在跟我去克蘭西那裡？我總覺得這會花上不少時間。」

「錯過處理垃圾的機會？帶路吧。」

科爾沒心思大概也沒時間準備克蘭西今天的餐飲。聽著查布抱怨薇妲出口成髒而且「在操作槍械方面的魯莽紀錄」會害死大家時，我逼自己別把要給克蘭西的瓶裝水換成漂白水。

一星期前的食品儲藏室只有吃剩的骨頭，但我們搬來的人道口糧終於讓這裡顯得物資充沛。我瞥向掛在門上的筆記板，看到連恩以整齊字跡寫明哪些東西已經用掉、接下來的幾天有何菜單，我感覺自己的嘴唇勾起淺笑。圖表底端註明哪些孩子對哪種食物過敏——這不令我意外。連恩不愧是連恩，他大費周章的找到杏仁奶和無麩質麵條，就因為有兩個孩子需要。

「準備好了嗎？」我們進入文件儲藏室後，查布問。我輸入密碼，帶他進入通往牢房的走廊。走廊盡頭那道門有一扇小窗，能讓他看到牢房狀況。

「你必須一直待在門口，」我說：「不能進去。我知道你認為他無法控制你，但我不太想做實驗。」

「開玩笑，我才不進去。如果他控制妳的腦袋，我會把妳跟他都鎖在裡頭，再去找人來幫忙。」他瞪我一眼。「那種狀況不許發生，別讓我陷入那種窘境。」

我點頭。「還有，不管發生什麼事，別對連恩詳細說明我接下來要做的事，無論好壞，答應我。」

「妳打算做什麼？用身體逼他說實話而不是用妳的——哇塞，我甚至沒辦法把這個句子說完，我的腦子已經在試圖刪除。」

我抓緊食物袋。「**才不是那種事**。我只是不想讓別人知道我願意採取多激烈的手段。」

「露碧……」

我推開他，進入門內，把門在身後牢牢關上。我瞥向身後，透過玻璃窗回應他的目光，他接著退到我的視線之外。

「妳從無所事事的繁忙行程中抽空來探望我？我真是受寵若驚。」克蘭西坐在床中央看書，背靠牆壁，毛毯和枕頭整齊的疊在身旁，那兩樣東西是由科爾提供，他希望這種徒勞的示好之舉能讓這小子比較願意開口。我打開送餐口，把棕色紙袋丟進去時，克蘭西翻到書本的下一頁，放好書籤，把書放在枕頭上。

他這種舉動極其明顯，還不如直接把那本《瓦特希普高原》甩在我臉上。

「噢，」他故作無辜。「妳看過嗎？這是史都華送來的，因為我是乖孩子。我原本希望他能給我《戰爭與和平》，但是乞丐沒資格挑三揀四，妳也知道。」

那是較舊的版本，封面因粗魯使用而發皺，書脊還貼著看來古老的圖書館貼紙，內頁泛黃，被太多人粗魯抓握而捲起。但我總覺得如果我把書湊到鼻前，就能聞到那種味道——圖書館和書店留下的香氣，無法以文字形容，無論如何清理都清不掉。另外幾本書整齊的疊在床下——破舊的《梅崗城故事》和《兒子與情人》，還有一本名為《戰地春夢》的書。外加一本藍書——《蒂芬妮寫給青少年的餐桌禮儀》——被撕成碎片，丟到一段距離外。

很符合科爾的幽默感。不知道他昨晚還誰擔任後衛？

「你拿什麼回報他？」

「他迫切需要的一些瑣碎情報。」克蘭西悠哉回到床上時，窺視袋內，接著把額上黑髮往後梳，又拿起書本。「這裡還沒人看出他的真實身分，純粹因為每個人都蠢得要死，他的舉動實在太明顯。他在打聽那方面的事情時那副模樣**實在**可悲——」

「你為什麼挑那本書？」我插嘴，因為我清楚知道查布正在聆聽。我的心思在不同回憶之間跳躍，試圖想起我在什麼時候讓他知道我喜歡那本書。看到他把書緊抱於胸的模樣，我很想衝進去從他手中搶走，以免那本書被他汙染。

「我記得妳在東河的時候提過，」他察覺到我沒說出的疑問。「妳說這是妳最喜歡的書。」

「真有趣，我完全不記得我說過。」

克蘭西也抿脣微笑。「看來是在我們私下談話的時候。」

私下談話？他把那些入侵心靈的訓練如此合理化？我放下戒備，讓他進入我的心靈，都是因為他要試著「教」我如何控制自身能力？

「……你的一族無法統治世界，因為我不允許。全世界都將與你為敵，你將成為身陷重圍的王子，」他朗讀：「如果他們抓到你，必將殺害你。但他們必須先逮到你，而你善於挖窟、聽覺敏銳、身手矯健，你是機敏警覺的王子。只要狡黠靈敏、足智多謀，你的一族將永遠不至滅亡。」他闔上書，背靠牆壁。「沒想到我會覺得跟兔子有關的故事是如此令人著迷，看來兔子顯然也有吸引人的地方。」

「你到底有沒有看懂你剛剛念的段落？」我又感到火大。在故事中，那段文字是兔子信奉的弗里斯神說給兔族王子艾爾阿哈拉（註7）聽，王子讓兔族過度繁衍，對兔族的力量過度自滿，弗里斯神對王子的傲慢做出懲處，把森林中的其他動物變成兔子的敵人和掠食者，但也同時賜予他們生存所需的特色與技能。

克蘭西不愧是克蘭西，在什麼故事裡都能把自己想成主角。

「我當然懂。不過呢，為了強調我的論點，我比較喜歡以另外一種方式解讀：如果一隻兔子不知道自己是因為某種天賦而得以保命，那就比蛞蝓更可悲，就算他自己不這麼認為。」

註7 艾爾阿哈拉（El-ahrairah）的意思就是「面對千敵的王子」。

我搖頭。「住口，給我閉嘴。你這種手段真低級，就算你已經夠低級。」

「噢，相信我，為了讓妳明白我試圖讓妳明白的道理，我願意放低身段。」

「問題不在於我是否明白，而是我根本不認同。」

「我知道，」他說：「老天，我確實知道這點。有許多時候我真的希望妳能——希望妳在瑟蒙德的時候沒讓他們那樣欺壓妳。妳對自己太過殘酷，而且妳甚至無法分辨哪些是事實，哪些是他們逼妳接受的謊話。」

我實在受夠這些演講，要不是我來這裡是為了處理事情，我會在他開口前就走人。但這就是我的入場代價，我必須聽他用連篇狗屁來解釋他為何把每個人都當作腳下雜草。

「打從我認識妳，妳沒有一次用『天賦』一詞來形容我們的能力。只要誰朝妳的方向呢喃**天賦**二字，妳就會咆哮怒罵又咬牙。妳有種我無法明白的頑固，無論我如何苦思分析。我無法想像妳在動用……妳是用哪種字眼？**能力**。我無法想像妳在動用自身能力時是多麼精疲力竭。如果妳無法控制目標，妳就會懲罰自己，如果妳成功控制目標，妳也要懲罰自己。妳最令我著迷的其中一點，是妳似乎有辦法在精神層面上把妳自己和妳的天賦分離——彷彿天賦是一種完全獨立的實體，妳能強逼它順服妳。」

他起身走向我，跟我一樣交叉雙臂。上頭的空調發出喀聲，吐出一絲冷風，拂過我裸露的胳臂、頸項和臉頰，宛如愛撫。有那麼幾秒，我深信自己站在另一個地方，常綠樹和香料的氣味灌入我的鼻腔。

「住手。」我不知道他是怎麼辦到的，但我早已不是東河那個露碧，我能看出他的伎倆。他總是用這種方法，讓我心神不寧，就為了鑽進我的腦袋。

他挑眉。「我什麼都沒做。」

我吐出鄙視的微微呻吟，作勢想轉身走向門口，想看他多希望我留下，看我如果想執行我的小小計畫會多麼困難。

「妳沒想過為什麼藍印者能輕易控制自身能力？」他呼喊：「因為他們以念力移物時就是自然展現出自己的意志力──他們想讓某件事發生。綠印者的能力從不關閉，因為他們的天賦就像套住心靈的網子。對他們來說，那種能力無異於運用大腦。」

但對身為黃印者的小雀，橘印者的我，還有紅印者的科爾來說，我們必須確認自己可以關閉超能力，而且關得徹底，否則我們就會毀滅身旁的一切。我們運用心靈的方式就像在運用緊握在手的武器，我們必須小心翼翼的把超能力收回槍套，避免傷到自己。

「妳老是跟那三個藍印者待在一起，聽他們對妳說一切都會很順利、妳能控制自身能力──然後看他們動動手指就能完美運用超能力，那對妳來說一定是種折磨。妳在瑟蒙德待了六年，連呼吸都怕引來他們的注意，妳知道他們如果再逮到妳、把妳送回那座改造營會有何下場。他們會把妳長期關在那做實驗，就為了確認他們已經知道的事實。妳也看過他們多麼迅速無聲的除掉紅印者、橘印者和黃印者。紅印者被送去童軍計畫，黃印者被送去較新的改造營，專門壓抑他們的能力。但是橘印者有何下場？那些孩子跑哪去了？」

我感覺咽喉自動封閉。我所剩的少許勇氣洩漏離去，熟悉的不寒而慄滾滾而入。

「想不想知道？」他把肩膀靠在玻璃牆上，嗓門低沉。

我沒想到自己呼吸困難。「想。」

「有些被送去樂達公司的研究計畫，就是原本在瑟蒙德進行的那項計畫，計畫關閉後我和尼克被送去樂達，」克蘭西說：「其他人，如果妳相信當時派駐在那裡的一些超能士兵所述，那些孩子就在營地北面兩哩處，埋在離鐵軌幾百呎的位置。」

「為什麼？」為什麼要殺他們，為什麼浪費他們的性命，為什麼把他們當成必須被屠宰的牲畜，為什麼——為什麼就是不放過他們——

「因為那些孩子無法被控制，就這麼簡單，那是解決頭痛最俐落又簡單的方法。也因為他們知道如果剩下的孩子日後被放出改造營，他們能向外界宣稱喪命的橘印孩童是死於第二波青春退化症的散播，雖然根本沒這回事。既然沒剩幾個橘印者，我們這種天賦就不會引起太多人，甚至**任何人**的注意。」

這年頭的出生率又低——沒幾個人敢生小孩，就怕孩子死於青春退化症——恐怕不會有任何人看出其中關聯。

他的黑眸移向我。「我見過那些軍令——說明如何以『人道』方式處決那些孩子，讓他們只感受到最低程度的疼痛。我一直沒機會及時拯救其中任何人。」

「你對任何人都是見死不救，」我的口氣苦澀。「你只救你自己。」

「**聽好！**」他咆哮，一掌打在玻璃牆上。「妳就是妳的超能力，妳的超能力就是妳。我已經說得再清楚不過。妳知不知道我為什麼痛恨所謂的治療法？因為它表示**我們的本質**是天理難容的錯誤，是對我們的懲罰，就算那根本不是我們的錯——都因為他們無法控制對我們的恐懼，他們害怕我們的本領，正如他們見不得有誰比自己更強大。他們想剝奪妳的自我——剝奪妳的能力，那能用來保護妳的權利，讓妳能做出跟自己的人生相關、跟自己的身體相關的決定。我向妳保證：到頭來，妳不會有選擇，他們會在那件事上替妳選擇。」

「如果能拯救下一代孩童，治療法就不是**懲罰**。那些孩子**永遠不該**經歷我們的人生。你試圖燒毀研究資料之前，有沒有稍微替他們想想？」

「當然有！但是妳成天掛在嘴上的治療法？那不是**治療**——而是痛苦的侵入式手術，只能幫助經歷過變化期的孩子，對註定非死不可的孩子沒任何效果。」

「再試一次吧，」我說：「在察覺你的謊話這方面，我可是精進不少。」

他不耐煩得抓抓黑髮。「妳必須把精神集中在找出病因——不是由病毒造成，樂達公司已經確認這點——而是跟環境中的某種因素有關，某種汙染……」

不管他有沒有意識到，他已經如我希望的那般踏入陷阱。我需要他嘴上說著治療法，心裡也想著治療法，那自然會讓他想到他的母親——想到他對她做過什麼、我們在哪裡能找到她。

「現在不是讓妳為了迎合世界而改變自己的時候，」克蘭西因為某種強烈思緒而嗓門粗啞。「而是應該改變世界，讓它來接受妳，讓妳按自己的本質存在，而不是被切開傷害。」

就這樣——我感覺到這場談話的契機，彷彿周遭空氣分開。他總是能在我身上達到自己的目的，方法就是不斷挑起我的痛苦回憶，直到我因為不安或激動而無法抵擋他的入侵。我知道他有可能脾氣失控——我多次親眼目睹，知道那不是偶發事件——但我想要的反應不是憤怒，而是苦悶，就像尼克在伺服器上發現自己以前的照片那樣。等克蘭西想起自己以前被他們如何對待，他就會如溼沙般在我手中任我塑造。

「如果你說的一切都是真的——治療法只是殘酷的手術，而且會改變我們——那就證明給我看。」

這令他愣住。「怎麼證明？」

「展示給我看，讓我知道那確實如你說的那般恐怖。我完全沒理由相信你的說詞，考慮到你在說謊這方面的紀錄實在是罄竹難書。」

他臉上的希望轉為苦澀。「多年來的研究和情報對妳來說還不夠？我已經向妳說明一切。」

「是啊，關於瑟蒙德，還有樂達公司的研究計畫，但不包括治療法。」

「啊。」克蘭西開始來回踱步，邊走邊以指尖撫過我們之間的玻璃牆。「所以妳想親眼目睹？既然妳不相信我的說詞，又怎會相信我的記憶？妳也知道，記憶能被捏造。」

「我看得出差別。」我突然意識到我確實**可以**。

之前那次的回憶。他用那道回憶讓我知道如何登入他的伺服器、瀏覽那些檔案。那次的感覺不一樣，因為那次**確實**不一樣，那一幕完全出於他的想像。這就是為什麼我能進入那道回憶，親自跟正在發生的情景互動，而不是重演我讀取的回憶內容。那整場體驗的質感完全不同。

「妳確實看出端倪，幹得好。」克蘭西的口氣聽來欣慰。「『回憶』和『想像』這兩者的本質完全不同，心靈是以不同方式處理操作。妳每次取代某人腦子裡的回憶，植入某個念頭——其實妳沒發現自己是同時做出不同的幾件事，是吧？」

是嗎？直到現在，我做的一切都是出自本能，我做出感覺自然的事。或許這麼做沒意義，因為我以後有一天或許能擺脫超能力以及它帶來的恐懼，但是……我是不是起碼該更努力明白自己的能力如何運作？

「你在拖延時間。」我提醒他。

「不，我只是在等妳，」他輕聲道：「如果妳堅持眼見為憑，那麼……如妳所願。」

我以念力輕擦他的心靈，測試他的防禦，但他正在等候，我閉眼試圖接觸他的心靈時，他彷彿伸手帶我進去。我被拉過一層層扭曲回憶，看到零碎的臉龐和聲響。克蘭西的心靈有條不紊，我彷彿跑過一條布滿一道道窗戶的走廊，每道窗都提供撩人景象。這也像匆忙走過圖書館的書架之間，搜尋想找的書，卻只瞥見其他書籍的名稱。

景象開始暈開，如墨水滴上溼紙。色彩轉變交會，接著在我的胸口遭受撞擊時停止。我被甩進一道回憶，清晰得能讓我感覺到冰涼的金屬桌碰觸我已經僵硬的肌膚。我眨眼幾次，清除視線周圍的光暈，我感覺自己試圖站起，但被手腕和腳踝的黑色束帶拉住。我身上沒有任何布料，連毛毯也沒有——只有電線和電極體，如破開的蟲繭般布滿我的頭部和胸口。

身穿白袍的男女們包圍我所躺的桌面，他們的說話聲在我的腦袋周圍嗡嗡作響。他們從我的頭部拔下電線，換上新電線，觸摸我全身——無一處放過——硬掰開我的眼皮，投以刺眼強光。我能聽到他們低聲談笑，我能看到他們藏在紙口罩後方的笑意。

之前在東河的時候，克蘭西給我看過類似的回憶。當時我看得觸目驚心，尤其因為我認出場景是瑟蒙德的醫務室。其實真相就是，回憶越強烈——相關的情緒越強烈——一切就越鮮明。我現在知道當我在某個回憶中聽到、嗅到或感覺到什麼，那是因為回憶深深烙在這個人的心靈中，留下疤痕。

這並不是關於治療法研究的回憶——治療法研究是由他的母親主導，在某個遠離他的地點。這是他們在**瑟蒙德**做了什麼，在他離開那裡之前。他們把他如標本般研究，就像他們在另外那道回憶中研究那名紅印者，還有尼克。

一副塑膠口罩被蓋在我的臉上，甜膩的空氣湧入我的肺臟。第一批麻藥進入我的體內後，原本強烈的感官刺激也隨之減緩。

他跟我說過，他們在研究過程中給孩子施以麻醉，但維持腦部清醒，以便機器精確監視腦部活動，判斷不同區域與超能力之間的關聯。瑟蒙德的藍色瓷磚反彈機器發出的尖嘯，讓它們聽來彷彿無所不在，那些機器持續靠近我，等著輪番上場。我的舌頭乾燥沉重，我無法吞嚥，唾液流過裂開腫脹的嘴唇，進入他們壓在我頭上的嘴套。

燃燒感突如其來，沿我的脊椎骨爬過，這種撕裂感令我痛得窒息。這彷彿——彷彿靜電造成的觸電感放大一千倍。我的身子不斷僵硬又放鬆，我完全無法控制。

「再試一次，這一次——」一名肥胖的研究員發出鄙視的咒罵，立刻退離桌面。漂白水的臭味被尿液、血液和焦肉味取代。如果我的胃裡有東西，現在也會被我吐得一乾二淨。在這一刻，我非常願意被自己的嘔吐物嗆得窒息而死。一名研究員揮手要護士清理我的身子，好讓他們重新開始，這令我羞愧不已。

我要殺了你們——我要殺了你們每個人——這些文字逐漸淡去，因為我的腦子被強烈白光照著無法思考。

上方的U型日光燈發出的光芒淹沒室內，我的視線從那裡移開，以免自己徹底眼盲。我又被白袍人和筆記板包圍，金屬儀器敲擊金屬托盤，還有該死的嗶嗶聲——我的心臟就是不願意放棄跳動。我面前的女子走向一旁，打開某種開關，是音樂，披頭四，唱著我想牽妳的手，我想牽妳的手，他們的嘹亮歌聲伴隨愉快曲調。一名研究員開始五音不全的跟著哼唱，這時另一道熾白閃電貫穿我的顱骨。

我的視線恢復清晰，周圍的黑圈淡去，我依然渾身悸痛，但周遭一片黑暗，黑暗得令我舒適，而且我身子底下是布料而非鋼鐵。結束了。

「——將帶來良好進展——」

「——小心調整療程——值得相信——治療——有效——」

肥禿醫師跟一名穿外套的男子握手……那是什麼顏色？不是藍色……不是藍色……驚慌感攀升，抓住我的腦子，我的腦子緊抓那個字。外套男摘下口罩。我看到鬍鬚。我看到鼻子。都很眼熟。頭痛——沒有名字，只有臉龐。父親旁邊的臉龐。電話。報告。把我的事情向他報告。救我。救我。救我。

抬手——抬手——正在試。別走，別丟下——別丟下我。腦中文字崩潰，只留聲響。只留字母。舌頭僵住。胳臂僵住。痛楚——燃燒，渾身都在燃燒——

一個小型輪廓出現，我身旁的小床發出吱嘎。他朝我走來。安全了。尼克。尼克，救我。涼布在我臉上，幫我清理。我的雙手。脖子。輕點。輕點，尼克。頭痛，輕觸，溫柔指尖。很舒服。我被扶起，雙手套進袖子，衣服從頭部套下。抱住。溫暖的心。黑眸燃燒。安全。「別擔心。我在這。」杯子湊到嘴邊。水。金屬湊到嘴邊——不是叉子……不是叉子……是……湯匙。湯匙。甜美。食物。

尼克。尼——克——拉——斯。

哭泣。

溫暖的尼克。

哭泣——

第十二章

我推開這道回憶，從中脫離，遠比進入時更難受。我看不出自己往哪個方向前進，無法辨識方位。如果往前走，就表示我會再看到那幅駭人景象，看到剃光頭、身形憔悴的尼克，看到他臉上令人揪心的表情。我不想再次目睹，但我也無法逃避。所以我往另一個方向走，卻發現這彷彿以倒退的步伐穿越一片以鐵絲網覆蓋的大地。無論我試圖從哪個方向離開這道回憶，我都被割傷，都被痛楚折磨。

我安然返回自己的心靈後，發現自己跪在地上，額頭靠在玻璃牆上。我大口喘氣。

「算得上眼見為憑了吧？」克蘭西低吼。他渾身冒汗，而且顫抖程度不算輕微。「滿意了沒有？」

我實在不知道自己是怎麼做到的，但我拒絕讓自己被剛剛目睹的一切影響情緒，而是維持口氣冷淡。「不夠。」

他轉身面向我。

「我早就知道瑟蒙德那些實驗是什麼模樣。」**天啊**。我覺得自己即將嘔吐，他們居然那樣對待他的心靈，就算時間不算長……「我以為你想證明治療法很殘酷。」

「她的治療法**就是**源自那項研究！源自**電療**。妳以為我不知道妳真正的目的？」他說：「妳以為我會蠢得讓妳看到真正的療程內容或是我母親的下落——」

他知道。他知道她在哪。

他大步走向床邊。我跟他之間還剩一絲心靈連結，讓我對他心中出現的怨恨感到震驚。他需要停下來，我需要他停下來——我停止肢體動作，深入他的心靈，讓我的意圖帶我穿越他的所有回憶，進入他心中綻放怒火和決心之處。

他渾身僵住，肌肉、四肢和表情毫無動作。他絲毫不動，直到我做出動作，他立即如鏡像般複製。這種感覺彷彿撥弦，在他這部分的心靈中劃下的每道接觸都讓他產生不同反應。我如操作傀儡般控制他，無視他的心靈試圖將我逼退。

原來如此——他操控我們的時候就是這種感覺。充滿無限可能，令人狂喜得頭暈目眩。

這裡不是我需要查看的區域，不算是——出於某種原因，我需要重返他的記憶區，只不過我不知道該用什麼方法脫離此處。這裡黑暗而且緊抓我不放——

鏡像。這個字眼跳進我的耳中。克蘭西的聲音，口氣堅定，逼我聆聽——他早就知道我無法靠自己脫離這裡，他想必也很擔心如果他主動試圖幫我，我不知道會在這裡造成什麼樣的破壞。鏡像心靈。

我懂了。

我自己的思緒轉移，我緊閉雙眼，垂於兩側的雙手握拳，我逼「我走進房間」的那道回憶浮現。我終於掙脫黑暗，感覺自己彷彿被別人拖著頭髮走。我回到走廊，看著他回憶中的窗戶一一甩上。在他恢復之前，我只有一秒，不多不少——

「莉莉安，」我開口：「母親——」

這種伎倆屢試不爽。聽到我的話語，他的思緒隨之轉向，帶出他最近才思索過的一道回憶——他想保護的回憶。

我以前見過那道回憶的浮光掠影，所以我知道自己在找什麼。一瞥見那名美麗女子，看到她金髮貼臉、嘴唇傳達哀求，我立刻潛入，力道比以往更強勁。莉莉安．格雷的實驗室在我周遭現形，眾多物體如拼圖般各自歸位。她曾試圖把兒子騙來這裡接受療程，她故意洩漏自己在喬治亞州，知道這樣就能誘使他去找她——他也確實那麼做。我更用力拉扯這幅景象，逼畫面加速播放。她舉起雙手，試圖要對方別衝動，嘴裡吐出冷靜下來，別擔心。我想起她白袍翻領上的血跡，她倒地哀求克蘭西，不，求求你，克蘭西，看著他在四周放火，破壞她的設備。

我之前沒看到的是，他以雙手掐住她的脖子。我能感覺到她的頸中脈動隨著我的施壓而狂奔。天啊——他打算——

但我的雙手往上移，抓住她的臉龐兩側。文字無法形容我接下來看到什麼——在他的心靈中讀取她的心靈，她的連串回憶在他的回憶中爆發。我背部感到的高溫令我無法忍受，但我還沒放手，我抓著她，扭曲撕毀她心靈中的每道思緒。

一道槍聲打斷連結，右肩傳來劇痛。我的視線轉離女子的茫然表情，她因此癱倒在地，這時兩道深色人影破門而入。她周遭的玻璃窗反映閃爍火光。我在奔跑之前，只記得火光的詭異迷人之美。

我被拋出他的腦海，強勁得讓我的腦袋撞上後方的牆面。克蘭西倒在地上，盡可能遠離我。他面向牆邊，因為呼吸而渾身起伏。小床翻倒，形成我們之間的屏障。

「滾，」他低吼：「滾！」

這一次，我起身狂奔。我匆忙撥動第一道鎖，克蘭西不斷對我喊著「滾」。門板從另一側打開，我撞上外頭那人；門被踹上時，我拚命試圖掙脫對方。

「是我，別緊張——」查布把我拖過小走道，進入文件儲藏室。我緊抓他的胳臂，我的心靈一團亂，塞著根本不屬於我的思緒和感覺。

我們進入大廳之前，我的兩腿已經癱軟。他把鑰匙插進鎖孔轉動，接著扳動門把，確認鎖好之後立刻帶我離開這裡。

「露碧？」我看到他的臉龐化為疊影，兩層，三層，四層……我們快速走向走廊盡頭，他全程攙扶我，我為了逼自己站起而渾身打顫。他打開一間寢室，帶我進去。

我靠著最近的一道牆滑落在地，試圖以一次次吐氣排除克蘭西的聲音。查布在我面前蹲下，專心的看著我。我和克蘭西的對話被他聽到多少？他看懂多少自己目睹的景象？

*我比克蘭西更克蘭西。我成功以克蘭西之道還治克蘭西之身。*我沒想到自己的能力居然能運用到這種程度。為了擊敗他，我成為他。就算我發誓我會用盡一切手段找出莉莉安，我沒想到這會包括……**這種事**。我沒想到我有這種能耐。

*別多想。*我已經達成目的，取得所需情報。

「她還在聯盟的看守下，」我能看出他臉上的疑問，沒等他開口。「他們有把她帶走。」

「第一夫人？看來他確實沒殺她？」

我搖頭。「他做出更糟的事。」

＊　＊　＊

我去找科爾的時候，他已經離去。我在地下一樓的走廊碰到克魯斯參議員時，她向我說明這項消息。

「他去見一個跟聯盟還有聯絡的朋友，看看對方知不知道那些特工被關在哪。」她說：「他要我轉告妳，他今晚就回來，別擔心。」

當然了，他沒帶預付卡手機——我無法聯絡他、問他能不能從那位「朋友」口中查出莉莉安・格雷的下落。如果她還在聯盟的保護下，藏身之處到底在哪？她之前是在喬治亞總部附近進行研究，只有幾名特工在場保護。或許在喬治亞總部關閉時，她和其他人已經被送去堪薩斯總部？

我經過健身房，看到小雀、湯米、派特和另外幾人正在研究健身器材。

「抱歉，」派特從啞鈴區走向我。「我們只是在……什麼都沒做，而我們想找些事做。因為，妳知道，我們要去——我和湯米。」

「去哪？」我問。

湯米來到他身旁，紅髮在裸露燈泡的照射下閃閃發光。「我們自願前往綠洲。抱歉，我們是在妳，呃，離開後投票決定。」

啊。我打量這兩人，看到湯米被我盯得扭捏不安，派特因此用力拍他的側身，逼對方抬頭挺胸，我不禁微笑。

「想不想學些防身術？」我問。

如果我問他們想不想要糖果，引發的情緒大概依然不及他們出現的這種熱情反應。其他孩子立刻丟下器材，衝向軟墊，照我吩咐的在這裡排成一列。我帶他們做伸展操，接著教他們如何掙脫敵方可能施展的擒拿術，然後示範——不斷重複——沒有藍印者那種超能力的人該如何拋甩對手。幾小時的訓練結束後，我不確定自己還是他們對今天的收穫更覺得開心。

地道暗門傳來三下敲擊聲，科爾終於宣布自己的回歸。我立刻丟下我正在瀏覽的老舊任務資料，衝出艾爾班的辦公室，解開暗門的鎖。他上樓時，帶著保守又猶豫的微笑。

「其他人也回來了，」他說：「我叫他們把東西都搬去車庫入口。妳能不能帶孩子們去幫忙搬東西？我先去剪斷鐵鍊，好讓那道該死的門打開——」

「科爾。」他想走離時，我厲聲制止。

他慢慢停下，稍微回頭。「抱歉，寶石妹。他們正在尋找，但也查不出那些特工的下落。連恩想必偷偷通知了哈利，因為哈利今早跟我取得聯絡，說他有四處打聽。他以前是特種部隊，在各個軍隊和政府部門還有許多熟人。」

聽他提起他的繼父，我想到我在他的心靈中看到那道回憶，這令我難過。那道回憶中的那名男子，他的生父，以那種詭異笑容看著他們的母親……

「好吧，」我低聲道：「謝謝你的努力。」

他顫抖的吐口氣，逼自己聳肩。「妳……還好吧？」

「嗯，」我說：「我去召集孩子們，樓下見。」

冰涼的夜間空氣給倉庫帶來凜冽清新的氣味，沿地道朝我們飄來。地道盡頭那道門已經打開，正在等我們。一踏進車庫，我不禁愣住。

這裡看來彷彿經過幾小時的強勁清洗。雖然這裡的垃圾其實無法搬出去——避免引來太多注意——但經過巧妙堆疊，彷彿這裡成了一幅拼圖，四面牆壁充當畫框。他們把所有置物架整齊排列，有些是以破床架組成，還有一座以現成工具組成的工作站。寬敞的車庫中央依然是車輛升降機和車架，但就連車架似乎也經過整理，至少有人給它裝上輪胎。

兩輛大型休旅車和一輛白色廂型車經由坡臺停進車庫。我小跑到連恩和薇妲身旁，他們正在用超能力卸下車裡的箱子。

我走近時，連恩抬頭，綻放我熟悉的微笑。他揮手叫我身後那些孩子上前。「這些東西以類型分類，把電腦和電子設備放到──」

其中一名綠印者吐出開心的嘆息，這令他咯咯笑。

「食物和水放在這裡。應該還有幾袋衣服和寢具──不不，那些東西留在車上。」他連忙關上廂型車的車門。「那是──科爾會處理。」

我猜這表示科爾會把那些武器搬去我們的置物櫃。

薇妲則是……面無表情，就算被查布以一連串疑問轟炸也毫無變化。我不確定她到底知不知道自己在做什麼，她顯然進入某種麻痺狀態。

小雀來到我身旁，以黑眸向我提出疑問。我想對她說別擔心、我只是來確認心懷煩惱之人必定能堅強的繼續走下去，然而事實是，我只想冒著挨拳頭的風險給薇妲一個擁抱，所以我嘗試。

她也允許。

她的雙臂依然垂於兩側，被我牢牢抱住。她接著緩緩抬手，摟住我的背部。我在她的肌膚上嗅到塵土和海鹽，混雜汽車排放的廢氣，我真希望當時是由我代替她前往，好讓她好好休息一天。

「媽的，我們一定會救她出來。」薇妲口氣強硬。「老娘要把格雷連同他家一併燒成灰。只要他敢傷害凱特，我就要挖出他的心臟吃下肚。」

我點頭。

「最好別吃生肉，」查布在一旁插嘴。「可能帶有病菌──」

我們倆慢慢轉頭看他，他把手中的電腦箱放在地上，後退遠離。

「那些加拿大人確實說到做到，是吧？」克魯斯參議員在箱子之間漫步，掃視這些物資。

「他們給這些東西，我們必須拿出多少報酬？」一名孩童問。
「別擔心，」克魯斯參議員說：「那是以後的事，這就是我們所謂的『做人情』。噢──他們沒提供汽油？」
「他們送來一整箱，」連恩說：「我們把油箱藏在酒吧後方，因為車庫入口塞不下，加上我實在，呃，不放心把那麼多爆炸性物質放在這裡。」
「有道理。」克魯斯參議員微微發笑。
「看來他們對這件事確實很投入。我們還建立了一座置物處，讓他們能在找到機會時繼續送東西過來。他們給了我這個──」他從口袋掏出一支光亮的銀色手機。「在備妥物資時會跟我們聯絡。」
「噴漆呢？」查布問：「你有沒有記得去找噴漆？」
「做什麼用？」我問。
「我們之後派車去接部落孩童的時候，」連恩以手勢加強語氣，「那些孩子會用路碼標出安全路線，如此一來，我們不但能平安歸來，其他流浪兒也能順著路碼找到我們。」
他臉上的微笑總是充滿感染力。我咬著嘴脣，他看我的眼神彷彿我是他見過最美好的東西。
露碧能奪走你的記憶……
「好主意。」我說。
「是啊……」看到我移開視線，他的口氣難掩失望。「謝了？」
孩子們興奮的把貨物搬進農莊。科爾站在白車尾端，斜靠在後車門上，看著周遭孩子們的進度。

「等等——」我拉住查布和連恩的後襟，趁他們還沒跟著小雀和緋奈進入地道。「我們得商量一件事。」

科爾和薇妲顯然聽出我的口氣緊繃，因為他們倆也走來。

「我……今天跟克蘭西周旋過，」我說：「為了查出他母親的下落。」

科爾站直身子。「結果？」

「她原本在喬治亞州的某處設施，由當地的總部特工保護，他們似乎將她及時救出，但她的實驗室還是被燒毀。」

「我靠，」薇妲輕聲咒罵。「妳確定？」

「非常確定。我也不認為他們會放她走。」

「妳認為他們把她藏在堪薩斯。」科爾說。

「這種解釋很合理，不是嗎？聯盟本來就規定我們遭受攻擊時，倖存的人員和物資必須撤去某個安全的核心基地。克蘭西燒毀那處設施後，我沒想到他們會繼續把她藏在某個外部地點，我也不認為她是他們願意釋放的那種囚犯……」

「他們願不願意拿她換人？」薇妲插嘴。「類似交換囚犯？」

「交出第一夫人？」科爾說：「一百名特工都不值這種價碼。我只是不懂，他們為何以前不好好利用她——他們在『挾人質提出要求』這方面並不算害羞。」

「關於這點……他們大概不會想讓她出現在攝影機前。」我說。

「解釋。」

「克蘭西毀了她的心靈，破壞得很嚴重。」

「蠱術？」薇妲澄清。「太棒了，這下我們什麼答案都弄不到。」

「妳想去救她。」連恩輕聲道，我聽得出他的口氣不悅。「妳認為妳能扭轉他造成的破壞。」

我點頭。

「妳的意思是，妳想派一支援救小隊，進入由一百名專精於施虐酷刑的前任士兵看守的設施……就因為妳有一項推測。」科爾說。

「就算她不在那裡，我們起碼也能查出她可能在哪。」我說：「我們速去速回，我們又不是不知道堪薩斯總部的位置。派兩個人去就夠了，我們先觀察情況，如果太危險就撤退。我們值得冒這個險。如果我們找到她，而且我修好她的心靈，我們就能獲得關於治療法的答案。如果修不好……我們起碼能拿她去換凱特。」

聽到這話，薇妲對這項行動感興趣的程度急速攀升。「只要妳保證我們遲早會拿她去換凱特，我就加入。妳和我，我們兩個能搞定，反正我們又不是第一次做這種事。」

查布呻吟，緊繃得掩面。「妳們不該說的，說了只會讓我們更緊張。」

「露碧不能去，」科爾說：「她需要處理**那東西**。」

我開口想抗議。

「且慢——且慢且慢且慢——」連恩插嘴，「先別急。幾小時前你還在擔心康納特工可能洩漏農莊的位置，卻不擔心他們供出堪薩斯總部？如果當地那些特工已經打包走人了呢？」

「那我們就追蹤他們的足跡，」薇妲說：「雖然我敢拿一百塊錢打賭他們一定還在那，因為那些混蛋傲慢得以為自己天下無敵，不會急忙撤退。一百塊。」

我轉頭看科爾。「如果有誰要送餐給他，那人必須是你。我相當確定他最近不想看到我。」

科爾對我的提議似乎頗感興趣，但最後還是搖頭。「不，這裡需要妳。就算不是為了處理那東西，妳也得負責領導襲擊改造營的行動。」

「我們只離開幾天。」我抗議。

「不行，我說真的。」

我和科爾互瞪，其他人顯得扭捏不安。

「我原本可以代勞，但是我跟其他人說過我會開始搜尋那些部落的位置，」連恩把亂髮往後梳。「我想親自去找奧莉薇雅的團隊，我大概知道他們在哪。」

「真的嗎？」我問。我們在納許維爾市遇到的奧莉薇雅、布雷特和其他孩子有些實戰經驗，他們如果願意跟我們並肩作戰，將帶來重大幫助。

查布拉起防風外套的拉鍊，動作表現出強大決心。「我跟薇妲去。」

現場被純然寂靜籠罩片刻。

「呃，免了，」薇妲說：「我帶條抹布都比帶著你有用。」

「我還有賞金獵人的資格，只要找個地方更新執照就行。」他說話的對象比較像是針對她。

「你？你以前是賞金獵人？」科爾開始發笑，但很快注意到我們沒笑。「哇塞，好吧，有何不可？請繼續。」

「我能存取獵人的網路和衛星定位系統，確保一路避開他們。」他轉身面向薇妲。「還有，去妳媽的——或許妳有辦法潛入他們的基地、救出那女人，但我有辦法讓我們安全往返。我以獵人身分在路上旅行過好幾個月，沒引來任何人的懷疑，包括超能士兵。」

「大概因為他們一看到你這張醜臉就瞎掉眼睛。」她咕噥。

「不會吧？妳只剩這種笑話？」他嘶吼：「別跟我說我終於磨掉妳的伶牙俐齒。」

連恩擋到兩人之間，讓他們看不到彼此——但雙方依然朝彼此低聲咒罵。

「聽著，薇妲，我很願意答應妳想要的交換，但這件事的成功率實在不高，孩子。」科爾說：「如果妳被他們逮到，我根本無法想像會有何後果。妳到時候打算如何應付？」

「我就說我受夠這裡每個人都是膽小鬼，而且我願意冒險，只要讓我有可能贏得重大成果。」她的口氣尖銳。「而他們心中的『成果』就是讓我加入他們的隊伍。」

「這種理由聽來還滿合理。」我提議。

對薇妲來說，這跟取得治療法的相關情報無關，而完全是因為這很可能能讓我們救回凱特。我只希望我有她這種信心，我只希望我能允許自己相信他們會讓她活到現在，但就算相信又如何？接受現實情況帶來的麻痺感，總好過活在希望帶來的痛苦中。

「好吧，薇妲，妳可以去，只要妳帶上這位賞金獵人兄。不許冒不必要的險，明白嗎？」

我差點對他說薇妲和查布對「不必要的險」有完全相反的定義，但還是決定閉嘴。我不喜歡讓他們倆離開我的視線那麼久，尤其考慮到他們可能碰上的危機，但我們如果要豪賭一把，就該為了這種事。

「沒問題。」薇妲說：「如果你以為我會搞砸救回凱特的機會，那你一定是哈菸哈到茫。」

「親愛的，我確實希望我現在是哈菸哈到茫。」

＊　＊　＊

科爾、連恩和我默默忙碌，一次扛一箱武器下車。我難得為這種尷尬的沉默感到慶幸；不管這種緊繃氣氛多麼令人難受，總好過彼此之間又在爭吵。之前的某一刻，我彎腰將一把步槍放進武器櫃時，我的帽T綳裂。連恩伸手過來，拉下那塊礙事的布料，看到我的頸部瘀傷，他沒說什麼，只是幫我拉好衣領，轉頭回去。忙完後，他第一個離開這裡，消失在雙扇門之後，我猜他是回去車庫。

我沿他走過的路線追去，順道查看我們的寢室。孩子們大多已經回房就寢，但我們的房門敞開，所有燈光開著，只有查布在裡頭，一本書放在胸口上。我不禁微笑，伸手想關掉電燈時，注意到薇妲的床上有個色彩鮮豔的小盒子。

我花不到三十秒就猜到她在哪。染髮劑的包裝已被拆開，這只有一種可能。浴室的通風設施不良，我們得讓門口維持半開，以免讓這裡如夏末的南方那般悶熱，蒸氣厚實得令我暈眩。

「雖然是沒關係啦，妳知道，」薇妲正在說著：「但是，雀，這樣過日子也實在太鳥。」

我在門外停步，一手撐在門板上，俯身向前，聆聽這場單向談話。

「是沒錯啦，但這不會讓妳心煩嗎？」她接著道：「難道沒有哪件事重要得讓妳想說話——我知道妳能用寫的，別誤會，但如果妳就是不能好好說出來，又要如何吐出胸中的鬱悶？我的意思是，聽好，雀，妳知道我明白妳的感受，但這種沉默不語只會傷害妳。別給他們那種力量，別讓他們把妳逼得永遠不說話。有些人是值得妳記住他們，值得妳為他們說話。妳很重要，妳有資格說話，有資格讓人們閉上臭嘴聽妳說話，妳比百分之九十的人口都聰明。」

我閉上眼，往後退，靠在牆上。

「噢，ㄚ頭，我也會害怕，」薇妲說：「我在出任務的時候總是有點害怕。不，應該說是快拉在褲子裡的那種害怕，但我害怕的是如果我犯錯或沒好好掩護同伴，他們會被我害得有多慘，我大概已經被咱們的朋友阿露搞出來的風風雨雨嚇得折壽五年。」她停頓，大概在等小雀寫字。「但是重點是，恐懼本身毫無價值，它在妳最需要勇往直前時讓妳躊躇不前，而且它只存在於妳的腦子裡。妳可以痛恨自己為何這麼害怕，但這麼做一樣只是讓恐懼控制妳的人生。

妳還沒受夠日復一日的狗屁？恐懼只會繼續拖妳的後腿。」

又一陣停頓，漫長得讓我回到門邊。

「我們的人生中，本來就有很多人來來去去，」薇妲的口氣緊繃。「他們或許保證很快就會回到我們身邊，卻常常再也沒出現。我們這裡有個很好的團隊，妳知不知道這支隊伍為什麼如此強大？因為我們選擇彼此，是我們組成這支隊伍。拿我姊來說，雖然她跟妳爸媽不一樣，但她也丟下我，那婊子為了獎金而通知士兵去抓我，但我拒絕讓她獲勝，我也不會讓自己不再相信任何人，那麼做只會讓她稱心如意。她沒選我，所以我選了另一個家庭。」

我持續等候，聽到薇妲開始哼著小曲後，我才輕輕走進。

「嘿，姑娘，有啥新鮮事啊？」薇妲朝我瞥來。

跟平常不同，漂白水的氣味並非因為我們刷洗淋浴間，而是來自薇妲抹在一頭短髮上的濃稠泡沫。一條破舊毛巾披在她的雙肩上，避免染髮劑沾上她的運動胸罩。有那麼一刻，我只看見她肩上的疤痕，那是在納許維爾市跟梅森惡鬥時留下的火痕，我感到反胃。

小雀坐在她旁邊的洗手檯上，兩腿不斷搖晃，小小白襪來回甩過半空中。她拿起兩個盒子給我看，一藍一紅，再指向薇妲。

「我們從奧勒岡回來的時候，我逼童子軍在某處停車，」薇妲解釋，把肩上的毛巾披在小雀的細肩上。「還好我有那麼做。我得在明天上戰場之前先準備戰繪。」

我從鏡中瞪她一眼。

「好啦，是細心安排、還算謹慎行事的偵查任務。」薇妲挑起一眉。「妳確定咱們倆不能今晚就開溜？」

「查布很有用，」我提醒她。「盡量別殺他。」

「好啦好啦，再看看。妳也知道，意外難免會發生。」

我還來不及質詢，她已經把戴著橡膠手套的手伸進一只杯子，挖出一些藥劑，在小雀的頭髮上抹出一條細紋。

「呃……」我的腦袋一片空白，迅速猜想連恩——更糟糕，查布——對這種發展會如何反應。

小雀轉頭看鏡子，做出迫不及待的舉動，彷彿表示多來一些！但是薇妲搖頭。「先這樣，看看妳喜不喜歡。妳有喜歡哪種顏色嗎？」

「她比較喜歡粉紅色。」我說。小雀又轉頭看薇妲，期待得瞪大眼睛。

薇妲歪頭，看著兩盒藥劑。「我可以多加另一種色彩，紅色這種少放一點。未必能成功，但值得一試。」

小雀急忙點頭，朝我燦爛微笑。

「查理哥一定會宰了我，」薇妲以哼唱的口氣說道，斜靠在洗手檯旁。「但我們根本不鳥那些男生有啥意見，是吧，朋友？」

我愣得哈哈笑。「查理哥（註8）？」

「這個嘛——我的意思是，他的名字是查爾斯，不是嗎？」薇妲連忙道，在鏡中瞪我。「查布哪有比較好聽？」

「有道理。」我說：「那麼……我就不打擾妳們了……」

「哪裡失火了嗎，小親親？」薇妲跳上洗手檯，坐在小雀身旁。「陪陪我們嘛。我們最近

註8〈查理哥〉（Charlie Boy）是魯米尼爾樂團（The Lumineers）的一首作品。

好像很少看到妳的臉。」

我猶豫，知道自己還是需要去找連恩，但看到小雀終於回到以前的模樣，加上我也想念她們的臉，我怎能說不？

「好吧，」我伸向藥劑杯。「我們來看看能不能幫妳調出完美粉紅……」

第十三章

躺在黑暗中，數算查布的鼾聲，等連恩回來，這樣過了三小時後，我終於從僵硬的床墊撐起身子，下床進入走廊。我不會打擾他，我只是……需要確保他如我所想的一樣在那裡。

聽到從車庫流出、沿地道飄來的音樂，看來我應該沒猜錯。滾石樂團。米克．傑格正在低聲唱著關於野馬的歌詞，歌聲令我在門外停步。

想到他送給我的唱片，想到紙條還在裡頭，讓我想進車庫卻又想回房間鑽進毛毯下消失。

幾個孩子仍在這裡逗留，其中一名女孩背對我，在對側牆邊的桌前忙碌，其他人則坐在攤在地上的毛毯上玩牌。看他們選擇待在這，而不是樓上那個有桌椅而且溫度至少高二十度的大房間，我感到納悶。

我走向前，為了保持體溫而把雙臂緊抱於胸前。感覺鞋底踩到黏黏的東西，我瞥向地面，連忙跳開，那是一塊大型的白色弦月，有人在這裡以噴漆畫下。

連恩背對我，蹲在摩托車前，在他的照料下，車身灰垢已被磨除，重現亮銀光澤和烏黑板金，彷彿剛從店裡牽來的新車。

他突然站起，拿起一片泡棉，纏上破損的皮革座椅。

「我喜歡你把這裡弄得這麼漂亮！」我得吶喊以對抗米克．傑格的歌聲。收音機離我腳邊只有一呎，但我總覺得我沒資格把它關掉，畢竟這樣大聲聽音樂就是為了隔離外界，讓旋律與節奏如盾牆般守護周身。

連恩連忙轉身，身上的白T恤沾染油汙和灰塵，但他顯然沒意識到衣服有多髒，因為其中一些汙漬被他轉擦到額頭和臉上。看在我眼中，他帥得令我臣服，我只想上前捧他的臉不斷吻他，直到他再次綻放無憂無慮的笑容。這讓我忘了從我們發現車庫到這一刻之間發生的一切。我還想著破輪胎、襪子和海灘男孩，就算他開口問：「怎麼了？」

「沒什麼，」我勉強回答：「我只是……看你沒在熄燈後回來，我有點擔心，所以想……」

「確保我沒逃跑？不會吧？」他正想轉身面對摩托車，但阻止自己，一手按在額頭上。「噢，靠，我確實幹過那種事，是吧？是在……不是在納許維爾市吧？」

令我滿足的那道回憶在我身旁破裂。「在奧克拉荷馬，國家公園。」

「沒錯，沒錯，那是我最後一道模糊記憶，那之後就是妳……」他揮揮手。「抱歉，這裡該裝個時鐘。」

我瞟向他的側臉和下巴，相當確定**這裡不歡迎我**。

「好啦，那麼，」我故作開朗。「那就……我要去……我回去了……」

終於說出口時，我感覺喉嚨疼痛，而且我總覺得我的話聽來莫名其妙。真笨，笨死了。我之前想保持距離，不是嗎？我原本不想對他坦承一切——現在卻彷彿徹底忘了該如何跟他說話。

樂聲轉弱時，我離開一步，這時他喊道：「我打算叫它『可愛芮塔』，妳覺得如何？」

雖然心情煩亂，我還是感覺自己綻放微笑。「那不是披頭四的歌嗎？」

他斜靠在摩托車的座椅旁，兩腿伸直，雙臂交叉於胸。我在心中糾正自己——這才是我見過最棒的景象。這是連恩在這幾個月來第一次變得像他自己，包括他不斷試圖撫平的亂髮，還有低垂於腰際的鬆垮牛仔褲。

「很貼切吧？」他綻放超甜美的淺淺一笑。

「芮塔不是交通督導員嗎（註9）？」我回頭走向他，心跳加速。連恩熱切的盯著我，我差點被自己的大意步伐絆倒。當他的雙臂往前移，以掌心向上的姿勢伸向我，在我心中累積的暖意似乎即將著火。

我走進他的懷抱，斜靠在他肩上。

「是沒錯，」他低聲道：「但它真的很美。」

我的雙手沿他的背脊往上滑，此處跟我體內一樣灼熱，這令我安心。我想問他搬運物資的那趟旅程、他見到什麼樣的人，但這樣被抱著，被他吻我的頭髮和臉頰，似乎已經足夠。

我往後靠，抬頭看他的臉。他把一手伸進我的牛仔褲後口袋，我伸手試圖以拇指抹掉他臉上的油漬時，他還在看我。

「媽啊，」他咯咯笑，「我現在看起來超髒吧？」

你超完美。我的手指和視線往下移，來到他嘴角的淡色疤痕，感覺心中開始出現某種黑暗又頑強的情緒。

「你這道疤是怎麼來的？」我問。我只是想聽他親口說明，確認我在科爾記憶深處看到的情景。「我以前從沒問過你。」

「還好妳沒問。」他牽住我的手。「背後的原因並不精采，我從小就有這道疤，科爾說是因

註9〈可愛芮塔〉（Lovely Rita）是披頭四（The Beatles）的一首曲子，歌詞描述對一名女性交通督導員的愛慕，據聞源自披頭四成員麥卡尼因違規停車而被一名女子開罰單。

為他把我推下床。」

我閉上眼，輕輕吐口氣。他吻我時，我讓這個吻驅逐真相。

「科爾說你有請哈利幫忙找出凱特他們的下落，」我說：「謝謝你——真的謝謝你，我知道你盡量不想讓他們牽連進來。」

連恩發笑。「我哪可能阻止哈利或我媽惹上麻煩？小雀的說詞基本上已經證明這點。」

「你有跟他們倆說上話？」

「嗯，用預付卡手機，」他說：「聽到他們倆的聲音，那種感覺真是不可思議，上次聽到他們說話彷彿是上輩子的事。」

我撫摸他的胳臂。我打從心底替他感到興奮，這種期待感終於能讓我忽視在我心中殘存的少許嫉妒。

「我原本擔心他不會接受哈利的幫助，」連恩說下去。「他們倆從一開始就處得不好。」

「為什麼？」既然科爾如我所知的痛恨親生父親，又為何排擠哈利？

他聳肩。「科爾小時候常鬧脾氣，我媽因為我們生父的關係而不忍心管教他，所以哈利必須扮演黑臉。妳知道，他真的是超有愛心又超有趣的大好人，但他也很嚴格，畢竟他在軍隊待了那麼久。」

「而科爾最討厭聽話。」我幫他說完。加上他經過轉變期、發展出自己幾乎無法控制的恐怖超能力，我相信他在年少時期因為擔心祕密曝光而總是感到憤怒又害怕。想到這裡，我用力嚥口水，無法說話。如果他直接跟連恩說清楚……

「我認為他當時——我不確定我這麼說是否合理，但我猜科爾一直拒絕讓自己信任哈利。他清楚記得我們生父是什麼樣的人，所以他想保護老媽，這我了解。但他彷彿等著看哈利什麼時候會讓我們失望、傷害我們，但哈利永遠不會那麼做。其實，我認為他加入聯盟只是為了惹哈利生氣。」

「或許現在跟哈利合作，科爾就會開始相信他？」我提議。

「哈利也希望如此，我也是。」連恩又往我的頭髮印上一個吻，隨即後退。「好啦，我累慘了——」

我現在一點也不睏，我總覺得他其實也沒那麼睏。我吻他嘴角的疤痕，雙手撫過他的脖子，埋在他的頭髮中。他俯身迎向我，淡藍眼眸似乎變得黯淡。

某人在我們後方咳嗽一聲。

兩聲。

連恩低聲吐出難得一見的不雅字眼，往後退，臉龐漲紅，眼神有些過於狂亂。「啥事？」是剛剛在桌邊忙碌的女孩，之前在小雀那個隊伍的藍印者。伊莉莎白，我想起她的名字，莉莎。

「我忙完了，但不確定它的模樣……我覺得看起來似乎更像一條白香蕉？」她舉起一頂黑色安全帽讓我們倆查看。看在我眼中，畫在其中一側的圖案很像弦月。連恩放在我腰際的雙臂繃緊。

「看來沒問題。」他說。

「**你**當然知道這是什麼圖案，可是如果她看不出來？」莉莎說。

「她？」我問。

「我們的聯絡人，」連恩立刻解釋，「我是說克魯斯參議員的聯絡人。我去搬那些貨物時，她要我準備某種辨識身分的方式。」

「你不是開車去？」我問：「難道是騎摩托車？」

他顯得猶豫，走離摩托車，回頭朝我微笑時，我看出他有些勉強。「有時候騎車去，看情況。我們也會在卡車的車門畫上圖案。」

我不確定到底哪個原因令我納悶，或許是他話中的怪異語調，或許是臉色蒼白的莉莎似乎想逃離此地，也可能是因為他急忙牽起我的手、帶我返回地道。無論好壞，連恩的表情向來與思緒同步，但看到他在地道陰影的遮蔽下刻意維持面無表情，我意識到一點：

他也有祕密。

＊　＊　＊

遠在翌日破曉之前，薇妲和查布已經出發。連恩、小雀和我都在地道出口目送他們倆離去。打從連恩的手錶鬧鈴吵得我們沒一個人能繼續睡下去，他們倆就不斷對彼此破口大罵。尼克和科爾在幾分鐘後出現，雖然兩人都帶著並非太過早起而造成的蒼白疲憊，但還是逼自己保持清醒。看到他們倆刻意避開我們的眼神，這令我緊繃。我問科爾怎麼回事，他只是回答：

「晚點再解釋。」

薇妲最後一次跟連恩和科爾確認地圖時，我把查布拉到一旁，朝大廳走一小段路。我看得出他逼自己故作鎮定，他向來倚靠腦力和邏輯，反而無法應付可能破壞思緒的激動情緒。我不認為他在替自己擔心，而是害怕這裡在他們離去後可能出什麼狀況。

「別做任何蠢事，」他開口：「保持安全，該接受治療的時候就該乖乖——」

「這應該是我給你的提醒吧？」我問。

「喂，沒時間閒聊抱抱啦，」薇妲呼喊：「咱們該出發了。」

查布朝他們伸出一指，示意等他一分鐘。薇妲不耐煩的悶哼一聲，朝他回以另一根指頭。

「我一點也不懷疑你們倆能搞定這趟差事，」我回答：「但你們要如何逼自己別掐死對方？」

「這個嘛，我跟她實力相當，」他就事論事。「她有蠻力，我有腦力。我們兩個要嘛一起回來，不然就都不回來，因為我們已經挖開彼此的咽喉。」

「別開這種玩笑。」我低語。

「我非開不可，否則我大概會哭出來。」查布突然拉長了臉。

「如果你不想去，就別去。」我連忙道：「現在還來得及。」

「我看未必吧？況且，我也得在這件事上幫忙。」他聳肩，擺出一點也不適合他的冷漠表情。他的嗓音聽來緊繃，彷彿咽喉有顆腫瘤。

「你和薇妲不會有事的，」我把雙手放在他肩上，逼他低頭回應我的視線。「一切都在你們的掌握中。你們倆都會謹慎而迅速的行動，而且完整歸來。」

查布轉身面向薇妲，這個世界上只有她能讓來回踱步看來彷彿野獸覓食。

「這個嘛，」他以受苦多年的表情糾正我，「希望我們頂多被大卸兩塊。」

查布跪在小雀面前跟她說話，再用力拍拍連恩的背，薇妲雖然嘴上抗議，但還是耐心等候。科爾解開門鎖，一陣冷空氣隨之竄入走廊，他站到一旁，讓查布走下階梯。

雖然我對他們充滿信心，我還是得逼自己別衝進地道攔住他們。我把一手貼於胸前，試圖壓抑驚慌，但是小雀沒有這種自制。她掙脫連恩的手，推開正打算關門的科爾。我們追上時，她已經抓住他們的背包，腳跟牢牢定於水泥地，以沉默又令人心碎的方式哭泣。我從沒見過她如此痛哭，她不斷搖頭，嘴脣吐出無聲哀求。查布驚慌得看著我們。

在許多方面，小雀是我們之中最堅強的人，就算被恐懼或哀傷擊倒也最快爬起。她為了壓抑情緒而建起層層高牆，但現在也擋不住這種絕望恐懼。這令我大受打擊，我也因為想哭而咽喉疼痛。

薇妲丟下背包，在她面前跪下。「嘿，丫頭，不准哭。我們不是說過了嗎？」

小雀把臉埋在查布的背包上。

「不管妳和那人發生過什麼事——開車送妳去加州那位，那是很——」她阻止自己，修改用字。「很糟糕的事，我也很遺憾，他不該有那種下場。但我和查理哥？我們會回來。我們沒有任何人會把妳一個人丟在這裡。我們會照顧家人，不是嗎？」

我沒意識到連恩還按著我的肩膀，直到他加強勁道，我發現他一臉蒼白。

這番話令小雀冷靜下來，至少足以讓她放開查布、轉身面向薇妲。

「妳可以相信我，雀。我不會讓妳失望，好嗎？」

她點頭，用袖子擦臉。薇妲伸出拳頭想擊拳，但是小雀更勝一籌，直接以細臂摟住對方的脖子。薇妲說些什麼，輕得讓我們聽不見，但是小雀後退時點點頭，臉上充滿決心，接著突然轉身擁抱查布，再回頭朝薇妲伸出一指，彷彿在說別吵架。

「我跟妳說過，」薇妲站起身。「我說到做到。」

連恩上前帶小雀返回走廊，避免讓她看到門在他們身後關閉上鎖。我看到她挺直身子，雙拳垂於兩側，抬頭挺胸——就像薇妲準備戰鬥的姿態。

「我們去吃些東西，好嗎？」連恩開口，回頭看我。「妳要來嗎？」

我搖頭。「我得洗澡而且處理幾件事，晚點再去找你。」

連恩揮手，帶小雀返回大廳，走向地下二樓的廚房。

「好吧，到底怎麼了？」我比科爾和尼克早一步開口：「昨晚發生什麼事？」

「讓妳親眼目睹比較快。」科爾從我身旁走過，沿連恩走過的路線前往階梯。我默默跟上，看著尼克垂頭看地，我感覺胃袋收縮。我越來越難假裝自己不在乎。

從他們昨晚搬回物資後，這是我第一次來到電腦室。這裡原本只有一臺筆記型電腦，現在多了五臺桌上型電腦，還有三臺銀色筆記型電腦在桌上排開，桌子依然靠牆擺放，讓電腦室中央的空間能用來開會。我注意到原本那臺筆電的旁邊多了一臺印表機和掃描器。跟平常一樣，尼克坐在最角落的位置。科爾推開一旁座位上印有複雜字碼的文件，邀我坐下。

尼克輸入某種密碼，畫面跳出一道視窗，裡頭有更多字碼。

「不知道為什麼，這並沒有讓我覺得『比較輕鬆』，」我說：「我們到底在看什麼？」

「這是我們的伺服器紀錄，」尼克說：「昨晚伺服器的反應有些延遲，所以我想查出原因，這裡——」他指向螢幕。「這表示有人把其中一份檔案透過傳輸網路傳給另一臺加密伺服器。」

「哪份檔案？」我問。

「瑟蒙德實驗的其中一份影像檔。」科爾回答。

「問題不只如此，」尼克把畫面往上捲。「伺服器的活動紀錄顯示出現幾處斷線時間，都是每隔兩天從午夜到凌晨四點之間。」

「不是因為太久沒人登入而休眠？」我問。

尼克搖頭。「電腦整晚都開著，為了把所有檔案傳到遠端後備伺服器，以防這裡的伺服器出問題，照理來說應該會出現尖峰活動——但妳看這裡。」

尖峰期確實存在，從晚上十一點開始，但在凌晨兩點突然停止，在四小時後又恢復傳輸，就在尼克或另一名綠印者會來這裡開始工作的時辰。

「真的沒辦法查出是誰做的？」我瞇眼看螢幕。

「是綠印者。」尼克說。

「**可能**是綠印者。」科爾說。

「不，」尼克堅稱，「一定是綠印者。有多少孩子真的知道如何消除伺服器活動？」

「好吧。」我回答。很不幸的，他說得很有道理。「但如果犯人大費周章的湮滅足跡，又怎會留下這種線索？」

尼克聳肩。「或許犯人正想那麼做的時候被打擾？或是太過匆忙而沒時間做得徹底？」

科爾接下來提出的疑問被我耳中的急促脈搏淹沒，我凝視螢幕，眨掉把畫面化為發光方塊的模糊感。

「……認為？」科爾觸摸我的肩膀，把我嚇一跳。

「抱歉，」我連忙道，避開他們的目光。「我累了。你剛說什麼？」

「我猜其中一臺電腦有些毛病，不然就是伺服器出問題。」科爾因擔憂而眼神柔和。

「奧卡姆剃刀法則，」尼克說：「做出最少假設，最簡單的答案通常就是正確答案。」

「我對剃刀啥的一無所知，但如果真的是哪個綠印者在搞鬼，他們會想向誰提供情報？」科爾問：「販賣情報恐怕只會害自己被抓去改造營，誰會這麼蠢？」

「或許是堪薩斯總部遠端存取這裡的檔案？」我問尼克。

他搖頭。「是這裡的人。」

該死。我和科爾對望一眼。

「我很希望這只是偶發事件，」他說：「但你繼續追查。如果再次發生，立刻讓我知道，行嗎？」

側窗傳來敲擊聲──是凱莉，一身黑衣，頭髮隨意挽成髻。「啊，」科爾說：「幾支隊伍即將前往蒙大拿州尋找當地部落。你們倆想辦法解決眼鏡型攝影機的問題吧？」

「等等，」我說：「他們今早就走？哪來的車子？」

「連恩昨天為了運貨而弄到的兩輛休旅車，」他站起時伸展身子。我跟他來到門口，聽他滔滔不絕的說明訓練項目以及為了明天訓練而必須從武器櫃拿出哪些東西，但我來到門外後，沒跟他進入大廳。

我回到電腦室，從眼角注意到白板。某人，大概是科爾，在板面寫下情報──座標、改造營人口、駐紮多少超能士兵，也就是聯盟掌握的所有情報。這些都是克蘭西那些情報的重點──上頭還寫著關於營地管制員的少許情報，彷彿突然想到而補上。

還有綠洲行動的大綱。我看到自己的名字寫在「心控掌管通訊的營地管制員」旁邊。

「妳不用待在這，」尼克說：「我自己能處理。」

「我知道。」我從板槽拿起筆，開始寫下關於瑟蒙德的其他情報，盡量讓行動步驟更為完整。

「那是妳想出來的策略，」尼克的嗓門壓過周遭機器的嗡嗡作響。「是吧？看起來像妳的構思。」

「這話什麼意思？」

「有點魯莽。是很高明，但不注重細節。」

「是嗎？」我冷淡回應，轉身面對他。

他依然背對我，肩膀緊繃得拱起。我對他一直很凶惡，是吧？尼克似乎不敢踏進我周遭五唄。想到自己對他這麼壞，我逼自己別皺眉。

「如果是你會怎麼做？」我的下巴撇向瑟蒙德一詞下方的空白處，盡量無視這個名詞朝我們倆做出的挑釁。

他瞪著我，經過整整六十秒的尷尬後，他才試探性的稍微靠近我。「我的意見不重要。」

「你說我沒注意到細節，」我催促。「這話是什麼意思？」

尼克垂頭看地，鞋子在瓷磚地板上磨蹭。我想到薇妲以前都叫綠印者「嘰咖」，因為他們似乎總是拖著腳走路，鞋底在地板嘰嘰作響。「綠洲行動本身沒問題，」他終於開口：「訂定的計畫很合理。那座改造營不大，所以頂多只有兩、三名管制員，妳能迅速分辨是誰負責在網路上更新營地狀況，但這種方法在瑟蒙德行不通。」

我看著他揉擰雙手，他還是不敢回視我。「瑟蒙德的管制塔有多少人？起碼二十幾個吧？那是……克蘭西那些資料中的估計。管制塔位於營地正中央，這表示任何試圖硬闖營地的入侵者必須突破以木屋組成的層層環線，攻進管制塔，制伏裡頭的超能士兵和管制員，但是管制員在那之前早已通知援軍。就算妳有辦法心控塔內所有人員，也無法扭轉局面。只要他們啟動白噪音，我們就全部玩完。發電機和備用發電機都在營地內部，而且我總覺得如果我們切斷當地電源，他們的系統就會自動向軍事網路發出警報。」

他花不到兩分鐘就把我的自信鑿成粉。「所以我們需要更龐大，而且行動更為迅速的隊伍，速戰速決。」我回答。

「連恩建議由家長攻進改造營，這個點子或許能成功，」他提議，「但取決於我們是否能鼓勵民眾發起暴動、闖入營地，而且超能士兵會不會對平民開火或以其他方式攔阻。」

「他有想出完整計畫？」我問。

「不算完整，我只是聽過幾個孩子問連恩有什麼看法。」尼克聳肩。「他的構想也不夠完美。」

「還有第三個辦法嗎？」我問。

尼克終於站起，以試探性的緩慢步伐來到我身旁。我把筆遞給他，但他沒拿。「妳真的想知道？」

「放馬過來。」

「我認為能阻止管制員存取營地電腦的唯一方法——甚至不是癱瘓電腦或關閉警報，而是讓他們無法登入，而且必須讓系統正常運作，讓外界根本不會發現當地發生狀況——是在他們的電腦安裝木馬程式，而且從遠端操控。如此一來，他們將陷入混亂，我們的戰術小隊也能喘口氣。」

「我們能不能把那種程式上傳到他們的伺服器？」聯盟提供過有限的科技訓練，我們知道電腦病毒如何運作，但我在這完全不是高手。

「不行，那種程式無法如病毒般自動安裝，必須由電腦操作者手動執行。」他說：「考慮到那裡的系統受到多少保護，我不認為有哪個管制員會粗心到隨便開啟來信附件。」

「所以必須由某人先行進入瑟蒙德安裝程式。」我說：「但那座營地已經好幾年沒接收新囚犯。」

「逃犯都會被送回原本待過的改造營，」尼克輕聲道：「我正在編輯木馬程式，科爾叫我開始這麼做……」

我以手勢要他閉嘴。「科爾已經同意？」

他點頭，兩眼瞪大。「他說他會跟妳商量這件事。我能在一星期內寫好程式，只要成功安裝，他們就無力扭轉。」

我感覺腦中徹底失血。

「不，」我驚恐道：「**我絕不去**——」

「是我，」尼克連忙解釋。「不是妳。我能把木馬程式裝在隨身碟裡帶進去，就像我們打算把攝影機帶進綠洲，裝在眼鏡鏡框裡。妳看到成品沒有？」尼克走到某處，拿起一副塑膠黑框眼鏡。

我得斜靠桌邊才能維持垂直狀態。「尼克——**不**。」

「已經裝好了——就在這裡，」他無視我的話語，指向鏡框兩側的銀色小螺絲。「這顆是攝影機，另一顆是讓兩處顯得對稱，好讓這東西看來跟一般眼鏡差不多。湯米說這副眼鏡沒問題，他就用這副。至於瑟蒙德嘛，或許我可以選用更粗的鏡框——把其中一塊耳勾換成小型隨身碟？不然就是埋在皮膚底下，但他們還是會執行脫衣搜身吧？手術傷口會太明顯。」

「尼克！」我打斷他的話。「聽我說！**不行**。我絕不讓你回去那裡！就算他們把你帶回營地，你怎麼可能有辦法進管制塔安裝？你在營地改建之前就離開那裡，他們不可能放任你到處亂跑，你在那裡的一舉一動都會被他們嚴密控管，加上管制塔是營地中戒備最森嚴的建築。」

他停頓，構思對策。「我必須觀察超能士兵的作息，找個機會溜進去。只要能安裝程式，就算被抓也沒關係。沒關係的……如果被抓，我就能去……凱特被抓後，我現在完全是孤單一人，而且這是讓我贖罪的方法，」他壓低嗓門。「讓我為裘德的事情贖罪。」

聽到這話，我立刻站直，轉身對準他。「把自己扔進危險……丟掉自己的命……裘德會怎麼說？凱特會怎麼說？這幾星期來，我對你確實很不友善，但是尼克，我向上帝發誓——拜託，我原諒你，真的，我明白發生什麼事，我也很抱歉我那樣對你。我太執著於自己的想法，對事情不夠客觀，但拜託你**聽我說**——」

「沒關係的。」尼克的嗓門沙啞。

「才不是沒關係！」一點也不。我那樣對他——我把一切都怪在他頭上，我對他滿懷恨意，因為我怕被自我痛恨癱瘓。我試著回想裘德在這種情況會如何反應，或是凱特，她以前老是得說服尼克放下對某種陰謀論的執念。

「我們無法改變在洛杉磯發生的事。我當時很氣——我氣他就這麼……走了，我卻沒能救他。我當時應該跟你談話，應該**幫助**你，或至少試著明白你做了什麼。是我辜負了每個人，但我把事情怪在你頭上，因為這麼做更輕鬆，讓我比較沒那麼痛苦。但事實是，我早就知道克蘭西有何能耐，我早該以其他方式確認他有沒有說實話。而且你知道嗎？就算我當時拒絕，裘德還是會想跟我一起走。」

「他是我最好的朋友。」尼克窒息道。

「我知道。但是……你對克蘭西的感情不一樣，不是嗎？」我低語：「當我們愛上某人，規則就不再適用。你對克蘭西就是那樣，不是嗎？那不同於你對裘德或我對查布的愛。」

在克蘭西的回憶中看到尼克的臉時，我就明白怎麼回事。痛苦表情和哽咽啜泣只是其中一部分，更重要的是尼克如何抱著他，以僅存的所有溫柔為他餵食、清理傷口。當我們看出自己心中的愛，我心想，就會看出別人心中的愛。

「你之前信任他，而他為了私人目的而扭曲你的話語，」我說：「我當時氣你氣得要命，因為你相信他，因為你給了他一切。但我親身體驗過，我知道人會為自己所愛而做出原本不可能做出的事。」

尼克以雙手掩面，呼吸顫抖。

「我不是故意破壞一切，」他低語：「我當時相信他，給他那些情報，他發誓是用來幫助我們，我以為……」

「你以為是用來保護我們，是不是？」我幫他說完。「我明白。你做的其實跟我會做的沒什麼不同。」

「我不知道為什麼——我知道那是錯的，那很糟，但他是好人。我認識他的時候，他很好，他幫過我，所以我推斷他會善待每個人。妳當時之所以會在那裡，純粹因為我預估錯誤，我沒考慮到他的所有行為跡象。」他的嗓門微弱，我得靠過去才能聽見。「他以前不是這樣，是他們破壞了他的人格。」

「我很抱歉，」我說：「之前沒聽你解釋，我那樣對待你，沒支持你。」

「我必須贖罪，」他的聲音沙啞，「我必須改變局面。我一直——我一直想著其他可能性。薇妲說如果妳當時不在那裡，我們就不會得到治療法，但我們現在還是沒得到，不是嗎？根本是白忙一場。」

我感覺被痛毆一拳。淚水湧入眼中，我試圖強忍。他心中的傷痛永無止盡，他的人生就是一連串的策略，而且我忽視他，懲罰他。薇妲在這方面沒試圖幫忙，凱特則是一走了之，他沒有任何人協助他走出來。我們把他丟進黑海，連件救生衣也不給。

「我們可以改變局面，」我抓住他的肩膀。「你已經做出許多努力，但還有更多事情需要你處理，我們會另外想辦法。」

「妳沒有任何合乎邏輯的理由相信我。」尼克說。

「我本來就不擅長聽取邏輯，你大概已經注意到我的個性。」

「這倒是，」他同意。「這不是妳的風格。裘德喜歡這點，他說妳知道什麼時候應該為了幫助人而違背規則。他說妳就像超級英雄，因為妳總是想做好事，就算勝算很低。」

「裘德的個性就是喜歡誇大。」希望他沒聽出我的嗓門有些哽咽。

尼克點頭，黑髮垂於面前。他看來彷彿生病，身心靈無一倖免，應該呈金棕色的皮膚極為蒼白，彷彿靈魂已經脫竅而出。「裘德從沒做出邏輯決定，但他有嘗試。」

他試過。他努力嘗試，在所有事情上，對每個人。

「露碧，未來是什麼模樣？」尼克問：「我無法想像。我一直嘗試，但就是做不到。裘德說未來就像暴雨過後的寬闊大路。」

我轉身面對白板，凝視「瑟蒙德」這三個字，試圖奪走它們的力量，把它們不再象徵某個地點和名稱，而是三個普通字體。有些回憶能困住我們，逼我們重溫無數細節。潮溼涼爽的春風，穿梭於雪花和細雨之間。通電柵欄的低鳴。我們每天早上走出木屋時，莎曼總是輕嘆一聲。我記得如何走去工廠，就像我們永遠不會忘記某道傷疤的由來。黑泥總是灑上我的鞋，暫時遮蔽鞋面數字──３２８５，無名無姓。

我學會仰望柵欄頂端的鐵絲網上方，否則我會忘記這片生鏽的金屬獸欄之外還有另一個世界。

「我看到彩色的未來，」我說：「一片深藍，褪為層層金紅──彷彿地平線上的火球，烈日餘暉。看到那片天空，會讓你猜想太陽到底打算升起還是落下。」

尼克搖頭。「我比較喜歡裘德的版本。」

「我也是，」我輕聲道：「我也是。」

第十四章

我留尼克在電腦室繼續忙碌，自己回到樓上，難掩心中怒火，就算克魯斯參議員和科爾正在辦公室裡低聲討論重要事情，我還是氣沖沖推門而入。

克魯斯參議員嚇得跳起，一手摀住胸口，科爾只是靠向椅背。

「看來他跟妳說了。」科爾的口氣平淡。

「沒錯，他跟我說了！」我咆哮：「你怎麼可以——」

「把門關上——**露碧**！」科爾一巴掌拍在桌上，打斷我還沒真正開始的怒罵。他的口氣隨即變得柔和而難過，這令我愣住。「把門關上。」

我把門踹上，雙臂交叉在胸前。

「送那孩子去瑟蒙德等於判他**死刑**，」我告訴他。「就算他真的能忍受那裡的環境，誰知道他會不會被送去樂達公司的實驗室？」

「我偷出隨身碟之後沒多久，他待過的那項研究計畫就被終止。」科爾說。

「難道沒有其他人選？」我說。

「妳不介意把湯米和派特送進綠洲。」克魯斯參議員提醒我。看來她也知道科爾的決定。

「我並不是**不介意**，而是**不喜歡**，但他們倆只是進去探聽情報，兩天內就會被我們救出來，但是尼克的情況不同，他安裝程式之後一定會被發現，就算因為某種奇蹟而沒被當場逮捕，也不可能在安裝完畢後逃出管制塔。」

「那妳建議派誰去？」科爾問：「真的，我洗耳恭聽。」

我想起小雀在薇妲和查布即將離去時面無血色。如果尼克說得沒錯，如果這是唯一的辦法，那麼……我深吸一口氣，雙手握拳。看來必須是我？尼克現在太脆弱，他如果被送回去一定會徹底崩潰。但我能──如果這能幫助我愛的人，幫助到時襲擊營地的所有孩子──那我願意接受事實，這就是我在這項行動中應該扮演的角色。

他們會殺了我，我心想。克蘭西已經讓我確認其他橘印者的下場。*我必須再說服他們一次──讓他們以為我是綠印者*。我甩甩頭，試圖清理思緒。最後手段。除非我們別無選擇，否則別用這個辦法。

「我認為我們需要考慮連恩的提議，」我說：「或許我們應該用更迂迴的辦法，例如透過媒體，還有讓家長發起行動。如果我們揭發格雷的真面目，打破民眾對他僅存的一絲信任，就能推翻他的政權。如此一來，國際社會就不能繼續忽視格雷濫權瀆職的證據，而會採取──」

「甜心，他們這麼多年來一直都在忽視證據，」克魯斯參議員開口：「他們試圖以空投的方式把物資送進我們的國土，卻帶來反效果，格雷威脅他們的飛機如果再進入我們的領空就會被擊落。我已經想過不知道多少辦法。」

「我們只是需要讓他們看到有用的證據，」我說：「例如莉莉安．格雷對治療法的說詞，以及她對青春退化症起因的了解，讓他們知道他們就算進入我們國內也不會染病，如此一來他們就能來幫忙推翻格雷。聯合國以前不是常常派出『維持和平部隊』？」

「我們已經約好，用綠洲行動換取物資，」克魯斯參議員尖銳道，轉頭看科爾。「你打算反悔？」

「不，我向妳保證，我們無此打算。」他伸出雙手以示安撫。「執行這種行動前感到害怕，這也是正常反應。能不能讓我私下跟露碧談幾分鐘？」

克魯斯參議員僵硬的站起，朝我投以不悅眼神，離開辦公室後把門牢牢關上。

「說吧，寶石妹，」科爾說：「說出妳那顆腦袋裡的想法。」

「我們應該繼續進行綠洲行動，但是瑟蒙德行動應該重新考慮。尼克撐不住那種壓力，我們也無法確認他會不會被送回瑟蒙德。我們不需要搞聯盟那一套，不是每次行動都得全面進攻。」

科爾發出不帶笑意的笑聲，靠向椅背。「妳知不知道為什麼『全面進攻』成了聯盟的風格？原本並非如此。艾爾班花了好幾年的時間試圖揭發格雷和改造營的真相，他試過宣傳，試圖操控民眾的情緒，但送進他們眼中的訊息並沒有發揮作用。民眾並不是不在乎，而是他們早就被格雷洗腦，因為格雷天天嚷著孩子們只要離開改造營就會死。如果要讓連恩的提議發揮作用，重點就不是如何讓家長在營地門口抗議，而是讓他們願意起身反抗。而且如果妳以為超能士兵不會對平民開火，那妳就錯了，露碧，大錯特錯。」

「但以前沒發生過類似的情況，」我說：「你無法斷言會有什麼後果。」

科爾拉出辦公桌的底層抽屜，拿出某些東西後再關上，抽屜發出金屬的碰撞摩擦聲。他站起身，把一張張紙整齊排在桌上，讓我看到紙面照片中的殘酷內容。

孩子們穿著以顏色分類、布料單薄的營地制服，背後以黑色字體寫著超能者識別號碼。有些孩子睜著眼，但大多都閉著眼。有些渾身是血，臉龐腫脹。有些看來彷彿睡著。

他們只有一個共同點：都站在一條空蕩的長壕溝前方。

「你從哪裡弄到的？」我低語。

「強訊社在幾天前發表，」科爾說：「我應該不用向妳說明這些照片並不是造假，無論格雷的嘍囉多麼想往這方面抹黑。」

我搖頭，感覺自己嚇得幾乎脫一層皮。要不是因為這裡太狹窄，我會往後退，而且我感覺四牆壓迫傾倒，不斷垮下。

我必須離開這裡。我的掌心滿是汗水，溼滑得無法開門。科爾揪住我的胳臂，逼我站在桌前，逼我低頭看照片，**看著**他們，看到他們一身血汙，削瘦如骨，眼神茫然。

「我們要對付的敵人是虐待孩子的士兵，」他說：「**這**才是現實。只要有誰妨礙他們執行命令，就會被他們格殺勿論，他們不會猶豫，而照片上這些孩子因為我們猶豫而付出代價，這就是為什麼我們必須戰鬥，打贏革命之戰的代價是鮮血而非空談。這已經是幾天前的照片，民眾有沒有因此憤怒得決定起身反抗？沒有，露碧，連**這種**照片也不夠，民眾都以為這些是捏造出來的假證據。」

「放開我！」我試圖掙脫他的手，感覺地板在腳下起伏。那張臉，我認得那張臉……那個綠衣女孩——

「不會有誰為我們而戰，露碧——**我們自己**必須戰鬥，我們必須結束這種局面，以暴制暴。我們在這裡鬼打牆爭論不休的每一秒都該用來拯救孩子脫離那種局面。妳認為是什麼原因造成照片上的事件？這些孩子是被活活打死，因為他們試圖逃跑？因為打架？還是因為某個超能士兵發脾氣？原因**重要嗎**？」

老天，我作嘔欲吐。我把拳頭壓在眼睛上，試圖想起自己平時如何呼吸。「這些照片來自瑟蒙德——這就是**瑟蒙德**。那女孩——綠衣女孩——」

科爾更用力抓住我，我勉強知道我是因為他而維持站立。

「我認得她。她的名字是……是……艾希莉，年紀比我大，跟我同一間……」

「同一間木屋？」科爾幫我說完。「妳確定？或許妳該再看一次。」

我照做，但這沒有改變事實。我跟那些女孩一起生活了好幾年，跟我自己的臉龐相比，我更熟悉她們的面貌。艾希莉在我踏進瑟蒙德之前已經在那裡待了一年，平時像個大姊姊一樣照顧我們，她人很好，她……

死了。

「好吧，」科爾輕聲道：「我很遺憾。我相信妳，我真的很抱歉，早知道妳認識她，我就不會讓妳看這些照片。把這些照片賣給強訊社的那名線人沒說明這件事發生在哪座改造營。」

看在耶穌的份上——那條壕溝。這項發現宛如晴天霹靂。孩子們被埋在壕溝？那就是他們的下場？經歷那麼多苦難——**到頭來被埋在壕溝**？

太遲了。

這就是瑟蒙德，這就是**現實**。我們的動作不夠快，我沒及時救他們。一口膽汁湧上喉頭，我掙脫科爾，屈膝跪下。剛把臉埋進垃圾桶，我就把胃中殘渣吐得一乾二淨。

我回過神後，發覺科爾以一手把我的頭髮往後拉，以另一手來回撫摸我的肩胛骨。我把雙臂撐在塑膠桶上，忍不住掉淚。

「線人有沒有說明那是怎麼發生的？」我用他遞來的面紙擦嘴。我感覺頭暈目眩，彷彿即將昏厥，我拚命抵抗。

「強訊社發表了聲明，解釋駐紮在那裡的一名超能士兵偷偷帶手機進入改造營，拍下這些照片。露碧……我認為——我不願往這方面想，但這起事件和關閉改造營的預定日期實在太接近。那裡有超過三千名孩童，而其他營地本來就又小又擠，或許他們想在轉移孩童之前減少人數？」

「這不是他們第一次殺小孩，」我說：「以前試圖逃亡的那些孩子……橘印者，還有不想被控制的紅印者。這種事有一必有二，重複不斷。我們坐在這裡枯等有用情報時，他們在**等死**。現在的重點不再是證據，起碼針對瑟蒙德來說。我們必須**現在**就救出那些孩子。」我清楚看到未來，那不是天空，根本不是什麼美麗景色，而是在金屬鐵絲網和柵欄上頭嗡嗡流過的高壓電，是泥濘、雨水和上千個黑暗時日。

想必科爾從我的表情察覺到怎麼回事，因為他終於後退放開我。

「為了襲擊瑟蒙德，我們需要真正的戰士，」我說：「由受過專業訓練的士兵帶頭攻進去。」

「同意，」科爾轉開視線。「哈利……哈利願意幫忙。我原本沒打算答應，我實在不想欠他任何人情，但現在時間緊迫。尼克說得沒錯，癱瘓營地防禦的唯一辦法就是從內部滲透。我會試著賄賂當地某個超能士兵，一定有誰認識那裡的**某人**——」

「不，」我的口氣沉穩。「必須由我去，我必須回去那座營地。接受賄賂的超能士兵隨時可以反悔、向管制員說明我們的企圖。既然要從內部癱瘓，就必須由我親自執行。」

「其他人絕不會答應。」科爾輕聲道，但沒否決，他不想阻止我。

「我知道，」我說：「所以除非必要，否則我們不能說出來。」

＊　＊　＊

接下來的一星期，農莊的樣貌似乎改變。雖然連恩去找奧莉薇雅兩次都空手而歸，但是前去尋找部落的凱莉和另一名司機凱旋歸來。就算因為浪費時間和汽油而感到沮喪，連恩也沒表現出來——我不禁懷疑他其實就是利用這種機會騎著可愛芮塔迎向太陽，等日落時再結束兜風、返回基地。

新兵們鬥志激昂，由凱莉帶回的五名藍印者——伊莎貝爾、瑪麗雅、亞當、柯林和蓋文——都在東河警備隊待過，對武器應該不陌生。問題是，這支部落在猶他州那片荒野生存數月之久，彷彿熬過隕石墜落造成的世界末日，成員們只聽蓋文的命令，而他不喜歡被任何人指使，尤其是科爾這種「腦殘成年人」。蓋文抱怨寢室太擠、伙食無味、洗髮精太臭——彷彿他是專門評論香水的鑑賞大師。蓋文身形肥胖，氣色紅潤，凶神惡煞的模樣似乎十分好戰，但前提是我們必須求他動手。

某天晚餐時，科爾揪住他的胳臂，把他拖進靶場，把門在身後鎖上，一道模糊槍聲在五分鐘後傳出，蓋文接著走出靶場，渾身散發團隊精神，科爾看起來也不像之前那般想放火燒蓋文的頭髮，「王八蛋蓋文」的傳奇就此結束。

另一支部落是一群綠印者，這幾天都在既有綠印者們似乎日夜不離的電腦旁打轉，後者八成擔心電腦裡的設定被新人亂碰。其中一名女孩米菈自願要求加入戰術小隊，我也因此必須每天早上教她如何看懂每一項手勢，好跟上我的命令。

米菈他們到來的兩天後，第三支隊伍出現，是他們找到我們，我們也認得對方。

尼克注意到其中三名青少年在「笑嘻嘻酒吧」周圍觀察，顯然被我們漆在酒吧破門上的弦月圖案吸引，凱莉和連恩幾乎是用跑的去地道暗門迎接他們。在監視器上看到他們的互動，看到連恩用力拍拍一名黑髮凌亂、膚色古銅的少年時，我才認出那人。

「你們認識？」科爾走出辦公室時問。那五人談笑風生的走過地道，為了詢問事情而打斷彼此的話語。

「還記得邁克吧？」連恩指向戴著芝加哥小熊隊棒球帽的少年。那人比我印象中更瘦——大概因為旅途壓力而瘦了十磅——但我從他投來的警覺眼神認出對方。他僵硬的朝我點個頭，接著轉身接受露西的熊抱。

看到這一幕，科爾輕輕吹聲口哨。「看來他不是妳的粉絲。」

「我也不是他的粉絲。」我向他保證。邁克原本就不喜歡我也不信任我，而且對克蘭西的一舉一動總是提高警覺。

「那兩位是歐利和岡薩，兄弟檔。」連恩指向站在一旁的兩名少年。其中一位——大概是岡薩——把手放在以玻璃片、棍棒和布料組成的自製匕首上。「我以前跟他們是警備隊的夥伴。你們餓不餓？晚餐應該快好了……」

他帶那些人離開前，我拉住他的胳臂。「別讓他們知道克蘭西在這裡。」

「我已經說了，」他壓低嗓門。「只要克蘭西被牢牢關著，他們不會在乎。」

「如果他們試圖去找他——」

「不會的，」連恩抽手。「他們不是為他而來。」

我想問他這話到底什麼意思，但他已經小跑追上他們。在大廳中無所事事的小雀來到我身旁，抬頭以眼神提問。

「我晚點再告訴妳。」我向她保證，因為我們沒有時間。我沒時間去想連恩，更別說天天跑去他最愛待的車庫找他。

綠印者們終於成功把攝影機塞進眼鏡的那天早上，離三月一日還有兩週半，凱莉開車送湯米和派特離開加州。他們沿市區和產業道路蜿蜒而行，抵達內華達州的埃爾科鎮，那裡離綠洲最近，在沙漠豔陽下生活的當地居民不算少。接下來的幾天，那兩個男生在小鎮邊緣流浪，故意引起一絲注意，讓某個貪求獎金之人通報他們的行蹤。逮捕他們的超能士兵原本打算把他們送去懷俄明州的改造營，但在最後一刻改變心意，這也讓我們鬆一口氣。

他們眼鏡裡的攝影機捕捉所有畫面。我們在螢幕上身歷其境的目睹他們倆坐車穿越沙漠，被送進綠洲改造營，走過布滿一道道房門的走廊，進入寢室，被超能士兵稍微毆打以示警告，湯米被打得眼鏡掉落。我們計算他們的用餐時間、熄燈時間、輪班時間，交叉比對我們從超能士兵網路取得的人事資料以及我們目睹的臉孔。

一天內，我們已經摸清楚整座營地。改造營本身是一座雙層建築，以高聳的通電柵欄和帆布遮雨棚圍繞，為了阻擋陽光，也為了避免外人從上方窺視內部中庭。

我們知道物資是在每週五的凌晨四點半送達，吵雜的引擎聲以及輪胎咀嚼碎石和沙土的聲響宣布車輛的到來。

「攝影機的電池很快就會耗盡。」尼克警告。

「所有畫面都已經下載儲存？」站在他身後的連恩問道，一旁是顯得十分讚賞的克魯斯參議員。

尼克在椅子上轉身。「沒錯。為什麼這麼問？」

連恩瞥向地板。「我們在安排計畫和時機時，可能需要拿來參考。」

「那麼，接下來沒其他事情要忙，」科爾說：「只剩訓練，還有等候。」

四天的等候，基礎防身術訓練，還有提醒孩子們確保武器的保險栓撥到安全位置，直到開槍前的瞬間，而且在必須扣扳機時做好準備，在那之前則盡量以自身超能力戰鬥。

此刻是訓練的第三天。第一天很簡單——這個團隊裡的孩子，至少待過東河的那些孩子，大多知道如何在公路上對付大卡車，他們為了掠奪物資和食物而多次這麼做過。訣竅就在於，我必須不斷提醒他們不能在這種過程中破壞卡車。

我調整戰術頭盔的繫帶，不斷拉緊，直到帶子咬進下巴底下的柔軟皮肉。我蹲下身子，吸進清新涼爽的二月空氣，我感覺這似乎是我在裡頭待了一個月後第一次出門，雖然我們也只能在車庫卸貨區的外頭走動。

我們幾乎花了半天的時間清出車庫內部，暫時把車輛、連恩的摩托車以及大型家具和木箱移到外頭。我看到他回頭窺視，彷彿確認那些東西還在建築另一側。我很難分辨他今天的心情，似乎每一秒都在變。

我身後的孩子們身穿雜亂的黑色工作服，每一件都是連恩他們在四處蒐集物資時取得，因為造型和超能士兵所穿的制服相似而被挑中，而關鍵配件就是他們手中的突擊步槍。這三天來，每個人天天都在臨時搭建的靶場練習數小時，子彈的急速射擊聲比我預料的更令我壯膽。綁起黑色軍靴的鞋帶，調整槍套和戰術腰帶，讓我覺得自己返回一個我在離開聯盟時拋棄的蛋殼，殼內合身舒適——起碼令我覺得鎮定，我感覺兩腳被這場戰役的沉重必要性牢牢定在地上。

為了在調整步槍肩帶時穩住身子，連恩把一手放在我的肩上。現在是我今天第十次覺得胸腔緊繃，我以雙手抓緊步槍。我以前居然認為他如果待在兒童聯盟將被徹底毀壞，他現在卻是被我拖進這場駁火之戰。

「**開始！**」

我們以迫不及待的姿態衝進車庫入口，我感覺腎上腺素舔過心臟，我在腦中計算時間。我身前的兩名藍印者，喬許和莎菈，把步槍瞄具湊在眼前，踏進我們以棧板組成的走廊，模擬我們在湯米他們的攝影機中看到的一樓大廳。他們的手朝小雀和緋奈一揮——這兩人扮演在大廳兩側站崗的超能士兵——她們倆做出誇張的動作，表示自己被超能力拋甩。我身後的連恩居然笑出聲，這令我緊繃得咬牙。

「停！」在一道梯子上觀望的科爾呼喊：「那兩個女生！妳們必須更認真對待這場訓練，否則就會被換掉。現在不是胡鬧的時候，尤其因為這可能讓小隊抓不到行動時機，明白沒有？」

小雀和緋奈在他的厲聲斥責下畏縮，但點點頭。

「從頭開始，」科爾說：「大家回到原位——但這一次，連恩，你跟薩克交換位置——沒錯，換你在露碧後面。露西，出來——還有妳，米菈。抱歉，兩位女士，妳們不適合這項行動，我要讓岡薩和歐利代打。」

連恩開口想抗議，但還是阻止自己。我朝他簡短點頭，讓他知道我不介意。過去兩天裡，科爾不斷調整人員組合，試圖達成最佳默契。我們持續進步，但是過程十分痛苦，我感覺每一天彷彿轉眼就過。

我只希望薇妲就在我身旁。我每天都去尼克那裡查看那兩人有沒有傳來最新消息，但他們最近一次聯絡只有讓我們知道他們安全抵達堪薩斯。

「**開始！**」舞蹈再次跳起。

我們以兩人一組的方式依序進入車庫——我左方的蓋文呻吟一聲，以單膝跪下，掩護喬許和莎菈，讓這兩人假裝用塑膠繩綑綁小雀和緋奈的手腳。

「別忘了，」科爾把雙手湊在嘴前吶喊：「重點是盡量迅速無聲。除非有生命危險，否則別開槍。讓超能士兵安靜倒下，他們才不會警告營地管制員！」

我和薩克衝向前，在他的掩護下，我鑽進以兩塊棧板組成的控制室。我朝露西伸出一手，她扮演負責營地維安的管制員。她後退一大步，瞪大眼睛，似乎打從內心害怕被我心控，這讓我的胃袋緊縮。

薩克也做出制伏另一名管制員的過程。接著，我們來到其他夥伴的後方，他們負責襲擊大廳的另一側。我們接著做出上樓的動作，連恩低聲咕噥幾字，害邁克、岡薩、歐利和莎菈發出爆笑。

「停！」科爾呼喊：「連恩，你出來。還有你，邁克。」

連恩猛然轉身，一臉難以置信。「你說什麼？」

「你，」科爾緩緩重複，彷彿連恩的耳朵有問題。「**出來**。」

「為什麼？」連恩轉身看我，以雙手做個手勢，要我幫他說話，但我不打算這麼做。科爾的話剛說出口，我立刻感到安心。連恩的表情突然變得黯淡，他搖搖頭，再轉身面向兄長。

「**為什麼**？我辦好你交代的一切——而且我和邁克都有打劫卡車的經驗，所以到底**為什麼**？」

周遭的孩子們不安得扭捏轉頭，氣氛立刻從尷尬轉為難受。

「因為，」科爾從梯子跳下，「我認為十二人太多了——你們差點絆倒彼此，我們在進出時需要更敏捷安靜。如果你把這個決定當成私人恩怨，那你是個傻子。」

「聽你在放屁，」連恩雙手扠腰。「你只是不想讓我參加。」

「你的態度也沒讓你加分，小老弟。」他伸出一手。「交出頭盔和槍，一旁納涼去。邁克，我需要你扮演超能士兵——右手邊第三道門，沒錯，就是那裡——」

連恩扯下肩帶，把槍塞向兄長的胸膛，再解開頭盔，丟到地上，接著轉身走向車庫的地道暗門，氣得渾身僵硬。

我朝科爾伸出一指，沒等他否決就追上連恩。他進入地道至少十呎後，我才看到他的身影，喊道：「**喂！**」

他停步，但沒轉身。我拿下頭盔，慢慢走近，認出他頸後的紅潮，還有他雙手握拳的模樣——前臂浮現青筋，顯然握得很用力。

「連恩，」我輕聲道：「看著我。」

「怎麼？」他抓抓身上的工作服。「我還得交出衣服？」

「我要你冷靜下來，」我說：「我很抱歉——但你知道這麼做是必要的。」

「怎麼做？」他問：「妳默默站在那裡看著我像個小鬼一樣被叫去罰站？」

我不耐煩的呻吟一聲。「我們必須聽他的命令。這裡必須有某種秩序——結構，否則一切都會瓦解。」

連恩瞪著我，難以置信的神情轉為冷笑。「我懂了，」他繼續前進時開口：「相信我，露碧，我懂。」

我們在六小時後返回農莊時，他早已離去。小雀正在寢室等我，手裡緊握一張紙條。看著我閱讀內容時，她的眼神令我心痛。

我去找莉薇。祝我好運。

我不感到難過，而是氣得要死。

「他沒準備任何後援就走了——**又一次**，」我把工作服從頭上脫下，踢到一旁。小雀已經換上睡覺用的大號T恤和四角褲。「是不是？」

她點頭，然後拿起筆記簿，上頭寫著發生什麼事？她翻到下一頁。你們兩個為什麼像笨蛋一樣吵架？

「查布叫妳寫下來備用？」

小雀翻回上一頁，在第一項疑問底下畫線兩次。發生什麼事？

「只是有點口角，」我向她擔保，心中已經開始被這個小謊啃咬。我穿上破舊的T恤和運動服，跟她一起坐在我的床上。「看來今晚只有我和妳。」

我仰躺下去，她也照做。我很感激她提供的暖意和陪伴，她似乎就是能讓苦悶氣氛變得甜美。之後的演習過程中，我的心情爛得彷彿自己的墳墓被誰踐踏，我現在還是甩不掉那種感覺。

她拿起筆，在筆記簿寫下妳還好嗎？

「現在確實不好。」我坦承。

妳總是進入妳的爛心情區，她補充說明。我也有一個，如果我在裡頭待太久就會走不出來。

我改變姿勢，以便用一手摟住她的雙肩，把她抱得更緊。

妳不需要一個人進去。她停頓，彷彿在整理思緒。還記不記得，我在離開東河之前說我必須跟妳說一件事，但不知道該怎麼說出來？

「記得。」回想那一天，感覺就像拿鐵釘耙過心臟。

其實我不是不知道該怎麼說——而是想說得更好，說得更美，應該吧。但是連恩跟我說那不重要，有時候越簡單越好。她翻到下一頁，迅速動筆，筆尖劃過紙頁的聲響意外的令我安心。不管妳做什麼，都不會改變我們對妳的感覺。我以身為妳的朋友為傲。

我凝視她，吞下喉中的結。「謝謝妳。我對妳也一樣，我這輩子最幸運的一天就是遇見妳的那天，因為妳看到我有多害怕——」

不是因為妳很害怕，小雀寫下，接著迅速補充，或許這是其中一個原因。但是妳知不知道我們為什麼確定妳值得信賴？

我搖頭，對她的觀察力感到好奇。

那些人在追妳找妳，越來越靠近我們的時候，妳打算跑出去，不再躲在貝蒂後面，是因為妳不想讓他們也發現我，是吧？

「沒錯。」

她兩手一攤，彷彿表示這就是囉。她又拿起筆。那就表示妳永遠不會故意讓我們遇上危險，表示妳是好人。

「這個定論下得太快了吧，」我說：「那可能只是表示我驚慌得腦子一片空白。」

小雀微微聳肩。寧可冒險救人，也不要後悔當時沒出手。連恩說的。

「很有他的風格。」我的口氣平淡。就是因為這個原因，我和查布必須謹慎面對我們遇到的每個超能孩童。

妳和連恩是因為記憶的事情吵架？

啊。看來他或另外某人有向她說明。

「不算是。」話說回來，那到底算是什麼？我們對彼此不友善，也沒表現出對彼此該有的感情。「很複雜。我對他做了那種事情後，一切就變得很複雜。我也完全接受責任，但是……」

跟平常一樣，小雀抓住問題癥結。妳認為他不會原諒妳？

猶豫片刻後，我的手繞過她，從梳妝檯抽屜拿出海灘男孩的CD盒。因為被我重複打開又摺起，紙條開始從中間裂開。我不知道為什麼每晚都得逼自己複習紙條裡的內容。

小雀看完紙條，黑眉之間皺起。她顯然認出他的字跡，但她抬頭時，我看到的表情是納悶而非明白。

「什麼？」

她寫下這證明什麼？

「他覺得自己必須寫下這份提醒，顯然表示他認為我還會這麼做——我的意思是奪走他的記憶、把他攆走。」

小雀平靜的摺起紙條，伸手一拍我的鼻尖，露出「妳是認真的嗎？」的招牌眼神。

看我還是大惑不解，她又抓起紙筆。或者——他寫這張紙條是因為他擔心有誰逼妳這麼做，例如他哥。他寫了他想留下，這表示他想留下，跟妳在一起，跟我們在一起，就算他知道自己被妳消除記憶。妳有問過他這張紙條的事嗎？他知道妳拿走了嗎？她朝我投來非常不一樣的眼神。妳不應該拿走不屬於妳的東西。

「我還沒跟他說這件事。」我承認。

妳沒看到這句？她指向那句責備。

我搖頭，用力吞口水。「我有看到。」

小雀打量我片刻，黑眸穿透我的外層，因看穿我的想法而眼神發光。妳覺得妳不配？

「我認為他……我認為他值得擁有比我最好的一面更好的東西。」這是我第一次開口承認，這麼做似乎只是讓實話變得更沉重，我感覺作嘔暈眩。他值得擁有比我更好的女孩。

她看起來似乎又想踹我又想抱我，但還是選擇後者。太遲了，我已經意識到這會如何影響她——我是她眼中的堅石，卻如此瓦解崩塌，本身就夠驚慌又害怕的她又該如何反應？

等他回來之後，妳必須好好跟他談談，好嗎？

「好。」我回答，沒像她這樣確定他會想跟我談。

如果妳又跑去爛心情區，她寫下，告訴我們其中一人，好讓我們幫助妳走出來。

「我不想造成負擔。」我低語。我只想保護妳。

只要我們願意扛起，就不是負擔。做出最後結論後，她隨即準備睡去，我也側躺照做。

想必我在某刻睡著，因為我開始作夢，走在總部的溼黑走廊中，走向艾爾班的擁擠辦公室，眼睛盯著上頭的裸露燈泡。接著，我來到不同的走廊，腳下是冰涼瓷磚，一雙小手緊抓我的衣服。

我連忙後退，腦袋迅速擺脫朦朧睡意，退離眼神驚悚的小雀。跟平常一樣，地下一樓的燈光已在午夜關閉，她站在陰影中，跟黑暗形成鮮明對比，臉上的擔憂取代困惑。她試探性的走向我，眉頭緊皺，伸向我壓在心口上的手，試圖幫忙穩住。

「抱歉，」我告訴她，「抱歉——夢遊——壓力——這是——」我無法讓舌頭說出正確的話語，但她似乎明白。小雀牢牢牽住我，帶我回房間，沒讓我蹣跚一步。我感覺腦袋輕得彷彿即將飄離，我爬回床上時，膝蓋笨拙的敲到金屬床架。我最後記得的一幕是小雀不斷撫摸我的頭髮，直到顱內疼痛減輕，讓我能再次正常呼吸。

在第二天早上的凌晨時分，我和戰術小隊出發前往內華達州的寬廣沙漠。

第十五章

我平趴在溝渠中，無視下背肌肉隱隱作痛。沙漠不該這麼冷，但現在既沒有陽光，此處也沒有茂枝密葉，沒有任何東西能保存白晝留下的熱氣。無名群山懸於我們後方，幾乎與黑夜融為一體。隨著時間經過，我不斷回頭，看著鋸齒狀的山坡持續轉亮，化為瘀青般的色澤。除了扎人的枯黃灌木叢之外，這裡沒什麼景色。

「那是啥？」我聽到蓋文發問：「是響尾蛇嗎？我聽見沙沙聲。」

「是我拿水壺喝水，你這白痴。」岡薩開口：「看在耶穌的分上，老兄，你沒把膽量留在加州吧？」

我以噓聲要他們閉嘴，一名女孩抱怨想小便時，我再次以噓聲警告。

「我在路上早就跟妳說過別喝那麼多水，」莎菈告訴她。「妳總是不聽話。」

「真對不起哦，我的膀胱就是沒樹懶那麼厲害。」

「是**駱駝**。」莎菈糾正。

「樹懶啦，」那女孩說：「我在書上看過，樹懶一星期只尿一次。」

我的兩眼朝天翻去，求上蒼賜予力量，我猜薇妲被這些孩子包圍時八成就是這種感受。

「**狀況？**」科爾的嗓門在我耳中響起。

「跟一小時前一樣，」我壓下耳機。「目前仍無變化，完畢。」

露西和邁克分別駕駛兩輛休旅車，讓我們在八十號州際公路的這段荒野路旁下車，隨即把車開回洛迪市。在這之前，我和科爾已經在地圖上決定哪個地點跟改造營之間的距離最合適，以免有誰注意到兩輛休旅車在路邊暫停。但是這裡的唯一掩護是乾裂柏油路旁的防洪溝渠。我們耐心等候，為了貼合渠中而彎曲身子。

十分鐘後，我聽見從遠方傳來的微弱引擎聲。其他人開始扭動身子，試圖從渠口觀察聲源，他們的反應讓我確認那陣引擎聲並非出自我的想像。幾秒後，兩道針孔般的光斑射來——車燈持續擴大，劃過黑暗。

我低頭瞥向渠內——沒錯，某人以手電筒傳來三道閃光。歐利負責觀察卡車上的標誌，目標已確認。

薩克拍拍我的背，興奮得咧嘴笑，這道笑容如電流般灌入我體內，我起身時也朝他回以微笑。

我走進路中央，看著那輛聯結車迅速衝來，我的雙手微微顫抖。車燈令我無法視物的瞬間，我伸出雙手——雖然我無法清楚辨識擋風玻璃後方的司機，但看到他試圖按喇叭。我讓心靈中的隱形之手盲目伸出，摸索對方的心靈，不斷伸展——直到連結。

卡車在我三呎前完全停下。

我的左方出現一陣騷動，倉促成軍的戰術小隊衝出溝渠，來到卡車後方，打開貨櫃跳入。我按下耳機，同時跑到副駕駛座的門外。「取得車輛，完畢。」

「幹得好，進行第二階段。」

司機僵在原位，等候我的指示。我在他的記憶中搜索，挑出他在上星期送貨去營地的回憶，放入他的意識，再吐出兩個字：「開車。」

我盡量壓低身子，以黑色滑雪面罩遮臉。我三不五時把頭探出儀表板，確保行進方向正確。司機原本正在聆聽某種饒舌樂，節奏憤怒又激烈得令我緊繃，因此我低頭關掉，剛好錯過那棟被烈日晒白的灰色雙層建築連同十呎柵欄出現的瞬間。

「目的地出現，」我說：「後座的大夥還舒服嗎？」

「好得很，」薩克答覆：「預定抵達時間？」

「兩分鐘。」

車子轉向，駛離公路，進入一條泥土路時，我再深吸一口氣。在入口處站崗的兩名超能士兵拉開大門，而一臉鬍鬚、身穿排扣襯衫的肥胖司機面無表情的掉轉車頭，以倒退的方式開進營地。主建築旁的卸貨區以帆布棚遮蔽，幾架平板手推車已經在卸貨區等候，等著物資被卸下。兩名士兵原本坐在手推車上抽菸，在卡車倒退接近時丟掉香菸，站起身。另外兩名士兵關好大門，隨即快步而來，我再深吸一口氣。

「我們進來了——準備行動，」我說：「兩名士兵在你們的門外，還有兩名從車尾過來。」

「迅速無聲，」科爾提醒我們。「十分鐘倒數計時，現在開始。」

第五名士兵走向駕駛座，喊道：「早啊，法蘭克！」

我把搖下車窗的畫面塞進法蘭克的腦海，接著把身子靠過去。那名士兵還來不及瞪大眼睛，我已經把槍口對準他的臉。他很年輕，年齡大概跟凱特差不多。看到我，他立刻收起臉上的輕鬆微笑，震驚得後退，急忙摸索步槍。

「他媽的怎——」

「把手舉高。」我不能同時控制法蘭克和士兵，岡薩和歐利也讓我不需要這麼做。其中一人以槍托敲擊士兵後腦，另一人把對方壓在泥地上，以布條封嘴，再以塑膠繩綑綁。那人被拖到車尾，跟另外四名昏厥士兵擺在一起。

我知道有些孩子原本不明白我們為何要重複演練，但現在來到這裡，看到我們順利行動，他們想必終於明白。演練的最大好處就是把我們的神經練得乖巧聽話，讓這種行動感覺就像每天起床去洗澡一樣自然。訓練成果似乎發揮作用——我們走向士兵沒關上的建築入口，悄悄進入內部時，這支隊伍如岩石般穩固，我們一身黑衣、以滑雪面罩遮臉的模樣也確實凶惡。

廳內黑暗，但是一陣光芒從其中一個敞開的房間洩出，右手邊第三間。我不禁停步，檸檬漂白水、鞋油以及體臭令我窒息。這座改造營確實應該聞起來跟瑟蒙德的醫務室幾乎一模一樣，畢竟他們也用軍方規定的清潔用具，但最重要的是：這股氣味摩擦我的神經。

其他人悄悄前進時，蓋文來到掩護位置，跪下舉槍。說話聲從我注意到的那個房間湧出，沿瓷磚地板流過。我揮手要孩子們繼續往前走，我跟他們繼續沿牆邊無聲前進，直到薩克揪住我的胳臂，指向標示「CR」的門——控制室，那就是我們在等待的提示。

我們壓低身子脫隊時，我回頭瞥向那個房間——四名士兵談笑抽菸，圍著凌亂的桌子打牌，制服外套丟在沙發或椅背上。蓋文和岡薩衝進去時，我看到其中一名士兵先是抬頭，旋即看第二眼確認，再試圖拿起自己永遠拿不到的武器。藍印者們翻倒那張桌子，把士兵甩到牆上，讓他們還來不及以無線電發出警告就被癱瘓。

這下一共有九名士兵被制伏。尼克多次觀察派特和湯米回傳的影像，記下身穿制服的不同臉龐：兩名營地管制員，十三名士兵，一共十五個目標。

我和薩克背靠牆面，我伸手敲敲控制室的門。

「進來。」某人從中呼喊。還好我們沒打算破門而入——門從內側牢牢鎖起。我聽見電子門鎖的叭吱聲，然後一聲喀，門一解鎖，薩克立刻用肩膀撞開。

裡頭是兩名年輕女子，身穿黑色排扣襯衫和長褲。其中一面牆擺滿監視器螢幕，連同一排電腦。畫面大多對準躺在床上的孩子們，我們進入控制室沒多久，畫面自動切換到大廳、建築外頭以及休息室。注意到控制室入口的情況後，原本盯著螢幕的女子嚇得把手中的咖啡灑在身上。另一名女子站在以開關和旋鈕組成的操控面板前，看到我們時轉身過來，輕聲尖叫。我侵入其中一名營地管制員的心靈後，薩克過了一秒才以超能力把另一名女子壓在天花板上。

眾多臉龐、聲響、色彩和地形如雪崩般在我的腦海中隆隆湧過，我尋找跟管制員回報狀況的方式與時機有關的回憶，這時薩克把尖叫連連的女子放下，以布條塞嘴，再以塑膠繩綑綁，把她帶離控制臺，放在對側牆邊的管線旁。

「搞定！」他喊道：「我們還剩八分鐘。正在刪除監視器檔案。」尼克教過薩克如何調閱監視器影像、重複播放之前的畫面，還有如何判斷這裡所用的軟體。看來他們的訓練內容非常接近現實，因為薩克在處理完畢時以勝利姿態高舉拳頭。

「解開樓上那些房間的鎖，」我告訴他，指向最近的一臺電腦。「密碼是大寫P，大寫S，大寫F，一，三，九，三，八，驚嘆號，星號。記住了嗎？」

「記住。」他把密碼轉達給其他隊員，他們應該正在上樓。「解鎖中。」

我瀏覽坐在電腦前那名女子的記憶，查看她如何在超能士兵網路上更新營地狀況，我清楚指示我要她現在怎麼做，而且在兩小時後重複這麼做。脫離她的心靈時，我刪除她對我和薩克來過這裡的印象。她只是點頭，繼續忙自己的事，站在螢幕前，目不視物，面無表情。

「控制室已癱瘓，完畢。」我說。

「收到，」科爾以安心的口氣答覆。「跟其他人上樓去。」

薩克捶下門旁按鈕，解開門鎖，接著走出，我緊跟在後。他突然往後跳，舉槍對準——

「是我，」對方的嗓音令我耳熟。「是我，別開槍——」確認是誰站在薩克的槍口另一端後，我震驚得腦袋空白、說不出話。

連恩。

＊　＊　＊

「搞什麼，老兄？」薩克咆哮，氣得朝他揮舞拳頭。「看在耶穌的分上，我差點朝你開槍！」

我沒動。這不合理——不可能是他，他明明去找奧莉薇雅。他不可能跟我們過來，他不可能這麼蠢，他不可能是連恩，不可能是**連恩**——

我扯下滑雪面罩，全神貫注的盯著他的臉，因此沒注意到他身後的紅髮女子，如瀑鬈髮垂於長袖黑襯衫，下半身是黑色牛仔褲和黑靴，但我沒清楚看到她的臉，直到她放低喀喀作響、捕捉一切的攝影機。

「她，」我聽見自己以低沉而憤怒的嗓門問：「**到底是誰？**」

「狀況？」科爾問：「寶石妹——狀況？」

連恩以冷眼回敬我的冷眼。「這位是強訊社的愛麗絲。」

「老兄，」薩克搖頭。「老兄，這太瘋狂了——」

愛麗絲看來很年輕，大概不超過三十歲，一臉素顏讓她看起來只比我們大幾歲。她比連恩高，身形纖細，但也強壯得足以扛起似乎比自己體重多一倍的大背包。

「很高興見到你們。」她說：「哇塞，這實在是……**勁爆**。」

連恩看著我，不是為了等我同意，只是等著看我的反應。腎上腺素突然返回體內，逼我做出行動。接受，適應，行動。我走向大廳盡頭的樓梯間，按下耳機，打斷科爾要求報告狀況的指示。

「連恩在這，」我告訴他。「還有一名強訊社記者。」

靜電雜訊傳來。我們踏上樓梯時，薩克不安的瞥我一眼，彷彿也在想像科爾的反應。

科爾終於回答：「重複一次。」

我再次說明。我們拐過樓梯轉角，穿過其他隊員已經打開的門。

我們衝進去時，我終於明白我為何在樓下聞到那種詭異又熟悉的氣味：被封嘴綑綁的士兵們被放在一道牆邊，牆上以模板和噴漆寫著「服從能糾正偏差行為」。

戰術小隊在對側牆壁的五個昏暗房間前，試圖說服孩子們出來，我立刻看出問題所在。

「拿下面罩，」我告訴他們。「別擔心，監視器已經關了。」孩子們不會願意出來，直到他們發現我們也是孩子——他們並不是被另一群黑衣怪物欺騙或帶走。一名少年從第一個房間探頭出來，看到蓋文手中的槍又立刻縮回去。要不是喬許連忙抓住門板，門就會被那少年用力關上。

愛麗絲的攝影機如昆蟲般喀喀作響，試圖從各個角度捕捉畫面。我轉身拍開她手中的攝影機，只可惜這東西是以肩帶套在她身上，否則就能摔爛在瓷磚地板上。「能不能麻煩妳別再亂拍？」我怒罵。老天——這些孩子被關在這裡已經夠糟，她就不能給他們一秒平靜，讓他們鎮定下來？

「露碧——」連恩開口，但是愛麗絲朝他揮手。

「沒關係，我明白。」但她還是舉起攝影機繼續拍攝，顯然不明白。

「五分鐘，」科爾警告：「是否即將撤離？」

我小跑來到最近的門前，往內窺視。木製床架因體重挪移而吱嘎作響，一張張臉龐瞇眼看著我。我伸手打開電燈開關，讓他們更清楚看到我的臉。汗臭味滾滾而出，比嗚咽和膽怯私語更早襲來。幾十張小臉從黑暗中出現，以雙手遮住刺眼燈光。

天啊。

他們都穿單薄如紙的制服，顏色對應各自的色階。我的胃袋開始翻攪。一名女孩轉身，讓我看到衣服背後以油性筆匆匆寫下的超能者識別號碼。他們真的是「孩子」——九歲、十歲、十一歲、十二歲，只有幾個明顯超過十四歲，個個餓得臉頰凹陷，因物資匱乏而削瘦——就算不缺食物，也缺其他該有的東西。

「妳來了！」一名男孩推擠而過，來到三號室的門口。我看他越久，越難想像他就是派特，他的濃密黑髮被剃光，身上只剩破舊的藍色棉質T恤和短褲。他在這裡待不到一星期，已經被這裡的黑暗氣氛磨掉原本那種意氣風發。

湯米走進大廳時，這個房間的男孩們朝他驚呼伸手，以微弱嗓門叫他回去。

在晚上，我們不能離開木屋，二十七號木屋裡一名比我年長的女孩對我說過。不能離開，就算這裡失火。只要我們出去，他們就會說我們試圖逃跑，就能用這種理由對我們開槍。

沒有任何孩子跟上湯米和派特的腳步。

我匆忙構思除了把他們扛出去以外的辦法。

「我名叫露碧，」我連忙道：「我跟你們一樣，我們每個人都跟你們一樣，除了拿攝影機的那女人。我們是來帶你們出去——去安全的地方，但是大家**必須**動作快，在不讓自己或其他人受傷的情況下盡快離開。跟他們走——」我指向岡薩和歐利。「快快快，好嗎？」

該死——他們就是不動。我們還杵在這，時間一秒秒從我耳中滴答流過，我無法分辨那到底是時鐘聲還是心跳聲。我張嘴，懷疑自己還能對他們說什麼。凱特當時是用什麼方法說服我吞下藥丸？還是我本來就知道我再不走就會被士兵處決？

他們或許因為震驚過度——我們就這樣殺進來，他們根本搞不懂這是怎麼一回事。

「蘿莎？」我呼喊：「蘿莎・克魯斯？蘿莎・克魯斯在不在這裡？」

沒人說話或舉手，但我從眼角注意到某個動靜——就跟挺直背脊一樣令人難以察覺。我繞過湯米，觀察六號室的十張臉龐，室內深處有個女孩——幾乎跟我一樣高，大概十三、十四歲，想必原本擁有一頭亮麗鬈髮，但被徹底剷平。除了橄欖膚色與黑眸，我在她臉上完全看不到克魯斯參議員的模樣。她抬頭看向我，強壓心中恐懼時，那瞬間的她跟她母親完全相同。

「蘿莎，」我說：「妳的母親正在等妳。」

她因為突然成了矚目焦點而一愣，但她深吸一口氣，走出昏暗房間，彷彿掙脫夢魘的最後一絲糾纏。蘿莎握緊垂於兩側的手，眼睛瞟向四周，呼吸急促。

「看著我，」我朝她伸出一手。「只看著我，妳不是在作夢。我現在要帶妳走，好嗎？」

好。她以顫抖而冰涼的指頭接觸我的指尖，滑進我的手中。她的肩膀依然緊繃，直到我更用力抓緊她。這裡的其他女孩跟在她身後，其他房間的孩子也終於丟下猶豫，邁步跟上。

「呼叫基地，」我壓下耳機。「開始撤離。」

「兩分鐘。」科爾聽來比我更緊張。很好，他們正在跟我們走，他們相信我們，這項發現令我感激得眼眶泛淚。

孩子們一一排隊，迅速移動。一隻隻腳踏過瓷磚地板，抹開從某個漆罐流出的溼漆。其中幾人停步看向兩名被綁的士兵，但沒發出笑聲、微笑或歡呼——當然沒有，想必他們覺得自己走過夢境。

帶蘿莎進入隊伍時，我瞥向士兵寫下那道訊息的牆面。虛弱的孩子們斜靠在牆邊，拐彎走下樓梯時以手拂過牆面，抹開那道紅漆，留下自己的指紋。愛麗絲僵在牆前，最後一次舉起攝影機。

這也是我最後一道清晰印象。接下來的節奏加速，化為飛影，帶我們下樓走過主廳，穿過我們來時的那道門。冷風帶走我的體內高溫，我甩掉恐懼，讓自己想像——等我們走出瑟蒙德，等我最後一次走過那道大門，那會有多好。

雖然凱特已經救了我，但在那一刻之前，我不確定自己是否清楚明白其實我還是瑟蒙德的囚犯。能讓我覺得自己終於擺脫那個恐怖世界的並不是治療法，而是清楚知道我再也不會被逼著回去。

薩克幫連恩把摩托車搬上卡車，再把力氣不足的愛麗絲拉進去。他牽住她的手時，我注意到他以眼神對我提問，我點點頭。愛麗絲必須跟我們走，她目睹這裡的真相，很可能把我們的事情洩漏出去。岡薩和歐利最後爬進貨櫃，已經把原本丟在建築外頭的士兵連同綁好的司機拖進營地內部。

孩子們被迫坐在以塑膠布包裹的棧板和箱子上，有些人抓著我們提供的黃色和橘色的螢光棒以及手電筒，以免讓他們覺得自己被鎖在純然黑暗中。我拉下貨櫃門時，看到連恩背靠側板而坐，雙臂放在膝上，兩眼看著我。我把門牢牢關上，放好門閂。

薩克已經進入前座，從儀表板扯出定位器，搖下車窗往外丟，減少被任何追兵盯上的可能性。我跑到營地門口，拉開大門，雖然柵欄沒有通電，但士兵先前關門時已經套上掛鎖。我轉身看薩克，搖搖頭。他揮手要我上車，我爬上副駕駛座。

「抓好。」他警告我，連同貨櫃內的所有夥伴。卡車突然起動，衝過大門，如切開保麗龍般把門板撞得四處飛散，其中一塊碎片擊中卡車的前輪蓋，落地時擦出火花，隨即被車輪撞開。我們駛入公路，在太陽還來不及從我們背後升起前急速離去。

第十六章

行駛整整四小時後，我們才把卡車留在雷諾市。雖然我們很想把車直接開回洛迪市，在路上只停靠一次，讓孩子們上個廁所、伸展兩腿，但這輛卡車繪有軍事徽章，遲早會引來懷疑。克魯斯參議員已經安排一輛灰狗巴士從奧勒岡州開來，停在雷諾市郊區，她也向我們說明那位前任州長——她的大學同學——只願意幫這一次忙，那人向來避免跟聯邦黨糾纏不清，以免被格雷革職。

我和薩克扶每個孩子下車，看到他們似乎都想在溫暖陽光下跳舞，我不禁微笑。蘿莎最後下車，沒抓薩克的手，而是我的手。

「妳還好嗎？」我問她：「狀況如何？」

她伸展雙臂，前後甩動。我確保自己依然面帶笑意，讓她知道她可以相信這趟旅程會很順利，這是我從凱特身上學到的技巧。

我們把一箱箱食物和醫療物資搬下卡車，放進灰狗巴士的行李艙時，我思索凱特對這一切不知道會作何感想。再見到她時，我一定要讓她知道她對我做的一切有多麼重大的意義。我很想告訴自己，只要我想著這些事情，只要我仔細想著她的臉，她就會知道我在想她——知道我沒忘掉她。

我要讓她知道，我會去救她。

連恩送愛麗絲上巴士，無視隊員們的眼光。跟她低聲交談幾句後，他回到摩托車上，向薩克說明他會騎在巴士後頭。

我朝蘿莎伸出一手，她感激的接過。薩克跳上駕駛座，回頭確認大夥都上了車，孩子們擠在座位和地板上。猶豫片刻後，較大的孩子們開始撥弄冷氣出風口和燈光開關。

「把窗簾徹底拉上，」我告訴大家。「我們要去的地方離這裡還有三、四個小時。」

「哪裡？」一名孩子問。

「加——州！」蓋文唱道，以肥厚的雙手拍打前方座椅。「咱們快出發吧！」

「安全帶，」薩克發動引擎時呼喊，接著拿起這時才發現的車內麥克風。「請繫安全帶。歡迎搭乘超能者巴士，在下是薩克，在這趟奔向自由的史詩之旅中擔任司機。如果各位看向窗外——但是當然了，別這麼做，因為露碧剛剛說過把窗簾拉好——就能在我們出發時朝內華達州比中指。」

至少這個笑話讓幾個孩子露出微笑。我朝薩克比出拇指，他也回以相同手勢。巴士晃動前進，我們再次上路。我不禁微笑，飛入心中的快樂雲朵，直到我瞥見身旁的蘿莎。

她坐在靠窗的座位，雙腿抱於胸前，臉貼在膝上。

「蘿莎。」我把一手放在她背上，寫在上衣口袋的號碼「九二二九」就是她在那個地方的身分。我想讓她聽見自己的名字，讓她覺得自己像個人類。

「妳不該來救我們，我們還沒準備好，我們還沒被修好。」

「不，」我立刻答覆：「妳沒問題，只是跟一般人不一樣，如此而已。」

「他們說好孩子都死了。」她說。我注意到她的左臉有一條粉紅細疤。除了有人刻意在她的肌膚留下這道痕跡，還有哪種可能？「他們說我們都是壞孩子，我們——永遠不會離開那裡，但他們根本沒試著幫我們。我想——我想被修好，我們每個人都是，我們滿足他們**所有要求**，但那樣還不夠。」

「如果他們讓妳有這種感受，那他們才是壞人。」我花了幾秒才明白我為何輕而易舉說出這番話。**克蘭西**。我這番話跟他常常對我發表的演說有何不同？我不安的挪挪身子，試著想起凱特，她帶我逃出瑟蒙德後對我說了什麼。「最重要的是，妳在那裡學會如何生存。別允許任何人讓妳以為妳不該那麼做，讓妳以為妳就是應該待在改造營。」

「妳也待過？」蘿莎問：「妳離開之後，日子變得更好？」

「改善中，」我告訴她：「妳的母親正在幫助我們。」

出現了一道顫抖的淺淺一笑。「她有沒有穿紅色禮服？」

「紅色禮服？」我重複。

蘿莎點頭，終於靠向椅背。「她有一件深紅色禮服，參加造勢活動或辯論時都會穿上，她說那件禮服把試著叫她閉嘴或坐下的那些白人老頭嚇得半死。」

「我沒看過她穿，」我說：「但妳猜怎麼著？我認為她不再需要依靠那件禮服。」

她把十指攤在藍色短褲上。「妳真的……妳確定她想……我的意思是，如果她不想見我，我能明白。我被抓的時候是跟我奶奶在一起，我出毛病後——我是說我改變後，我媽再也沒見過我。」

「她想要妳，」這番話湧自我離開瑟蒙德後就不敢再觸碰的某處。「比什麼都想要，不管妳有什麼特殊能力，不管改造營那些人對妳說過什麼，她就在我們要去的地方，正在等妳。」

這番話是正確的話語。我知道這點，因為我從心靈深處把它們挖出時感到痛苦。因為我一直幻想某人會對我說這番話，正如我幻想奶奶會去救我。

她轉頭看我。「謝謝妳來救我們。」

我不確定自己的聲音是否會崩潰，但我開口：「別客氣。」

「妳會救出更多孩子，是嗎？」她問：「不只我們？」

「所有孩子。」我向她擔保。我把頭靠向椅背，閉上眼，我只知道用這種辦法忍住淚水。救出孩子不再只是個可能性，我們**做到了**，我們能在瑟蒙德再次贏得勝利。我們能讓這一刻成為每個人的現實，每個孩子。

* * *

照科爾的指示，薩克把巴士開進車庫，農莊的孩子們拉起原本牢牢鎖上的大型捲門。克魯斯參議員和科爾站在裡頭，離入口有一段距離，參議員的雙手交叉於胸前，雖然姿態顯得平靜，我還是能看到她的指關節發白。我拉開窗簾，向後靠，讓蘿莎也能看到她。就在我起身讓蘿莎先下車時，參議員想必也在同一秒看到對方，因為她立刻丟下自制力，衝向車門。蘿莎直接從車門階梯跳進母親的懷抱，兩人差點摔倒在地。

其他孩子們移開視線。開來加州的路上，我們已經向孩子們說明洛杉磯的狀況，他們的家長大多是聯邦黨的夥伴，或單純住在洛杉磯，因此他們明白事情的嚴重性。

「但我們會幫助大家跟父母重逢，」我當時承諾。「就算克魯斯參議員不確定他們的下落，我們也會在各個情報網上尋找線索。」

科爾站在原地，朝下車的隊員們點頭致意。他們下車後圍在他身旁，他拍拍他們的背，驕傲的向他們祝賀。科爾腳邊有個背包，但他沒拿起，直到連恩和愛麗絲終於下車。我知道接下來會發生什麼事，但說真的，我自己也氣得不願阻止。

科爾朝克魯斯參議員做個手勢。愛女依然緊貼在身旁時，參議員平靜道：「好啦，各位跟我來，好好洗個熱水澡，換上新衣服，再大吃一頓，大家覺得如何？」

綠洲孩童排成一隊，跟參議員進入地道，經過前來迎接我們的小雀、緋奈、邁克和凱莉，也因此讓連恩和強訊社記者無法走來我們這裡。小雀他們加入農莊孩童的行列，站在漆於水泥地的白色弦月上。

孩子們離開後，科爾立刻抓起背包，丟向連恩，後者接住時被重量壓得彎腰。

「我已經自作主張，」科爾口氣冰冷，「把你的東西打包完畢，這裡不需要你了，騎你那輛小機車回家吧。」

「我哪裡都不去。」連恩把背包丟向兄長，表情變得嚴肅。「而且我現在才要大展身手，你不能逼我走。」

科爾發出嗤笑，但開口的是我。這幾個字跳入我的腦海，如膽汁般灌入口腔。「沒錯，但我能。」

我看到小雀的視線從連恩身上跳到我身上，她震驚得嘴唇分開，但是連恩咬牙的模樣更令我心痛。他一臉蒼白，眼中怒火傳達失望。他居然敢表現得是我背叛他？他背著我搞出這麼多事，我原本就猜到他隱瞞某種祕密，但沒想到這麼嚴重，他居然拿綠洲孩童的人身安全冒險。而且為了什麼？就因為他不高興自己的計畫被科爾否決？他搞不懂這種事情必須如何謹慎處理。他之前逃離聯盟，因此訓練不足，不明白以火攻火的必要性。

「你背著我亂搞，」科爾字字散發熾烈怒火，「我不准你聯絡強訊社，你卻明知故犯。你蠢得以電子郵件寄出機密文件，格雷的網軍很可能因此攔截，追蹤找上我們。你騙我們說要去找那些部落，卻是浪費我們的汽油和時間去跟強訊社的人見面。你擾亂執行中的行動，讓參戰的**每個孩子**陷入危險，包括你自己的命和綠洲孩童的命。更嚴重的是，連恩，你把身為平民的記者牽扯進來。我真希望你覺得這麼做值得，因為你滾出這裡的同時，她必須留在這裡，在一切結束之前由我們拘留看管。」

「**你說什麼？**」愛麗絲走上前，棕眸閃爍，對連恩咕噥：「你只有說他會很生氣，但這根本……」

「現實。」科爾幫她說完，伸出一手。「把攝影機交出來。」

她後退，緊抓安然塞在背包裡的機器。「聽清楚，」她說：「因為我字字認真——除非殺了我，否則別想逼我交出東西。你以為我怕你？我熬過華府爆炸案，報導過八大城市暴動，包括亞特蘭大那一場，我的攝影師兼未婚夫就是死在那裡，所以你敢搶就試試看，王八蛋。」

「好吧，甜心，」科爾說：「妳可以留著攝影機。希望液晶螢幕綻放的柔光能在我們把門鎖上就丟掉鑰匙的牢房裡好好陪妳。」

「你這——」

連恩伸出一手阻止她，但她沒畏縮，白如象牙的肌膚也沒失去血色。

「你說得沒錯，」他說：「我的確瞞著你找出聯絡強訊社的方法。我見到愛麗絲他們，但我在**那之前**已經找到奧莉薇雅和布雷特，我要他們先別跟我回來，除非我確認待在農莊的生存率高過在野外求生。為了向強訊社證明我的說詞，我把檔案**複製到**一支隨身碟上，根本不是透過網路。而且你知不知道我為什麼這麼做？因為不管你在洛杉磯說過什麼，這裡的一切根本不符合民主精神，更不算新的開始。你無視其他人的意見，只在乎自己的看法，對我想說的話總是充耳不聞，就算你對我們這些孩子的人生和經歷一無所知。你喜歡戰鬥，但我們有些人不喜歡。」

「說服力不足，」科爾指向隊伍，「考慮到他們今天的表現多麼出色。」

「他說的是事實，」愛麗絲堅稱。「我們絕不可能讓他冒險把檔案透過網路寄來。他只有提供列印文件，而且數量很少，只是為了證明他確實跟聯盟有關——不管你們這個組織現在如何自稱。」

連恩用力吐口氣。「我們可以利用愛麗絲今天拍下的影片，交給他們的聯絡人播放——傳達真正的訊息。這能證明一些事情，就算只是讓民眾知道他們不需要害怕孩子。你**不明白**。就算我們把所有孩子救出改造營，就算毀掉隔離他們的每一道柵欄和牆壁，那也毫無幫助。如果我們不改變民眾對我們的看法，孩子們到底能去哪？」

科爾只是把雙臂交叉在胸前。「再見，連恩。」

我轉身打算跟科爾進入地道，怒火令我頭痛欲裂，心中最後一絲光芒即將隨之消除時，某人的聲音傳來。「如果他非走不可，那我也走。」

是我那天晚上見到的綠印女孩，她在連恩的安全帽漆上弦月圖案。我終於明白我當時問連恩要見的「她」是誰，弦月是讓愛麗絲辨識連恩的方式。

「因為……？」科爾催促。

「我替他隱瞞。」她把黑髮撥到肩後。「我知道他要去見愛麗絲，我卻沒讓任何人知道。」

「我也是，」露西開口，雙手扭搓通紅。「我謊報他根本沒帶回來的物資，而且我實在不想參加戰鬥，抱歉。」

「同上，」凱莉說：「但我不道歉。」

「我也不道歉。」幫腔的是安娜，逃出洛杉磯的一名綠印者。「是我教連恩如何開啟而且複製資料。」

我身旁的薩克抓抓頭，看向天花板。「我好像也有教他如何以安全方式聯絡外人，如果他認為有必要這麼做。」

「是我問克魯斯參議員如何聯絡強訊社的人，」另一名綠印者開口：「看來我也得走？」

「我也是，因為——」

科爾舉手要莎菈閉嘴。「好吧——**老天**，我知道了，各位斯巴達戰士，我清楚明白你們的意思。」

他瞥向我。我聳肩，由他決定，我不信任自己在這一刻的判斷力，而且，說真的，如果他們都想破壞我們的瑟蒙德行動，那我一點也不遺憾看到他們全部離開、去某個安全的地方生活，尤其如果哈利確實能提供訓練有素的士兵。

「你們只有一**次**機會，」他宣布：「向我證明你們確實能讓這個方法成功，那我們就修改計畫，**但是**——」我們身後的孩子們開始興奮得竊竊私語時，他的口氣突然變得嚴厲。我朝科爾走近，想用他的身軀擋住這項顯而易見的事實：他們幾乎每個人都知道連恩的計畫，卻根本沒打算通知我。

*他們大概認為妳活該，*腦子裡的某個聲音低語，*誰叫妳瞞著他們趕走那些特工。*

然而差別是，我當時那麼做是為了保護他們。科爾一點也沒錯——連恩擾亂了我們精心安排的行動，引進一項未知變數，很可能害死大家，包括我們試圖救出的孩子。我心中又燃起一波怒火。

「**但是**，」他說下去，「你們都必須留下，而且不管什麼原因，不可以未經許可就離開農莊。包括妳，蘿蔔姊。」

這個新綽號讓愛麗絲臉紅，她心不在焉的撫平色澤宛如紅蘿蔔的頭髮。

他朝她走近一步，壓低嗓門。我認得那種眼神，他的藍眸半閉，看來友善的微笑沒流露心中的蔑視，除了低沉而沙啞的嗓門。「如果妳把我們的位置洩漏給強訊社的任何人，我會知道。」

愛麗絲湊向科爾，交叉雙臂，以挑戰的姿態揚起一眉。「你不會知道。但我沒興趣害小朋友送命，這點跟你不同。」

「**喂**。」我警告。想必連恩有讓她知道我的超能力，因為她終究退後。

「好吧，大夥都滿意了？都沒意見？」科爾點頭，鼓勵其他人也點頭。「那好。大家把貨物從巴士搬下來，整理東西吧。我得聽你們說說那幫士兵看到你們的時候是什麼表情。」

這話打破緊繃氣氛，蓋文邊笑邊描述一名士兵意識到敵人是誰時似乎尿褲子。我走過小雀身旁時，她試圖牽我的手，但我只想獨處——我不在乎這是否會令她難過，我不在乎她擔心我，我不想假裝自己願意接受這種妥協。集中力渙散就是浪費時間，更多孩子會因為我無法將他們及時救出而死。

我想去問尼克有沒有收到關於凱特的消息，或是薇妲和查布的訊息，接著我想確認返回瑟蒙德的細節步驟。

我跑過車庫和農莊之間的地道，燒掉最後一絲體力。鞋底每次踏過水泥地，我心中的沮喪就少一些。我穿過廚房，經過綠洲孩童拿出的麵條和蝴蝶餅，我猜他們打算拿去用餐間，這時我終於聽見他叫我的名字。

我沒放慢腳步，沒讓自己卸下怒火盔甲。連恩跑步跟上。「露碧！我想跟妳談談！」

「相信我，」我告訴他，「你不會想跟我談。」

我繼續穿越大廳，直到他揪住我的胳臂，轉過我的身子。我抬頭凝視他的臉，無視緊繃表情，或是下顎和顏面鬍碴，而是看著他的熱切眼神，而有那麼一秒，我的身體不確定該殺他還是該吻他。

我掙脫他，推開通往樓梯間的門。

「妳生氣是因為我向妳隱瞞？還是因為我這麼做是對的？」他質問：「因為就我所知，兩者皆是。」

「我認為科爾剛剛已經清楚說明你惹我們生氣的眾多原因。」來到第一道樓梯轉折處時，我轉身。他就在我身後，試圖把我推進我曾經偷吻他的那個陰暗角落。不知道為什麼，這更令我火大，彷彿他是故意這麼做。

「我的決定是正確的，露碧。」他又抓住我的手腕。

「再碰我一次，」我警告他，「我保證你會後悔。」

他放開我，往後退。「拜託聽我說——」

「不！」我說：「我現在根本不想**看到**你！」

連恩露出嘲諷的微笑。「因為我敢反對科爾的意見，他**永遠**不可能是錯的，不管在哪件事上。」

我轉身面對他，用力推他的胸口。「因為你差點死在薩克的槍下！因為你**差點送命**，我根本來不及救你！因為你**沒動腦子**，我們努力的一切差點——！」

他把我拉過去，兩眼燃燒藍焰。

他吻我。

就像我在東河營地邊緣的樹林中那樣吻他。在黑暗中，溼土、灰塵和皮革味包圍我們。強勁——急切——他緊抓我的頭髮，我緊抓他的外套。

他吻我，我允許他，因為我知道這是最後一次。

我推開他，冷空氣灌入我們之間時，我感覺胸中某種東西撕裂。連恩把身子撐在牆上，大口吸氣。我克制坐在階梯上哭泣的這種蠢衝動。

他顫抖的吸氣。「安娜說……她說尼克最近在偷偷製作某種電腦病毒，她認為那是用在瑟蒙德行動上，襲擊那裡之前，必須由某人進入營地內部，親手安裝那種程式。」他的口氣聽來虛弱。「妳該不會知道這件事？」

我撇開頭。

「看在耶穌的分上，露碧。」他輕聲道。

他給了我坦承瑟蒙德行動的機會，但沒有任何人，尤其是他，能阻止我照計畫行動，我不需要他的許可。

「他們會殺了妳，」他的憤怒滲入字句。「妳**明明知道**。他們知道妳是誰、有何能耐。難道妳打算心控全營地的人？像克蘭西在東河那樣控制每個人？他們不會讓妳活著走出那裡，但妳根本不在乎，是不是？」

他揉揉臉，惱火得呻吟。「我是不是不用問也知道是誰讓妳動了這種念頭？他跟我們不一樣，露碧！他不是我們，妳卻站在他那邊，妳對他說出以前只讓我知道的心事。告訴我，到底發生什麼事，我該如何彌補？我不明白我們為什麼會走到這一步，我不明白他為什麼能這樣影響妳！」

「我不需要向你解釋。」雖然這是真心話，但我感覺這番話讓一塊寒冰沿我的脊椎滑過。

「妳以前會想向我解釋。」他說：「妳想不想知道我為什麼向妳隱瞞愛麗絲和強訊社的事？

我有好幾次想告訴妳，那晚我們在車庫的時候我差點說出口，但我還是阻止自己，因為最近……最近我**說什麼**都不重要，妳和科爾認為我說的每個字都是又錯又蠢又天真。媽的，我真的受夠這個字眼，我不『蠢』，我也不是瞎子。我能確保我們填飽肚子，我能修好所有該死的裝潢，我能確保所有車子都能跑，我能找出一個真正的機會，讓我們在這個充滿暴力的世界留下永存的美好，但這就是不夠。我根本不重要，是不是？對他來說不重要，現在對妳來說也不重要。」

我不發一語，心中沒有任何感覺，我什麼都不是。

「我考慮的是接下來該怎麼辦——等這一切結束後，我們該如何過日子。我們以前討論過這點。我不希望任何孩子活在被痛苦、懊悔和殺戮汙染的人生，我也不希望妳過那種日子。我們能做出好事——我們能讓全世界看到我們是被困在爛攤子裡的好孩子。**拜託**——露碧，拜託。科爾一直在牽著妳的手，把妳送上懸崖。」

我回應他的視線幾秒，讓這番話持續擴大，填滿正在崩潰的那個我。想想那些女孩，我心想，二十七號木屋，莎曼。我逃離後，還有數千個孩子留在那裡。艾希莉的臉龐，已死之眼抬頭看我，我從她的眼中看到她對我的指控：妳在哪？為什麼不早點來救我？

「如果我有像妳這樣重重傷害我般傷害過妳，」他的嗓音粗嘎，「那麼，老天，乾脆殺了我吧，我受不了我們之間變成這樣。別不說話，**別不說話！**」

我願意犧牲這段感情、我最珍貴的東西，只要是為了她們，就算如此也還不夠。我欠那裡每個女孩的不只是我的愛，還有我的命。她們需要知道我在撤離綠洲時有何感受：我們會找出治療法，就算這是我在這個世界上做的最後一件事，等她們被救出，治療法會等著她們。她們將體驗真正的自由——不是因為她們能擺脫恐怖的超能力、給她們打上**怪胎**標籤的能力，而是因為她們將能重拾被剝奪多年的所有決定權，想去哪就去哪，跟自己愛的人在一起。

到頭來，我自己是何下場並不重要——我現在明白尼克所謂的贖罪是什麼意思。我無法倒轉時光、改變她們的經歷，但我絕對可以讓她們掌管自己的未來。這麼做值得。失去這段感情……我會覺得值得，遲早有一天。

但現在只讓我痛苦，彷彿我把自己撕成碎片。終結隨沉默而來，我知道連恩也感覺到，就算他頑固得不想承認。我們倆無話可說。我轉身，往樓上走。

「我就在附近，」他在我身後呼喊，「等妳想找我的時候。」

我吞下喉中的痛苦情緒，依然背對他。「別等了。」

我走到樓梯頂端，推開門時，他開口：「或許我不會等。」

門在我身後甩動，輕喀一聲關上。我讓身體僵住，痛楚撕裂體內，我走進最近的一間寢室，倒在床上，不斷握緊又放開雙手，試圖舒緩令我痛苦的緊繃，讓呼吸恢復某種節奏，而不是聽來刺耳的倒抽氣聲。來自用餐間的歡笑沿大廳飄來，跟我腦子裡的尖叫產生衝突。

我不知道這是怎麼發生的，只知道視線變得模糊。視線終於恢復清晰後，我站在艾爾班的辦公室前，根本不記得自己如何到來。我轉身時，看到兩個人影並肩站在門口，都是一臉擔憂，他們似乎以眼神就能跟彼此清楚溝通。

「所以……」薇妲開口：「咱們錯過啥好戲？」

第十七章

「你們什麼時候回來的？」這項疑問在地道內反彈，我、薇妲、查布和剛加入的科爾走向酒吧。「為什麼不早點通知我們？你們有把莉莉安帶回來吧？」

「噢，那當然，」查布的視線移向薇妲。「而且我們能解釋為什麼沒打電話回來。」

她悶哼一聲，交叉雙臂。「都是意外！」

「嗯，是啊，」他以優雅的動作推推眼鏡，「因為某人倒車的時候**不小心**撞倒一支路燈，又**不小心**用超能力移開擋路的路燈，結果引起附近幾個賞金獵人的注意，她因此急忙逃跑，**不小心**輾過我們那支**不小心**飛出車外的預付卡手機。」

「我的拳頭不小心打爛某人的牙齒之前，某人最好管好某人的臭嘴。」她捶他的肩膀，態度簡直像在……嬉鬧。

「是某人最好管好**自己**的臭嘴啦。」

「你是認真的？居然糾正老娘的文法？」

爬上梯子時，我讓科爾向他們倆解釋綠洲行動的經過，我因為心情低落而無法有效說明，而且更糟的是，我感覺腦子沉重得彷彿溺水。我不敢回應查布的目光，無論他如何試圖引起我的注意。換作連恩就會向他描述所有經過，他也會支持連恩的做法，但我就是做不到。跟莉莉安·格雷或瑟蒙德沒有直接關聯的事，我**都無法**支持。

薇妲帶頭走出後屋，進入酒吧，這裡所有門窗都以木板封死，餐盤酒杯之類的有用物品已被搬進農莊。室內十分昏暗，我幾乎沒注意到縮在角落包廂座位的瘦小身軀。

她的牛仔褲過於寬鬆，排扣襯衫顯然是男性款式，金髮塞在亞特蘭大勇士隊的棒球帽底下。她以致命的警覺性觀察四周，那種嚴肅眼神和整體姿態——顯然由她兒子繼承。這幅景象足以令我停步、血液結凍。我一直覺得克蘭西長得像他父親，但在細節部分，例如她交叉雙臂，指尖在臂上輕敲的模樣……她不發一語，但我能聽見她的聲音，我在她兒子的心靈中聽過。克蘭西，我的寶貝克蘭西……

我倒抽一口氣。

「她不是被關在堪薩斯總部，」薇妲說：「而是比較小的一棟附屬建築。我們能查出她的位置，是因為我們竊聽了特工的無線電通話，他們準備拿她去換回被格雷的手下抓走的那些特工——那幫人沒殺那些特工，就是為了換回她。所以你的判斷錯誤，撿便男，」她告訴科爾，「而且你這麼做最好值得，因為我原本可以利用那些精神和時間救回凱特，而不是帶回這個瘋女人。」

科爾點頭，以接近受驚動物的姿態謹慎上前。「嗨，格雷博士，妳在這裡很安全。」

她如果不是聽不懂，就是根本不在乎。她甩掉他伸出的手，轉身衝向門口。看她以拳頭拚命敲打破舊木板的模樣，讓我覺得自己的手也在痛。「拜……啊……出去……車子……更多……快點……快點……一，二，三，四，五——」

這串發音聽起來幾乎不像文字，重音和腔調怪異，彷彿嘴被塞住或是舌頭被鉗住。

我回頭看薇妲，她只是厭煩的嘆氣。「她雖然不會說話，也聽不懂我們說什麼，卻很喜歡給我們找麻煩。」

「但她剛剛有開口——」她發自咽喉的哭聲打斷我的話語，科爾把她整個人抱起，試圖壓制她的雙臂。

「她什麼都聽不懂——我們試過用書面文字、慢慢說，或是用其他語言，」查布揉揉下巴。

「如果她的腦子裡還剩任何東西，她也拿不回來。」

* * *

精神崩潰和精神破滅不同，前者或許還能慢慢重組，但後者——無法逆轉。

我們把莉莉安·格雷安置在留給資深人員的寢室，她以黑眸掃視四周時，我以雙手掩面，不再試圖看她的眼睛。昨天下午來到農莊時，她驚慌恐懼，而今天上午也毫無分別，渾身顫抖得彷彿在寒冷的一月中旬被我們丟進大西洋。她還沒疲憊得昏厥，這已經算是奇蹟。

至於她的心靈……我無法描述，那裡頭已經**不剩**任何可以描述的東西。第一次潛入她的回憶時，我剛進去就立刻撤出，暈眩得差點嘔吐。那裡頭雜亂無章，一幅幅景象以毫無順序的方式發出強光，在四分之一秒內從我身旁飛過，快得讓我根本抓不住，彷彿我就坐在瞬間加速至時速一百公里的車內，被強勁衝力壓在椅背上，我甚至懷疑她是不是故意那麼做。

「格雷博士，」我試圖以尖銳的口氣抓回她的注意力。「能不能告訴我，妳叫什麼名字？」

「吶……嗯……咪……」她咕噥，以雙手抓住棒球帽簷。「別……好……白……影……」

「老天，」克魯斯參議員以手掩面。「你們倆怎麼看得下去？這可憐的女人……」

斜靠在對側牆邊的科爾站起身子。「今天先到此為止吧，寶石妹。」

「可是我沒有任何進展。」

「或許這本來就不可能有任何進展。」克魯斯參議員提議，把一手放在我的背上。沒有任何事情能讓參議員走出她所住的資深人員寢室、離開蘿莎身邊，除了前任第一夫人的到來。我甚至有點希望格雷博士沒來這裡，因為我對自己失望的這種感覺已經夠糟——我現在卻讓**她**失望，畢竟她為了我們而努力研究治療法，這令我心如刀割。

「我還試不到兩天，」我堅持：「至少再給我一個下午的時間。」

莉莉安·格雷躺回小床，臉埋進枕頭。我能感覺她散發的沮喪，她不斷捶打以塑膠布覆蓋的床墊時，我也沒攔阻。

我嘆口氣，揉揉額頭。「好吧，我們休息一下。」

「我們該如何向其他人說明她的狀況？」克魯斯參議員問。

薇妲和查布已經答應守口如瓶，如果有哪個孩子追問，就說這女人因虛脫疲憊而需要休息，這也只能幫我爭取一點點時間，讓我試著想出幫助她的辦法。

「向其他人坦承事實」的這個做法不在我的選項中。如果他們看到莉莉安·格雷——解讀治療法相關資料的唯一機會——居然是……**這副模樣**……只會讓他們更支持連恩的做法，似乎**更實際**的做法。

打從離開洛杉磯，為了向孩子們證明我們自己的能耐，我和科爾已經把所有籌碼壓在找出青春退化症起因以及治療法；三星期後，我們根本拿不出任何成果，現在連我們從綠洲救出的孩子們也喜歡往車庫跑。我只有在用餐時間才會在廚房看到他們，雖然他們只是為了把伙食搬去車庫吃。

「我會把門鎖反裝，」科爾說：「如果我們叫孩子們別來騷擾她，他們也會聽話。」

雖然他們大概根本不會離開車庫。

「我很擔心被捕的那些特工——凱特，」我說：「等他們意識到聯盟已經喪失格雷博士這個籌碼，不知道會有何反應？」

「聯盟會盡量拖下去，假裝她依然在他們手上，」科爾向我保證。「而且我跟妳說過，哈利打算和幾名特種部隊的舊識去調查圖森市附近的一座黑牢，看來他們會把幾年沒戴的綠扁帽拍乾淨。（註10）」

我實在搞不懂哈利怎麼有辦法找出黑牢，因為那種設施——顧名思義——不存在於任何正式紀錄，但我不想在克魯斯參議員面前追問科爾。

「這項消息確實令人滿懷希望。」她朝我微微一笑。我搖頭，我不抱任何希望。

我幫莉莉安脫下帽子和骯髒的網球鞋，試著把她挪進毛毯下。她抬頭看我時，表情憔悴，但仍保留幾絲驚人美貌。

她瞇起眼睛，我面前的人突然不是她，而是她兒子。

「艾爾班會希望妳待在我們這裡，」科爾溫柔的對她說：「我們是妳的朋友。**朋友**。**安全**。」

「艾爾班？」莉莉安坐起身，兩腿在我小心翼翼為她蓋上的毛毯底下糾纏。「約翰？」

我和科爾立刻對望一眼，但她又開始咕噥沒人聽得懂的東西。「快……那……安……莫……」

科爾來到門後右側的小桌前，拉開抽屜。「格雷博士，等妳稍微休息一陣子後，我們有些東西給妳看，我先把東西放在這裡，可能有點，呃，不容易看懂。有個圖表——」

「圖——表。」他把文件湊在她面前，她立刻做出反應，坐直身子，朝文件伸手。「**小腦**，

註10 哈利待過的美國陸軍特種部隊，以暱稱「綠扁帽」（Green Berets）聞名。

松果腺，丘腦，腦室間孔——」

她的發音徹底改變——尖銳，幾乎意識清醒，而且聽來清晰，彷彿在說出口之前先在舌尖成形。

「好吧……」科爾慢條斯理道：「這倒是……出乎意料。」

她隨即躺下翻身，迅速睡去。

科爾走向門口，但我待在原地，凝視她的睡姿。我不確定到底是什麼原因，只知道她剛剛的反應似乎頗為良好，讓我突然想好奇一試。

「妳看到什麼？」科爾的聲音越來越遠，因為我已經深入她的心靈。我盡量放輕這次連結的力道，我沒試著瀏覽跳入眼中的閃爍景象，而是順著它們漂流。我看到桌上高高一疊教科書，年輕男女穿著幾十年前的流行款式，昏暗室內播放電影，還有成績單。一束白玫瑰跟她身上——我身上——的禮服同色，更年輕而英俊的總統在一條綴以花朵的走道盡頭等候。我看到醫院和機器；兒童遊樂場、幼兒服飾，一名黑髮孩童坐在廚房桌前，背對我——這些回憶的內容完整，平順流過，彷彿由我親手指揮。她這些人生片段接著改變——景象爆發虹彩，我往後倒，穿過白霧，頭上腳下空無一物。

夢境。她正在熟睡，心靈和肉身放鬆。我離開她的心靈和床鋪時，她絲毫不動。

「結果？」科爾問：「妳看到什麼？」

我看到仍能運作、擁有完整回憶的心靈，我卻比先前更感納悶。

「我認為……」我從屈膝姿勢站起，「我需要跟查布談談。」

＊　＊　＊

不知道是否已經猜到我想向他請教，或是因為他自己也感到好奇，我發現查布就在電腦室裡，坐在靠近前方的一張空桌前，一本本看來艱澀的厚書如城牆般堆在身旁。為了進行連恩和愛麗絲的計畫，幾臺筆記型電腦被綠印者搬去車庫，但是尼克跟平常一樣還在這裡，他比查布更早注意到我，而從他的表情判斷，我知道我需要先跟他談談。

「三件事，」他說：「首先，東西做好了。」

「我們之前說過的那東西？」我問他。

他拿起掛在脖子上的黑色隨身碟。「接下來，我只需要找個更小的隨身碟，改造成鏡框的一部分。」

「你太棒了。」這是我的肺腑之言。科爾說得沒錯，尼克是我們的頂尖高手，不只因為他想將功贖罪。

我的讚美令他微微臉紅扭捏，他接著把嗓門壓得極低。「第二件事——我們談過的另一件事。」

「我們談過很多事。」我提醒他。

尼克按按滑鼠，畫面出現我已經熟悉的伺服器紀錄。

「有誰把資料傳出去？又一次？」

「是封電子郵件，兩天前，你們去綠洲的前一晚——這個IP位址來自我們其中一臺筆記型電腦，當時就放在這裡。」他說下去：「那封信寄去一個後來被刪除的電子信箱。」

「或許有人聯絡強訊社？」我懶得隱藏口氣中的苦澀。

他聳肩。「如我之前所說，最簡單的解釋通常就是正確答案。」

我微微瞇眼。「但是你並不相信這種說法，是吧？」

「這確實……可疑。按照連恩的說詞，他是跟強訊社的人當面接觸，所以我不確定現在有誰，或出於什麼原因，向強訊社洩漏情報。我之所以注意到這筆伺服器紀錄，是因為這次只是有人寄出一封電子郵件。會不會是科爾？」

「我會去問他，」我說：「他之前沒說他是用什麼方法跟他繼父聯絡。」

「如果是他，那他用的方法相當安全。」尼克表示讚許。「而且連恩他們昨晚寄出影像檔的時候也沒隱藏自己的活動紀錄。」

「他們這麼快就弄好？」我的口氣平淡。「有任何新聞媒體收下嗎？」

「這個嘛……這就是我要說的第三件事。」他打開桌面上的一個資料夾，跳出一道視窗。「現在所有新聞媒體都在離線狀態。在我們送出的資料被徹底清除之前，各大新聞網都被格雷的審查員關閉，但我們提出的照片和影像已經出現在幾百個留言板上，連同幾個由強訊社製作的新聞快報網。他們用不同網域把同一個新聞網複製出幾百個版本，而且把搜尋用的關鍵字植入編碼，如此一來，只要民眾在搜尋引擎輸入相應的關鍵字，至少會看到其中一個版本。我有把我發現的網頁留下截圖，如果妳想看。」

做為示範，他打開其中一張截圖，是CNN的首頁，我們的新聞不但上了頭版，篇幅還超過半頁：一張張改造營外觀的照片，走出寢室的孩子們臉部被模糊化處理，還有我們的背影，我們在最後幾分鐘跑過走廊、衝向出口。最大的一張照片是那道牆，幾十副紅色手印，乍看之下彷彿血手印。所有照片底下的標題都是「綠洲非綠洲：一窺『復健』營的真面目」。

「他們也有播放這段影片。」尼克說。從一開始載入時的靜止畫面，我已經知道這是什麼內容。

我看不到自己的臉——為了清楚拍到走出寢室的孩子們，愛麗絲是在我身後拍攝。「我名叫——」我聽到自己的名字被消音。「我跟你們一樣。我們每個人都跟你們一樣，除了拿攝影機的那女人。我們是來帶你們出去——去安全的地方，但是大家必須動作快，在不讓自己或其他人受傷的情況下盡快離開。跟他們走——快快快，好嗎？」

看到我抓緊桌邊，尼克稍微後退，開口道：「看來他們在加入這段影片之前沒徵求妳的同意？」

「確實沒有。」這段影片也像是私人恩怨——感覺他們故意把這東西甩在我臉上。影片剩下的內容是拼湊剪接而成，沒按照前後順序：被封嘴綑綁的超能士兵，制服特寫，綴以軍徽的武器設備——編輯得很高明，為了讓影片看來更有真實性。

「就我在不同留言板上看過的評論判斷，至少有兩大報社正在追蹤這項新聞。我串流電視新聞的時候，看到電視上已經有政府人員跳出來分析，指出哪些證據顯示這都是捏造出來的假新聞。妳知道嗎？他們還拿出那些孩子的名單，每個孩子的照片，連同各自家長為聯邦黨提供的貢獻。」

「我不知道。」我咬牙。「科爾看過沒有？」

「看了，稍早在這裡跟我一起看的。」尼克說：「聽著，他們大概都在車庫為這件事彼此祝賀，但事實是，這個方法並沒有奏效。消息浮上檯面還不到二十分鐘，格雷已經在網路上全面封鎖，不只如此，不少虛擬主機服務商已經被關閉。論壇上的留言——例如這一筆？」他指向某個時間戳記。「今早新聞剛發布時。」

留言的內容是：這真令人作嘔——所有改造營都像這樣？

「過了兩小時，」尼克說：「留言的語氣開始改變。」

鐵定是捏造，內容完整得根本不合理，我找幾個演員在我家後院也拍得出來。

更底下的留言寫著：那他們怎麼弄到那些孩子的照片？圖片資料庫？舊電影？

你這輩子沒聽說過Photoshop？

「很多人認為這是假新聞，」尼克說：「其中一個原因是他們——應該說我們——**我們**這個團體沒有名稱或身分，我們不能承認這是我們的作為，不能以之前的爆料來做為證明。強訊社專精於深入報導由第三方發布的消息，所以名為『強訊』——增強訊號，連**他們**在社會大眾眼中也不算完全值得信賴。」

「但是民眾至少有看到照片。」我回應。不管尼克怎麼說，這都是小小勝利，民眾現在想到改造營，大概會立刻想到這些畫面。

「這不足以打垮瑟蒙德，」尼克的黑眸閃爍。「我相信我們的計畫，那才是唯一選擇。」

「謝了，尼克，」我捏捏他的肩膀。「讓我知道後續狀況，好嗎？」

他點頭，回頭看向螢幕，在鍵盤上飛快敲打。我站起身，走向查布，他稍微面朝尼克的電腦，雖然假裝沒在聽，但什麼都聽進去。

「沒想到你沒在車庫裡忙碌。」我在他身旁的空位坐下。

「我完全聽不懂妳這話是什麼意思。」查布回答，雖然他現在顯然明白整體情況，至少連恩向他說明的整體情況。

「我相信你不懂，」我說：「但如果你想待在車庫……想站在連恩那邊，我能明白，其他人都站在他那邊。」甚至小雀，**甚至小雀**。

他以兩手一拍桌面。「這裡只有一**邊**，就是友誼、信任和關愛那一邊，也是每個人都該站的那一邊，我**拒絕**承認有任何另一邊的存在，明白嗎？」

我眨眨眼。「明白。」

「不過呢，」查布說：「身為現實隊的共同創辦人，我確實**傾向於**認為車庫那些傢伙對『揭發改造營真相』的做法過度樂觀，如妳和尼克的談話所證明。」

「薇妲怎麼想？」我問。

「小薇在健身房，」他說：「不在車庫。基於她的本性，她傾向於動用槍械炸藥的那一邊。」

我點頭，接著指向書籍，我現在看出這些是醫學課本。「你想查明格雷博士的狀況？」

「沒錯，」他說：「妳在這方面有沒有任何進展？」

我以苦笑回敬他的苦笑。「那種感覺實在怪得要命，」我告訴他。「我試著在她清醒時窺視她的心靈，看到的每道回憶都在狂奔——非常強烈的色彩和聲響高速飛過。但我在她入睡後再次嘗試時，就看到真正的回憶，完整一致。」

「妳有沒有成功在她的心靈中待久一點，我是說第一次？」

「沒有，我一進去就覺得非常難受。」

他點頭。「或許這就是重點，她只知道用這種方法驅逐橘印者。」

「我也這麼認為。」

「她的方法很合理。如果妳知道自己兒子能把妳的腦子攪成一團亂，妳難道不會試著想辦法阻擋他——保護自己？」

智力過人而且決心查出治療法的她，想必會採取一切防範措施。

「所以她的回憶就在裡頭，而且沒受損……」查布欲言又止，撫摸一本敞開的教科書邊緣。

「你從那裡弄到這些東西？」我拿起一本厚如磚塊的書。

「書店，」他接著迅速補充，「打烊之後。薇妲幫我弄到手，因為我膽小得不敢下車。」

「很高興你有這麼做。」我翻閱頁面，內容大多是解剖學，但其中幾本，包括他正在看的這本，都跟神經學有關，封面都是人類大腦。

他抬頭，表情莫測難辨。「克蘭西能……闖入別人的心靈，是吧？他進去之後能做什麼？」

我思索這個問題。「影響他們的感覺，讓他們動彈不得，還有……塞入畫面，讓他們看到幻覺。」

某人插嘴。「他還能——」我和查布轉身面向尼克，他看起來只想躲回寬型螢幕後方。「他不只……他不只能讓人僵住，還能讓他們走動，像操控玩具那樣。我有幾次見過他那樣控制瑟蒙德的研究員，他還在他們談話時跳進他們的心靈，為了聆聽另外那人在說什麼，但那很耗體力。他最後一次那樣嘗試後，睡了一整天才恢復過來。他因為出現嚴重偏頭痛，所以必須住手。」

查布瞥我一眼，我清楚看懂他的眼神。因為偏頭痛，而不是因為人類道德。

「他能不能影響某人的回憶？」查布問：「消除記憶……事實上，我不認為那算是消除記憶，比較算是壓抑。總之，他能不能控制某人的回憶？」

「他能窺視某人的回憶——」我欲言又止，對自己意識到的事情有些震驚。「他只有在我允許他進入時才能看到我的回憶，我不認為他能強行窺視。他在東河教我如何控制超能力，就是為了查明我是用什麼方法運用這種能力。」

「妳認識的另一名橋印者——他是什麼本領?」

馬丁。想到他,我渾身爬滿雞皮疙瘩。「他擅長操控人們的情緒。」

查布一臉好奇,翻到一頁描述腦部各個構造的圖表。「真有意思……你們是透過人腦的不同部位來對付他們。呃,抱歉,我的用字不太對。」

我舉起一手。「沒關係。」

「這種事情很複雜,不容易解釋。總之,雖然大腦有不同部門,它們卻以不同方式彼此合作,所以你們其實不是控制腦子的不同區域,而是不同系統。例如前額葉負責製作而且保存記憶,但顳葉也有同樣功能,這樣解釋明白嗎?」

「算是。所以你認為,我在別人的腦子裡做出不同舉動時,就是干擾那項過程的不同部分?」

「沒錯,」他說:「我的理解是,『記憶』是由不同系統組成,每項系統的功能稍微各異——例如其中一個負責製作,另一個負責回想,還有一個負責儲存。」他拿起面前的課本。「例如我記得這東西是什麼,如何拿起,如何閱讀內文,我對這東西的感覺……都由不同系統處理。我能做出的最佳猜測是:當妳『消除』某人的記憶,其實並沒有消除,只是擾亂了其中幾個關鍵系統,把『真實回憶』跟『想像出來的景象』做出聯繫……或是在某道回憶成形以及神經傳導物質發揮作用前予以干擾,讓某人無法——」

「好吧,那我們如何在不同系統之間切換?控制其他功能?」

「不知道。」查布說:「妳是怎麼對付克蘭西的?」

我一愣。

「妳曾經制住他,就像他制住連恩和小薇那般,妳做了什麼不一樣的事?」

「應該是……意圖？我當時徹底靜止下來，在心中要他跟我一樣別動——」我欲言又止。

鏡像心靈。

我不知道該如何脫離黑暗區域、切斷彼此的連結時，他那樣告訴過我。我抓出一道回憶時，我對他的心靈控制就回到他的記憶層面。我靜止不動，而且希望他照做時，他也確實照做。

我向查布解釋這項理論，他點頭。「聽來合理。妳刻意進入某人的回憶時，使用的並不是某道回憶本身，而是『如何這麼做』的回憶。老天，這種事情用言語描述出來，反而比在腦子裡思索更複雜。總之——被窺視回憶的受方因為某種天生的同理心而向攻方門戶洞開。我無法想像他願意把一部分的心靈控制權交給妳，也無法想像他擁有一絲同理心。妳想做實驗嗎？妳可以試試看控制我的手——」

「才不要，」我驚恐道：「我只想知道格雷博士的心靈中是哪種系統或哪個部分被他影響，才變成今天這副模樣。」

查布往後靠，依然一臉興奮，幾乎雀躍。「我得花些時間才能找出答案，我得先把這些書全部看完。」

「喂，阿宅們，」薇妲在門口，因運動而臉色潮紅、香汗淋漓。「你們應該會想看看他們在車庫忙些什麼。」

第十八章

進入車庫後，我花了幾秒才看懂眼前的景象。小雀坐在一張摺疊椅上，身後是以萬用膠帶固定的兩片白布，在四座檯燈的照射下，她渾身綻放光彩。看來他們在車庫一角搭起窮人的攝影棚。

這裡另外有兩張椅子，愛麗絲坐在攝影機旁，面對小雀那張，正在調整攝影機。連恩坐在小雀右手邊那張，正在輕聲對她說話。

他最先注意到我們，而且怒目以對。

「你們在做什麼？」查布試圖明白這裡的用途。

「雀兒答應接受採訪。」愛麗絲伸長脖子看我們，她依然一身黑衣，但頭髮挽成鬆散的髻。她身旁有兩本攤開的筆記簿，布滿以藍筆寫下的凌亂字句，第三本攤在膝上。

*科爾說妳只有一次機會證明這麼做會成功。*雖然我沒說出口，但聽在腦海裡也令我竊喜。他們幾小時前才送出影像檔，現在還無法確認這麼做到底有多少成果。

「有問題嗎？」連恩問。

薇妲吹聲口哨，彷彿正在預測這種局面會如何發展。但是連恩弄錯了，我不是來這裡找他吵架的。

「小雀，」我說：「我能不能跟妳談談？一下子就好？」

她立刻點頭，我感覺胃袋舒緩不少。我帶她稍微遠離其他人。

「妳願意接受訪問？」我問。她開心的對我點頭，以手勢表示「ＯＫ」。

「妳也明白如果妳這麼做，妳的臉就會出現在全國各地——他們有跟妳說明這點吧？」我不想讓她以為我把她當成無法替自己做主的小ㄚ頭，我也不想暗示連恩這麼做是在利用她，但我想看到她確認這點。在照顧其他人時，我的本能就是以自身為盾，避免讓他們遭受外界窺視，而小雀就是小雀，顯然明白這點。

她從口袋掏出小筆記簿，寫下：我不能跟你們一起去戰鬥，不是嗎？綠洲不行，瑟蒙德也不行？

看我搖頭拒絕，她並不顯得難過，只是一臉認命。我認為接受採訪是我唯一能做的。我想幫忙！

「希望妳別以為我沒注意到或不感激妳在農莊幫的這些忙。」我說。

小雀接續寫道：昨天發生的事讓我明白「大聲說出自己的想法」——自己的信念，是多麼重要的事。

「連恩確實有這種感染力。」我輕聲道。

她抓住我的胳臂，把拇指從頁面角落移開，讓我看到她另外寫了什麼。我想跟妳一樣堅強。我想接受採訪，幫妳達成妳的目標。我受夠了害怕，我不想讓他們贏。

這番話讓我忘卻心中痛楚，雖然只是暫時。我對她勉強一笑，用力擁抱她，她因此發出無聲而顫抖的歡笑。

「好吧，」我說：「連恩會把妳寫的字念出來？」

她點頭。我跟他說他可以這麼做，只要他不在鏡頭裡。他說他答應，但我不希望那些人因為在畫面上認出他而去對付他的家人。

「那妳的家人怎麼辦？」

我的家人就在這。

我咬唇。「妳說得沒錯，我們是家人。而且，我說這話或許是廢話，但我認為妳的採訪會把他們嚇得半死。」

小雀在筆記簿寫下幾字，再拿到我眼前。我會的，我有在練習。妳會不會留下來看？

「當然。」

查布和薇妲仍站在原地輕聲交談，背對連恩。我走向他們時，他們倆分開；小雀坐回椅子時，連恩和愛麗絲也停止低聲談話。

我感覺連恩瞟向我，只有幾秒，但我繼續看著小雀，她再瞥我一眼時，我以微笑幫她打氣。

「準備好了嗎？」連恩問。

「我有幫她準備紙筆，」愛麗絲從地板拿起一本較大的筆記簿遞給她。「她隨時可以停止採訪，我已經跟她說好。」

「我知道。開始吧。」

連恩張嘴似乎還想說些什麼，但終究沒說出口。愛麗絲等候幾秒，確認我不打算再次抗議後，轉身面對小雀。我站在愛麗絲身後，看著她把攝影機的功能從拍照切換到錄影。小雀沒辦法長時間盯著鏡頭，否則就會顯得緊張。我看著她調整身上的素白T恤和牛仔褲，兩手在膝上不斷交疊分開，腳踝也不斷交叉分離。

「好啦，甜心，把字寫得又大又整齊哦，好讓連恩一看就懂。如果妳不想回答哪個問題，那就搖頭，好嗎？好極了——我們先從兩個簡單題目開始：能不能說明妳的名字和年齡？」

小雀低頭寫字，因為不用盯著攝影機而顯得放鬆。我認為這就是她以筆做答的原因，就算連恩清楚知道這兩題的答案。

「我的名字是雀兒，」連恩朗讀：「我十三歲。」

「雀兒？好可愛的名字。」

「謝謝妳，」連恩代答：「我的朋友都叫我小雀。」

「能不能稍微解釋一下，為什麼妳的朋友幫忙念出妳的答覆？」

小雀的視線從攝影機移向我們，我從眼角注意到薇妲朝她迅速比出拇指。

我有在練習。

「因為……因為我有很長一段時間害怕得不敢說話，」小雀親自開口：「而且我以為……沒人想……聽我說話。」

連恩整個人跳起，震驚得臉色蒼白，彷彿被她開槍打中胸口。聽到她甜美輕盈的嗓音，我感覺地球停止旋轉。她的聲音有些結巴，散發她不讓我們在她臉上看到的緊張情緒，而且跟她說夢話時發出的那種因為長期沉默而沙啞的聲音完全不同。

「我做到了。」她的口氣幾乎顯得好奇。

「沒錯，妳做到了！幹得好啊，丫頭！」薇妲呼喊。在隨之而來的靜默中，只聽見她的響亮拍手聲。現場有其他孩子坐在地上圍觀這場採訪，他們的反應只能以震驚一詞形容。

查布連忙上前，從我、薇妲和起身調整攝影機的愛麗絲身旁衝過，幾乎整個人撞上小雀。他擁抱她時，臉上帶著純然喜悅，也懶得遮掩沿臉頰流下的眼淚。

「我在……接受採訪。」小雀的抱怨聲被他的T恤掩蓋。幾秒後，她做出退讓，拍拍他的背。

「好啦，查理哥，」薇妲說：「在她被你的淚水溺死前讓她繼續受訪吧，放手啦。」薇妲小心翼翼把他從鏡頭前拉開，帶他回到我站的位置，他把剩下的擁抱轉移到我身上。我也慶幸自己因此把視線從小雀身上移開，因為我得處理積在睫毛上的淚水。

「為什麼大家都表現得這麼……怪？」她的聲音越來越沉穩有力。「我們能不能從頭來過？」

連恩站起身，打算把椅子拖到別處時，她抓住他的手，對他輕語幾字。他背對我們，所以我看不到他的臉，但他把椅子搬到攝影機另一側時，我瞥見他臉上的驕傲和喜悅，我也開心得不禁哽咽。他坐下時，小雀立刻調整坐姿，讓自己面對他而不是記者。她整個人的姿態改變，情緒放鬆，兩腿在椅邊來回搖晃。

「這樣可以嗎？」連恩對她和愛麗絲問道。

記者點頭，在筆記簿上劃掉兩項提問。

接下來是小雀的色階與能力，然後是更重要的相關疑問：「妳是被父母送去改造營，還是被士兵逮捕？」

「我把我父親的車——我不小心讓引擎熄火，那是意外。在那之前，我只有毀掉幾顆燈泡，還有我的鬧鐘。他們當時在討論……好像是恐怖分子，他們說青春退化症應該是恐怖分子造成，我們全家應該立刻搬回日本。我聽了很難過——我當時沒辦法徹底控制自己的力量，我燒毀引擎，車子突然停止，後面的車全都追撞上來，我媽因此骨盆斷裂。她出院後，堅持要我在隔週的星期一回學校，也就是第一次全國收集。」

全國收集是向孩童隱瞞的一連串拘捕行動。如果哪個家長害怕自己的孩子，或認為孩子可能傷害自身或他人，就能依照政府命令把孩子在特定日期送去學校，由超能士兵接收。

「妳剛剛說妳現在能控制自己的能力。妳是怎麼學會的？」

小雀聳肩。「練習，而且別害怕這種力量。」

「有些人認為『讓超能孩童學習控制自身能力』只會危害他人，妳有何看法？」

她擺出招牌的「妳在開玩笑吧？」的表情。「大多數的孩子想學習控制能力，是為了讓自己覺得像個正常人。我怎麼可能想燒掉我碰到的每個電燈開關和手機，每臺電腦？或許有些孩子濫用那種力量，但大多數的孩子……如果我們無法控制自己的能力，那才危險。只要給我們時間，每個孩子都能學會。」

「那天在學校，意識到自己被超能力特種部隊帶走，妳有何感想？」愛麗絲問。

「我以為他們弄錯了，」她低頭看手。「然後我覺得自己又笨又弱——跟垃圾一樣。」

記者準備的疑問顯然是為了揭開小雀的往日瘡疤，不放過任何令人觸目驚心的細節。其中一項詢問她在喀里多尼亞的日常作息，接著詢問超能士兵平常如何對待那裡的孩子，再來是孩子如何被管教。試圖想像她那樣被對待，我感到痛苦難耐——加上聽到愛麗絲問道：「妳說妳逃出了喀里多尼亞，能不能描述事情經過？」

小雀轉身，身子稍微往前靠，兩眼看著連恩。他原本一直交叉雙臂，試圖維持面無表情，此刻的他朝她稍微點頭，露出令人心碎的微笑。說吧。

「我朋友花了幾個月的時間安排逃獄——他當時還不是我朋友，但他對每個人都很好，而且很聰明。我們知道自己只有一次機會，他就是我們的機會……」她接著說明逃獄計畫的細節，他們當時如何商量逃獄那晚的所有步驟。「然後我們執行計畫……成功了……前一天有下雪，到處都是積雪，跑起來比較困難，但我們看到幾個比較大的孩子已經在那間小屋裡——通電柵欄大門旁的警衛亭。他們試著關掉電源——打開大門。我不知道哪裡出了問題，他們顯然被營地管制員阻止，然後我們就被……」

愛麗絲讓小雀花幾秒的時間稍作鎮定，接著追問：「你們被怎樣？超能士兵和營地管制員如何反應？」

小雀說不出口。雖然是透過她的回憶觀看，我還是清楚記得那些畫面，更何況她是親眼目睹……我偷瞄連恩一眼，他僵坐在原位，絲毫不動，但是膚色變得蒼白。

最後，小雀舉起手，以手代槍，朝鏡頭做出開槍的動作，愛麗絲居然渾身一震。

這為何令人驚訝？我好奇。他們在屠殺我們的時候哪會感到羞愧？他們把孩子交給**軍隊**看管時，從沒考慮過那種可能性？

「妳的意思是，他們朝試圖逃跑的孩子們開火？妳確定他們用的是真槍實彈？」

小雀的口氣平淡。「雪地染成一片紅。」

愛麗絲凝視膝上的筆記簿，似乎不確定該怎麼問下去。

「我認為這個社會不把我們當人看，」小雀說：「否則他們不可能那樣對待我們。我們一向看得出超能士兵有點怕我們，但跟害怕相比，他們更氣我們，他們痛恨自己必須待在營地。他們給我們一大堆外號——『畜生』、『怪胎』、『惡夢』，還有很多我不該說的髒字。那就是為什麼他們下得了手；既然不把我們當人看，他們就不用把我們當人對待，也不會有罪惡感。逃獄的那晚，我們就像獸欄裡的牲畜，士兵大多從營地建築的窗口朝我們開槍，他們等孩子非常靠近大門時才……」

聽到某人輕聲驚呼，我這才意識到小雀引來一堆觀眾，我發現其他孩子和科爾站在我們身後不遠處。小雀描述時，大多孩子盯著她的蒼白臉龐，但是科爾盯著老弟。

「妳是如何逃離那場浩劫？」愛麗絲聽來是發自內心的感興趣——全神投入。

「我朋友——安排逃獄計畫的那位？他們打開了大門，他找到我，把我抱出營地。我當時跌倒，沒力氣爬起來逃跑。他抱著我逃了幾小時。我們發現一輛車，很舊的廂型車，為了逃離那裡而連續開了幾天。從那之後，我們就一直在找安全的地方。」

「你們在路上如何生存？如何尋找食物和棲身之處？」

「我們……我不想說。」小雀回答。看愛麗絲驚訝得坐直，小雀補充道：「因為外頭有許多孩子正在尋找食物和棲身之處，我如果說出來，人們就會知道去哪裡抓他們或設下陷阱。生存方式有很多種，重點是保持低調——別冒任何錯誤又嚴重的風險。」

「妳剛說『人們就會知道去哪裡抓他們』，妳是指賞金獵人？」愛麗絲問：「我有在他們的情報網上看過妳的資料，『尋獲』妳、把妳送回超能士兵那裡，就能獲得三萬美元的獎金——妳知道這件事嗎？」

小雀點頭。

「知道有人用這種方式發財，這是否讓妳生氣？」

她沉默許久，雖然這題的答案應該很簡單：沒錯，我很生氣，這讓我火冒三丈。

「我不知道，」她終於開口。「有時候，沒錯，這讓我非常沮喪。那種價格並不反映我的生命值多少錢——那要如何計算？他們從一萬塊的底價開始算起，再根據孩子的能力種類以及可能的反抗程度來提高價格。我認為我能接受那種價格，因為那讓他們知道我不會束手就擒，我會為了保護自己而反抗到底。」

我從攝影機的小螢幕看到愛麗絲把鏡頭拉近，在小雀說話時特寫她的臉龐。

「外頭有些男女現在是為獎金而活，不是因為他們缺錢，而是因為他們**喜歡**抓小孩的感覺，他們認為自己是這方面的高手，那真的很變態，他們表現得好像現在是狩獵季節。但我認為……更多人是被逼得這麼做，為了生存，他們需要錢。超能士兵被逼得這麼做，是因為他們被徵召入伍。我認為，他們如果多想想，就會發現自己其實並不是因為現況而生我們的氣。或許他們很害怕，但他們氣的是沒保護他們的那些人──政府，還有總統。他們無力消除自己人生裡的許多爛事，所以他們把事情怪在我們頭上。他們表現得彷彿青春退化症是我們的錯，而不是發生在我們身上的遭遇。所以經濟衰退是誰的錯？我們。房子被法拍是誰的錯？我們。」

愛麗絲想提出下一個疑問，但是小雀還沒說完。

「我認識那樣的人，他原本是個好人，超好的人，最好的人。問題是──如果你想成為賞金獵人，就必須證明自己的本領。除非你交出第一個獵物，否則就不能登入他們的情報網、使用他們的任何裝備。」小雀滔滔不絕的解釋，同時扭轉手中的筆記簿。「我和一群孩子開車去加州的路上，被兩名賞金獵人追捕──真正的獵人，我剛剛說的那種飢餓的獵人。他們撞翻我們的車，我的一個朋友因此……死了。他們正準備抓我的時候，另一名賞金獵人出現，把我從車裡救出──我當時被安全帶卡住，我剛剛應該先說明這點。我被安全帶卡住，所以沒能跟其他夥伴一起逃出車外。」

連恩大聲咒罵。這番口述令我震驚得做不出任何反應，只能繼續聽下去。

「他就是妳剛剛提到的那種──需要交出第一個獵物？能不能說說他是什麼樣的人？」

小雀點頭。「他年紀很大──不是**很老**的那種，但至少二十幾歲，大概二十七？」

愛麗絲輕聲一笑。「二十七不算年紀很大。」

小雀聳肩，接著說下去。「我們來到亞歷桑那……他應該來自旗桿市或普雷斯科特，我不確定。總之，他非常生氣，某種令人非常難過的事發生在他身上，但他沒說明。他只想脫離他原本的人生，但那麼做就需要錢。不管他說過多少次他要把我交出去，我就是知道他不會那麼做。」

「妳怎麼知道？」愛麗絲問。

就是啊，我心想，妳當時怎麼可以相信那種人？

「我跟妳說過，他是好人。他那時候……很煩惱，心裡很糾結。不管他如何試著把我當成怪胎，他終究還是讓步。他有兩次機會可以把我交給超能士兵，但他就是做不到。他不但救了我，還救了另一個孩子、送回提供照顧的那些人身旁，而且是他帶我去加州。」

我終於想通這道謎團——她說的「那些人」就是連恩的爸媽，她想必就是在那時候遇到連恩的母親。

「他後來有什麼遭遇？」

「他……他的名字是蓋伯，我剛剛有沒有說過？他叫蓋伯，而且他很……真的很善良。」

「他發生什麼事？」愛麗絲追問。

「蓋伯死了。」

查布吐出屏住的鼻息，以雙手揉臉。雖然我已經知道那件事如何結尾，但依然痛心。看著她的表情，聽到她說出「死了」二字……

「他發生什麼事？」愛麗絲的口氣變得柔和，也更為猶豫。愛麗絲回頭看連恩，彷彿詢問是否可以繼續追問。他點頭，他也知道小雀想談這件事。我總覺得小雀答應接受採訪，就是為了說明蓋伯、那人為她做了什麼。

「之前跟我一起旅行的那些孩子？他們比我們更早抵達加州，在我的——在我們說好的某個地點等候，但我當時不知道他們已經在那裡。」

老天……

「我們觀察四周時，蓋伯要我走在他身後。那裡非常、非常黑——我們幾乎什麼都看不到。我們打開門——旁邊一棟建築的門時，其他孩子就躲在裡頭。他們看到他，認出他是在亞歷桑那出現的那名獵人，以為他一路追來這裡，其中一個女孩因此驚慌得朝他開槍。」

連恩看向我的瞬間，我也看向他，他一臉震驚。

「他是個好人，只是想幫忙——那是一場誤會，但我們無法改變已經發生的事。他們以為他打算傷害他們，他們不知道我做了什麼。他死了，因為他幫了我，而不是幫他自己。」

「真悲慘，」愛麗絲還在考慮該如何遣詞用字。「那實在……」

「人們害怕彼此，」小雀說下去：「我不希望自己看到大人就得擔心他們在盤算能拿我換多少錢，我也不希望他們看到我就得擔心我能如何傷害他們。太多……我有太多朋友都活在痛苦中，他們被以前的經歷傷得很重，但他們還是把我照顧得很好，這就是所謂的一體兩面。有些人很害怕，但有些人非常勇敢。我們能熬過飢餓、害怕和傷害，因為我們擁有彼此。」

愛麗絲讓攝影機多拍攝幾秒，最後關掉機器，身子往後靠。「今天先到此為止吧。」

小雀點頭，起身把筆記簿放在椅子上，然後直接走向薇妲。「我表現得還好嗎？」

薇妲伸手跟她擊拳。「超殺的，ㄚ頭。」

連恩聽著愛麗絲對他說話，同時聽著小雀和薇妲的談話——發現我正在看他時，他沒移開視線，而是淺淺一笑。我感覺自己也回以微笑，但這突來的一刻迅速結束。重點是小雀；看著她跟薇妲說話，看著她為了加強語氣而以手勢輔助，這完全超越我跟連恩之間的暫時休戰讓我感到的小小喜悅。聽著她的嗓音在情緒興奮時以甜美的方式轉高，某個思緒在我的心靈深處攪動。

我觸碰查布的胳臂。「大腦哪個部分控制說話能力？」

他突然回神，彷彿被我拿冰水潑臉。「大腦是分工合作，記得我說過吧？」

「嗯，這我知道，我想問的是，腦子裡是否有哪個部位可能因為出現異常而讓我們無法說話或處理語言，就算其他區域似乎都很正常？」

他一臉困惑。「小雀是自己選擇不說話。」

「我是指莉莉安，」我說：「例如，房子裡所有燈光都開著，她卻無法打開門鎖——她能聽懂幾個單字，但無法明白我們說什麼，我們也聽不懂她說什麼。你有沒有聽說過這種狀況？」

他思索片刻。「我想不起那個專有名詞，但有些中風患者會出現那種症狀。我爸在急診室處理過一名病患，那人原本在課堂上講解莎士比亞，突然發生中風，兩分鐘後完全無法與旁人溝通。好像是……表達性……失語症？還是接受性失語症？我不確定，我得再查查，但我知道其中之一是韋尼克腦區受損所引起。」

「Inglés, por favor.（註11）」薇妲注意到我們的話題。「很不幸的，這裡只有你精通阿宅語。」

他悶哼一聲。「基本上，我們想說的話是在韋尼克腦區成形，再轉移到負責表達的布洛卡腦區。我在想……」

「什麼？」我催促。

「或許克蘭西成功……關閉或麻痺她腦子裡那兩個區域？或予以壓抑，讓那兩個區域無法正常運作。」他朝我投以敏銳一眼。「妳恢復連恩的記憶時，**到底**做了什麼？」

「我當時想著……我當時回想我跟他之間發生的一些事，」我說：「我那時候——」吻他。

註11 薇妲這句是西班牙語，意思是「麻煩說英語」（English, please）。

「以某種方式接觸他，算是……出自本能。我當時試圖連接他的心中某處。」我當時試圖尋找被我丟棄的往日連恩。

鏡像心靈。

「噢，」我以雙手摀嘴。「**噢**。」

「告訴我們，」薇妲把雙手放在小雀的肩上。「我只聽得懂妳這邊的說法。」

「我需要幫她『接電發動』。」我說。

「妳說啥？」科爾加入這場談話。「我們打算給誰電療？」

「妳認為妳能重置她的那套腦部系統，」查布明白我的用意。「但是……到底怎麼做？」

「我上一次進入克蘭西的心靈時，他對我說了幾個字，」我說：「**鏡像心靈**。我認為那就是我進入某人心靈中發生的事，我以自己的心靈反映對方的心靈內容。我干預對方的回憶、從中瀏覽時，彷彿我在彼此之間豎起一面鏡子，我想像出來的所有改變立刻被對方的心靈反映。」

「好吧？」科爾有聽沒有懂。我恐怕不可能清楚解釋，他們完全不明白那種感受，我也不知道該如何描述。

不過，感謝上帝賜下查布。「所以妳認為，如果妳進入妳自己那部分的腦區，就能因此進入她的腦區，而且予以重置？」

我舉起雙手。「值得一試？」

「當然值得一試，」科爾說：「反正我們早該去查看她的狀況——」

卸貨區的門板傳來一聲響亮敲擊，彷彿一聲槍響劃破車庫裡的平靜。連恩立刻跳起，跑向門口，看到他臉上的咧嘴笑，我才允許自己放鬆。他和凱莉解開掛鎖，被拉起的捲門如雷作響，外頭陽光立即湧入。

我數算有八名孩童進入車庫，狀況一個比一個糟，渾身骯髒，衣衫襤褸。我們站在原地就能聞到他們的臭味，科爾選擇以皺眉以及連恩也常出現的某種表情作出回應。

我認出這些臉龐，但我在納許維爾市的諾克斯巢穴沒待多久，不記得他們的名字。那裡的孩子當時生活悽慘、物資匱乏，因為諾克斯及其心腹把取得的所有物資據為己有。眼前這支隊伍的狀況只能說比之前稍微好一點。他們帶著幾個背包，還有以舊床單充當的行囊。要不是因為我知道真相，我會以為他們是從納許維爾市一路走來。

連恩伸手打算拉下捲門，但停止動作，探頭出去，揮手要最後兩人進來。高䠷的金髮女孩在門口停步，一拍他的肩膀。另一名身形更為高大、頭戴亮紅格紋獵人帽的男孩放下背包，伸展身子。

奧莉薇雅，我心想，還有布雷特。

果不其然，凱莉和露西衝上前，高喊：「莉薇！」

那女孩轉身回視，兩女清楚看到她的臉龐時不禁愣住，腳滑過水泥地後停下。她的一邊臉頰被梅森燒傷——當時被諾克斯囚禁在那處巢穴的紅印者——癒合後留下嚴重疤痕。

「我換了造型，」她的口氣輕盈，「如妳們所見。嗨，露碧。」

布雷特隨即走來，一手撫過她的長髮辮，停在她的下背處。

我拉近彼此之間最後幾呎。雖然我們都不算外向愛抱抱的類型，雖然我們只分開一個月，但我還是有如睽違多年般擁抱她。「很高興見到妳。」我發自內心的說。「還有你，布雷特。」

「妳也是。」他向我擔保。我後退，讓凱莉、露西和邁克上前擁抱她，讓她感受這裡的熱情。「所以這就是你們在洛迪市的家，嗯？」

「沒錯，」連恩確認。「我們可沒閒著。妳有沒有看到今天的新聞？我們侵入改造營，我之前跟妳提過那項計畫。」
「是你們幹的？」奧莉薇雅眨眨眼。「我記得你提過，但是……」
她和布雷特面面相覷。
「我們來的一路上，所有收音機電臺都在播報這項消息，」布雷特說：「你們應該知道兒童聯盟已經聲稱這是他們的功勞……吧？」
就這樣，強風瞬間離開連恩的帆面——事實上，車庫的空氣彷彿被瞬間抽離。科爾走到工作站前，驅逐站在那裡的孩子們，打開收音機。
男性電臺播報員的嗓音傳來。「——我們剛剛收到由兒童聯盟的代表發布的以下聲明——」
我低頭看鞋，雙手扠腰。克魯斯參議員和蘿莎沿地道匆忙趕來，尼克緊跟在後。面無血色的參議員張嘴想朝我們呼喊，從收音機喇叭傳出的嚴肅嗓音說明她帶來的消息。
「『昨日清晨，我們襲擊了格雷位於內華達州的綠洲改造營，救出被他的暴政所凌虐的孩童，只有總統立即下臺，我們才會釋放孩童。如果這些要求沒有被滿足，我們會對下一個目標發動攻擊。』以上是兒童聯盟的大膽宣言。如果您剛開始收聽本節目，我們將針對今天早上由幾家大型報社收到的照片和影像檔發表最新狀況……」
「他們怎麼可以這麼做！」薩克的咆哮壓過周遭的討論聲。「那件事跟他們根本沒關係！他們把我們當成恐怖分子——」
「這是真的嗎？」克魯斯參議員問科爾：「他們真的會把功勞攬在自己身上？還是這是格雷捏造的？把後續的襲擊事件全算在他們頭上？」
「我認為他們確實搶走我們的功勞，」我開口，認為自己需要在這種驚慌氣氛注入一絲鎮定。「格雷不需要找藉口也能對聯盟發動攻擊，而且他一直在忙著解釋那些證據都是捏造的。但這大概也不重要了，反正現在被格雷盯上的是聯盟，不是我們。」

科爾強忍沾沾自喜的神情，或至少稍微壓抑。「好吧，你們成功讓他們的帽子上又多一支榮譽羽毛，但是露碧說得沒錯，這對我們來說是好事。」

播報員接著說下去，口氣依然堅定。「——十五名超能力特種部隊成員受到輕傷，在營地內部接受治療。在高階軍官即將到達當地之前，那十五人被問及孩童待遇以及營地狀況時皆拒絕表示意見。格雷總統目前尚未做出回應，華盛頓政府也依然保持沉默。」

言下之意流過我的腦海。**情況即將改變**。

＊　＊　＊

我們解開門鎖，進入房內時，莉莉安不但醒著，而且正在裡頭來回踱步。她只有打開桌上那盞燈。她的模樣比先前稍微好一些。某人，大概是科爾，提供了讓她可以洗臉的毛巾，還有梳子以及一套乾淨的運動服。我在剪報上看過她的第一夫人扮相——華貴禮服、完美髮型、珍珠項鍊——我也在克蘭西的回憶中見過她身穿乾淨白袍的科學家造型。此刻，一身運動服，她看來與路人無異，這讓我更能接近她——做出我必須做的事。

「嗨，格雷博士，」我開口：「還記得我和查……查爾斯嗎？」

薇妲和科爾都想在此目睹，但被我拒絕，我擔心她可能因為太多人在場而不安。她必須保持鎮定，起碼跟我上一次見到她時相比。

她喃喃自語，繼續小心翼翼的來回走動，同時瞥向攤在床上的紙張。她突然停步，急切的指向紙張，拚命試圖說出無法形成的文字。她以一手按揉喉部，沮喪得渾身顫抖。

這一刻讓我恍然大悟。克蘭西讓她無法開口，不只是為了阻止她說出治療法，而是為了懲罰她，他知道這種做法能帶來最大傷害，他把她關在她自己的傑出心靈之中。

「沒錯，我們想談談妳做的研究。」

「圖——」她吞口水，再次嘗試，我從沒見過有誰如此狼狽。她朝我們伸手時，我逼自己別牽她的手。「圖……表。」

「沒錯，圖表。」我輕輕抓住她的肩膀，帶她走向床鋪。我不知道她是否記得我上次在這裡的時候發生什麼事，但她沒反抗，直到我試圖逼她坐下。

「露碧，」查布問：「準備好了嗎？」

她的肩膀拱起，我感覺她的肌肉緊繃。她正在做準備，她知道我有什麼能力。

第二次潛入她的心靈時，痛苦程度不亞於第一次。格雷博士把一道道回憶化為我無法橫越的急流——眾多地形、房屋、道路、童書、課本、花朵和銀器串流而成——她能想到的任何畫面都被拿來保護更重要的回憶。

但我們之間做出連結，這才是重點。

「露碧。」我知道查布站在我身後，但他的聲音彷彿從門外傳來。「露碧，妳……呃……妳最喜歡什麼顏色？」

「我最喜歡的顏色，」我讓這個文字在腦海中成形，「是綠色。」

剛說出「綠」字，變化立即出現。上一秒，我在稍縱即逝的眾多景象之中漂流，下一秒，我感覺自己被甩上一面以碎玻璃組成的牆壁。我稍微後退，不管是身體還是精神。

「告訴我，妳的中間名是什麼？」查布說。

「是……」這串文字讓我更接近尖銳的痛楚，她這部分的心靈黑暗得令人無法承受。她每次試圖開口，試圖使用這部分的心靈時，想必痛苦難耐，他想讓她被折磨。

「妳的中間名是什麼？」他重複。

「伊莉莎白。」我感覺自己的嘴形成文字，但是耳中脈搏聲讓我無法聽見。我必須突破，這是玻璃，我必須打碎，必須穿透其中。鏡像心靈。

「妳的中間名是以誰的名字命名？」查布的疑問讓我留在她這部分的心靈中。每次我必須思索如何回答他，痛楚就稍微減緩。

「祖母，」我說：「奶奶。」

奶奶，奶奶，奶奶，記得我的某人，等這一切結束後我就能去找的人。我需要妳，我們需要妳。

我更用力抓緊她，直到我相信我的指甲已經陷入她的皮肉。我最後一次深呼吸，盡全力推動那面玻璃牆，讓自己的心靈化為球棒，不斷敲擊，直到我感覺牆面發出震耳碎裂聲。我往前滑，推擠而入，直到玻璃牆破碎，把心靈連結切斷成一段段細絲。

「露碧，我們那輛廂型車叫什麼名字？我們怎麼稱呼它？」想必查布不斷對我吶喊這項疑問，他的嗓門聽來沙啞。

「黑……」我含糊道，我的心靈混亂——滿是痛楚——劇痛——「黑貝蒂。」

我不是滑進那面破碎屏障，比較算是從中滾過，我周遭的世界爆發耀眼藍光——我從朦朧痛楚中醒來後，發現自己平躺在地，查布的焦慮臉龐離我只有一吋。

「妳還好嗎？」他抓住我的胳臂，扶我坐起。「感覺如何？」

「感覺像被著火的刀子插進腦袋。」我咬牙道。

「妳昏了整整一分鐘，害我開始擔心。」他說。

「發生什麼事？」我轉頭看向床鋪。「怎麼——」

莉莉安．格雷坐在床邊，雙手掩面，肩膀顫抖，隨著每次呼吸而渾身抽搐。

她在哭，我跪坐在地，我傷了她——

她的臉龐泛紅，因痛哭而腫漲。這裡的氣氛改變，沉重情緒退去，留下輕盈藍天。她看著我時，她**看到我**。她綻放苦笑。

「謝謝……妳。」她把每一個字都當成小小奇蹟。

毫無預警的，我也開始哭泣，在胸中累積的壓力隨著我吐出沉重氣息而徹底釋放。我**做到了**。就算我這輩子沒做過任何有價值的事，好歹也幫了這女人，我讓她重拾言語能力。我沒打破某人的心靈，而是予以修補。

「呃……」查布尷尬的開口：「或許我該……呃……」

我站起，笑著擦淚。「我去找科爾，」我說：「你能不能跟她說明情況？確保一切正常？」

來到外頭，我用T恤擦臉，讓自己穩穩呼吸幾次，先去健身房和辦公室找人，然後是用餐間，孩子們坐在這裡享用起司通心麵。

沒錯，晚餐，這表示……

我一次跨過兩階，穿過大廳，來到廚房。在這裡忙碌的孩子們只是聳肩，說科爾進來端走兩盤麵條。如果我在文件儲藏室外頭等候，那會引來太多注意，因此我把串著鑰匙的繩子套上脖子，確認周圍無人後，進入文件儲藏室，把門鎖上。上頭的燈泡隨空氣流動而搖擺，架子後方的半閉暗門吱嘎作響。

讓我決定踏進那條狹窄走廊的主因是「好奇」。我已經多日沒見過克蘭西——我每次自告奮勇送餐，科爾只是揮手拒絕，說克蘭西既然不想看到我，我也最好別去惹他。他說克蘭西的態度非常友善，沒打算試圖對他心控。

既然格雷博士已經恢復，我原本以為薇妲可能會在這、透過走廊盡頭的門上小窗觀察他們——但她不在這裡。這裡沒有任何人，沒人確保克蘭西沒在科爾的腦袋裡盡情奔跑。

如果你對我說科爾和克蘭西面對面的坐在地上用餐，只以一吋厚的防彈玻璃相隔……我會叫你別到處宣傳自己的幻想。但他們倆正在這麼做，如老友般輕鬆談話。

我俯身向前，把耳朵貼在門上，偷聽他們的談話片段。

「——裡頭什麼資料都沒有，就是這麼機密，我之所以知道那東西還存在，是透過某個超能士兵帳號——」

「——如果能讓我們獲得更多兵力，那就值得——」

「別小看他們搞的宣傳——試著用它來散布你自己的訊息，募集願意加入的士兵——」

十分鐘經過，然後又過五分鐘。我原本的歡欣退去，化為類似不寒而慄的情緒。他們倆不但在談話——我原本以為科爾會用人類史上最細的濾網篩檢克蘭西說的每個字——而且我發現我對自己所聞感到同意。

「目標應該是讓孩子們盡量保有各種選擇，別讓任何人搬出控制孩子的規矩，」克蘭西說下去。「參議員到底願不願意支持他們的權利，讓他們決定自己的未來？」

治療法只是控制我們的方式之一，那會剝奪我們的選擇權。

我退離門邊，搖搖頭。不——幫助莉莉安**才是**讓我們擁有選擇權。不知道治療法到底是什麼內容，我們就不能做出真正的決定。

那麼，過去幾小時的成果突然成了一場錯誤？

「——沒有其他關於鋸齒營地的情報？」科爾起身，從送餐口拿走克蘭西的空盤。

克蘭西回到小床上。床上有一條更厚一點的毛毯，還有一塊真正的枕頭，床邊的書籍堆得跟床一樣高。既然科爾願意提供這些東西，看來克蘭西是個**非常**乖的孩子。

「你知道我所知的一切。鋸齒不是我幫忙建立的改造營，而是田納西州的第一座營地，」克蘭西說：「妳到底打不打算進來，露碧？」

我退離門邊，雖然這麼做毫無意義。他的目光移向小窗，透過玻璃與我對視。我深吸一口氣，解開門鎖，用腳頂開門。科爾走向我時，垂於側身的一手抽搐，我看不出他到底是不安還是惱怒。

回到外頭的走廊後，我才開口。

「別說了。」他舉起一手。「場面在我的控制下。」

「只要有他在場，沒有任何場面是真的被控制住。」我指出。「總之小心點……」

「妳真囉嗦，寶石妹，」他抓抓頭髮。「到底發生什麼狀況？」

「我覺得你得去親眼目睹才會相信。」

* * *

其他人忙著剪輯小雀的採訪影片，而且也在連恩的建議下接受採訪，因此只剩我和科爾忙著安排瑟蒙德行動。為了修改細節步驟，我們整晚沒睡。我將於二月二十七日帶著隨身碟進入瑟蒙德，由二十名孩童、哈利以及四十幾名前任士兵組成的隊伍於三月一日夜間七點強攻改造營、制伏當地的超能士兵——而我必須在六點四十五分左右把木馬程式上傳至超能士兵的伺服器。孩子們將被帶去一個步行距離內的安全地點等候家長。寫下一個個步驟時，這項計畫乍看輕而易舉，但實行起來一點也不容易。

我睡在電腦桌前，科爾把一大片紙張放在我頭上，我因此驚醒，這個早上也正式開始。

「這啥？」我往頭上一摸，發現至少有十五張紙以膠帶拼湊而成，紙上是以環型排列的木屋、破磚房、銀色柵欄和欄外草原組成的完整地圖。

我跳起。「這是瑟蒙德。你怎麼弄到的？」

做為回應，他平靜的遞來一支銀色預付卡手機——表情有些不甘願。我接過，慢慢湊到耳邊。「喂？」

「是露碧嗎？」

「我是。」我回視科爾。

「我是哈利．史都華——」線路有些雜訊，讓我把手機握得更緊。哈利，連恩的繼父，他的嗓門比我預料的更低沉，但我能聽出其中的笑意。「我想讓妳知道，我們昨晚執行了一項行動——」

「我們？」我笨拙的重複。尼克來到科爾身旁，一臉納悶。我打開擴音模式，讓尼克一起聆聽。

「你沒事先徵求我同意的行動。」科爾咕噥。

「一群退役老頭，」他笑道：「還有幾個新朋友，他們最近不想再效忠總統。今早大約凌晨兩點，我們攻進一座可疑的黑牢地點。」

我感覺心臟隱隱作痛，在我屏息時停止跳動。

「行動很成功，我們尋獲幾名可能的叛徒和線人。」他說出**叛徒**和**線人**時口氣輕快，略帶笑意。「根據我們在那裡發現的情報以及政府內部的情報來源，我們正在安排下一步。我們會在這個週末跟你們會合，但我想讓妳知道我們確實找到妳的——」

他的聲音模糊，似乎遠離話筒。我聽到另一人的聲音，較為高亢——女性。

「先別急著起來，」我聽到哈利說：「我很高興妳醒了——這些男士們會向妳說明狀況——沒錯，妳很快就能跟她說話——」

我在耳中聽見，也在腳趾感覺到自己的心臟狂跳。我從話筒摩擦聲聽出那人搶走電話。

「露碧？」

尼克發出驚呼，以雙手摀嘴。聽到她的聲音——不可思議——他們——凱特還——

「凱特，」我窒息道：「妳還好嗎？妳現在在哪？」

「露碧，」她打斷我的話，「聽——聽我說——」她的嗓門十分沙啞，讓我自己也覺得喉嚨痛。「我們沒事，我們都很平安，但妳必須聽我說，聯……聯盟出了狀況，是不是？他們——」

我聽到哈利插嘴：「別擔心，先躺下——」

科爾把雙手撐在桌上。「康納，怎麼回事？」

「我們在那裡的時候……幾名衛兵挑釁我們，說堪薩斯總部即將遭殃。我們這些特工——我們都無法跟那裡的人取得聯絡。妳能不能警告他們？向他們轉達——？」

「我們會處理。」科爾向她保證。尼克已經回到自己的電腦前，雙手在鍵盤上飛舞。「妳先冷靜下來，哈利會帶你們回來這裡。」

「這些特工想去堪薩斯。」她的口氣緊繃。

「這個嘛，他們恐怕沒得選。」科爾的口氣並不友善。「嘿，康納，很高興能聽到妳的聲音。」

「你也是。你有好好照顧我的孩子吧？」

科爾朝我微微一笑。「他們把我照顧得很好。」

「露碧？」

「我在這。」我連忙道：「妳還好嗎？告訴我妳很好——」

「我很好，我很快就會見到妳，知——知道嗎？我很抱歉——線路——斷——」

通話中止。

我凝視手機，讓科爾伸手關掉，我沒力氣對抗體內的麻痺感。我想繼續對她說話，我必須讓她知道——我多麼抱歉。

「他們正在開車經過荒野，」他告訴我。「收訊不良。更靠近我們時，哈利會再打電話過來。」

我點頭。「你認為那是真的嗎？他們準備襲擊堪薩斯總部？」

「他們的伺服器現在是離線狀態，」尼克說：「我發出通訊要求，但他們……毫無反應。」

「我會試著打電話給幾名仍在執行外勤的特工，看他們是否接獲情報。」科爾把我的頭髮撥到耳後，以指關節撫過我的臉頰。「哈利他們大獲全勝，凱特很平安，我們即將獲得真正的生力軍。兩星期後，我們將會扭轉局面。把注意力集中在這件事上，別讓堪薩斯的問題影響妳。就我個人認為，堪薩斯總部挨不挨揍都不重要。」

「當然重要，」我說：「已經死了這麼多人——」

「我知道，」他說：「我不是那個意思，只是聯盟早已瓦解。那幫人搶走我們的功勞，其實是出於絕望，為了維持自己的重要性。把妳的注意力集中在未來，還有治療法，尤其因為格雷博士已經復原。瑟蒙德——」他敲敲這張大型列印地圖。「哈利好不容易幫我們弄到這筆情報，我們得好好把握。」

他站起，把列印地圖拿到牆邊釘起。我待在原地，直到他離開，大概是去調查凱特聽到的消息，我才站起，走向瑟蒙德的衛星地圖，彷彿置身夢境。我的視線沿木屋環線掃過——顯然是不均勻的環形。從上頭俯視，彷彿飛鳥從上頭自由飛過，這撫平我的作嘔感。

「比以前大多了。」尼克說。我點頭，接過他遞來的油性筆。

他後退，靠在桌邊觀看。我忙碌的同時，似乎引來越多觀眾，直到我不用轉身也知道周圍全是人。我標示每一個大型結構——木屋環線左方的兩棟矩形建築分別是「工廠」和「兵營」，營地最北角那片方形綠地是「庭園」，以及右方的「食堂」、「醫務室」和「大門」。然後我標出木屋，以及圓形管制塔。我以綠筆或藍筆標示每一條木屋環線的居民是哪種色階。

某人的視線停在我肩上，如陽光穿過放大鏡般令我感到灼熱，直到我無法忽視持續攀升的局促不安。這種感覺並不理性，但我覺得自己正在揭露某種令我羞愧的祕密。我的情緒立刻從興奮墜入驚恐和憐憫，我感覺自己開始豎起層層警戒。

「那裡只有綠印和藍印孩童？」我轉身面對提問的克魯斯參議員。她站在門口，挽著格雷博士的手，後者似乎想更接近我。尼克瞥她一眼就僵住，隨即逃到後方，坐下時差點跌倒。

「那裡原本有黃、橘和紅印孩童，」我看向兩名女子，「五年半前被轉移，紅印者被送去接受名為『童軍計畫』的訓練，黃印者被送去印第安納州某座以非電子方式拘束孩童的改造營。」

「橘印孩童呢？」格雷博士問。

我的手靜止，連同周遭空氣。

「我們無法確認他們的下落。」我說。

「這是哪裡？」格雷博士說話還是有點結巴，彷彿懷疑自己的語言能力隨時會失靈。她走近一步，查看地圖上的草原和雪地。如果仔細觀看，或許還能看到在庭園忙碌、身穿藍色制服的小小人影。

「這不是瑟蒙德，」她說：「瑟蒙德只有一棟建築，我親眼見過。」

「一開始的研究計畫移到別處後，營地為了容納更多孩童而迅速擴建，」我說：「我有在紅橘黃孩童住過的木屋旁註明顏色，黃印者木屋的電子鎖被換成普通鎖，後來沒再更換。就我所知，紅印者木屋裡只有加裝水龍頭和灑水頭。」

克魯斯參議員把一手放在我的肩上，靠過來查看我做出的註記。「紅印者和橘印者為什麼住在從中心算起的第二圈，而不是最外圈？如果管制員擔心他們惹麻煩，應該會想讓他們盡量遠離管制塔。」

「綠印者木屋包圍那些孩子的住所，做為緩衝，」我解釋：「如此一來，如果紅橘孩童試圖攻擊管制員，或試圖用超能力逃跑，就必須在途中燒死幾個綠印者。」

「那有阻止他們嗎？」

我搖頭。

「有誰成功逃跑嗎？」

我搖頭。「試圖逃跑的人，還沒到柵欄前就會被槍殺。管制塔屋頂隨時至少有一名狙擊手——如果有群孩子在庭園工作，就會有兩名。」

「好吧，這害我對人性不剩一絲信心。」科爾回到這裡。

「有任何發現嗎？」我問他。

「沒，」他說：「晚點再談。現在，妳能不能說明瑟蒙德的每日生活？我相信你們應該有某種作息表？」

「早上五點，起床鈴。五分鐘後，門鎖解開。接下來的作息則隨著每個月調整。他們一天供應兩餐，所以如果某天沒安排早餐，我們就得去廁所工作六小時，到中午才能吃午餐。然後我們可以在木屋待兩小時，之後開始夜間工作，通常是清潔，例如洗衣服，或清理總是阻塞的超恐怖排水溝。接著是晚餐，然後八點熄燈。」

「天啊。」這是克魯斯參議員的唯一評論。

「那裡有超過三千名孩童，」我說：「他們的控制精確到以秒為單位。隨著超能士兵因為四年役期結束而人數越來越少，他們還是想出辦法因應。」

「妳認為那裡的孩童與士兵比例是多少？」科爾說：「粗略估計。」

我早就跟他說明這個部分，他這麼做是為了讓我面前的兩名女子知道。

「凱特跟我說過，營地通常駐紮至少兩百名士兵，管制塔裡另外有二十人。既然他們準備關閉瑟蒙德，人數應該比以前少。」我搖頭。「雖然聽來不多，但他們都在關鍵位置站崗，也有權騷擾和欺負孩童。」

格雷博士雖然努力研究青春退化症的治療法，但這些消息似乎令她作嘔，彷彿第一次聽說，這令我感到不可思議。雖然有些事情想必是機密，但她的丈夫就是總統，在發展改造營計畫方面扮演關鍵角色。

她撇開頭。「……妳跟我兒子一樣，是不是？」

「能力一樣，」我說：「但在更重要的其他層面上不一樣。」

「他在瑟蒙德的時候，妳也在那？」

「我進去的時候，他早已離開，我們沒同時待過那裡。營地開始擴建後，我才被送進去。

妳為什麼問？」

她把頭歪向一旁，我強忍顫意——她這個動作跟克蘭西一模一樣。

「我猜我之所以會在這裡，是因為妳想知道我在控制兒童超能力方面的成功？」她坐直身子。「還有樂達公司對病因做出的結論？」

「沒錯，」科爾說：「所以，很自然的，我們想知道妳希望獲得哪種報答。」

雖然這項提問單刀直入，但我還是有點震驚。我不知道我為什麼原本以為她——格雷家族的成員——會出自善意幫助我們。我大概原本希望他們一家人不會**完全**如出一轍。

「我們能不能在更隱密一點的地方談話？」她瞥向窗外，孩子們正在大廳走動。

「沒問題，」科爾說：「尼克，如果你發現關於堪薩斯的任何情報，立刻來找我們。」

我們跟他上樓，經過在走廊房間之間走動的孩子們，他們似乎根本沒注意到這名金髮女子是誰。進入樓上辦公室後，科爾以手勢邀請兩名女子坐下，他走到桌子的另一側，我把門鎖上。

格雷博士靠向椅背，以黑眸迅速觀察四周。「這是約翰的辦公室，是不是？」

我似乎忘了格雷家和約翰．艾爾班原本私交甚篤。艾爾班當初協助第一夫人失蹤，贊助她的研究，還跟她約好——**噢**。

「妳希望我們履行艾爾班的承諾，」我說：「那妳就必須拿出情報，我們才會讓妳先在克蘭西身上進行治療。」

科爾輕聲吹口哨。「我聽說那是某種手術，應該沒辦法在這裡處理……」

「當然不行，」她說：「就算用漂白水刷洗這裡每一吋，也不符合手術標準。我需要你們偷偷幫我在鄰近醫院做安排，讓我能在受過專業訓練的幫手協助下進行手術。」

「這種要求有點強人所難，」科爾說：「再怎麼樣也不可能偷偷來。」

「我原本就打算在手術結束後帶克蘭西找個地方躲起來。我想回到接近正常的生活，帶著我原本擁有的兒子。」治療法只是控制我們的方式之一，剝奪我們的選擇權。克蘭西那番話在我腦中低語，我也有聽進去。

「我不……」我開口，但我到底為何感到猶豫？克蘭西一再證明他會用自己的能力傷人。東河……裘德……他多少次讓我看到他敢做到什麼程度？就為了避免讓他再次碰上在瑟蒙德的那種窘境：無力感。他被綁在瑟蒙德的工作檯上，被電流穿腦的痛楚折磨時，我感覺到他的無力，感覺到失去自身功能的羞愧，感覺到被當成動物對待的憤怒。

跟拯救眾多孩子相比，他會先救自己。這一次，我們必須選擇拯救其他人，而不是他。

「好吧。」我開口，科爾顯然在等我回答。我在他眼中看到的——是失望？明白？那道光芒一閃即逝，被他平常的微笑遮掩，我不確定我是否看錯。

「成交，」他說：「我們今晚會召集所有成員，好讓妳向大家解釋。明天晚上，我們會開始選擇適當的醫院。」

格雷博士點頭，默默答應。我起身，咕噥說我要去樓上看薇妲他們的訓練，事實上，我似乎無法把這裡的沉重空氣吸進肺臟——無法吸進也無法吐出。在這裡逗留的字句令我窒息，無論我如何試圖擺脫，我就是覺得自己的雙手染血。

＊　＊　＊

我和薇妲獨自在電腦室，我說明我跟凱特之間的簡短對話，小雀的臉龐突然出現在尼克串流的新聞頻道上。

我原本雙手抱膝，盡量回答薇妲的疑問，似乎都跟「總之凱特很平安，是吧？」有關。我盯著螢幕，等候跟堪薩斯有關的任何重大新聞，看到小雀出現，我立刻放下兩腿，椅子因此往前搖晃。

「打開聲音。」我說。

「——今天出現更多與改造營醜聞有關的影片，對恢復運作的華盛頓政府造成影響。今晚強訊社發布一系列影像，據傳是被帶出內華達州的孩子們。我們一起來看看——」影片的前段是答應受訪的十名孩童自我介紹，我不知道這是新聞網的安排，還是愛麗絲的高明剪輯。

「薩克……我十七歲。」

「我名叫凱莉，十六歲。」

終於輪到小雀；她先自我介紹，接著就是她描述自己被父母丟在學校。每個孩子都說明自己如何遠離超能士兵、父母和這個世界。

我以一手搗嘴，回頭評估薇妲的反應。她從水瓶啜飲一口，以掌心用力按下瓶蓋。

「他們扣扳機扣得還真快，我得承認，」她說：「但是，小親親，妳知道我是站在妳這邊的。這段影片是能賺些淚水啦，但觀眾看完還不是繼續把屁股黏在沙發上？哪有號召力？他們需要聽聽我們的意見。他們懷抱的希望有餘，但是策略不足。」

「但他們是對的，」我感覺胸中異樣的空虛。「我們確實需要這種東西——我們需要讓民眾知道真相，如此一來，孩子們**獲得自由**的那一天才會被社會接受，這樣**很好**。」連恩的本能判斷是正確的。

「就因為他們是對的，不表示妳是錯的，小親親，」她壓低嗓門。「查理說得沒錯，少了我們在旁邊勸戒妳跟連恩，你們這兩個白痴果然出狀況。」

播報員是個一身深紅套裝、精神抖擻的金髮女子，她剛回到畫面上，又立刻被一名觀眾送去的照片取代：小雀的臉出現在三面大型螢幕上，跟周遭的黑暗螢幕形成強烈對比，那些數位看板已經好幾年沒打開過。那是令人心碎的照片──就算你不知道這女孩是誰，或這張照片來自什麼採訪內容，它還是令你揪心、要求你注意。「全民公敵，十三歲」這串字從畫面上掃過，精準操控觀眾的情緒。

「查布**到底**跑哪去了？」我問。

薇妲摳摳水瓶的標籤。「我問了科爾，能不能讓查布在沒人用的資深特工寢室裡建立某種……醫療室，類似急救站，讓他可以把天天搬來搬去的那些醫療物資和書籍放在那裡，他正在那裡排放裝著棉花球和棉花棒的瓶瓶罐罐。」

「妳變溫柔了耶，小薇，」我說：「簡直算是甜美──」

新聞攝影棚的藍白色調突然改變，畫面紅光閃爍，甚至紅過薇妲的頭髮。「噢，**靠**。」薇妲咒罵。

那棟建築幾乎令人無法認出，但底下的文字清晰可見：兒童聯盟總部已被摧毀。

「──這裡是堪薩斯市郊區的科比市。政府官員已經確認，據稱由兒童聯盟殘餘人員占據的一棟倉庫遭受無人機攻擊。今天早上有一批捏造的照片和文件被洩漏給媒體，而兒童聯盟聲稱──」

我沒留下繼續聽。如果他們派無人機去科比市，畫面上的就確實是堪薩斯總部──除非那些特工早已撤離，否則必死無疑。

科爾在辦公室裡，門關上但沒鎖。我安靜走進，看到他坐在椅子上，一手掩面。聽到門關上，他抬頭，把電話切換到擴音模式。

「我的夥伴們說他們抵達時，那裡還在燃燒。」是哈利。「他們在距離建築殘骸一哩外救出兩名生還者，但無法再靠近。我會叫他們撤退，叫他們在猶他州跟我們會合。」

「他們怎麼逃出來的？」我問。怎麼可能有人逃得出來？

「不確定。通訊線路很糟，生還者被我們的人找到時，精神崩潰。我們得到的情報聽來很不真實。」

「你為什麼這麼認為？」科爾問。

雜訊充斥四周，充斥我的腦中。科爾殺氣騰騰，最後一絲溫柔被自己散發的高溫蒸發，這個反應讓我確認我沒聽錯哈利的回應。

「生還者們，」哈利說：「說他們被一隊孩子攻擊，稱作紅印者。」

第十九章

「你相信？」我問：「是紅印者下的手？」

我的疑問令科爾抬頭。「我也想知道真相，這個消息讓我只想——」

「想怎樣？」我問。

他突然站起，無法繼續坐在原位，一手持續抽搐。「向孩子們公布計畫之前，我需要告訴妳一件事。」

我逼自己保持嗓門平穩，放在大腿上的雙手扭捏。「什麼事？」

「我想調查而且記錄某座改造營——鋸齒營地，在愛達荷州，克蘭西聲稱那座設施專門訓練紅印者。」

「你**相信**他？」我搖頭。「科爾——」

「沒錯，」他說：「我確實相信他——**不是**因為他已經向我詳細說明他的能力，而是因為他目前提供的每一筆情報都發揮作用……而且我已經答應他，如果他提供協助，我或許會考慮讓他走。我當然不會真的放了他，但這能給他帶來鼓勵。」

「但是為什麼？」我問：「為什麼我們需要調查那裡？」

「克魯斯參議員跟我說了，她需要能證明紅印軍隊確實存在的確鑿證據，才能逼國際社會做出反應。我會幫她弄到證據——起碼**努力嘗試**，真弄不到我也只好認了，但我想聽妳說妳願意支持。我保證，這不會影響原定的瑟蒙德行動。」

我的耐心終於消失。「如果你想這麼做，就必須讓大家知道你是紅印者，這是我的條件。」

他震驚得後退。「這根本是兩碼子事吧？」

「我們正在失去孩子們的支持——我感覺得出來。他們需要知道你**確實**在乎我們的死活，因為你跟我們一樣。」我發現自己的聲音聽來疲憊。「這件事拖得還不夠久？」

他一臉憤怒，張嘴想反駁，但終究閉嘴，盯著我的臉。許久後，他開口：「我今晚會告訴連恩，從他先開始，再從他的反應來決定是否告訴其他人，這樣妳能接受嗎？」

我安心得幾乎掉淚。「能，但你必須在今晚開會前告訴他。」

他坐下，朝我揮個手。「在那之前，我想先跟妳討論妳該如何回去瑟蒙德。我猜妳應該想在這裡討論這件事，而不是在他們面前？」

我點頭。「我會告訴他們，但我們必須先在策略上取得共識。你還是打算讓我在維吉尼亞下車？」

「沒錯，」他說：「重點是讓某個賞金獵人盯上妳，而且確保妳沒從一開始就勢單力薄。我們可以先向士兵通報，說有個綠印者正在逃亡，而妳必須在賞金獵人在情報網上核對妳的面貌時先侵入他的心靈，讓他把妳送去最近的超能士兵基地換取獎金，再叫他誘使一名超能士兵來到妳面前，給妳進行『正式』檢查、確認妳是綠印者。妳必須來回控制妳遇到的每一個人——不能讓他們發現妳其實是橘印者，否則妳永遠進不去瑟蒙德。重點在於，妳必須控制自己在同一時刻必須應付的人數，妳做得到嗎？」

「嗯，」我感覺脊椎因鬥志而挺直。「做得到。」

＊　＊　＊

兩小時後，我們在車庫集合，圍坐在地上的白色弦月旁。談話的同時，我幫科爾、克魯斯參議員和格雷博士擺好椅子，但是科爾把另外一張椅子放在他右手邊，溫柔的把我壓在椅子上。我偷瞄他一眼，試圖看出他跟連恩的談話有何結果，但他刻意維持面無表情。

相比之下，連恩看來彷彿剛脫離一團風暴雷雲，我感覺他一直盯著我，我實在沒勇氣回視他。

「如各位所見，今晚有一位來賓加入這場盛會，」科爾交叉雙臂，態度沉穩。「她是研究青春退化症治療法的科學家，現在會向大家解釋疾病起因，以及治療法的詳細內容。」

旁人立刻收起竊竊私語，這裡安靜得幾乎讓我能聽到一百哩外的引擎逆火聲。

莉莉安伸手撫平並無褶痕的運動褲，打算從椅子站起，但又立刻改變心意。想必有幾名年齡較大的孩子已經從之前的新聞報導認出她，但大多數……只是敬畏的看著她，根本沒注意到她姓什麼。愛麗絲的反應則完全不同，我能看出她在哪一刻發現真相。

「大家好。」她深吸一口氣，轉頭問科爾：「我該從哪裡開始？」

「從病因開始，以治療法收尾。」他說。

「啊，了解。當初……自發性青春期急性神經退化症──青春退化症──剛被發現時，一般人都認為那是由某種病毒引起，在兒童身上引發的症狀比在成年人身上更顯著又致命，但是科學家們立刻推翻病毒論，因為美國境外的案例相比之下十分罕見，症狀也沒那麼嚴重。多年研究後……樂達公司做出結論，確認我和另外一些人查出的病因。」

我把身子往前傾，咬住下唇，心跳加速。

「將近三十年前，發生過幾起……應該說不少……國安事件，我國的敵人發動生物恐怖攻擊，試圖汙染我們的農作物和水源。」

連恩跟愛麗絲並肩站在觀眾外圍，他原本透過愛麗絲的攝影機螢幕盯著格雷博士，這番解釋令他震驚得抬頭。我不耐煩得挪動身子，等格雷博士繼續說下去。這些年來本來就有許多人認為青春退化症是恐怖分子造成的結果，這番話不算新聞——

「當時的總統，不是我的——不是格雷總統——簽訂一項機密命令，計畫研發某種化學物，為了抵禦敵人可能在我們的水源加入的各種毒素、細菌和藥物。樂達公司發展出名為『萬靈藥』的藥劑，而且輸送到全國各地的淨水廠。」

我揉揉額頭，試圖讓視線恢復清晰。

「他們有沒有檢查那種藥劑是否跟水中礦物質和其他添加物產生交互作用？」克魯斯參議員開口，氣得臉色蒼白。

格雷博士點頭。「他們做過該做的實驗。受試者們簽下滴水不漏的保密協議，也因為接受實驗而拿到不少報酬。他們測試過兒童、成年人和動物，甚至孕婦，而那些婦女都順利產下健康嬰兒。然而事實是，政府為了盡快實施計畫而強力施壓，那些研究員因此無法確認藥劑是否有任何長期影響。」

我們被下毒。鄙視的情緒令我嘴角下垂，我得抓住椅子兩側逼自己繼續坐著。我們被他們下毒，因他們的罪孽而被囚禁。

科爾從椅子站起，開始來回踱步，同時垂頭聆聽。

「透過最新研究，樂達公司已經確認萬靈藥是所謂的『致畸胎劑』，意思是……這種化學劑透過飲用水進入婦女體內，影響胚胎的腦細胞。從他們的報告看來，這種突變會一直潛伏於兒童的……潛伏於你們的腦部，直到你們進入青春期——大約在八到十一歲之間，由荷爾蒙濃度和腦部化學作用的變化引發。」

「為什麼死了那麼多人？」科爾垂於側身的一手出現強烈抽搐。

「如果不是因為他們的母親體內含有大量藥物，就是因為某種未知的環境因素。」她的聲音冷漠而客觀，專家口氣就事論事，令我火上加火。

這件事也發生在妳身上，妳為什麼不生氣？為什麼不難過？

奧莉薇雅從地上站起；看到她的臉部疤痕，格雷博士不禁渾身一震。「那妳如何解釋我們的不同能力？我們為何能做出特定的事情？」

「最普遍的推測是，一切都跟基因有關——個人的腦部化學作用，以及哪些神經傳導路徑在發生轉變的那瞬間受到影響。」

「那種藥物還存在於供水系統？」

格雷博士猶豫一陣子，開口前已經讓我們知道答案。「沒錯。雖然樂達公司已經確認萬靈藥就是罪魁禍首，我認為他們很可能打算在供水系統加入某種中和劑，從大城市開始，但因為有太多婦女和兒童喝下被汙染的水，突變現象可能要等到下一代或第三代才會開始消失。」

代。不是「月」或「年」，而是「代」。我把臉埋在手中，深吸一口氣。

「如果這就是病因，」科爾說：「妳打算用什麼方法治療？」

格雷博士改變姿勢，稍微放鬆。這是她的領域，她顯然因此感到自在。「科學界已經知道你們的超能力基本上就是改變腦部電流，應該說增強電流。例如……歸類為橘印者的孩童控制某人的心靈時，其實是在控制對方的腦電波，干預其中的系統流程——就像歸類為黃印者的孩童能控制機器或電線的電流，只是這種的規模更大，而且處於外界，其他類型的超能力也是同樣原理。天地萬物，包括我們，都是以粒子組成──而粒子帶有電荷。」

不管我們有沒有聽懂，她還是繼續說下去。「與其說是治療法，不如說是某種終身治療，其實只是治標不治本。」

我的心跳瞬間停止。我能看到克蘭西說明這點時的表情，但我當時沒當一回事，因為──因為他成天說謊，因為真正的治療法一定會讓突變絕跡。

「我們在這種手術中植入『腦深層刺激器』，就像有些人的心臟裝上節律器，只不過這種是裝在腦子裡。至於裝在哪個腦區，主要是看患者擁有哪種能力，但不管裝在哪，刺激器都會釋放某種電流，將異常的腦部電流轉換成正常人該有的電流。」

「超能力會被刺激器無效化，」科爾解釋：「而不是被徹底移除。」

「沒錯，完全正確。」

「這種手術很安全？」愛麗絲呼喊：「妳執行過嗎？」

「有，」她說：「我有成功處理過一名孩童。」

「一起成功案例不算優秀紀錄，博士，」科爾說：「根本無法顯示成功率。」

她只是兩手一攤。「我只有機會處理一起案例，很抱歉。」

「手術的宗旨是……」我氣得窒息，幾乎無法開口：「每個新生兒都得接受手術，以免死亡或改變？幾歲的時候？」

「大概七歲，」莉莉安說：「而且可能需要接受定期維護。」

這令孩子們不安地低聲討論，他們似乎終於從震驚造成的茫然中醒來。

「我們接下來該怎麼做？」愛麗絲調整攝影機。「這些說詞雖然聽來合理，但我們無法確實證明萬靈藥被放進水源。樂達公司很快就將研究計畫加以隱瞞，綠印者都沒查出任何情報。」

「什麼樣的證據對妳來說才算足夠？」格雷博士問。

愛麗絲無需多想。「某種文件，證明萬靈藥是淨水廠的添加物之一。」

「我們可以去最近的淨水廠，」連恩說：「闖進去拍照，試圖找出文件，或從他們的電腦找出資料。」

「這或許是好辦法。」愛麗絲的兩眼發光。「我認為我們需要闖入至少五、六座淨水廠，因為他們未必在所有地點添加藥物，我們也得去其他州，讓民眾知道不是只有加州被汙染。我們有足夠的汽油嗎？」

「等等——且慢，」科爾說：「我們現在應該保持低調，琢磨瑟蒙德行動的細節，而且等援軍抵達。如果現在有誰想出去，應該是為日後的戰鬥尋找更多生力軍。」

「援軍？」連恩咬牙問。

科爾挑眉。

「噢，你這**混蛋**，」連恩咆哮：「哈利？你居然找哈利當**打手**？」

「他自願參加。他和四十名退伍軍人迫不及待想開打。」科爾面向孩子們。「他對你們說的並不是事實，我絕不勉強不想參戰的人加入這場戰鬥。」

「我們得說多少次才能讓你接受事實？」愛麗絲問：「孩子們不想要**任何**戰鬥。」

「噢，他們想戰鬥，」科爾繞過孩子們，站在她面前，「但他們不想孤軍作戰。」

「不，我們想用真相來打一場媒體戰，」連恩說：「公布我們所知的改造營地點，連同被囚禁的孩童名單，讓美國民眾起身反抗政府。那會引發一些混亂，但我們現在擁有情報顯示青春退化症不是傳染病，外國勢力更可能因此願意派維持和平部隊前來干預。是吧，克魯斯參議員？」

「雖然無法保證……」她說：「但我可以試試。」

「你們高估了民眾在乎的程度，」我搖頭。他們靜下來聆聽，這讓我有些滿意。「我親眼目睹過不知道多少次，如果我們想達成自己的目的，唯一的辦法就是——讓我們重獲自由的唯一辦法——就是我們親手爭取自由。所有改造營都是戒備森嚴，而且格雷一再證明他會為了自保而不擇手段。你們一旦釋出改造營的情報，誰知道他會不會拿孩子們出氣？挾持他們，轉移他們，或為了湮滅證據而**殺害他們**？」

就算他們曾在安排計畫時考慮過這點，現在臉上也沒表現出來。格雷博士也沒試圖反駁我，似乎更能證明這種可能性。

「你們絕對**不能**公布萬靈藥的相關情報，很抱歉，但你們絕不能這麼做，」她說：「你們嚴重低估這將在社會大眾之中引發多大的恐慌。」

「的確，」克魯斯參議員說：「我也不想看到民眾為了爭奪乾淨水源而殺得你死我活。但我同意愛麗絲的看法，我們需要證據，不是為了民眾，而是為了爭取外援。」

在現場四散的興奮情緒真實可觸，孩子們已經開始為前往淨水廠而分組。科爾看著這一切，他抬起劇烈抽搐的手，揉揉頸後，我好奇他是否也感覺到緩慢的瓦解，原本由我們小心照料的列車突然脫軌。他看著我時，以眼神無聲哀求，我從沒見過他如此急切。

我看不下去，這把我推到超過憤怒的範圍。他盡了所有力量幫助我們，做出一個個艱難決定，現在卻將被推翻？被連恩和愛麗絲交換的眼神侮辱？在那一刻，他幾乎毫無存在感，就算離開這裡大概也不會有人注意。

「嗯，」他終於開口：「我也有一些情報給妳，如果妳想聽。」

愛麗絲翻白眼。「我相信你有。」

「妳說妳想讓全世界知道這些孩子是誰，但妳其實只是讓他們被人憐憫。」科爾把雙手插在牛仔褲的後口袋，嗓門越加響亮，周遭的吵雜聲逐漸淡去。「跟憤怒相比，『恐懼』更能刺激民眾做出行動。儘管釋出萬靈藥的消息吧，看看人們會為了爭奪僅存的乾淨水源而把這個國家搞成什麼模樣。或者，妳可以讓他們看到格雷的王牌——他建立的紅印者軍隊。」

「你在說什麼？」愛麗絲追問。

「你們都看到堪薩斯總部今天的下場，」科爾說：「但是新聞沒說的是，有消息指出襲擊他們的是**紅印者**，不是軍隊。」

「噢，還真方便，根本沒證據的**有消息指出**。」愛麗絲揮個手。

就算沒達成其他目的，科爾還是取回發言的主導權，他正在引導談話方向，而非被動的應付其他人的話題。「我的可靠線人指出，有座紅印者營地離這裡不算遠，在一個被稱作『鋸齒』的地點。我打算去那裡取得他們的相關證據，例如他們的訓練和營地的存在，而且我想為了強訊社而把那些證據交給妳，只要你們會配合我們襲擊改造營的行動而加以利用。」

「這些情報是哪來的？」連恩懷疑地瞇起眼睛。

「某個可靠線人。」他重複。

連恩翻白眼，但是愛麗絲——科爾看穿她的心思，彷彿貓發現沿地板邊緣潛行的老鼠。她想要這項獨家新聞，也會確保它不被別人奪走。

「這樣吧，」她開口：「我們派五隊去淨水廠，你自己帶個小隊去評估那裡的狀況，拍些照片。」

「我只需要帶一個人。」他瞥向我。

「我去。」連恩比我先開口，咬牙看兄長敢不敢拒絕。科爾交叉雙臂，瞥向我，尋求救生繩索。

他不想讓連恩去。不是因為連恩是否能照顧自己，或是否值得科爾信賴。我現在看出這點。

「我還是想去，」我說：「我認為——」

「他剛剛說了，兩個人去就夠了，」連恩施壓，轉身面對大哥。「還是你認為我會搞砸你的寶貴任務？」

科爾悶哼一聲，嘴角勾起苦笑。「好吧，就這麼決定。接下來……誰來說說我們的車輛狀況？現在還剩多少汽油？」

格雷博士終於坐回原位，盯著放在膝上的雙手，聽克魯斯參議員問她事情。這場會議自然的告一段落，愛麗絲帶頭把孩子們分成前往各州淨水廠的五隊，也選擇自己想跟哪隊去。

我沒留下來看科爾和連恩僵硬的交談，而是轉身離去，幾乎沒聽見查布對我說什麼。我回到地道，穿過農莊，回到無人的電腦室，在尼克的電腦前坐下，打開即時串流新聞。

「——很顯然的，如果這項消息被確認屬實，狀況將非常嚴重，總統也必須做出許多解釋——」這是最後一個仍在運作的新聞臺，其他已經一一關閉。某種規律已經形成：某個電視新聞臺播放孩子們的受訪影片，只要在場的分析人士表示「這確實是改造營的真實狀況」，播放訊號就會立即中斷。而我現在看到的這個新聞臺之所以能避開這種下場，似乎是把來賓塑造成魔鬼代言人，而非所謂的專家。「——但**如果**這些孩子並不是受人指使，這麼做也不是為了尋求父母的注意？如果他們脫離復健計畫，不是應該會有生命危險？我們應該把注意力集中在讓他們早日返回改造營，以免悲劇發生。」

主持人挑起濃密的白眉，嗓門低沉而具穿透力。「你到底有沒有看過那段採訪影片？那些孩子聲稱『復健計畫』根本不存在。考慮到那項計畫已經執行將近十年，我們在尋求治療法方面卻可謂毫無成果，因此我傾向於認同那些孩子的說法，我認為那些孩子冒著自曝身分的風險就是為了——」

畫面突然化為一片雜訊。

這臺也被封殺。我揉揉臉龐。電腦室十分溫暖，一臺臺機器和諧低鳴，我閉眼傾聽，聽得越久，我越能靜心處理在今晚會議收到的大量消息，越能讓低沉怒火湧過體內。我何必隱藏自己對政府在二十年前做出的那些決定感到的憤怒？

還有所謂的「治療法」——真是天大的笑話。讓孩童臣服於未必成功而且治標不治本的侵入式手術？我感覺被自己懷抱的希望背叛；雖然我已經訓練自己別把籌碼壓在完全不受我控制的事情上，但是……儘管如此，我還是覺得難過。

既然孩子們沒有未來，我又何必救他們出來？這個想法令我的咽喉疼痛。在改造營，他們起碼不用面對在這裡得知的真相。有多少民眾真的歡迎「怪胎」走在大街上？我逼自己別走向瑟蒙德衛星地圖，別把它從牆面扯下，別把它撕得跟我的心一樣碎。何不讓那些孩子被移出改造營，讓超能士兵和軍隊把那些建築夷為平地，在土地上連一條刮痕都不留下？

因為如果讓孩子們繼續待在改造營，他們很可能被迫接受手術，不論願意與否。

因為他們應該有權選擇自己想過什麼樣的人生。

因為他們已經跟家人分離多年。

因為這麼做是正確的。

我站起，伸展僵硬的四肢，走向營地地圖，壓好脫離牆面的一角。我寫下的標記依然存在，我也看到新的標記——科爾畫下的箭頭，說明攻擊行動的前進方向。他想利用軍車從大門進去，我猜我們應該會假扮成協助遷移孩童的士兵，或是援軍。第一波車輛會分頭前往醫務室和管制塔，由兩人或三人組成的一支支小隊則穿過木屋環線。

為了看清楚地圖，我後退，坐在一張空桌旁。

這麼做是正確的。我只需要說服其他人也相信這點。

電腦室的門被推開，我轉頭問：「還順利嗎——？」

不是科爾，而是連恩，下顎緊繃，藍眼陰沉。我沒感覺到他散發的怒火，他走進時渾身顫抖，把門在身後關上時似乎稍微冷靜下來。

我的世界軸心向他傾斜，我不確定自己是否知道我的心中有太多空洞需要被他填補。思念轉為悶痛，讓我的心靈產生錯覺，讓我以為自己在他的眼中也看到思念。他的憤怒接觸我的急切，碰撞造成的火花形成晶體，把我們永遠困在這場緊繃的寂靜中。

「對不起，」我終於開口：「我知道現在已經太遲，但還是對不起。」

連恩清清喉嚨，嗓音低沉。「妳知道多久了？」

我沒必要說謊，沒必要粉飾真相，我實在沒辦法繼續騙下去，我不能讓這種罪惡感繼續在我每次撒小謊時切入骨髓。科爾要我幫他保密、別讓旁人知道他是紅印者，我當時答應，因為我認為他有權決定以哪種方式而且在何時面對自己的真實身分。但我實在不該讓這場爛戲拖這麼久，尤其因為這麼做只讓我們這個團體更加分散而非凝聚。

在這一刻，我覺得連恩對我恐怕恨上加恨。

「在總部的時候，」我說：「他帶隊擊退那些叛徒，救了我的命，我當時目睹他的能力。」

連恩用力吸口氣，接著憤怒得捶向門邊牆壁，灰泥因此碎裂。

「**好痛**——媽的！」他往後跳，甩甩手。「老天——她為什麼說捶牆壁會讓我**比較好受**？」

我出自下意識的站起，朝他走去。

「誰——愛麗絲？」我痛恨在自己耳中聽到的醋意。

「是啊，因為我一定第一個讓記者知道我哥是紅印者。」他駁斥：「是薇妲啦，我剛剛問她妳在哪。」

「噢，抱歉。」聽到自己說出抱歉二字，我才意識到自己是如何戰戰兢兢的站在針尖上，我僅剩的最後一絲力氣似乎就這麼……逃逸無蹤。我感覺自己又跨出一步，隨即屈膝跪地。我找不到自己需要的言語，也無法將其拼湊。我把臉埋在手中，放聲痛哭。「對不起，對不起，對不起……」

我聽到他走來，從指縫看到他坐在一小段距離外，背靠桌邊，兩臂放在膝上，讓腫脹的右手懸在半空中。他不發一語，我不知道他打算等我哭完，還是等他自己做出反應。

「他說他逼妳發誓別告訴我，」他的嗓門沙啞。「他說我應該怪他，別怪妳。」

「嗯，但我還是應該告訴你。」我輕聲道。

「但妳沒說。」

「的確。」

他沮喪得呻吟一聲，以雙手把頭髮往後梳。「露碧……妳能不能至少幫我弄懂原因？我很……我**想**懂。這真的讓我很難受，我不明白為什麼沒人……為什麼你們倆都不願意試著告訴我。」

「因為……我知道那種感覺……」我努力考慮遣詞用字，但是適合的字句似乎剛被我抓到就立刻逃逸。「我們面對的情況不一樣——我跟他，比較危險的超能者。我知道你不想聽，抱歉，但這是事實。我之所以幫他保密，是因為我想到瑟蒙德的超能士兵如何對待當地的橘印和紅印孩童，小雀如何努力學習控制自己的力量，還有我在每個跟我談過的孩子臉上看到什麼表情，所以我完全明白科爾為什麼沒讓你或你們爸媽知道。我一直活在擔心被旁人發現自己真實身分的恐懼裡，他也是，他一開始怕被自己家人知道，在聯盟的時候也怕被別人發現。」

「聯盟的人都不知道？」連恩顯得難以置信。

「只有三個人知道，」我說：「艾爾班、凱特、我，就這樣。」

他用力吐氣，搖搖頭。

「我只希望我更擅長這種事——擅長解釋。我一直想到我多年來隱藏自己的能力——六年。後來，突然就在幾秒間，我為了讓大家逃離那名女獵人而必須讓你們知道我的祕密。不知道為什麼，那是我這輩子最困難也最容易的決定，因為那麼做能拯救大家，但我當時也非常確定我們之間的關係會就此結束，你們三人會因為發現我的身分而拋下我。」

「妳……在林子裡，那名獵人試圖抓走我們時，」他回想過去，「妳以為我們會丟下妳。」

「沒錯。」我感覺胸中一陣劇痛，「但你們對我說話，說你們都想要我，你無法想像那對我……我孤單了那麼久，你無法想像那對我來說是什麼樣的感覺，那改變了我的人生。我知道這聽來很蠢，但是我總覺得我能帶給他同樣的支持，我能協助他不再因為自身能力而羞愧，讓他跟我們相處時感到自在，他就不會那麼孤單。我當時就是覺得自己不該說出來，你知道？他還是被困在某種夾界，既不是我們的一分子，卻也不是成年人的一分子。」

「那是他的選擇，」連恩說：「他明明可以早點告訴我們。」

「他提起紅印者營地時，你有沒有注意到大半的孩子們如何反應？奧莉薇雅？布雷特？科爾的想法不是**噢，可是我證明了那些消息是假的**，而是**他們都會恨我，怕我，再也不敢看我的眼睛**。」

連恩低頭看手。「妳還是有那種情緒？」

「三不五時，」我輕聲道：「有時候。我跟你在一起的時候，我覺得你好像……一抹陽光，你知道？你驅逐所有負面的東西。但是科爾明白我永遠無法擺脫的黑暗。我以前認為他是天不怕地不怕的類型，但我後來才知道他害怕自己的陰影，連恩，我認為我到今晚才明白他多害怕你對他的真實身分有何看法。」

「但這實在不公平，」連恩的嗓門因為第二波怒火而緊繃。「我知道我不該這麼想，但我恨他，因為他居然以為我、老媽和哈利——崇拜他的這些孩子們——會因為發現他的真實身分而減少對他的愛。我只希望他當時願意相信**我們**，如果他那麼做，就會在這件事上獲得支持。我對他的愛完全沒有改變。」

「完全沒有？」

「**完全沒有**，」他以強烈口氣重複。「除了我現在終於明白他小時候不是故意燒掉我的玩具，我猜這也算是某種收穫。」

「他當時無法控制那種能力，」我說：「現在也不容易。」

聽到我的說詞，連恩似乎沒被說服。「從他向我示範過的小小表演來看，完全不像這回事。」

「**是真的**，」我堅稱。「看情況。」例如他因為你可能受傷或甚至死亡而情緒激動。

「但既然妳能學會控制，他也可以，是吧？」

「學會控制，不表示旁人相信你永遠會做出正確決定，不是嗎？」我感覺自己說到一半時嗓門脫力，我立刻後悔提起這件事。

「妳是指哪……噢——妳——」連恩眉頭緊鎖。我看著他的怒氣消散，被震驚取代。「妳看到……我的紙條？露碧，妳怎麼沒跟我說？」

「我能說什麼？你確實不該相信我，看看你以前相信我的下場。」

「沒這回事！媽的，我根本不該寫下那張蠢紙條，但我原本確信他會趕我走，他會讓妳認為我必須離開。」我後退，不想聽他的解釋，尤其因為我還能清楚感受到那晚的痛楚。但他沒放過我，而是整個人面向我，接觸我，彷彿已經幾年沒這麼做，他按住我的肩——或試圖這麼做，因為他在挪動右手的瞬間痛得臉龐扭曲。「好痛，該死——」

「讓我看看。」我小心翼翼的牽起他的手，觀察傷勢，這個接觸足以讓我的脈搏加速，讓我在肌膚底下再次感到電流。他打量我，我感覺他的眼神彷彿是第二種甜美接觸，我好奇他是否也懷念這種互動，他看著我的時候是否也感覺到心中的暖意和需要。

他的指關節因為搥牆而破皮，但是血已停，開始浮腫瘀傷。我輕觸他敏感的骨頭，任由我的鬆散髮辮垂於肩膀。他以左手伸向我的髮辮，纏於指間，從上而下的撫摸。他拂過我的鎖骨時，我屏住呼吸，閉上眼，感覺周遭的暖意挪動。他靠向我，指頭撫摸裸露的鎖骨肌膚。我不配擁有這種溫柔，但我已經好久沒被他如此接觸，我太想要他，不再在乎自己是否有資格。

我以雙手舉起他的右手，以嘴唇印上撕裂的指關節。他閉眼，微微打顫。

「沒骨折，」我對著他的皮膚低語。「只是瘀傷。」

「妳我之間呢？」

這項疑問給我帶來同等分量的希望和恐懼。「我忘不掉，你呢？」

「但那重要嗎？」他問：「我不想遺忘。沒錯，我們之間有許多過往，但我們是否往同一個方向前進，這個問題真的重要嗎？最近幾天真是一團亂，我看到妳的表情，那好像——我只希望——我只希望我沒寫下那張蠢紙條，我只希望我有早點讓妳知道愛麗絲的事。我只是不想覺得自己這麼沒用，我想讓妳看到我好的一面。」

「連恩——」我的呼吸顫抖。「我向來只有看到你好的一面。我渴望真正的人生，渴望回家跟家人團圓，我以為我能修好自己，成為值得擁有你的那種人，值得擁有小雀、查布、薇妲、裘德、尼克和凱特。我以為我能透過治療法修好自己，我唯一的心願就是擺脫這種人生。但現在，我只想對自己好一點，我不想讓任何人在我的腦子裡植入任何想法，或影響我的自我認知。不管需要多少時間，等這一切確實結束後，我再也不需要動用這種超能力。但現在的我別無選擇，我也只能相信自己不會辜負任何夥伴。告訴我，我該怎麼做才有資格讓你重回我的人生，我會去做——我什麼都願意——」

連恩的手沿我的頭髮往上移，輕撫我的臉頰。他的嘴覆蓋我的嘴時，純然而美麗的安心感在我的心中綻放。他後退時，仔細觀察我的反應。看我淺淺一笑，他又吻我，我的最後一絲不安也立即粉碎。我加強這個吻的勁道，試圖讓他跟我一樣呼吸困難。

他後退，臉龐潮紅，兩眼發光。我知道他的表情反映我自己的表情。我渾身微顫，渴望繼續下去，追逐我對他的強烈愛意。他小心避開受傷的右手，挪身跪坐，站起後伸手拉我起來。他從眼角注意到某物時，突然一愣。

「這是什麼？」他走向以膠帶固定在牆上的列印地圖。

「瑟蒙德，」我說：「哈利從政府裡的某個熟人那裡弄到這個圖資。」

連恩緩緩轉頭看我。「那……全是瑟蒙德？」

我來到他身旁，靠在他肩上。「管制塔、醫務室、食堂、工廠……我有標明，看到沒？」

他默默點頭。「妳當時住哪？」

我的手從他身旁伸過，指向高聳磚塔周圍幾十間棕色小建築的其中一間。「二十七號木屋，就在這。」

「露碧，這實在……妳跟我描述過這座營地，我知道這裡很大，但沒想到……**這麼大**。」他搖頭，我聽不清楚他在低聲咕噥什麼。他轉頭看我時，臉色蒼白。

「你現在懂了嗎？」我問：「如果要攻進瑟蒙德，就必須是全面進攻，需要幾百名民眾才能壓制那裡的超能士兵，而且前提是他們能突破大門。但我也喜歡你們的計畫——我認為我們應該將兩者合併，把媒體焦點集中在瑟蒙德上，在襲擊營地後向媒體釋出情報。等救出孩童後，我們能透過媒體安排他們被家長接回。」

「但必須先有人進去安裝木馬程式，癱瘓保全系統，」他說：「我清楚明白這點，妳想進去。」

「我必須進去。」我說。

「不，妳**不用**，」他尖銳道：「我絕不可能允許妳這麼做！答應我，等我回來後，我們會坐下來好好商量這項計畫。露碧，拜託。」光是提起這件事，他就受到沉重打擊，我聽到自己願意答應他的要求。我們可以談談，但不會改變任何事情，計畫還是必須如此進行。

他捏我的手。「我真蠢……我原本真的以為他把哈利牽扯進來是為了報復我，但其實是因為哈利確實能處理這種行動。」

「他很想參與。」我告訴他。

「誰——哈利？妳跟哈利談過？」

「很短，」我說：「他跟我說他們已經從黑牢救出凱特一行人。」

連恩輕笑一聲。「當然了，『動作英雄』哈利。妳該見見運動迷哈利、大廚哈利，還有技工哈利，那傢伙做啥都不馬虎。」

我又靠在他的肩上，試圖用比較輕鬆的話題來壓抑我在科爾心中見過的那道回憶。「他跟你母親是怎麼認識的？我以前從沒問過……」

「噢，老天，那件事簡直浪漫得讓人想吐，」連恩說：「總之，我媽終於離開……擺脫以前的人生，把我們帶走後，她整晚開車，就為了盡量讓我們跟原本住的地方拉開距離，車子在北卡羅來納拋錨。哈利當時剛結束海外的軍旅生活，回國不久，路過時看到她對著那輛破豐田尖叫、捶打引擎蓋。他把車停下，自告奮勇幫忙查看，確認她需要新零件後，他載我們到他母親的住處，他母親看了我媽一眼，就立刻把她當成自己女兒，只差沒去辦理領養手續。我們在他們那裡住了一星期，我相當確定那是哈利這輩子修車修最慢的一次。他回到老家後打算開個修車廠，我剛剛好像沒說？所以呢，他堅決讓她成為第一位客戶，而且她應該讓他免費修理，這樣才會給他的生意帶來好彩頭。那無賴成天騙說他弄不到零件，就為了讓我們繼續待在那，這讓我媽有時間找到工作，還有讓我們居住的某個溫馨小窩。他們過了三年才開始交往，她在那之前……沒準備好在那方面開始新的人生，之後，他們倆從此過著拚命放閃的幸福日子。」

「哇噢，」我說：「那真是不可思議的運氣，考慮到如果你媽當時開另一條路，或哈利經過得太早或太晚。」

「這個嘛……」連恩微微低頭。「妳我之間也差不多……不是嗎？或許我從沒跟妳說過，但我們那天在西維吉尼亞遇見妳，純粹是走了好狗運，我當時拚命避免經過那裡。」

「因為你的父親？」我猜測。

「啊，看來科爾讓妳知道基本資料？」我點頭後，他才說下去。「當時整個西維吉尼亞彷佛籠罩在烏雲下。我覺得自己很幸運，我不記得碰上哈利之前的日子，因為根據老媽和科爾對我透露的少許描述，那真的是地獄。在我還是孩子的時候——我是說我很小的時候——那個地方給我留下的印象足以讓我害怕那個州和住在那裡的那男人。我媽到現在還是那樣稱呼那段人生，在西維吉尼亞的時候或是西維吉尼亞那棟屋子之類的。我有次騷擾科爾，他跟我說如果我不乖，那男人就會把我帶走。」他的臉龐扭曲。「我知道那男人還在那裡，而且還活著。我知道這是不合理的恐懼，因為查布跟我說過八百萬次。我十八歲那年，我還是害怕如果我回到那裡，他會找到我，逼我留下。」

「那你為什麼開車經過那裡？」我問。連恩在尋路方面經驗豐富，應該能避開那個州。

「因為那名賞金獵人，珍夫人——她追著我們跑，我只想趕快擺脫她。在某一刻，你們全都睡著，我獨自開車時，我看到老家的城鎮名稱，那種感覺就像……我發現我們留下了一個沒畫完的圓圈，而我終於補起缺口。因為在那時候，我有能力讓自己離開那裡，我知道如果我必須跟他打上一場，我能打贏，而且媽媽和科爾很安全。最後一次經過那裡時，我覺得我偷偷奪回他對我的人生最後一絲控制，但我必須回到那裡才明白這點。如果你們三個當時不在車上，我不知道自己到底會不會相信這種想法。」

發現我的手在顫抖，他牽起、平貼在自己胸前，我能感覺到他的如雷心跳。「我猜我想說的是，雖然一切看來似乎都很糟，但人生其實很美好。它不會賜下它知道我們無法應付的問題——而且，就算花上不少時間，它還是會扶正一切。我真的、真的很希望妳不用再面對這種惡夢，我想去瑟蒙德，我想救出那些可憐的孩子，讓妳能畫完自己的圓圈。就算這次行動沒其他成果，甚至讓我們嘗到苦果，我也想讓妳知道我愛妳，永遠不會被任何事情改變。」

「我也愛你。」他的咧嘴笑容令我臉頰泛紅，這短短幾個字帶來的美好令我驚奇。我愛你。我愛你。我愛你。

「是嗎？」他說：「歷久不衰的史都華魅力終於征服妳？」

我笑出聲。「看來如此，辛苦你了。」

「就是說。」

門再次開啟，我脫離他的懷抱，轉頭查看，尼克正好走進來。看到我們倆，他一愣。

「噢——我——你們——」

「嘿。」我打招呼。

「我……我忘了一件事，我是說我得處理某件事，」尼克踮著腳跟搖晃身子。「但如果你們要待在這，那我就……另外想辦法。」

「沒，」連恩看向我。「我認為我們已經處理好這裡的事……？」

「這裡交給你，」我確認。「但你盡量多休息，好嗎？」

尼克心不在焉的點頭。我在門口逗留片刻，看著他來到工作站前，被螢幕映上藍白光芒。

連恩牽著我進入另一座大廳，走過樓梯和寢室。我轉身把他拉往反方向，走向資深人員所住的寢室，凱特的空房間。他臉上的淺笑讓我有點暈眩，很舒服的那種。他以一手輕輕撫摸我的脊椎，讓我的胃袋深處出現完全不一樣的感覺。

我踮起腳尖，以雙手捧起他的臉，這時我從眼角注意到某個人影從附近的房間走出，是那間小小醫療室。連恩轉身面向那個房間時，門板吱嘎關上，而那人——查布——上下掃視我們，大腦試圖分析現況。

「噢，原來你在這，」連恩開口，顯然沒注意到查布鼻孔顫動、眼鏡後方的兩眼瞪大。「我們還在想你跑哪去了。」

「我只是——做些置物架，為了——呃，醫療，呃，醫療室裡的物資和書本。」查布來回瞥向我們、門板和身後，彷彿在找逃脫路線。

「靠你自己一個人？」我這才注意到他的襯衫鈕扣扣錯位置。我朝門口走去，看到查布一臉死灰，我強忍笑意。「我們很樂意幫你哦——」

連恩終於明白怎麼回事，一眉高高挑起。

「不不不——我是說，我弄丟一顆螺絲，只好暫停——你們想去哪？我跟你們一起去——」

「你還好吧你？」連恩問：「渾身抖個不停耶。」

「我很好，非常好。」查布推推薇妲提供的眼鏡，再低頭看襯衫，接著突然揪住我的胳臂，把我拖過走廊。「妳還好吧？你們倆沒事了？一五一十說出來，我們會——」

我們身後那扇門再次戛然打開，查布連忙退到牆邊。薇妲大步走出，抬頭挺胸，紫髮凌亂——腫脹的嘴脣勾起滿足的笑意。連恩後退，讓路給她。

薇妲不發一語，只是在經過時把查布的外套丟在他頭上，讓它掛在那。直到她的靴子踏過瓷磚地板的聲響淡去，查布才癱坐在地，把臉埋在外套裡，彷彿想讓自己窒息而死。

「噢，天啊，」他呻吟：「她會宰了我，真的**宰了我**。」

「等等……」連恩懶得藏起臉上的露齒笑容。我把一手放在查布的肩上，擔心他會突然歡天喜地的跳上跳下。「你們倆……？」

查布終於放下外套，深呼吸後點頭。

唉唷，我因為自己不感到驚訝而驚訝。唉唷唉唷唉唷唉唷……

「哇塞……我的意思是，**哇塞**。我覺得我的腦漿快從耳朵流出來。」連恩把兩掌按在額頭上。「我真的以你為榮，查布胖，可是我也很納悶，卻也很驕傲，但我認為我需要躺下。」

「持續多久了？」我問：「你們該不會……難道剛剛……？」

他的羞愧眼神向我說明一切。他們做過了。剛剛就在做。這令連恩有些喘不過氣。

「怎樣啦？」查布質問：「那是……那是人類在……面對壓力時做出的正常反應。而且你們也知道現在是冬天，睡在車上或帳篷裡可能冷得要命……說真的，你們猜怎麼著？這跟你們無關。」

「如果你做出笨事，那就跟我們有關。」連恩說。

「抱歉，但我老早知道如何避孕——」

「我不是那個意思，」連恩立刻舉起雙手。「完全不是，不過呢，呃，很高興知道你是這方面的專家。」

我在查布面前蹲下，把一手放在他的胳臂上。「我認為他想說的是，如果你跟她之間不順利，或其中一人受傷，那會很辛苦。」

「噢，妳的意思是如果她消除我的記憶，逼得我必須自備小抄，以防她故技重施？」才剛說出口，我看得出他想立刻收回這番話，這個反應減緩了我感到的刺痛。

「喂……」連恩警告。

「不，他說的有理，」我說：「我知道你能處理，但是小薇……這麼說吧，她這輩子被許多人辜負過。你會好好對待她的心，是吧？」

「我跟她之間不是交心，」他向我保證，這聽來一點也不讓我安心，更別說值得相信。「只是……應付壓力的方式。」

「好吧。」我說。

「而且她不需要任何人保護她，或代替她上戰場，明白嗎？」他補充道，來回看我們倆，強硬口氣稍微減弱。「老天，她一定會因為這件事曝光而宰了我。我們回來還不到一星期……你們不會告訴任何人吧？」

「薇妲是根本不在乎旁人怎麼想的那種類型，」連恩指出。「我非常欣賞的特色。」

「你的意思是，她叫你保密是因為她覺得丟臉？」我說：「因為跟你在一起而丟臉？」

「她沒說出口，但很明顯吧？」

「或許她只是因為你們剛開始交往而想保密，」我補充說明。「或因為這真的不關別人的事，包括我和連恩。」

「你是超棒的好男人，夥計，」連恩接話。「不是因為你不夠好，而且她不可能**那麼**生氣啦，既然只有我們倆知道，我們也只可能告訴彼此，或許會以普遍級版本向小雀說明。但是，老兄，別那麼小看自己，既然她願意在你身上蹦跳，你顯然有吸引她的地方。」

「連恩．麥克．史都華，字匠兼詩人。」查布搖頭站起。我看著他默默扭擰雙手，試圖納入我們的邏輯。他的臉上閃過一抹陰影，讓我好奇他在想什麼——或他想起什麼，但他終究只是搖頭。「我不……我的意思是，我對這種事沒什麼妄想或幻想，我知道自己是誰，也知道她是誰，我知道這就像蘋果跟洋蔥放在一塊。隨便啦，反正我跟她知道彼此之間是怎麼回事。」

連恩以安撫的態度捏捏他的肩膀。

「總之，晚安了，」查布說：「別太晚睡。別忘了，你明天一早就得出發。」

查布消失在走廊轉角後，連恩才轉身看我，完全沒試圖藏起臉上的咧嘴笑。「想不想跟我做些架子？」

我伸手讓他牽起，把他拉向正確的房間，感覺心臟因感激和純然幸福而膨脹，幾乎令我疼痛，我想永遠活在這種感覺裡。

就算不為別的，這個決定——這個選擇——不是出自壓力或恐懼，甚至不是出自絕望。這是我想要的，盡可能親近他，彼此毫無隔閡，我想讓他看到我笨拙又緊繃的語言能力無法真正表達的情感。

我們倆都沒笑。我靠向他，感覺心中某處被扯動，讓我的心因期待而飄飄然。他的瞳孔放大，因為提出真正的疑問而突然變得眼神嚴肅。我伸手撥開他額前的亂髮，然後我歪起頭，嘴脣輕擦他的嘴脣，也提出疑問。連恩發出甜美的輕嘆，點個頭。我把他拉進房間，逼自己跟他暫時分開，迅速轉身鎖門後，我吸一口氣。

連恩坐在床邊，輪廓在黑暗中如此耀眼。他伸出一手，輕聲道：「過來。」

我以略為蹣跚的步伐走進他的敞開懷抱，看著他緩緩微笑。我撥開他的臉邊髮絲，知道他一直在等我，從頭到尾，自從我們相遇，他就在等我明白：他其實一直都知道我是誰，而且未曾希望我改變。

「以前的妳，現在的妳，未來的妳，」他輕語，彷彿察覺我的思緒，「我都愛，全心全意，永不改變，不管上天願意讓我活多久。」

他的嗓門聽來沙啞，充滿我自己也感覺到的熾熱愛意。命運把他賜給我，我感覺到的安心、穩定和強烈感激都令我的雙眼灼熱，讓我無法再次開口，所以我吻他，在一次次呼吸之間，在他遊走於我身上和體內時，以這種方式不斷告訴他，直到這個世界消失，只剩我們倆，以及永恆之誓。

第二十章

第二天早上，他以一個吻喚醒我，然後又一個，直到溫暖又慵懶的朦朧感散去，我被迫回到現實世界。連恩不情願的後退，從地板撿起衣服穿上。我凝視他片刻，對自己心中的安寧祥和感到驚奇——彷彿我終於知道他是無條件的想要而且愛我的一切，讓我得以重組復原。他把所有注意力集中在我身上，而我對他則有種極簡又直接的愛意。就連昨晚的事，如此重要的事，也讓我覺得如此簡單。

看到他轉身、眼神略帶笑意，我終於逼自己起床。我不願接受他即將出發的事實，但這不表示我沒逼自己接受——我在門口攔住他，給他最後一個長吻。

我和連恩最先在地道入口出現，就算他剛剛繞去廚房拿些吃的，而且洗了澡。他去樓上跟查布和其他夥伴道別，下樓返回這裡時，科爾走出辦公室，出現在我左手邊。門關上之前，科爾用腳抵住，同時查看四周，他顯得虛脫疲憊，而且左臉頰出現一條割傷。

我指向那道傷口。「怎麼回事？」

「呃。」科爾翻白眼，輕笑一聲。「我難得跟連恩一樣笨拙，今早在床上翻身時撞到梳妝檯，看來我是鬥志太過激昂。」

「你真的有睡覺？」我問。他轉身面向我，我清楚看出答案。我知道他不能繼續對連恩隱瞞真相，但我自己也隱藏過不少祕密，我還是因為昨晚逼他說出事實而感到愧疚。「一切……

還好吧？」

「好得很，」他說：「說真的，感覺比我預料的好。但是連恩的反應不適合拿來預測其他人的反應——就算有隻獨眼、三腿又掉毛的狗對他搖尾巴，那小子還是會愛死牠。我向他反覆示範五次後，他才相信我的手裡沒藏著打火機。」

科爾把一只黑色手提袋甩到肩上，袋中物搖晃的模樣令我一驚。

「需要帶這麼多槍？」

「純粹以防萬一。」他朝我眨個眼。

「最好如此。你們是去偵查，不是去開打，記得嗎？」

「唉唷，寶石妹，別擔心啦。」科爾以另一手摸摸我的後腦，撫平頭髮。「我今晚一定把他帶回來。」

我推開他，翻白眼。「我是說真的，拜託……務必小心。」

「妳也是，」他說：「抱歉，又得讓妳應付小王子。如果他不乖，那就別讓他吃晚飯。還有，務必確認那些隊伍在前往淨水廠前有弄到所有必要裝備。」

「知道了。」

「哈利說他會試著在今晚八點左右抵達。如果到時我們還沒回來，妳能不能叫他再幫忙弄到五磅的塑膠炸藥？告訴他，我查過租用巴士、把大夥帶回東岸的方法，發現行不通。」

「知道了。」我回答。我早就希望哈利能在這個週末抵達這裡，因為這表示我終於能見到凱特。「你有沒有從尼克那裡拿到手機？」

就算為了分頭去淨水廠拍攝證據，愛麗絲還是堅決反對跟那臺高級攝影機分開，我們現在也來不及弄到第二臺。因此，尼克設定了某種手機，能自動把拍下的照片傳回這裡。

科爾一瞥腕錶，接著看向出現在走廊盡頭的其他人。「他今早還真是慢吞吞啊，是吧？」

「或許某人是太急著出發。」我指出。

「我只是蓄勢待發。」他說：「能不能麻煩你動作稍微快點，陽光哥？你看起來像貓的嘔吐物。」

「起碼比你好——你看起來像貓的排泄物。」

科爾咯咯笑。「高明。」

連恩經過我身旁、朝地道入口走去時，我拉住他，吻他的臉頰。「今晚見。」

他進入地道，把科爾提供的一只背包甩上肩膀。我轉身準備向另一名史都華道別時，他彎下腰，把臉頰對準我，耐心等候。我以指尖彈他的臉頰，他又哈哈笑。

「你真是怪咖。」我告訴他。

「這是我的魅力之一。」他挪挪肩上的沉重行囊。「好好照顧一切，老大。」

「好好照顧**他**。」我指向連恩。

他誇張的朝我行個軍禮，接著把地道的門關上。他們倆的腳步聲完全消失後，我才把門鎖上。有那麼幾秒，我很想回去睡覺——洗個澡再睡上幾小時，聽來真不錯，雖然我沒資格這麼做。今天才剛開始，卻已經感覺十分漫長。

* * *

下午兩點左右，我意識到有人在跟蹤我。

莉莉安．格雷沒說話，也沒緊跟在後，但她確實在那裡，在安全距離外觀察我。想到她的兩眼總是在評估四周，這令我起雞皮疙瘩。

格雷博士彷彿無所不在，不管是從窗戶窺視健身房內部，在電腦室外頭逗留，還是在我進入廚房時先一步離開。又過了兩小時，我才意識到她這麼做是試著鼓起勇氣向我提出請求，儘管如此，主要還是因為愛麗絲拚命拜託格雷博士接受簡短採訪後把我拉到一旁，直截了當的說明：「她想見她的孩子。」

看到我的表情，愛麗絲補充道：「聽著，我自己沒小孩，所以我無法清楚說明女人的腦子為什麼就是有辦法無條件的愛自己的小屁孩，就算腦子被他攪得一團亂，但我總覺得如果妳答應她的要求，她對我們的態度也會友善許多。」

「她有沒有給妳任何有用情報？」我們回頭走向用餐間時，我問。

「她確實是政客之妻，」愛麗絲苦笑。「她在採訪中談了兩小時，卻又好像什麼都沒說。說到這點，妳有沒有興趣接受我的採訪啊？」

「她完全沒提到總統？」我把話題移回重要事情上。這就是我對這種安排最擔心的部分——格雷博士為了治療兒子而與艾爾班做出約定，而且是背著她老公。就我們所知，他們夫妻倆已經好幾年沒聯絡，但我們完全不知道她對那男人到底是何感想。只要有誰提起他的名字，她就立刻封口。

「我認為她會說——她會給我關鍵證據，讓我知道總統對萬靈藥的真相隱瞞了多久——但她不會免費提供。有沒有可能——」

「不可能，」我的口氣堅定。「這麼做非常不妥。」到目前為止，克蘭西表現得還算不錯，我**絕不想**讓他發現他母親就在這。

「連恩會答應。」

「還好他不在這。」

愛麗絲的惱怒表情轉為玩味。「妳說了算，老大。今晚出發前，我會另外想辦法讓她開口。」

「你們都準備好了？」

「應該沒問題。我們要去的那座淨水廠不算太遠，否則我們會跟其他人一樣今早就出發。」

我完全不曉得愛麗絲是否已經讓格雷博士知道我就是阻礙，但在一小時後，格雷博士在廚房找到我，我正在慢吞吞又不甘願的幫克蘭西準備飲食。看到迅速減少的食料，我的注意力從她身上轉移，直到她如令人討厭的寒風般走進廚房，把門關上。

「如果妳跟蹤我就是希望我會不小心透露他的下落，那妳恐怕會很失望。而且，」我補充道：「纏著我不放，只會害他繼續餓肚子。」

她的嘴唇抿成蒼白的直線。他們這一家還真是冷漠又疏離，不是嗎？他們母子倆同時在這，害我覺得我時時都在躡足行走，試圖維持平衡。

「他對花生有些過敏，」她朝被我挖空的花生醬瓶罐點個頭。「而且他不喜歡澳洲青蘋果。」

這種母愛沒讓我感動，只是讓我的表情轉為純然怒火。

我咬住舌頭，沒罵出他有得吃就該謝天謝地。

「我猜威爾斯小姐已經向妳說明我的請求？」

威爾斯小姐……噢，愛麗絲。我把三明治對切，轉身把刀子拿去水槽，走回原位時，她還杵在這，以期盼的眼神看我。「沒錯，她說了。我很驚訝妳居然提出這種要求。」

「為什麼？」

「我真的必須提醒妳？妳不記得他上次見到妳的時候發生什麼事？」我問：「妳能活著離

開那裡，已經算是非常幸運。」

一條裂縫終於出現。「克蘭西絕不可能殺我，他沒辦法做出那種事。我知道他的精神狀況很糟，但那是因為他在離開那座改造營後一直沒獲得所需的心理輔導。」

「待過改造營的不只他一個，」我說：「不是每個人都變成他那種人。」

格雷博士的視線在我身上停留太久，讓我有點不自在。「是嗎？」

我感覺自己完全挺直身子，忽視熟悉的罪惡感。

「沒錯。」我冷冷道。她不相信我，一點也不。

「我應該向妳說明，我打從一開始就反對改造營計畫，早在局面惡化到今天這種程度之前。」格雷博士說：「我不喜歡我丈夫的外交政策，我也無法理解他對加州做出的極端行為，但如果他能提供我需要的設施和物資，讓我能給我兒子動手術，我會立刻回到他身邊，根本不會多想，我願意這麼做，為了克蘭西。」

我幾乎替她感到難過。事實很簡單：改造營不是以同樣方式破壞我們每一個人。如果你在那裡覺得自己渺小又可憐，等你走出那片通電柵欄，你不會因此突然昂首挺胸，不會重拾往日人生，不會忘記你如何拚命讓自己成為透明人。如果你在那裡沉浸於自己的憤怒和無助，那種憤怒會持續延伸，被你帶進新的人生。

我現在清楚明白克蘭西的意思，這令我心神不寧。他的母親根本不知道他在瑟蒙德的時候被如何對待。她曾經參與超能兒童研究計畫，或至少**看過**那些資料，卻完全不明白他經歷過的痛苦和侮辱？

「妳知道就算給他動手術也不會治好他，不是嗎？」我問：「起碼在妳真正在乎的層面。」

「動了手術，他就再也無法影響任何人，」她堅稱：「他會回歸原本的自我。」

這種想法荒謬得讓我笑不出來。

「奪走他的能力，也奪不走他試圖控制旁人的這種欲望。」也絕不可能治好他的混蛋病。「只會讓他比現在更憤世嫉俗。」而且更恨妳。

「我知道怎麼做對他來說才是最好的，」她說：「他需要動手術，露碧——更重要的是，他需要跟家人在一起。我只想確認他很平安。光是聽見他的聲音對我來說並不夠——我需要**看到**他。拜託，一下子就好。我昨晚說出所有妳想知道的情報，不是嗎？妳就不能做個人情？」

這我倒願意配合，畢竟她到目前為止都乖乖接受我們的安排，說出的情報也超過我的預期。艾爾班，她在兒童聯盟之中唯一認識也信任的人，沒辦法在這裡讓她知道她可以信任我們。

尼克的話語在我的心靈深處飄動。他們破壞了他的人格。破壞了某種關鍵部分。或許她得親眼目睹才能明白。

「如果我帶妳去見他，」我開口：「妳絕不能讓他發現妳在這，完全不行。妳必須完全遵照我的指示。如果他知道妳在這，他就會停止合作，而且很可能計畫脫逃。而且妳必須回答愛麗絲的所有提問——不能再蒙混過去。」

「沒問題，」她說：「我只是想見他，確認他被善待，體力足以應付手術。我不需要接觸他，只需要……」

想見他的到底是身為母親還是身為科學家的妳？我不確定自己更喜歡哪個答案。

「好吧，」我拿起他的食物，再把一瓶水夾在胳臂底下。「別讓他發現妳。我叫妳站哪，妳就站哪。」

她搞不懂我為何把她帶進文件儲藏室，直到我們進入通往牢房的內部走道。我搖頭打斷她想提出的任何疑問，指示她站在某處，讓她透過門上小窗窺視克蘭西，避免被對方發現。

我走進時，將近一星期沒見的克蘭西．格雷抬頭回應我的視線。他正在看的那本書攤在膝上，直到我把食物放在送餐口上，等他來拿。他起身，伸展肩膀後才走上前。他的黑髮已經長得能用橡皮筋綁起，但他還是維持整齊梳理而且分邊。

克蘭西有三套運動服替換，今天顯然是該洗衣服的日子，因為他默默彎腰，把另外兩套拿起，透過送餐口遞給我。

「沒想到是妳，」他若無其事的說：「看來他去鋸齒了？」

他真以為我會回答？

不，當然不會。「感覺如何？」他把一手貼在玻璃牆上。「站在那一側控制情報？」

「還滿爽的。我知道你永遠無法再次體會這種感覺，這也讓我很爽。」

「事情如此發展，確實不可思議，」他說：「一年前，妳還在那座改造營，還在那片柵欄之後。看看妳現在的模樣，還有我。」

「我正在看你，」我告訴他。「我只看到某人浪費了每一個能為我們改變局面的機會。」

「但妳現在懂了，不是嗎？」他顯得驚訝。「妳明白我為何做出那些抉擇。每個人都以各自的方式生存。說真的，妳會改變以前做過的任何決定嗎？不論好壞？有機會逃走，妳還會選擇待在瑟蒙德？妳會直接去維吉尼亞海灘市，不讓他們說服妳一起去找東河？妳會不會封鎖小史都華的記憶？妳經歷過那麼多事，如果妳我的友誼到此停止，那實在可惜。」

「我認為你的話中似乎含有某種恭維……？」

他噗嗤一笑。「只是我的觀察。我之前不確定妳有那種鬥志，但我懷抱過期望。」

「噢，是嗎？」

「妳從沒問過自己，我為什麼在東河遇襲後希望妳跟我一起走？其實不是因為我有多喜歡妳。」

「顯然不是。你想看我示範我如何打亂人們的記憶。」

「好吧，這是原因之一，但也因為我當時試圖集結一些人，**有能力**挺身而出、協助我建立未來的人。話說回來，我大概不會把時間浪費在你們這種襲擊改造營的策略上，我會直接對付最高層的人，我還是準備這麼做。」

「可惜你被關在這間小小玻璃屋。」我冷淡道。

「可惜。」克蘭西微笑。「如果想擺脫那些傢伙，時機再好不過——如果那個史都華，大史都華，跟我說的是事實，那你們已經嚴重破壞政府的可信度。換做我，我會更進一步，我會去對付我父親、他那些白痴參謀、營地管制員，我會一一毀掉他們的人生。重點是，露碧，妳能站在那些孩子前面，他們會聽妳的，就算只是因為妳是橘印者，階級制度就是這樣規定，但妳無法跟我一樣讓這個世界屈服。」

「跟你一樣，是吧？」我敲敲玻璃牆。「那天何時到來？」

克蘭西的一邊嘴角上揚，我感覺一陣寒意沿脊椎爬過。

「露碧，這是妳順應歷史洪流的最後一次機會，」他說：「我不會再次邀請。我們可以現在就走，不會有任何人受傷。」

他的眼神一如往常的烏黑深邃，把我吸進，試圖把我淹沒於他提出的每一個美好又輕鬆的可能性。

「好好享受籠中生活。」說完，我轉身離去，不爽的捧著他的髒衣服。

「還有一件事，」克蘭西呼喊。我沒回頭，但他不在乎。「妳好啊，**母親**。」

我立刻拉開通往走道的門，但那女人已經消失，被她兒子的笑聲驅逐。

＊　＊　＊

當晚，我陷入熟睡——抓住肋骨、拒絕被輕易甩開的那種強烈睡意。在夢中，我在瑟蒙德沿著熟悉的步道走向二十七號木屋時，在我身後某處迴響的聲音從低沉的男性嗓門變成尖銳的女性呼喊。

「——起來！露碧，**露碧**，快點——」

房中燈光被打開，映出我面前的蒼白薇妲。她再次用力搖晃我，直到我徹底掙脫令我失去方向感的睡意。

「發生什麼事？」我完全不知道自己睡了五分鐘還是五小時。小雀在薇妲身後，滿臉是淚。我驚恐得抓住薇妲的胳臂，感覺到她在打顫。

「我剛剛在電腦室，」她開口，話語從中湧出。她在發抖？薇妲——**發抖**？「跟尼克說話，看科爾傳來的照片，聯絡中斷了大概一小時——我正準備回房睡覺時，又傳來一張照片，尼克跑出電腦室攔住我，然後……然後，露碧……」

「什麼？告訴我到底怎麼回事！」我試圖掙脫被單，心跳激烈得彷彿剛剛衝刺十哩。

「他只是重複說著……」薇妲吞口水。「他重複說著一句話——**史都華死了**。」

第二十一章

「連恩還是科爾？」

趕往電腦室的路上，我重複第一百次的疑問變得越來越急切。牆上時鐘顯示現在是凌晨兩點。

「薇妲，」我哀求：「**連恩還是科爾？**」

「他們無法確認，」她重複第九十九次。「從照片上看不出來。」

「我能──」還沒意識到親眼目睹那種照片將是多麼殘酷，我已經吐出這兩個字。「讓我看，我能認出誰是誰。」

「我覺得這樣不妥當。」她揪住我的胳臂，不讓我衝進電腦室，而我渾身冰涼，幾乎沒感覺到她的接觸。驚慌令我的思緒瓦解，我的腦中夾雜恐怖畫面和**他不能死，他們不能死，現在不能死**的哀求──我無法破除這個循環，無法吸入空氣。

「不！」來自查布的咆哮令薇妲止步。「絕對不行！帶她回房間，別出來！」

幾名綠印者在窗外逗留。

「滾！」薇妲朝他們怒罵。單憑強勁嗓門就把他們嚇得一哄而散。她打開電腦室的門，把我推進去。

「怎麼回事？出事了？」克魯斯參議員出現在走廊，愛麗絲在其身後不遠，火紅頭髮綁成歪斜馬尾，臉上還有枕頭留下的壓痕。薇妲想必向她們說明了狀況，但我完全沒聽見她說話。尼克看來似乎嘔吐過幾次，電腦室裡的氣味也證明這項猜測。我上前時，看到他滿身是汗。

「妳……妳真的想看？」

「別這麼做！露碧，聽我說，這會讓妳——」查布的嗓門越來越尖，直到終於崩潰。他往後靠在牆上，雙手掩面。

尼克沒動，雙手攤於膝上，我只好親自操控滑鼠，打開科爾的手機傳來的一張張照片。其中一張是在大太陽下試拍，連恩背對鏡頭，面向一座遠山，遙望遠景。其他照片顯示三十幾棟低矮建築，都在日落後拍攝。他拍下在外頭站崗的超能士兵、通往屋頂的一條梯子，還有在某處值勤的狙擊手。如果那座改造營周圍有柵欄，科爾和連恩開始拍照時顯然已經潛入營地內部。

「他們進去了，」克魯斯參議員說：「我以為他們原本只打算在外頭觀察？」

他們確實進入營地。缺乏戶外月光提供的光源，這些照片十分模糊。他們位於某個高處，觀察下方的餐桌，以及低頭用餐的一顆顆腦袋。那些孩子身穿深紅手術衣，我以前在營地時就是穿那種制服，但是那種顏色……我已經好幾年沒見過那顏色……

下一張照片是一名身穿制服的孩子抬頭仰望，直視手機。我的手指在滑鼠上猶豫片刻。尼克從喉底發出呻吟，抓住我的手。「露碧，我建議妳別……」

我按下按鈕。

一開始的幾秒，我的大腦無法看懂這幅畫面。接下來的照片都是在某個昏暗房間裡拍攝，牆壁漆成黑色，燈具是嵌在地板裡而非裝在天花板上。房間中央的人影坐在一張椅子上，上半身癱軟前傾，由綁在胸口的束帶固定，臉部被金髮遮蔽。我開啟下一張圖檔時，緊抓桌邊。注

意到他頸部和耳部的血跡時，我感覺嘴裡嘗到血味。這個拍攝角度讓我無法辨識，我需要看下一張──

按下。

「這些照片是誰拍的？」克魯斯參議員質問，雖然沒人能做出回應。

「我猜是抓到……」愛麗絲不確定被抓到的是**他**還是**他們**。我推開這項疑問，仔細觀察畫面，某人把一張紙以細繩掛在他的脖子上，上頭以歪斜的粗字寫著「再試一次」。

我在這張照片的角落看到一小塊紅布，雖然我的腦子知道接下來有何發展，也因此在顱內發出尖叫，但我還是開啟下一張照片。

火焰。

整個畫面都被熾白烈火淹沒。

火焰。

火焰。

一片灰煙，然後──

克魯斯參議員從電腦前離開，走向遠處角落，試圖逃離畫面上的焦屍。「為什麼？他們為什麼下這種毒手？為什麼？」

兒童聯盟細心培養的冷血露碧正在悄悄返回我心中。有那麼一秒，只有一秒，我如科學家觀察樣本般以謹慎又客觀的態度查看這具燒焦而扭曲的屍體，他臉上僅剩的皮膚被燒得焦黑粗糙，彷彿硬痂。

我瀏覽先前那些火焰特寫。拍下這些照片的病態混蛋──操他媽的王八蛋，我要宰了他們，我知道他們在哪，我要把他們殺得一個不剩。我緊握冰冷怒火，因為這能凍住痛楚，避免讓我躲進癱瘓狀態。灼熱淚水藏於眼窩、咽喉和胸口。

「我看不出來，」查布近乎歇斯底里，「媽的——」

我查看較早的照片，胃袋如拳頭般緊繃。如果我開始哭泣，其他人也會跟著痛哭。我必須集中精神——我必須——我停在「再試一次」的那張照片，他的頭垂向左側，但我看到那條痕跡。不是我的錯覺，我知道他是誰。

「那是……」薇妲再次俯身向前，指甲陷進我的肩膀。「我看不……」

愛麗絲被強烈嘔意逼得轉身遠離殘酷景象，但是尼克——看著我。我感覺話語脫口，但我自己聽不見。

「是科爾。」

「什麼？」薇妲來回瞥我和螢幕。「妳說什麼？」

「是科爾。」

我感覺千針湧過體內、衝向心臟。我趴在桌上，無法說話，無法思考，只看見那具遺體——科爾的遺體，被那樣對待。我淺吸一口氣，試圖壓抑痛楚。我想奪回已經麻痺的控制力，我的腦袋轉得比胃袋更猛烈，因為我知道科爾在乎哪個問題。**連恩呢**？既然科爾被——被——

「妳確定？」查布提出其他人似乎說不出的疑問。

我從眼角注意到莉莉安走進，接著，在令我心跳停止的一秒中，我以為自己看到凱特的金髮，以為她和哈利已經到來。我聽到克魯斯參議員的含糊指示。

「哈利……我們必須告訴他……還有凱特，老天，**凱特**……」

「我去處理，」薇妲的嗓門緊繃，正如查布緊緊摟住她的肩。「我去。」

「難道連恩——」查布開口：「在那裡……我們能不能查出他是否被抓？情報網上有沒有更新狀態？」

如果他已經被殺、被查明身分，他在超能部隊情報網上的資料就會更新，而且從賞金獵人的追捕名單上移除。

「我正在試著登入超能部隊情報網，」尼克說：「我正在試——透過賞金獵人的網路進去會更快。能不能把你的登入資料給我？」

「這裡，我來輸入。」查布說。

「那支手機還開著嗎？」我聽到自己提問。我退離電腦，還坐在椅子上，我不相信自己的腿能穩穩站起。**我們會不會收到更多照片**？我們只能坐在這枯等那些照片傳來。我被怒火嗆得窒息。

「是紅印者？」格雷博士重複：「你確定？能不能讓我看看照片？」

再次開啟圖檔後，尼克移到鄰座的電腦處理事情。格雷博士瀏覽檔案，直接跳到想看的照片，畫面的暴力和驚悚只有反映在她緊皺的眉心中。

「他是死後被燒，」她說：「他應該因為頸部槍傷而當場失血而死。」

我也知道這點，科爾會戰到最後一口氣，他不可能讓自己被擄、成為他們的一分子。他會奮戰到底，直至燃燒殆盡。

她搖頭，轉頭看我。「這就是原因，這就是為什麼我們需要動手術。這些孩子不應該做這種事，傷己又傷人。」

我怒從中來，我以為自己聽錯。「不，這就是為什麼打從一開始就不該有任何人亂搞我們的腦子！」

「情報網上沒有新消息，」查布說：「還沒有……超能士兵網路如果有任何更新，大概得等一、兩小時才會傳到賞金獵人的網路上。」

「我們——先給他一些時間，他可能正在逃跑。」薇妲搖頭，抓抓頭髮。「最後一張照片是在一小時前傳來。如果他們抓到連恩，應該會傳來照片……吧？」

克魯斯參議員轉頭看我。「他用來聯絡他父親的那支手機在哪？我去打電話。」

「樓上，辦公室。」尼克猛然站起，椅子因此倒地。「我去拿。我需要……」

遠離這個房間，我在腦海中幫他說完，遠離這些照片。

他不到一分鐘就回來，胸口起伏，氣喘吁吁。他把銀色的摺疊手機遞向參議員時，螢幕突然亮起，機身震動，他嚇得把手機掉在地上。

一開始的幾秒內，沒人做出反應。手機發出鈴聲，持續作響。

查布連忙衝上前，在斷線前從地板撿起。「喂？」

他安心得渾身放鬆。「連恩——喂——喂，連恩，你在哪？你必須——」

克魯斯參議員比我更快來到他身旁，搶下手機，揮手要他別抗議，隨即開啟擴音模式。

「——他被抓了，我什麼也做不了，什麼也——」

我熟悉的那個嗓門如我自己的肌膚般令我感到親密，我聽過那個聲音發出歡笑、在恐懼時變得高亢、傳達憤怒，還有不要臉的對我調情，都跟從這支手機傳來的聲音不同，我幾乎完全認不出。這種通話讓他聽來遙遠，遠在公路的另一端，遠離我們所能觸及之處。從他的胸腔吐出的話語聽來粗糙沙啞，我幾乎聽不下去。

「連恩，我是克魯斯參議員。你先深呼吸，說明你是否平安。」

「我不——我不知道這麼做有沒有危險——我只記得這個電話號碼，我知道這條線路不算安全——」

「你做出完全正確的決定，」克魯斯參議員試圖安撫。「你從哪裡打電話過來？」

「公共電話。」

薇妲來到我身旁，斜視瞥我。我無法開口，某種反常的麻痺感來到我的心中，我一個字都吐不出。

「我沒辦法救他出來——我們進去裡頭拍照，被他們其中之一發現，我們來不及逃走——他中槍倒下，我來不及帶他走，我試過搬動他，但他們發現我們，朝我們開槍——我不想丟下他，但我別無選擇——你們有沒有在新聞上看到任何消息？哈利能不能找出他被關在哪？他流了好多血——」

他不知道。

我看著查布，他的反應彷彿看到一輛汽車朝自己高速衝來。我從參議員手中拿走手機，關掉擴音模式。

「他……連恩，」我哽咽道：「他沒活下來。他們傳來證據。」

在這一秒之前，我猜震驚以及亟需知道連恩狀況的驚慌情緒關閉了讓我能好好處理這件事的理智腦。紅印者被帶進那個房間的時候，科爾是否還活著？他是否知道怎麼回事？是否害怕？是否感到疼痛？但在親口宣布這項消息時，我的心中某處碎裂，排拒痛楚的那扇薄門終於凹陷，炸成碎片，把我割得體無完膚。我無法呼吸，我摀嘴逼自己別啜泣。我的朋友——**科爾**——怎麼會——為什麼是這種下場？經歷過那麼多遭遇，為什麼非得以**這種**方式結束？我們正準備做出行動——辛苦了那麼久，他終於擁有真正的未來——

查布上前想拿走手機，但我轉身避開。我感覺自己因憤怒和痛楚而發狂，彷彿被強酸潑灑一身。我必須維持跟連恩的通話，我必須陪他。這個打擊可能會毀了他——這個認知帶來的痛楚就跟失去科爾一樣令我痛苦，我不能也失去連恩。

「妳說的證據是什麼意思？他們對他做了什麼？」話語不再連貫，連恩的情緒隨著說出的每個字而崩潰，直到開始啜泣。「我救不了他……」

「我知道，」我的聲音沙啞，「你盡力了。你不可能帶他走，他也絕不希望你因為那麼做而被抓。連恩，雖然你——雖然你現在不這麼覺得，但你做出正確決定。」

他的哭聲終於令我崩潰。我的手因失去知覺而鬆開，讓查布搶走手機。

「夥計。夥計，我知道，我真的很遺憾。你能不能回來這裡？需不需要我們去接你？」他抓抓頭髮，緊閉雙眼。「好吧。我想聽你說明一切，但我們必須當面談，你必須讓我們照顧你。說慢點，別擔心——」

查布朝我投以無助眼神，我拿走手機。

「我不回去，我不能——那——」

我打斷他的話。「連恩，聽我說，我現在就去找你，但你必須讓我知道你在哪。你有沒有受傷？」

「露碧——」他用力吸口氣。這一刻，我終於能想像他現在是什麼模樣：一身黑色戰術裝，左臂撐在公共電話的銀色機身上，臉龐漲紅，神情狂怒。這令我再次心碎。

我緊握手機，我能聽到廉價塑膠殼被壓得吱嘎作響。我轉身面向角落，在遠處牆角蹲下，避開看著我的一張張臉孔。「一切都會好轉——」

「才不會好轉！」他咆哮：「別再說這種話！根本不會好轉！我不回去。我必須告訴哈利和——和我媽，噢，天啊，我媽——」

「拜託讓我去找你。」我哀求。

「我不能回去那裡，不能回到你們身邊……」在我的胃袋中持續高漲的作嘔感如巨浪般升起。他的聲音似乎斷斷續續。「線路快斷了，我也沒錢……」

「連恩？聽得到我嗎？」驚慌情緒襲來，彷彿有團黃蜂在我的腦子裡打轉。

「──我就知道會出事……媽的……妳……抱歉……露碧……抱歉……」

我不知道小雀是在何時或如何溜過這麼多人身旁，讓自己如此渺小又沉默，讓我完全沒注意到她的存在，但她拿走手機，我試圖奪回，她已經把手機湊在耳邊，不斷以銀鈴般的甜美嗓音說著：「別走，求求你別走，回來，拜託……」

我聽到斷線聲。聽到那個聲音，看到手機從她的指間滑落，我知道結束了。查布朝她伸手，她緊抱他，把臉埋在他的肩上。「來吧，我們去喝點水，透透氣，什麼……什麼都好。」

「我想去找他。」我說。

「我跟她一起去。」薇妲立刻補充道：「尼克能追蹤通話位置。」

「妳不能走，」查布溫柔的告訴我。「妳在這裡有責任。」

那又怎樣？我想吶喊。我很想撕碎自己的頭髮和衣服──但我不能這麼做，那種事我都不能做，因為科爾逼我做出這個愚蠢承諾。*好好照顧一切，老大。好好照顧一切。凱特和哈利兩天之後才會抵達。我需要……我必須向大家宣布這個消息。*

他把這裡託付給妳。他認為妳做得到。妳必須這麼做。

我必須這麼做。既然科爾不在這裡，既然連恩不打算回來，這裡就由我負責，我必須讓大家知道這個消息。我必須留在這裡，維持這裡的一切。

「給我一分鐘。」我只需要一分鐘。我以輕快步伐走向凱特的寢室，把門關上，摸黑找到小床邊緣，我和連恩昨晚躺的這張床，用力坐下。我以雙手撫摸粗糙床單，找到他留下的柔軟帽T。我把臉埋在布料中，吸進他的氣味，直到我以安靜而灼喉的尖叫吐氣。

*你們為什麼非得進去那座營地？我接下來該怎麼辦？*我明明知道那項情報的來源，當時為何不加緊逼問？

沒有答案，只有恐怖寂靜，只有黑暗逼近。

克蘭西。

他早就知道會發生這種事——而且把籌碼押在這上頭。他讓科爾看到那座改造營，把那些畫面植入其心，因為他知道科爾這種人一旦看到與自己能力相同者被那般虐待就會無法釋懷。科爾將深陷其中，無視救出那些孩子的可能性有多低，畢竟他已經在鬼門關前走過多少遭卻能平安脫身？

他根本沒有逃走的機會。

這句話在我的心中浮現，從太陽穴蔓延至頸部的熾熱怒火令我搖晃。我的視線閃爍，眼前那道門化為兩道……四道疊影。我看到，而不是感覺到，自己抬起一手，伸向門把。越是靠近，我似乎越是後退，彷彿被某人不斷往後拉……

這是我記得的最後一件事，模糊黑影接著化為灰色雜訊，覆蓋我全身，彷彿大量鉤子和尖針湧過我體內。

我回神後，發現手中有把冰涼的手槍，正在對準莉莉安．格雷的腦袋。

第二十二章

「——做什麼？**住手，住**——」

「——露碧，快醒醒！」

「妳不能這麼做——住手——露碧——**住手！**」

我漂在水底，這裡深得只有甜美而冰涼的黑暗。我無需移動，無需開口——這裡有道溫柔洋流，正在帶我去我需要去的地方。它催我向前，我也自願前進，臣服於這種感覺，這好過痛楚。

「——看著我！看著我！露碧！」

這些說話聲被波浪扭曲，拉成漫長而延續的嗡嗡作響，填補心跳與心跳之間的寂靜，心跳聲在我耳中沉穩的**噗通**，**噗通**，**噗通**。我不希望他們發現我在這。

寶石妹。嘿，寶石妹。

我轉身，尋找聲源，逼僵硬的肌肉移動。

好好照顧一切，老大。

這裡沒人。周遭的黑潮加強勁道，襲擊我的冰冷肌膚。這裡空無一物。

寶石妹。露碧。

困在我肺裡的空氣感覺灼熱。妳在哪？

阿露，妳還好嗎？

我在水中掙扎，兩臂拚命往上甩，試圖浮出水面。上方——有個針尖般的光點，持續擴大，正在等我——

來吧，親愛的，來吧……

我又拉又拖又抓的往上爬——

「她打算——」

「——快想辦法！攔住她！」

「露碧！」

我重重摔回自己的心靈。現實世界成形的同時，周遭的混濁深水也隨之排除。我聞到電腦室的氣味，乾燥而且瀰漫靜電，電腦螢幕的光芒反彈於一旁的白牆上，一臉蒼白的尼克舉起雙手。我的視線從手中這把冰涼而沉重的手槍移向倒地的金髮女子，她為了保護自己而以雙手抱頭。

我渾身一震，手槍往下移半吋時，我再次看向尼克。我感覺持槍的手臂灼熱痠疼，彷彿已經舉槍幾小時。他以眼神表示理解，我看到他的站姿放鬆，但他又繃緊身子，喊道：「小薇，不！」

上一秒我還垂直站立，下一秒我已經躺平在地，每一道困惑又混亂的思緒被痛楚占據。肩胛骨之間的重擊令我倒地，我被薇妲壓制在地時，肺中空氣也逃逸無蹤。

「等一下！」小雀喊道：「露碧……？」

「怎麼……」我感覺嘴裡彷彿塞滿沙粒。

「露碧？」查布的臉龐懸在我上頭。「小薇，放開她——」

「她打算對她開槍──我以為她──她打算開槍──」

「**到底**怎麼回事？」位於某處的克魯斯參議員呼喊。

「我不……」我的腦袋被劇痛一分為二，我感覺自己被上下顛倒、內外反轉。「我怎麼會在這？」

「妳不記得？」格雷博士的口氣比其他人都鎮定。「妳剛剛離開，回來之後──一聲不吭的把我推倒在地。」

「什麼？」我的指甲刮過瓷磚地板。「不！我不可能──我不──」

「妳剛剛極為反常，」查布揪住我的肩膀。「對我們說的話毫無反應──」

「抱歉，媽的，真的對不起。」薇妲開口：「我不知道還能怎麼辦──我們試圖接近妳的時候，妳好像隨時打算開槍！」

「尼克？」我以一手壓住兩眼，但無法強忍淚水，痛楚令我的思緒混濁，也癱瘓身體的反應。「尼克？」

「他剛剛跑了出去──」克魯斯參議員說：「他看了螢幕一眼就突然離開──**到底怎麼回事**？」

他，是他。透過疼痛和縈繞心中的混亂，我終於明白真相。

我抓住查布的胳臂。「你必須──聽我說，好嗎？」

「好的，露碧，好的，」他說：「妳先喘口氣。」

「不，**聽我說**……快走……跟薇妲去集合其他人，孩子們，帶他們、克魯斯參議員，還有……格雷博士從車庫離開，躲進附近其中一棟建築，別讓任何人離開那裡，明白嗎？」

「明白，可是妳到底──」

「把食物和飲水盡量帶上，務必躲在建築裡，直到你確認外頭安全。」

我的記憶裡的那些空缺開始自我上色。如果我閉上眼，就能看到自己處於我不記得曾經發生的某場對話。我坐在電腦室，沒開燈。我的指尖記得自己在鍵盤上的每次敲擊，因這道印象而感覺發麻。夢遊。我寄出那些訊息，寄出那些電子郵件。他能讓人們走動，像操控玩具那樣。還有克蘭西的最後警告。

眾多思緒持續旋轉，直到形成完整而令我揪心的領悟。

他安排了逃脫計畫。

他們正在路上。

有人會來救他——而且他利用我來安排這趟行程。

「有人洩漏機密，」我告訴他們。「是我。」

「這他媽的什麼意思？」薇妲扶我站起。

「尼克……注意到有人向外界寄出訊息，而且那人為了消滅證據而刪除伺服器的活動紀錄，我們當時以為——」我轉身看愛麗絲。「我們以為是妳，或跟妳合作的其中一個孩子。但不是妳，對不對？」

「當然不是，該死，我跟妳說過了！」愛麗絲說。

「我知道，對不起，我現在終於明白怎麼回事。他一直在操控我，利用我去打探情報，還透過我向外界送出訊息。**媽的！**」

逃脫。我仔細思索他會怎麼做。唯一可能來救他的只有他父親的軍隊，或某種軍事承包商。他之前應該不曉得農莊的確切位置，直到我去了一趟綠洲，讓他能透過我的兩眼看到返回農莊的路線。

士兵打開他的牢房後，他只需要命令他們別碰他、專心圍捕農莊的其他孩子，接著就能一走了之。

但他為何不直接叫我幫他開門？為什麼繞這麼一大圈？

「妳剛剛無法控制自己？」格雷博士說：「那是誰在控制妳？」

我凝視她，得出結論。克蘭西本來就希望我們找到她、把她帶來這裡，讓他能做個了結。只不過，她說得沒錯——他絕不會殺她。

而是由我代勞。

我撇開頭。她很快就會知道我將無法履行我們之間的約定。

「莉莉安，我們走吧，」克魯斯參議員說：「我得去找蘿莎——和其他人——露碧會跟我們一起走，是吧，露碧？」

「這——」我從格雷博士的眼神看出她想抗議，但是參議員還是緊緊挽住她的胳臂，帶她走向門口。

我跑到白板前，把板面擦乾淨，再把瑟蒙德的衛星地圖扯下，摺起之後丟給薇姐。「拜託，」我對她和查布說：「去集合孩子們，帶他們走——我需要去處理克蘭西，但我隨後就到。你們——**動作快**！把伺服器搬走，置物櫃裡的東西能帶多少就帶多少。」

這裡沒剩多少武器，手槍大多被前往淨水廠的那些孩子們帶走，以防萬一。這裡也沒剩多少人——大多是綠洲孩童，能力根本不足以執行外勤，我們這幾天也一直沒時間教他們如何應付這種狀況。「如果妳以為我會丟下妳，那妳徹底瘋了。」查布說。

我更用力抓緊他，斷裂的指甲陷進他的皮肉。「**快走**！你們必須立刻離開——**現在**，農莊的位置已經暴露，你們必須帶孩子們撤離，連同克魯斯參議員和格雷博士。**查爾斯**！聽我說！

我隨後就到，但如果——如果你留下，那就一個也走不掉。**快！**」

薇妲牽起他的胳臂，以蠻力拖他離去，黑眸閃閃發光。「妳隨後就到？」

「隨後就到。」

＊　＊　＊

我跑出電腦室，用肩膀頂開雙扇門之後立刻停步，寒意在我體內奔流，某人歇斯底里的嗓音讓走廊的反常寂靜更顯強烈。認出那個聲音時，我感到驚悚又緊繃。

我轉身面向文件儲藏室，那扇門已經解鎖半開，這令我的恐慌急速攀升，我無法確認我聽到的那陣模糊低鳴是出自持續逼近的直升機還是我的想像。

「——你保證過了！你保證過不會再做這種事！」

我衝進祕密走道，跑過敞開的門，進入正在上演的場景。

尼克以雙手揪住黑髮，原本以髮油往後梳的頭髮因此七橫八豎。他在克蘭西的牢房外頭來回踱步，臉龐漲紅，彷彿剛哭過。「你卻這樣對她！你怎麼可以傷害露碧？**你怎麼可以這樣？**」

克蘭西盤坐在床上，除了表情有點不耐煩之外，整體來說絲毫不為尼克的崩潰狀態所動。我走進時，他抬眼看我，把雙臂牢牢交叉於胸前。尼克沒進牢房，感謝上帝，但我看到他有跟我一樣的鑰匙。

科爾的鑰匙，我意識到這點。我和科爾幾乎沒讓農莊任何人知道這個區域，但是尼克很可能看過我們進來這裡，或在伺服器上發現相關的平面圖。老天，他也很可能只是推測猜出。

「露碧——他不能老是這樣為所欲為！不可以這樣！」他的眼中帶淚。「妳必須叫他離開，拜託放他走，趁——」

「終於啊，」克蘭西對我說：「能不能麻煩妳攆他走？我已經夠頭痛了。」

「如果你的腦袋現在覺得痛，想像一下被我扯掉的時候會有多痛。」我咆哮。

克蘭西一臉得意洋洋的上下打量我。「看來妳今晚過得很精采。」

「閉嘴！**閉嘴**！露碧，他——」尼克倒抽一口氣。「我跟妳說過——他能操控其他人的身體，他們根本不知道自己像傀儡般被他控制。他以前成天幹這種事，對所有研究人員，我知道他辦得到——而且他控制妳——讓妳透過伺服器發出那些訊息！」

有那麼幾秒，我以為克蘭西一定會否認、推說尼克在說瘋話，但他懶得藏起嘴角的淺笑。

「我把妳耍得很慘吧？」

「你……」我氣得幾乎無法反應。換做平常的時候，如果他試圖闖入我的心靈，我的後腦就會出現麻刺感，讓我能立即做出防禦，但我在睡覺時就收不到這種警報。他把我像人偶般操控——聆聽對話，偷走我的一段段時光，我成了他的耳目，我根本沒想到這種事可能發生。

「多久了？」我追問。

「妳的『壓力性頭痛』持續了多久？」克蘭西把雙手交疊於膝。「這種頭痛是**最糟的**，不是嗎？還好不是由我一人獨享。但妳應該知道，這完全是妳咎由自取。妳每次進入某人的心靈，和對方建立連結——他們的回憶和思緒就成了妳的東西，而妳每次進入我的心靈，每次在放下防備時被我侵入，就讓我強化了我們之間的連結。多虧了妳，我的計畫才能成功。」

「訊息的內容是什麼？」我走向玻璃牆。尼克癱靠在我後方的牆面，雙手掩面。「寄去哪裡？」

「我根本不知道妳在說什麼，」克蘭西說：「你們倆顯然激動得無法聽懂我的話。妳的壓力太大了，露碧。妳這麼……緊繃的時候，會更難控制自己的能力喔……」

……**不是嗎**？

這番話語彷彿直接砸進我的顱內，我立刻在彼此之間丟下一道黑牆，切斷尚未完全成形的連結。

這就是他如何再次耍了我——他知道恐慌症和精神渙散的症狀，我也以為我是因為承受太多壓力而頭痛發作。

又一次，又一次，又一次，我每次都掉進陷阱。他的等級遠高過我，我不能再騙自己、以為我跟他實力相當。我的心靈還不夠扭曲，根本無法**想像**他能做出這種事。

「這樣好多了。」克蘭西對我點頭稱讚。「妳終於懂了。妳在這件事上扮演的角色已經結束，那個紅印者死了，妳把這一切都安排得妥當，讓我能輕鬆接手收尾。妳現在可以休息了，妳不是很想休息嗎？」

「你明知道他會被傷害——被殺。」我被這番話嗆得喘不過氣。

「多虧妳確保了這點。」克蘭西因勝利姿態而黑眸閃爍。「妳以為是誰向那裡的訓練師發出訊息、警告他們小心？」

感受到碎顱之痛，我終於發出尖叫，持續不斷，我以雙手捶打玻璃牆，直到我只能發出可悲又低沉的啜泣。**我的錯，我的錯，我的錯**。

「這也算是悲劇，不是嗎？你拿出某人迫切想要的東西，就算你知道那東西只會毀了對方。他拚命想知道全世界不是只有他擁有那種能力——他想融入我們的圈子，真可悲。」

我衝上前，視線閃爍紅黑白，心靈中的隱形之手已經朝他飛去。

我不能讓他奪走這裡。

東河、洛杉磯、裘德、研究計畫、科爾——他已經奪走太多，我手中的希望才剛成形就被他徹底毀壞。**我不能讓他稱心如意**。我們離終點那麼近，我再差一點點就能成功。

尼克拎著鑰匙來到我前方，這個舉動令我愣住。他解開門上的三道鎖，雙手穩健，表情專注。

「出去！」他甩開房門。「再次搞失蹤吧，你最拿手的把戲！離開這裡，在你毀了我們的一切之前——叫那些人別來救你，反正給我……消失！」

克蘭西從床上站起，臉上帶著怪異的表情。

「你還不懂？」尼克說：「你這麼做，傷害的並不是以前傷害你的那些人——你根本碰不到他們，你卻不承認這點！你根本無法接近他們，你從頭到尾只是傷害了想幫助你的那些孩子。我們都想幫你！」

「那你當初就不該擋我的路。」

「你為什麼幫聯盟把我從樂達公司的實驗室救出來？」就算克蘭西朝他悠哉走去，尼克仍站在原地。「是你讓他們知道如何在費城把我救走，不是嗎？但是你把我丟在瑟蒙德——你離開我們大家，就算你明明說過我們會一起離開那裡，我們能過著沒有恐懼、羞愧或痛苦的生活。克蘭西……你不記得那種痛苦？」他的聲音降為低語。「你當初為什麼不讓我像其他人那般死去？你叫我活下去，但我希望我當時……我希望我當時死了，而不是被你這樣利用。」

克蘭西看著他，帶著我從沒見過的某種表情。

「你為什麼非得打碎我們試著給你的所有美好？」尼克說：「你讓他們把你變成這種……」

「我就是這種人，」克蘭西咆哮：「我不會讓他們改變我，我不會讓他們碰我，永遠不會有第二次。」

「沒人會逼你接受手術，」尼克舉起雙手以示安撫。「你可以走，你可以消失。拜託……拜託……叫那些人別過來。拜託，克蘭，**拜託**。」

「我跟你說過別插手，」克蘭西的嗓門顫抖，就算他瞥向門口，就算我看得出他正在考慮。「你為什麼就是不聽？」

「拜託。」尼克哀求。

「太遲了，」他把插在運動褲口袋裡的雙手握成拳頭。「要不是因為你太**蠢**，你早就能明白這點。你沒聽見？他們在屋頂上，他們**就在這**。」

「但你能叫他們走，你能確保他們離開。」

尼克正在說服他，我有些驚訝的意識到這點。克蘭西居然真的在考慮這項請求、評估尼克的說詞。我沒動，我太害怕自己會打破降臨此處的怪異魔咒。我來回瞥向站在牢房外的兩個男生，現場的緊繃氣氛正在自然減緩。

「是誰來這裡？」某個輕柔嗓音從門口傳來。「你通知誰來帶你走？」

就這樣，克蘭西立刻恢復冷漠姿態，從尼克身旁推擠而過。「妳好啊，母親。妳原本希望我會不告而別？」

「你通知誰？」她重複，僵硬姿態跟兒子如出一轍。

「妳以為呢？」他溫柔道：「當然是老爸。」

「我明明叫妳趕快走！」我朝她咆哮。

「不，留下，」克蘭西說：「很顯然的，上次的效果不夠好，我們得再試一次，這次露碧可沒辦法救妳。」

片刻寂靜後，整棟建築隨即顫抖，因某種爆炸力而搖晃。克蘭西瞥向她身後的門，在這一刻，我相當確定我比以前任何時候都恨他。

燈光映出手槍——我的槍，在電腦室時從我手中被打落。莉莉安・格雷舉槍瞄準克蘭西。

「我愛你。」說完，她扣下扳機。

第二十三章

他撞上後方的玻璃牆，肩膀噴血，但是莉莉安沒打算就此罷手。無視兒子的哀號，她上前一步，把槍口放低，讓第二顆子彈打在他的腿上。整個過程中，她面無表情，彷彿為了確保自己能動手而關閉某些關鍵情感。

每道槍響都讓我和尼克不禁抽搐。尼克掩面轉身，不忍目睹，但我全程觀看，我必須確認克蘭西這次無法逃離。

天花板搖晃，如雷腳步聲從上頭經過，我們大概再過幾分鐘就會被他們發現，我們必須立刻採取行動。結果，你猜怎麼著？熟悉的平靜感降臨，我的腦子裡只有那句簡短口號：接受，適應，行動。

跟恐懼相比，這種確定性更讓我感到安心。真怪——在某一刻，把某種可能性推進心靈最深處後，這句口號已經在我的心中扎根成長。原本那項計畫消失，被一項新計畫取代。

尼克蹣跚退離克蘭西，癱靠在玻璃牆上，掛在脖子上的隨身碟垂於胸前。沒等他喘口氣，我已經來到他面前，抓住這塊黑色塑膠，用力扯斷細繩。他震驚得來不及反應，我已經把他推進無人牢房，把門甩上。

「不！」

鑰匙在我手上，我幾乎沒聽到鎖頭的喀喀聲。

「不，不，不，」他呻吟：「露碧，妳知道他們會怎麼對付妳，他們會把妳帶回去那裡，他們會殺了妳——他們會**殺了妳**。」

格雷博士已經來到兒子身旁，屈膝跪下，壓住他的傷口。注意到我的舉動，她愣得轉頭看我。

「我不會讓他們傷害我。」雖然我知道這個承諾只是空談，但在這一刻，我深信瑟蒙德行動一定會成功，我只想確保這項計畫不會因為今天的混亂場面而取消，而且我相信自己應該能盡量心控周遭的超能士兵、讓我保住一命。

我想活下去。

「應該是我去，應該是**我！**」

「轉告其他人：三月一日，」我把一手撐在玻璃牆上，任憑鑰匙墜地。「三月一日，哈利知道計畫內容。」

「露碧，」他啜泣，「別這麼做。」

我把額頭靠在冰涼的玻璃上，輕聲道：「我現在看到了——裘德描述的那條路，真美，雨過天晴。」

我想活下去。

我用肩膀頂開格雷博士，扶起克蘭西，不讓自己被他的體重壓得曲膝。我把他拖過門口，進入祕密走道。

「妳打算怎樣？」格雷博士尾隨在後，雙手、上衣和臉龐都沾染兒子的血。「妳要帶他去哪？」

「把門關上！」我喊道。

尼克仍靠在玻璃牆上，不停以手掌拍打牆面，這幅畫面隨著格雷博士把門在身後關上而消失。前進時，我低頭看克蘭西的黑髮腦袋，聽著他的半昏迷呢喃。血的銅鏽味充斥我的鼻腔，我低頭看自己的雙手，心想：*就算在這一刻，他還是在汙染我*。

我扛著克蘭西走過最後一道門時，電力被他們切斷。他從我的手中滑落，癱倒在地。我瞥向身後，確保格雷博士沒打開那扇門，確保尼克安全躲在裡頭。我把隨身碟塞進靴中，整個人趴在冰涼的瓷磚上。把雙手交疊於後腦時，手沒發抖，我為此感到自豪。

呼吸。

我進入小雀問過我的那塊心靈深處。第一道手電筒光束劃過黑暗走廊時，我盡量躲進那個區域的深處，在那裡，恐懼碰不到我，就算他們揪住我的頭髮和肩膀，把我拉起，以某種裝置掃描我的面容。士兵的臉龐被我視線中的黑斑遮蔽，我只聽得見自己的穩定心跳。他們加強手勁，把某種冰涼金屬壓在我的腦後，我知道他們查出我的身分。

克蘭西被一群黑衣男子遮蔽，被拉向一旁的格雷博士朝著分離這對母子的士兵又撕又抓。其中一人——是個醫務兵——站到一旁，讓我看到他們把某種白色塑膠嘴套壓在他的臉上。

無線電啪吱聲此起彼落，雜七雜八的說話聲在我腦袋周圍打轉，我卻一個字也沒聽見。制住我的這名士兵用力拉扯我手腕上的塑膠繩，把我翻轉平躺，我的手被細繩扯得疼痛難耐。某個東西戳向我的頸側，我感覺到液體強行灌入時對血管造成的壓力。

他們會殺了我。如果我的方法行不通，別說這個州，我連這棟建築都出不去。早知道我就該多多練習，在自己的生死並非由某人的扳機決定前找一群人演練。

他們施打的藥劑令我四肢癱軟，我感覺身體輕飄飄得隨時會被風吹走，但麻痺感還沒抵達腦部。我逼沉重的眼皮別闔上，我還有……還有一件事要做……

這幾個月來，我小心翼翼的把自身能力纏繞成緊致的線軸，每次只釋放幾吋，而且只在必要時。壓抑能力所帶來的緊繃感隨時提醒我：我必須持續自我控制，才能維持我在逃獄後給自己建立的人生。這種控制力就像我細心雕塑的肌肉，幾乎能承受任何壓力。

一口氣徹底解除封印時，感覺就像拚命搖晃一瓶汽水後拔掉瓶蓋，念力冒泡浮湧，尋找所有可能的連結點。我沒予以引導，也沒阻止——就算如此嘗試也未必攔得住。我宛如銀河系的熾熱核心，以眾多臉孔、回憶、愛情、心碎、失望和夢想組成，我彷彿過著幾十個不同人生。他們的心靈都與我連結，這種異樣的美麗感受令我飄然又粉碎。

腦中的旋轉隨著周遭的動作而放慢，我感覺時間懸於一旁，等著恢復平時的節奏。陰影滲入我的眼角，如墨汁入水般滲進我的心靈。但我在控制著這一刻，我有最後一句話必須對他們說，把最後一個想法印在他們的心中。

「**我是綠印者。**」

＊　＊　＊

冷水和一名女子的輕柔嗓音把我弄醒。

漂白水的味道。

嘔吐物的殘留味。

口乾舌燥。

嘴唇乾裂緊繃。

一臺老舊暖爐發出金屬敲擊聲，接著吐出一口熱氣。

「——必須在受試者意識清醒時進行檢查——」

醒來，我命令自己，醒來，露碧，醒來——

「很好。檢查結果絕不能有錯，明白嗎？」

我撐起身子，脫離由疼痛和暈眩組成的朦朧感。我的兩眼因昏睡而沾染眼垢，我試圖伸手擦掉，試圖減緩指尖的發麻感，也試圖起身離開冰冷的金屬診察床，黏扣束帶因此被扯動，但依然牢固，而且深深咬進我的裸露手腕。

我感覺到的冷水根本不是水，而是汗，隨著每次沉重又灼熱的呼吸而滴進白色塑膠嘴套。瞳孔適應這裡的刺眼燈光後，浮於視線中的黑斑消失，我開始看懂周遭。牆上有張海報，之中的圖表列出從紅到綠各個色階的能力——超能者分級系統，我的嘴脣形成那串名詞。

在天花板的一角是一架從不閉目的監視器，機身上的小型燈泡閃爍光芒，宛如心跳。

*冷靜下來，露碧。*起碼我的理智腦仍在運作。*冷靜下來，妳還活著，冷靜下來……*

我單靠意志力把脈搏降下。我從鼻孔吸氣，以嘴吐氣。這裡是瑟蒙德——醫務室，我認出恐怖的檸檬芬芳、周遭孩子們的哭泣聲、手推車的搖晃作響、靴底踏地的沉重步伐，儘管如此，這幅景象還是讓我覺得有些不真實，就算我突然想起自己在農莊的最後一刻。那支隨身碟——我的靴子還在，沒被他們拿走，感謝上帝。我試圖扭動被綁住的腳，但無法以踝骨感覺到隨身碟的存在。我彎曲再伸展腳趾，腳跟感覺到尖銳的塑膠殼時，我差點安心得哭泣，想必那東西在某一刻滑進腳底。

*妳是為了某件事而來這裡，*我提醒自己。*夥伴們需要妳完成這項任務，妳必須搞定這件事。*

我緊閉雙眼，試圖阻擋從想像力的黑暗角落湧入意識中的那些景象。如果他們打算殺了妳，就不會把妳送來這裡。我想起那些照片，艾希莉一臉慘白，僵硬的一手癱在地上，落進即將埋葬她的那條壕溝。或許我被送來醫務室，是因為他們需要正式記錄我將被埋在哪。

突然間，我是誰、我經歷過什麼，這都不重要。我變回十歲，在驚悚沉默中等著某人把我從惡夢之中搖醒。救我，我心想，誰來救我——

寶石妹。

我閉眼抗拒在我耳中呢喃的熟悉嗓音，我再次窒息，這次是因為悲痛。別讓我搞砸這項任務，拜託，幫幫我，我在心中哀求。雖然我早就知道我在這裡將是孤單無援，但不知道為什麼，我顯然低估了這種感覺是多麼恐怖。我在腦海中找出科爾的臉龐，放在眼前。他不會害怕，他不會離開我。

妳必須走出這裡。我感覺這串話語來到我的腦海。不只是為了他們，也為了妳自己，妳必須靠自己的雙腳走出這裡。

門打開一條縫，外頭的喧囂湧入。一名年老男子的臉龐出現在那裡，腦袋頂著一圈宛如陳年灰塵的白髮，眼鏡後方的兩眼瞇起，但我不認得他，直到他走進，我清楚聞到他的駭人氣味——酒精和檸檬肥皂。弗里蒙醫師，依然如惡靈般在此地糾纏。

他發出表示驚訝的聲音。「她醒了。」

另一張臉龐出現在他身後，是個身穿灰色手術衣的女子，她很快被推到一旁，讓路給兩名超能士兵。他們的黑色制服潔淨無瑕，不管是光亮的靴子還是胸前的紅色Ψ繡章。看到他們的臉，我彷彿活在一道回憶裡，這一刻宛如作夢。

集中精神。

又一人走進，是個中年男子，一頭棕髮在燈光下呈現銀白，他的制服是黑色的排扣襯衫和寬鬆長褲，跟一般士兵的不一樣。我認出這種制服，雖然我只有近距離看過一次。營地管制員。他是管制塔的人員之一，負責掌管監視器和維持每日作息。

「啊，你來了，」弗里蒙醫師開口：「我正要開始檢查。」

這名男子——襯衫上繡的名字是「歐萊恩」——走上前，手往前一揮，顯然表示開始吧。

我咬緊牙根，握起拳頭。我知道最好別問現在是什麼狀況，但我迅速觀察情況，做出猜測。老頭拿出一臺掌上型白噪音製造機，調整旋鈕。

之前想像這段計畫時，我以為自己必須隨時控制跟我有任何接觸的營地管制員或超能士兵，告訴他們我真的是綠印者。現在看著醫師按下那臺裝置上最大的按鈕，我發現我不需要心控幾十人——只是四人。

「現在是綠色頻率。」弗里蒙醫師說。

裝置發出的聲音比我預料的輕，彷彿從幾層樓外傳來。尖銳噪音和嗶啵啪吱聲令我的頸後寒毛豎起，胃袋緊繃，但這跟營地的大型喇叭發出的白噪音完全不能比。

他們在觀察我能聽見什麼頻率，我心想，*媽的*——

超能者的腦子解讀聲音的方式跟正常人不同，這種聲音聽在現場的成年人耳中，只像一隻蒼蠅在耳邊打轉。我們能被數種頻率影響，每一種都是針對特定的色階。凱特曾向我說明，她和其他特工成功在一般的白噪音裡加入針對橘印者和紅印者的頻率，希望能找出躲藏在外或假扮其他色階的孩子。我那天在營地庭園聽到的就是那種白噪音，震天巨響刺痛我的心靈，貫穿我全身，令我昏厥。

我用力拉扯黏扣束帶，瞪大眼睛，讓身體顫抖抽搐，從嘴套發出動物般的低沉呻吟，彷彿這個聲音如尖刀般不斷刺進我的胸口。

歐萊恩舉起一手，微弱噪音立即關閉。他走向床邊，低頭看我的臉，我必須逼自己把仇恨轉為恐懼。

「成功反應，」弗里蒙醫師說：「我是不是該——」

管制員面無表情，雖然我看到他因為陷入沉思而嘴角下垂。我現在清楚看到他的模樣；襯衫底下的寬肩厚實，身高似乎有十呎，站姿讓我聯想到刀刃。他以自豪的態度抬頭挺胸，目光貫穿我建立的層層自我控制，我晚了一秒才意識到他不是一般的管制員，而是**首席**管制員。而我正在看著他的眼睛。

我移開視線，但傷害已經造成——我展現出太多意志力，被他解讀成挑戰。「換成橘色。」

雖然我現在的抗壓性遠勝以往，但我知道只要聽到那種頻率，感覺就像站在高速衝來的列車前。歐萊恩聳立於我面前，瞪視我的臉。他以為這裡由他掌管，是吧？他以為只要近距離看著我，就能看出我是否在運用超能力——他以為只要我戴著嘴套、無法說話，我就無法發出命令。

我不用看他，也不用對他說話。到頭來，我只需要心控一人。

弗里蒙醫師的心靈是一團無臉孩童和電腦螢幕。憑著自己剛進營地時接受那些檢查的印象，我想像出一系列畫面，放在那些回憶的正中央，隨即撤出。

我把他「假裝調整裝置、其實把旋鈕撥回綠印者頻率」的畫面塞進他的心靈。他斜對門口那兩名士兵，加上歐萊恩沾沾自喜又自信的看著我，露出心照不宣的竊笑。我垂下眼皮，慶幸臉上這副嘴套讓我無法回以相同笑容。

「開始。」他說。

命令弗里蒙醫師按下按鈕，這對我來說非常容易，因為我稍早才看過他這麼做，我能指示他以完全相同的動作重複一次。白噪音再次湧出，如電流般爬過我的肌膚。我故意讓眼球跳動翻轉，但我比剛剛更難模仿恐懼反應，一團冰涼緊致的控制力在我的心靈中降臨。

歐萊恩回頭。「打開。」

已經開了，我以念力命令。

「已經開了。」弗里蒙醫師說。歐萊恩的冷漠嗓門令我僵住，我偷偷觀察他的反應。

他齜牙咧嘴。「我會叫他們從紐約送一臺診斷器回來。」

紐約？他們已經把大型診斷器和掃描儀移去其他地點？

我把話語塞進醫師嘴裡。那恐怕得花上幾星期。

「那恐怕得花上幾星期。」弗里蒙醫師說。

這個裝置不會出錯。

「這個裝置不會出錯。」

歐萊恩的灼熱視線在我和老頭之間來回移動。我增強控制力，對管制員的心靈做出暗示。

我輕輕拂過一道道回憶，潮溼的早晨、霧氣、身穿制服的大批孩子……但我用力推開那些畫面，植入指示。這女孩其實是綠色，是被誤判成橘色。

我撤離他們倆的心靈，把視線移向瓷磚地板。

「好吧，看來她被誤判成橘色。」歐萊恩轉身面向一名士兵。「去箱子裡找出一套綠制服和鞋子，她的超能者編號是３２８５。」

「什麼尺寸，長官？」

「很重要嗎？」歐萊恩咆哮：「快去。」

醫師驚訝得眨眨眼。「所以她不會待在醫務室？我覺得……其他孩子如果見到她這種模樣，情緒可能會大受影響。」

「她在這裡睡了一晚，已經足夠。」他回頭看我，補充道：「我想讓他們每個人明白，不管他們跑多遠，遲早會被逮到，一定會被抓回來。」

我睡了一天一夜。耶穌在上——他們給我打的麻醉藥猛烈得讓我損失一整天的時間。軍隊應該是用飛機把我們送回東岸的西維吉尼亞，不太可能冒險利用地面交通工具，這表示……今天是……二月二十五日。媽的，我只剩三天的時間。

醫師沒幫我解開束帶和嘴套，直到那名超能士兵回到這裡，把一件單薄的棉質制服和無鞋帶的白色運動鞋放在診察床上。

「換衣服，」歐萊恩命令，把東西丟向我的胸口。「**動作快**。」

我拿起東西，黑色油性筆的味道灌進鼻腔，我挪挪痠痛的下顎，我不知道腳部的劇痛是來自肌肉還是關節，但我不想讓他們看我一瘸一拐，我站起身，走到角落後開始脫衣服，知道他們全程盯著我的背脊。我從鞋子開始，我迅速解開鞋帶，把右鞋仰起，拿出裡頭的黑色隨身碟，塞進新鞋裡，假裝調整布料鞋舌，感覺雙手腫脹又笨拙。鞋子起碼大了兩號，但那些觀眾不在乎這點。我面對牆壁，脫下衣服，臉龐因恨意而漲紅，制服如刀背般擦過我的冰冷肌膚。更衣完畢後，我轉身垂頭。

拿來這套制服的那名士兵——胸口的名字繡著「雷博克」——朝我走來，揪住我的胳臂。

「二十七號木屋，」歐萊恩嘲諷道，嘴角挑起。「我們老早知道會再見到妳，所以保留了妳的床位，相信妳一定記得怎麼回去。」

歐萊恩微微做個手勢，我整個人被拖出去，穿過門口，進入走廊。拐進最近的一處樓梯間時，雷博克又用力拉扯我的胳臂。老天，我幾乎能看到當時那一幕——那些小孩子在走廊另一頭排隊，面對未知；我能看到自己穿著離家時所穿的睡衣，莎曼穿著外套。

我幾乎跟不上士兵的腳步。來到樓梯轉折處時，我的腳一滑，我差點跌倒跪地。雷博克惱火得臉色陰沉，揪住我的後頸和衣服，拖我起身。

看來我就是得這樣對付他們，我心想，他們每個人。我曾經逃離這裡，躲開他們的追捕——**然後呢**？他們得向我證明這種事絕對沒有第二次？十七歲的我跟十歲的我一樣弱小無助？他們想看我待在我躲進的黑暗角落，縮起身子，拒絕與人接觸。他們想再次奪走我的一切，把我剝得一無所有。

我怒火中燒。

我回頭瞥向我們走過的階梯，接著把視線移向下一條階梯，再看向上頭的黑色攝影機。我們離開監視器範圍，拐過轉角，進入下一條階梯之前，我彎起胳臂，以手肘打擊而且壓制雷博克的咽喉。我抬頭幾吋，怒瞪他的震驚臉龐，隨即衝進他的心靈。他的步槍撞上牆壁，噹啷作響，肩帶滑落。這男子比我大幾十歲，體重至少多一百磅，但這些到頭來都不重要。從現在開始，以我的步伐為準。

＊　＊　＊

歐萊恩起碼說對一件事——我確實記得怎麼回去二十七號木屋，我的恐懼感也記得這條路線。看到眼前的營地，我逼自己站直身子。

只不過，我離開的這幾個月，有些東西改變。

醫務室一樓原本只有病床和布簾，但那些東西現在都被高高疊起而且沒有標示的箱子取代。走過瓷磚地板時，鞋子裡的塑膠塊隨著每道步伐而喀喀作響，我看到士兵們從內側房間和辦公室搬出更多箱子。他們的好奇目光一路跟隨，直到我們進入外頭的滂沱大雨。

暗灰天空總是襯托出柵欄外頭的樹林和草地的盎然綠意。周遭的水簾絲毫沒讓這種鮮明對比減弱，也沒有驅逐讓我的感官想起往日回憶的土壤味。我咬唇搖頭，*現在不一樣了*，我提醒自己，*局面由妳掌控，妳會離開這裡*。我試圖在心中找回我以前在這裡感受到的那種熟悉麻痺感，但找不到。

我找到那條泥濘小徑，溼潤土壤在我的腳下挪移。我低頭，注意到腳上的白鞋沾染泥水和乾枯碎草，3285這串數字回瞪我。

我深吸一口氣，逼自己前進。*妳來這裡是為了執行任務，妳會離開這裡*。這只不過是眾多任務之一，我在這裡也能堅強自信的戰鬥。現在的我不再崩潰，不再屈於恐懼，尤其如果我想救其他人出來。

木屋環線出現在我面前，比我印象中更陰暗狹小。我看到屋頂上的坑洞以扭曲的塑膠板覆蓋，殘留的融雪沿屋頂滴下，側牆木板變形剝落。冰雨如針尖般戳刺我的肌膚，直到我終於開始打顫。

木屋環線正中央的紅磚管制塔因雨水而色澤加深，但仍有數名超能士兵在瞭望臺上，槍口追蹤那些排隊沿小徑走出庭園、渾身溼透的孩子們，他們把藍色制服掛在肩上，腹部凹陷。從我們身旁繞過時，這些孩子大多垂頭，但我注意到其中幾人在隨行士兵的監視下好奇的偷瞄我們。不——那些不是超能士兵——

我轉身看著隊伍盡頭的士兵們抬頭挺胸的行進，動作整齊劃一，黑色軍服以緋紅背心覆蓋。

我稍微一捏雷博克的胳臂，指示他走離小徑，讓下一隊孩子從我們身旁返回木屋。在這兩排筆直隊伍的前方和後方押解的也是紅背心士兵，沒配槍，身上沒有任何武器。最後一隊朝我們走來時，我的心中發出警報，驚悚懷疑化為震驚。

這些面無表情的紅背心士兵十分年輕，臉龐依然圓潤飽滿，或許與我同齡，或許大我幾歲。他們填補了數量持續減少的超能士兵無法填補的崗位。

他們是紅印者。

第二十四章

不管是在庭園或工廠忙碌，還是清理食堂或廁所，最後一輪工作結束後，再過一小時才是晚餐時間，孩子們會在這時返回木屋，而每一群隊伍都是按照特定時間走過這段路。改造營的作息必須如樂譜般精準，魚貫而行的藍衣和綠衣孩子們認真扮演各自的角色，絲毫不敢打亂節奏。

紅印者。老天，那些夥伴不知道這項情報，但我完全無法警告他們，而且我越是靠近二十七號木屋，越是覺得這趟行動早已失敗。

雷博克跟我來到木屋前，解開門鎖，被迫以禮貌的態度幫我拉著門。我走進屋內，最後一次瞥向他的淡色眼眸，把「他粗暴的將我拖行來此」的偽造記憶植入他的心靈，讓他以為自己就是這種狠角色。他轉身回到雨中，門板隨之自動關上。

剛剛開門的瞬間，聽到裡頭寂靜無聲，我知道那些女孩還沒回來。她們應該不久前才從工廠換成庭園勤務，現在大概正在踏過泥濘，或在矮籬前等候通行許可。

這棟木屋——我的木屋——狹小得只要在原地轉一圈就能看清四周。一個個棕色物體，唯一不同的顏色是已經發黃的白床單。霉味混雜體味，掩過一絲木屑味。幾抹銀光從壁板裂縫滲進。風在屋內呢喃，帶我繞過最近的幾張上下鋪，走向房間深處。

我凝視我的床位，熟悉的絕望感湧上心頭。我再次咬唇，逼自己別哭。

雨水從鄰近牆壁斜射而入，床墊因此沾溼。我走向那張床，彷彿自己陷於水中，在床面坐下時，我幾乎沒有任何觸感。抬頭看著莎曼的床底時，我的呼吸卡在咽喉中，動彈不得。我以指尖撫摸我以前失眠時在她的床板剝起的木片邊緣。

妳丟下她們。我把一手貼於胸前，確認心臟還在跳動。妳把她們丟在這個地獄。

「停，」我喃喃自語。「**停**。」

我永遠不可能彌補，我無法回去那個晚上阻止自己吞下凱特的藥丸。唯一的路是往前走。**我會從這裡走出去，帶著她們每個人**。

木屋的門板突然開啟，她們默默走進，穿過床鋪之間的窄道。

一名女士兵進屋清點人頭，接著轉身，得意洋洋的把我加入總人數。女孩們明智的等士兵鎖門離去後才挪動身子，但最令我驚訝的是莎曼立刻轉身面對我，表情似乎傳達希望。

她的蜜色金髮綁成簡單的辮子，臉龐沾染黑垢，神情疲憊，超越虛脫的程度，但她的站姿——雙手扠腰，招牌的歪頭動作——是莎曼沒錯，完全是她。

「我的天。」艾麗驚呼。她是較為年長的女孩之一，和艾希莉總是盡全力照顧年幼較小的室友。少了她的摯友並肩站在她身旁，我幾乎認不出她。幾秒寂靜後，她衝向我，跨過我們彼此之間的床鋪。這樣也好，我就算想閃大概也閃不開。為什麼看到她們時，我的心中爆發喜悅，卻又害怕她們對我有何看法？

「我的天。」這三個字不斷重複。艾麗在我面前蹲下，身上的綠衣沾染雨水。她以冰涼的雙手捧起我的臉，確認我就是本人時，原本的輕觸轉為強壓。「露碧？」

「我回來了。」我窒息道。

女孩們擠在床鋪之間，其中一些人，包括莎曼，乾脆爬到我們彼此之間的床架上。凡妮莎、梅希、瑞裘……每個人都伸手摸我的臉，還有我攤放在膝上的雙手。不帶憤怒，不帶指控，不帶恐懼。

別哭。我綻放微笑，就算眼窩被淚水灼燒。

「他們說妳死了，」艾麗仍跪在我面前。「死於青春退化症。到底怎麼回事？妳那晚被帶走，再也沒回來——」

「我逃走了，」我告訴她們。「其中一名護士安排了一切，我遇到其他跟我們一樣的孩子，然後……東躲西藏。」我只能說出簡短版本——起碼目前如此。我以前從沒問過凱特那些監視器除了影像之外是否還能收音，但她們圍在我身邊的這幅畫面已經非常危險，我們不該接觸彼此。

「但妳被他們抓回來？」凡妮莎開口，依然難以置信的瞪大黑眸。「艾希莉是不是也被抓了？妳知不知道她的下落？」

「發生什麼事？」我小心控制嗓門。

「艾希莉被抓去廚房工作……大概兩個月前？」艾麗說。她們沒發現任何不尋常之處。如果哪裡有些雜事要處理，或是廚房和洗衣間需要額外幫手，年齡較大的綠印者就會被叫去幫忙，士兵大概認為那些孩子比較可靠。「那天晚上，他們不讓我們在食堂用餐，然後她再也沒回來。是不是被救走了？」

她們都盯著我，眼神令我無法面對。如果我說出真相，對她們會有什麼影響？我不知道自己是因為慈悲還是懦弱而如此開口：「我不知道。」

「外頭，」她們其中一人問：「是什麼模樣？」

我抬頭，一聲輕笑從脣中逃逸。「又怪又……**吵雜**，驚悚、暴力……但是空曠、浩瀚又美麗。」我抬頭看她們每個人的臉，她們渴望柵欄外頭的生活。「快準備好了。」

「給誰準備好？」艾麗問。

「給我們。」

＊　＊　＊

在食堂吃過以麵包和無味湯水組成的晚餐後，我們返回木屋。一名紅印者尾隨我們的每個腳步，他搖擺垂於側身的雙臂，軍帽底下的頭髮被剃光，棕膚呈灰黃，眼中無神，不帶任何情緒。晚餐時，為了保持心跳平穩，我必須避開旁人的視線，我發現莎曼也這麼做。在某一刻，那名紅印者停在她身後，她把湯匙丟進碗裡，不再勉強自己吃下去。但在那之後，我看到她瞪著他的背影……我不禁好奇。

在那一刻之前，我一直成功的讓自己別想著其他夥伴的遭遇，他們在做什麼，是否平安，到底會不會來這裡。我不能讓那些思緒影響我在這裡必須做的事。想到連恩在外頭獨自流浪，試圖找到他的爸媽、讓他們知道科爾的遭遇……

走回木屋的路上，我把思緒移向甜美的瑣碎回憶：晚餐時的歡笑，火光映上小雀的笑臉，裘德被自己絆倒，尼克看到自製玩具車成功發動時多麼開心，派特和湯米把薇妲當女神般崇拜；久違數月後在北卡羅來納州與查布重逢，知道他平安無恙；科爾一臉輕鬆微笑，伸手撫平我的頭髮。連恩。連恩坐在駕駛座，隨著音樂哼唱。連恩在暗處吻我。

我會從這裡走出去。

我會活下去。

莎曼從眼角盯著我，嘴唇繃起，嘴角下垂，鼻梁和乾裂上脣之間那道淡粉紅的鉤形疤痕依然存在，但幾乎完全褪色，就跟她整個人一樣。我轉頭回應她的視線時，她避開我的目光。

＊　＊　＊

但我知道莎曼的個性。雖然分開一年，雖然我在三年前消除了她對我的所有印象，我還是一眼就看懂她的表情，彷彿我在看我最喜歡又熟悉的書。隨著時日經過，她變得更勇敢，比較不會因為有我在場而不知所措。我能在她那雙淡色眼眸之中看到她正在沉思；打從清晨五點的晨鐘響起，她就一直在觀察我，包括我們在食堂吃燕麥粥的那十分鐘內，還有走在我身旁時，我們穿過潮溼又冰涼的晨風，開始一天的工作。

昨晚在前往食堂和返回木屋的路上，我就注意到她走路有點跛，但在今早，她的右腿顯然更為僵硬，瘸拐更為明顯。

「怎麼回事？」我低語，看著她卡在床邊，行動有些困難。她從床邊滑下地板的瞬間，腳踝彎折。我俯身過去，幫她整理床鋪，反正我自己沒毛毯可用，不需要鋪床。我試圖查看她跛腳的原因。

維持一派輕鬆的殘酷風格，醫務室的那名士兵昨天給我的是夏季制服——短袖上衣和短褲，但其他人穿的是冬季制服——長袖上衣和長褲，寬鬆布料遮住令她難受的原因。

「被蛇咬傷。」莎曼從我身旁走去排隊時，凡妮莎代答：「別問，她不想談這件事。」

庭園位於營地最深處，跟大門的位置剛好相反。靠近通電柵欄時，我能聽見它的嗡嗡鳴唱。年紀比較小的時候，我常把那種聲音想像成周圍林中的蟲鳴；不知道為什麼，那種想法讓我比較能接受現實。

我們的紅印護衛跟昨晚是同一人，剃光頭，杏仁狀的黑眼。我身旁的莎曼一顫，握起拳頭，跛行跟上。

紅印者被剝奪自我，我心想。我穿過低矮的白色柵欄，接過某人遞來的塑膠小鏟。我實在不清楚紅印者是如何被——克蘭西是怎麼說的？改造？洗腦？梅森因為腦子被他們亂搞而精神錯亂。或許他們在改造他時出了差錯，或是因為他的精神本來就不夠強韌，無法承受那種變化。

有多少紅印者加入童軍計畫？難道——不。*別這麼想*，我命令自己，*想其他事情，別想那個*。

一名士兵正在分發厚重的工作外套，我們只有在外頭工作時才能穿。他低頭一瞥我胸前的號碼，直接無視我的存在。換做十歲的我就會接受這種懲罰、把注意力轉移到士兵的冷笑上，但現在的我不需要忍受任何虐待。他的心靈彷彿玻璃，我如光束般一穿就過。我稍微後退，從他手中拿走外套。

我跟著隊伍來到她們昨天挖起的土堆旁，屈膝跪下，用鏟子輕輕從泥土底下挖起馬鈴薯，土壤一觸即散，滲入我的指甲縫。我拍掉馬鈴薯上的黑土。

色澤宛如焦肉。

我以手背摀嘴，出自本能的抬頭看向站在入口旁的三名紅背心。他們冷漠的看著一隊隊孩子們到來、領受工作項目。

他們是不是焚燒科爾的那幫紅印者？

我繃緊指頭，更用力抓緊鏟子。我斜眼瞥向右方，裝忙的莎曼拍掉馬鈴薯上的泥土。雖然過了這麼多年，他們還是逼我們按照字母順序排列，正如我們的床鋪位置。

「他們來了多久？」我低聲問：「紅印者？」

一開始我不確定莎曼是否聽到我說什麼，我拔起下一顆馬鈴薯，丟進彼此間的塑膠桶。

「大概三個月，」她也低聲回答：「我不確定。」

我稍微放鬆身子，輕嘆一聲。他們不是來自鋸齒營地的紅印者。但這表示紅印者不只一座營地，不只一座洗腦設施。

「妳沒……妳沒認出他們其中幾人？」莎曼低語，俯身過來，假裝幫我。「有些人以前待過這裡。」

我不能為了確認這點而再次偷瞄他們，就算瞄了也認不出。我對以前待過這裡的紅印者，連同其他危險超能者，只剩模糊印象，但我確定我不認識莎曼一直在偷瞄的那名紅印者；每次看到他，莎曼就會顫抖，而且轉身避開他的視線，但片刻後又抬頭看他，如鐘錶齒輪般規律易測。

「妳認識他？」我低聲問。

她猶豫許久，我以為她不願回答，但她終於點頭。

「以前的時候？**以前**的以前？」

莎曼用力嚥口水，又點個頭。

同情心襲來，我啞口無言。我無法想像，我完全無法想像她的感受。

一名士兵從我們身後走過，吹著不成旋律的口哨，沿菜圃之間的小徑前進。庭園十分寬廣，至少有半哩長，需要最多人員看守。他的掌上型白噪音製造機掛在腰間，隨著緩慢步伐的節奏敲擊戰術腰帶。

我抬頭偷窺，意識到他出現在我的視線時為何令我起雞皮疙瘩。他是負責監督工廠的士兵之一──喜歡往女孩子身上磨蹭，把她們騷擾得緊張慌亂，她們如果做出任何反應就會被懲罰。在當時，我們實在搞不懂他為何那樣對我、莎曼和其他女孩，我們只是站在那裡默默承受。但現在──我相當清楚他當時到底在做什麼，而這點燃我的怒火。他從我們身旁漫步經過，莎曼繃緊身子，我好奇她是否也聞到他的氣味──鹹而刺鼻的醋味，混雜香菸和刮鬍膏的味道。

我沒放鬆身子，直到他離我們至少有十人的距離。

「露碧，」莎曼低語，我們對面的女孩們以眼神要她閉嘴。「發生了某件事……妳離開後，我發現有事情不對勁，我不對勁，我的腦袋。」

我瞇眼盯著面前的坑洞。「妳沒問題。」

「我很想妳，」她說：「非常想妳，但我幾乎不認識妳……後來我出現一些感覺，看到一些畫面，好像作夢一樣。」

我搖頭，拚命控制脈搏。不准說，妳不能說出來。如果有誰察覺……如果她說溜嘴……

「妳不一樣，」莎曼說完。「是不是？妳向來──」

莎曼被某人從我身旁抓起，我連忙轉身。剛剛那名士兵回到這裡，用力揪住莎曼的長馬尾。

「妳知道規矩，」他咬牙道：「安靜做事，否則就別做。」

我終於看出這一年來的歲月對我的好友造成什麼影響。以前的莎曼，無數次為我挺身而出的那個莎曼，會以毒舌頂撞，或試圖掙脫對方，總之會以某種小規模的方式抗爭。

但現在，她毫不猶豫的為了自保而舉起沾染塵土的雙手，動作顯然非常熟練。他把她往前推，她全身隨之癱軟，整個人倒在泥濘中。怒火在我體內鞭笞。殺了這傢伙對我來說並不夠，我想羞辱他。我把某幅景象推進他的心中，想像出這種生理衝動一點也不困難。他的黑色迷彩褲襠色澤加深，尿液沿腿蔓延。我以誇大的鄙視表情往後跳，引起菜圃對側另一名士兵的注意。他渾身打顫，回過神來——以恍然大悟的驚懼神情慢慢往下看。

「媽的——**媽的**——」

「堤爾頓，」對面那名士兵喊道：「狀況？」

「**媽的**——」男子面紅耳赤，遮住褲襠，似乎不確定是否該留在這裡，或找個理由去處理這個狀況。孩子們偷瞄他，也面面相覷。他似乎意識到周遭目光，立刻以搖晃的兩腳站直身子。在持續撤離的心控中，跪在原地的我把右腿伸向一旁，聽到他因為照實模仿我的動作而在抵達出口前摔得屈膝跪地。這名士兵——堤爾頓——會以為自己是被某人絆倒。最後植入這幅畫面後，我輕輕退出他的心靈，沒讓自己看著他朝管制塔的方向匆忙走去。

太過火了，我責備自己——下次得用更低調的方式，但這一次我絕不後悔，無論如何。我搖晃站起，扶莎曼起身，帶她回到菜圃前。她顫抖不停，凝視我，彷彿知道真相。

「修好我，」她低語：「不管妳對我做了什麼。拜託。我需要知道。」

我不敢回視她，我知道自己會看到什麼樣的神情。連恩曾經跟她一樣，不是嗎？所有感覺都在，記憶卻絲毫不剩——這就是我留給她的局面，難怪她在被我消除記憶後顯得困惑又充滿敵意，想必被弄得不知所措。如果她稍微察覺到我跟她之間原本的感情，一定每天都會覺得哪裡不對勁。

我以哀求的眼神回應她的相同眼神。跟以前一樣，她明白我的意思，以前那個莎曼稍稍露面。她皺眉噘嘴，這是我們以前所用的暗號。

朝我們這裡觀望的那名士兵以手遮陽，看著堤爾頓持續遠離，接著跨過土堆，來到我們這一排。我繃緊身子，等著被他的陰影籠罩。儘管動手，我心想，你儘管找任何孩子下手，看看自己會有什麼下場。但他走離我們，遞補堤爾頓被迫留下的空缺。我屏住呼吸，手從鬆軟的泥土底下抓住莎曼的手。

我們從早上忙到下午，只有在簡短的午餐時間吃些他們分發的蘋果和三明治。我以沾染塵土的雙手把食物迅速送進嘴裡，看著天色變化。

當晚，躺在莎曼下方的床鋪時，我如微風般飄進她的心靈。

我回想那天早上，我跟她並肩站在醫務室，她的外套標籤豎於頸後，上頭寫著她的姓名。想起我當時在無意間消除她對我的所有印象，胸中的沉重感跟那一刻一樣痛苦。

那些畫面現在也在她的心靈中，跟我的回憶完全吻合。我隨著那些回憶飄流，墜過飛舞於周遭的白色景象。她的回憶明亮得幾乎讓我無法直視，縹緲得無法捕捉。但看到那幅畫面時，我知道那就是我在尋找的目標——深埋於其他畫面底下的一道黑結。我伸手觸摸，持續施壓，直到黑結解開。

如果飄起的每道回憶都是一顆星，那我就站在銀河系的核心之中，站在由被遺忘的微笑和輕聲歡笑組成的浩瀚星座之下。我們倆度過一個個灰黑棕黃的漫漫長日，除了彼此以外一無所有。

我以為她早已入睡，她的心靈在我的接觸下是如此平靜，但這時一隻白皙手臂從上方的床邊垂下，伸向我，這熟悉的舉動令我窒息，我得緊抿嘴脣以避免淚水決堤。我朝上伸手，半路相迎，十指交扣。這是我們的祕密，我們的承諾。

第二十五章

接下來的兩天，我把握時間，逐漸拼湊出接下來的計畫，包括我帶著掌中水泡在庭園工作時，還有每晚累得昏厥之前的幾分鐘。知道這一切再過幾小時就會結束，我變得比自己預料的更大膽。我感覺時間太過充裕又不足，我也一直擔心那些夥伴可能已經修改當初由我、科爾和尼克訂定的時間表。我跟他們說的是三月一日，但他們如果無法及時到來？

如果他們根本不來？

我立刻推開這個想法，拒絕讓它在我的心中扎根。

當晚六點，我躺在床上，雙手交疊於腹。上方的莎曼翻到側身，床墊隨之挪移，床墊塑膠套底部被我挖出的一道輪廓也因此扭曲。我向上伸手，用斷裂的指甲掐住一小塊翹起的破塑膠，輕輕的邊撕邊調整，直到形成一道均勻的圓形。

「——那女孩被那些盜賊抓走後，由其中一人騎馬帶在身後，她趁這時候從他身上偷到匕首，割斷手腕的繩索……」瑞裘負責帶領今晚的故事時間，打發我們被叫去吃晚飯之前的這一小時。今晚的故事主角又是一個無名女孩，又是身處危險。我閉上眼，嘴角帶著淺笑。這些故事沒比以前那些更精采或獨創，劇情千篇一律：女孩被欺負，女孩反抗，女孩逃跑。在瑟蒙德的究極幻想。

身體的虛脫疲憊令我靜止不動。雖然我在農莊有鍛鍊身體，但是這裡逼我們不停止不休息又缺水缺糧的長時間工作就是為了確保我們沒有體力逃跑或反抗。雖然渾身上下每一條肌肉都在顫抖，我卻感到異樣的平靜，就算我知道如果我走錯一步，或被他們發現我的真實身分，我在這裡的任務也將立即宣告失敗。

我必須走出這裡。

「露碧？」位於中央床區的艾麗呼喊。「輪到妳了。」

我以手肘撐起身子，整個人往後挪，把兩腿甩到窄床的邊緣。伸展僵硬的下背時，我思索該如何把這個故事說完。「那女孩……」換做以前，我貢獻幾個字之後就會把故事交給莎曼，但我現在想利用這個機會。我不確定她們是否能聽懂，但我希望在那一刻到來時，她們能稍微意識到我在這時已經預先警告。

「那女孩割斷繩索後，把眼前那名盜賊打落在地，隨即抓起韁繩，掉頭奔回原路——回去那座城堡。」

這引來一陣竊竊私語。凡妮莎剛剛花了將近十五分鐘描述城牆外的激戰，盜賊因此趁機抓走女孩。

「在黑夜的掩護下，」我解釋：「她在鄰近的樹林中下馬，悄悄來到一條她知道藏在遠側石牆裡的暗道。黑騎士團拿下城堡後，戰役就此結束，白騎士團被拒於城門外，無法救助被困在城中的百姓，但是沒有任何人在意一名瘦小又不起眼的女孩溜進後門，她看起來就像個忙著把菜籃抬進廚房的可憐傭人。在那幾天，她躲在城堡裡耐心觀察，靜候時機。某一天，時機終於到來，她溜出城堡，在黑影中穿梭，來到城門前開鎖，讓白騎士團能攻進城內。」

「她為什麼回去？為什麼不逃——不找個地方躲起來？」莎曼低聲問。我輕輕吐口氣，慶幸至少她聽懂我的暗示。

「因為，」片刻後，我回答：「到頭來，她就是無法丟下家人。」

女孩們在各自的床位上默默扭身，面面相覷，彷彿都有相同疑問，但沒人提出——我不知道她們之中有多少人真的敢懷抱希望。短短的三分鐘後，木屋的電子門鎖應聲開啟，門板甩動，一名女士兵走進。

「列隊。」她咆哮。

我們匆忙按照姓氏的字母順序排列，在她清點人數時凝視前方。她揮手要前段的女孩們開始出發。

離門口還有一步時，我不禁瞥向身後——無論今天如何收場，這將是我最後一次看到二十七號木屋。

＊　＊　＊

但在走進食堂時，我必須修改計畫其中一個關鍵部分。在對側牆壁，我們排隊領餐的那個窗口左方，是一面大型白色銀幕。歐萊恩站在銀幕前，交叉雙臂，被數位投影機射出的藍光淹沒。莎曼被女士兵推向我們的桌位時，緊張的瞥了我一眼。

上一次看到那面銀幕，是我們剛被送來這裡的那星期，管制員為了列出營地規矩而架起投影機。工作時不可說話。熄燈後不可說話。除非被問話，否則不可對超能力特種部隊軍官說話。連同其他雜七雜八的規定。

士兵們沒讓我們排隊領餐，而是以手勢要我們安靜坐下。現場氣氛令人心神不寧，我無法從任何一名管制員或士兵臉上看出線索。

「關於你們的情況，」歐萊恩與生俱來的大嗓門清楚傳遍整棟建築，「最近出現一些變化。注意看。影片只播放一次。」

遷營，我心想。他們終於要宣布這座改造營即將關閉。

燈光微微轉暗時，歐萊恩站到一旁。投影機接上一臺電腦，因此我們先在銀幕上看到電腦桌面，士兵接著放大影片視窗，開始播放。

影片跟遷營無關。

我身旁的莎曼打個顫，牽起我的手。我自己也震驚得眨眼。

那是睽違八年的景象：格雷總統站在一面以白宮徽章為背景的講臺上，笑容燦爛，臉頰因此浮現酒窩。他朝鏡頭外的某人揮手——招手——這一次，一名身穿無瑕套裝的金髮女子上臺來到他身旁，擠滿現場的記者們為之騷動，一臺臺相機劈啪作響。莉莉安·格雷博士。

「我向來不喜歡賣關子，是吧？」格雷總統笑道。第一夫人被熾白閃光燈淹沒，一連串的相機快門聲讓機關槍也相形失色。

「很高興能回到華盛頓，跟各位重聚一堂，還有我的美麗妻子陪伴身旁。跟外頭那些臆測不同的是，她依然健在。」

現場回以緊張的笑聲。

「有她在場，這表示我終於能向大家宣布我們的祈禱獲得回應，我們終於找出安全的治療方式，能永遠消除美國孩童的異常狀態。」

記者們傳出更多竊竊私語，相機放出更多閃光。我周遭的孩子們早已習慣壓抑情緒反應，頂多就是倒抽幾口氣，或迅速互望幾眼，大多只是驚訝得坐在原位。

「這些年來，莉莉安為了研究這項問題而沒在公眾場合露面。行事如此保密，完全是為了避免受到兒童聯盟那個恐怖組織以及其他國內敵對勢力的干預。雖然我們仍在尋找這種嚴重疾病的起因，但請各位放心，所有孩子都能接受這項救命手術。我們現在開始說明手術的詳細內容。」

幾名記者高喊莉莉安的名字，試圖搶先提問，我猜他們想激她拿起麥克風，但她只是盯著腳下地毯。不管是誰幫她如此打扮，也成功奪走她意氣風發的一面。

「在接下來的影片和報告中，各位也會知道，我們的兒子克蘭西將第一個接受這項手術。」

看到另一個人在一名黑衣男子的陪同下走上講臺，我感到暈眩。他的頭髮被剃光，以繡有總統徽章的棒球帽遮蔽。他一直低著頭，避開面前的一臺臺攝影機，直到總統退離麥克風，對他說些什麼。克蘭西拱起肩膀，終於抬頭，模樣彷彿一匹馬斷腿倒地，永遠無法站起，更別說疾奔。

他做過那麼多惡事，我也想像過自己想對他做出什麼惡事，但我從沒想過他會如此落魄。在自己心中湧現的反應令我震驚，眾多情緒混成一團，狂亂得讓我無法分辨。我感覺作嘔。克蘭西顫抖，整個人似乎持續縮小，而他父母臉上繼續戴著微笑面具，讓記者看到大家想看到的畫面：全家福。這些人居然如此成功的把克蘭西拉進他最害怕的夢魘。

「大家應該都還記得，他在幾年前才離開復健營計畫。很不幸的，任何疾病都可能復發，而這就是為什麼我們一直不放心讓孩子們離開營地的其中一個原因。我們需要更長期的解決之道，我們也相信答案已經水落石出。我們會另外宣布提供治療的時間表，以及復健營關閉的大略日期。我知道社會大眾多年來做出多少犧牲，承受多少痛苦，但我懇請各位耐心等候、理解配合，而且對我們即將邁入的未來保持信心——我們往日的繁榮與生活方式將再次到來。感謝各位，天佑美國。」

被第一波疑問包圍之前，格雷總統摟住莉莉安的肩膀，友善的朝攝影機揮揮手，在她有機會說出任何一字之前帶她下臺，離開會場。

影片停在這最後一幕，我感覺自己也被卡在這一刻。

不，我心想。記得妳為什麼來這裡。動手，現在動手。

負責看守我們的那名女士兵做個手勢，一臉不耐煩的要我們站起、排隊領餐。出乎預料的這段影片打亂了我原本的計畫，但我立刻重新安排，這並不困難。我們慢慢走向廚房，這時我感覺到女士兵正在看著我。

我把莎曼推倒在地。如果這還不足以讓旁人啞口無言，我對她喊出的「閉嘴！給我——給我閉嘴！」顯然奏效。我的嗓門在寂靜中迴響，如拳頭般落在她困惑的臉上。

配合我，我以眼神向她哀求。拜託。

她微微點頭，她明白。我舉手作勢要打她，無視凡妮莎拉住我的手腕、試圖阻止。最困難的部分是女士兵氣沖沖走向我時，我逼自己別對她做出反應。我目前的舉止已經足以讓我被懲罰。

足以讓我被趕出食堂。

女士兵揪住我的領口，拖我離去時，周圍的女孩們低著頭，但她們的恐懼和困惑在我周遭瀰漫。歐萊恩和其他管制員忙著搬走投影機和銀幕，懶得理會這場騷動。

我不用心控女士兵就已經被她拖進廚房。藍印孩童正在裡頭用燙水刷洗鍋子，被我們的出現嚇一跳。其中幾人正在忙著準備明天要用的食材，也被我們暫時轉移注意力。我查看天花板的黑色監視器，邊走邊數——兩個，三個。一個在送餐口上方，一個在食品儲藏室旁邊，另一個在不鏽鋼工作檯上方，幾個孩子正在那裡削著我們不久前才從庭園拔起的馬鈴薯。

食堂後方面對樹林，建築和柵欄之間大約有十呎。那些監視器從不拍攝那裡的狀況，只是指向樹林。這裡是我們很快學會害怕的「死角」之一。

她用肩膀頂開後門，我只有一秒的時間可以做出行動。

我把她的一條胳臂往後扭，讓關節於脫臼邊緣，她震驚得哀號，但這個聲音在我侵入她的心靈時被打斷。

她解開制服鈕扣，把靴子、黑色迷彩衣褲、腰帶和黑帽扯下，丟在地上。我踢掉自己的網球鞋，試圖跟上我在她的心靈中設定的匆忙腳步。她接過我的制服，以茫然的順服眼神穿上，神情太過平靜。我灌入一幅景象，讓她以為自己是個孩子，站在營地中央，士兵們朝她逼近。她開始哭泣時，我才放開控制。

隨身碟從我的鞋中掉到被冰霜覆蓋的草地上，我連忙撿起，緊緊握住，向自己保證這東西確實在我手中。

交換衣服沒花超過兩分鐘，但是兩分鐘也可能太久。我無法判斷——士兵有權把我們拉進無人監視的黑暗角落，先稍微修理一頓後再做出真正的懲處。如果管制塔裡那些人員以為這名女士兵就是如此利用這兩分鐘，我就不會受到懷疑。

我帶女士兵走向庭園，我的沉重吐息讓空氣沾染白霧。我盯著其中一根柵欄柱子上的細鐵鍊。

我命令女士兵面向柵欄的坐在冰冷泥地上，把她綁在這裡，她背對著一旁木屋的監視器以及在管制塔上巡邏的士兵。我很想說我還算是個好人，不會因為這樣對待她而感到痛快，但我確實沒這麼好心。看過那麼多孩子因為頂嘴或斜眼瞪他們而被綁在這裡數小時之久，我想讓他們其中一人嘗嘗這種滋味，體驗莎曼每次被綁在這裡的感受。

我開始往回走，經過在食堂和管制塔之間站崗的一個個紅背心時，我開始感到緊張。不知道為什麼，越是靠近那座磚塔，我感覺它比原本高出一倍，在近距離觀看下，它的牆面似乎比之前更歪斜。

這只是一項任務，我提醒自己。*跟其他任務沒什麼不同。我會完成這項任務，然後回家。*

在管制塔入口站崗的士兵從黑暗中瞥我一眼。上方瞭望臺的兩座探照燈投下的光束在我前方交叉，掃過整座營地，射向其他探照燈無法觸及的陰暗處。

「霍頓——是妳嗎？」

我點頭，拉低帽簷，遮住眼睛，一手移向掛在肩上的步槍。

「有啥——」他的心靈攤開，呈現一條條螺旋狀的綠白紅。我需要他把通行證壓在他身後的黑色掃描器上，他照做。我需要他站到一旁，他照做。他遵照我的所有指示，甚至幫我把門拉開，讓我進去。

我跨過門檻，進入溫暖的營地中心，出風口吹出的暖氣滲入我這身借來的衣服，直入我的皮肉骨髓。我的視線掃過這條走廊，觀察通往上層平臺的樓梯時，不知道為什麼，我覺得自己無比強大。

我右方的一扇門開啟，一名管制員從中走出，手裡拿著一只咖啡杯。門慢慢關上，他身後的房間景象也因此被遮蔽，但我已經注意到裡頭的電視、沙發和椅子。他抬手打個呵欠，身上的黑色排扣襯衫隨之起皺。他投來「*這種差事就是這麼回事，是吧？*」的眼神，表示尷尬，也表示毫無歉意，彷彿改造營這回事本身就是個大笑話。

我微笑，讓他從旁經過，他進入一小段距離外一扇半開的門內。過了一秒，我也跟上。一樓的左半區基本上只是個寬敞的監視站，大小螢幕布滿對側牆面，從各個角度對準營地各處。其中一面顯示氣象衛星雲圖，另一面正在無聲播放新聞。

這裡一共有三排電腦，雖然只有被坐滿一半，看來他們似乎也在收拾這裡的東西——從左到右，慢慢搬走不必要的設備。

所以他們需要紅印者，我心想。大批超能士兵已經退役，而仍在服役的士兵，連同新兵，現在的工作就是在營地關閉前先把文件和用具搬走。

專心。

我走向第二排電腦，在某個座位坐下，螢幕恢復運作，出現素色桌面。心跳聲在我耳裡震動，但我在插進隨身碟時，兩手意外的平穩。

我打開資料夾，把程式檔複製到桌面。我原本以為自己看錯，腦子因此被焦慮占據一半，但我看到名為「jude.exe」的檔案迅速複製完畢，出現在螢幕的黑色桌面上，位在資源回收筒的圖示旁，就在標名為「Security」的黑色三角形圖示下方。

複製完成後，我刪掉隨身碟裡的原檔，把隨身碟丟到地上，用左腳跟踩碎塑膠殼。桌面右下角的時鐘顯示19：20。

我開啟命令提示視窗，輸入「start jude.exe」，圖示從桌面消失。

沒有其他反應。

媽的。我再次瞥向小鐘。我有沒有做錯？為什麼——

我的後腦遭到重擊，我被打得幾乎摔離椅子——我在倒地前被某人抓住、重重砸在桌上，對方掐住我的咽喉，以槍口對準我的臉。

「這裡！」士兵的臉龐化為疊影。我眨眨眼，試圖讓視線恢復清晰時，更多輪廓從敞開的門湧入。「這裡！」

我被抓離桌邊，壓制在地，手槍離我的額頭只有幾吋，一名管制員在那個位子坐下，開始在鍵盤上敲打。看來終於有人注意到不對勁。我被抓了，但我已經完工。

我成功走到這一步。

起碼我完成這項任務。

現場其他人警覺的站起來，但在歐萊恩的咆哮下退後：「別過來。」

他另外輸入其他指令，打開命令提示視窗。

「妳做了什麼？」他吼道。

我盯著他的臉，無視沿我的頸後流過的溫熱液體。我的視線恢復清晰，我聳個肩，嘴角綻放竊笑。

歐萊恩推開另一名士兵，回到持槍站在周圍的士兵和管制員之中。他把我壓在牆上，撞得我的牙齒喀喀作響，他質問：「妳來這裡到底有什麼目的？」

我擦掉嘴角的血，不發一語。不管他現在對我做什麼，都無法讓我感到害怕、弱小又無助。

管制員轉身面對坐在一旁的一名女子。「啟動強制鎮靜系統。」

「C群還在食堂裡，」她問：「要不要先命令她們返回木屋？」

「啟·動·系·統。」

她回頭面對螢幕，迅速輸入指令，最後以小指壓下輸入鍵。「等等——」

牆面監視器畫面一一關閉，接著是每一面電腦螢幕，畫面消失，發出陰森的電子低鳴。

「啟動失效防護機制。」他說。

「長官？」她一愣，再試一次。「我無法登入——」

「無法登入什麼？」

「**所有系統！**」

「我也是——」

「——這裡也——」

我知道這麼做其實沒意義，在我站起的時候，但我還是不想承認——我還沒結束，我還不想死。周圍的槍口讓我有十幾種死法，我被黑衣人團團包圍。我的耳中隆隆作響，腳下地面翻滾，但我讓隱形之手奔向周圍一個個心靈，如箭雨般飛向四面八方。

歐萊恩一拳打在我臉上。

我來不及抬手格擋，來不及在自己被撂倒前先撂倒他們。我摔倒在地，腦袋撞上瓷磚，眼冒金星。他壓在我身上，從腰間取下一個小型裝置，對準我的右耳。我朝他的臉吐口水，他只是發笑，開啟白噪音。

周遭世界粉碎。一隻隻手揪住我的胳臂，把我從地板拖起，拉過一團團的腿和椅子。我無法清楚視物，無法排除腦中雜音，渾身肌肉僵硬得令我抽搐，我的腳朝地板踹踢，我在心中吶喊，尖叫著**我還沒結束**，但我聽不見自己思考。白噪音揪住我的肩膀，把我推進黑淵，壓制其中，直到我溺斃。

第二十六章

某人拍打我的臉，我的意識逐漸恢復。我迅速睜眼，但被光線刺得瞇起，視線一片模糊。我感覺心靈腫脹脆弱，跟身體一樣彷彿被擰乾。我有些意識到自己的四肢仍在抽搐，殘留的疼痛令我覺得麻痺而緩慢，我不記得痛楚為何而且如何發生。

煩擾我的吵雜聲突然停止，周遭世界緩緩成形：瓷磚地板、四面的陰暗牆壁、一盞檯燈；兩名黑衣人在陰影中穿梭，低聲說話。其中一人接近我時，我聽到微弱的金屬喀啷聲。他嘴裡的口香糖發出啪的聲響，我聞到薄荷味。

「小婊子……」

就這樣，記憶瞬間回歸。

管制塔。

離開。

快逃。

我試圖掙脫身下的椅子，但手腕和腳踝被塑膠繩綁於金屬椅身。恐懼引發的腎上腺素及時令我清醒，讓我感覺到歐萊恩賞來的反手耳光。

「既然我們終於取得妳的注意力……」他咬牙道，站起身。冷空氣啃咬我的小腿，我低頭發現他把我的褲管捲到膝處。他們已經脫下我的士兵外套，拿走小刀和武器，連同任何可能用來反擊的東西，包括靴子。我不明白他們為何這麼做，直到歐萊恩揮手要他身後的士兵送上甩棍。

看到他的手勢，另一名士兵也拿出掌上型白噪音製造機。我如野馬般掙扎，試圖逃脫，不想被那東西癱瘓心靈。我能……我可以……我現在能做什麼？到底能做什麼？

「誰派妳來？」歐萊恩問：「有何目的？」

「為了……叫你……」跟話語相比，這幾個字在我的腦子裡聽來更憤怒。營地管制員俯身向前，兩眼瞇成縫。「叫你……去操你自己。」

白噪音啟動，比之前更刺耳尖銳，如子彈般貫穿我的太陽穴。我藏不住哀號，汗水沿背脊和胸口流下。白噪音的開關造成某種規律——**啟動時**帶來劇痛，**停止時**帶來痛楚。我無法呼吸，我逼自己拚命抵擋甜美的昏厥。我不能睡，我不能放開這一刻，他們會殺了我，我無法……我無法……

「**誰派妳來？**」

「去死吧！」我朝他的臉咆哮。

他的胳臂往後拉時，我做好準備，但他的甩棍擊中我的裸露小腿時，我沒有——**完全沒有**——準備好承受貫穿全身的熾熱痛楚。我發出尖叫，扯動身上的束帶。我聽見斷裂聲，而且在腦子裡感覺到，彷彿裂開的是顱骨。歐萊恩身後那名士兵無動於衷的看著他再次攻擊我的斷骨，在我嘔吐時面露微笑。

歐萊恩再次揮棍，但在接觸我的小腿之前停下，臉上帶著嘲笑。他朝士兵做個手勢，後者再次拿起白噪音裝置。

「不是兒童聯盟，」颶風般的白噪音幾乎將我的緊繃神經切碎，我還是能聽到歐萊恩的大嗓門。「不可能是他們，所以到底誰派妳來？」

雖然白噪音關閉，我還是能聽見殘留回音，視線中浮現一顆顆白點。

「回答我，3285。」他貼近我的臉，把破碎的隨身碟湊到我面前。「裡頭原本有什麼東西？告訴我，我保證讓妳活下去。」

我想活下去。

歐萊恩一手抓起我的下巴。「3285，我應該先跟妳說一聲：我一點也不介意殺掉妳這種人。」

我這種人。

橘印者。我用力倒抽一口氣，舔掉從鼻孔流到破唇的血。**橘印者**。

他轉身面向士兵，示意對方上前。我的斷腿幾乎占據我的所有注意力，但我的眼睛移向年輕士兵，投以念力……不斷嘗試……

歐萊恩一手拿著白噪音裝置，另一手拿著配槍。

「妳選哪個？」

我必須走出這裡。

他把槍口往上移，沿我的咽喉滑到下顎底部，另一手把白噪音裝置貼在我的耳邊。

「我非常樂見妳的腦子被打成漿糊，從耳孔滲出再流到這片地板上。說明妳來這裡的目的，3285，我會就此罷手，不再折磨妳。」

我想活下去。

整棟建築搖晃，他被甩得後退一步，一旁的桌子連同天花板的簡單燈具也隨之震動。遠處傳來連串槍聲，詭異又甜美的希望之曲。

沉重腳步聲在建築內部迴響，朝出口行進。歐萊恩退開，來到牆邊的單向透視窗前，為了看清楚窗外而把雙手圈起、貼在窗上。他敲敲鏡面玻璃，等外頭的人開門。我的視線又開始縮小，即將發黑。角落那扇門——這裡唯一的門——沒有把手，只能從外頭開啟。

我閉眼握拳，對抗第二波暈眩。

我想活下去。

我想活下去。

我必須活下去。

「露碧。」我勉強開口。

歐萊恩緩緩轉身。「妳說什麼，3285？妳終於打算乖乖配合？」

「我的名字，」我咬牙道：「是**露碧**。」

我翻轉椅子，讓自己倒地，一陣劇痛沿斷腿向上衝。我在腦海中構思這幅景象，在半秒後聽到幻想成真：角落那名士兵舉槍，射擊三次，第一槍沒打中歐萊恩，而是擊碎他身後那面玻璃，但第二槍和第三槍正中目標——胸腔和頭部。

歐萊恩及時開了一槍，擊中那名士兵的咽喉，自己也靠著窗邊的牆壁癱倒在地。

想必我昏了過去——大概幾秒，或是幾分鐘。管制塔內寂靜得詭異，我恢復意識後，只聽見自己緩慢而沉穩的心跳。

起來，我命令自己。*起來，露碧，起來。*

我爬過地板，來到歐萊恩身旁，過程緩慢又痛苦。我需要用他腰間的小刀來割斷我手腳的塑膠繩，但這表示我得拖著椅子爬過他身下的血泊。我把刀鋒對準自己被反綁的雙手，拚命割鋸，手掌也因此被劃傷。

我用力吸氣，低頭查看，脛骨處被撐起的皮肉令我作嘔，讓我想起自己渾身都在痛。我以半跳的方式來到門前，但我沒看錯——門上沒有把手，而且鉸鍊在門的另一側。

我拿起歐萊恩的手槍，為了承受手槍的後座力，我把背脊靠在門口反方向的牆上。碎玻璃灑落一地時，反作用力迅速衝上我的胳臂和肩膀。我把手槍的保險栓撥回安全位置，再用槍托敲掉窗框的殘留玻璃。我把雙手撐在窗臺上，翻過窗框，倒進走廊，胳臂和兩腿因此被鋸齒般的玻璃渣割傷。

手槍突然從我手中飛離。我在四周的碎玻璃中摸索手槍，終於抓住握把時，聽見橡膠鞋底擦過瓷磚地板的吱嘎聲。

我翻身仰躺，稍微抬起上半身，以便瞄準朝我跑來的黑色人影。我摸索保險栓，撥到射擊模式，外頭的連聲槍響令我的血液升溫，讓我把注意力集中在當下。看到對方的黑色制服，我的指頭勾住扳機。我要離開這裡——我要離開——

「別開槍！」

電力中斷，整棟建築陷入黑暗，但我在他拉起頭盔時看到他的臉。我一開始以為自己看到鬼魂——不知道為什麼，現實世界更顯奇幻。

連恩。

「別老是這樣蹦出來！」我吶喊，嚇得丟下槍。「我差點殺了你！」

他的臉龐削瘦，幾乎只剩骨頭。他衝向我，彎曲膝蓋，滑過最後一小段距離。他的雙手匆忙撫過我全身上下，他吻我——嘴唇、臉頰、額頭，他碰得到的地方——我吸進他的氣息，緊抓他溼透的上衣，無法相信他就在這、平安無恙。

他扭轉身子，碰到我的斷腿，我無法壓抑從咽喉逃逸的尖叫。

「媽的——媽的，對不起，天啊——」連恩摸索夾在外套上的無線電。「我找到她了——爸，快來幫忙！」

話才剛說完，某人的隆隆腳步聲突然從我身後傳來。連恩抬頭，彷彿絕望的怒火形成實體、亮出尖牙，他的手伸向腿上的槍套，令我渾身一顫。我從他的表情認出那種黑暗，我在他的兄長臉上看過太多次。我連忙壓住他的手，不讓他拔槍。

連恩不能成為那種人，現在不能，永遠不能，他不是殺人凶手。只要失控一秒，他的心就可能永遠破碎，那會成為在他體內歪斜生長的骨頭，遲早改變他整個人的姿態。

我看到他回神的那一刻，他的鼻翼顫動，眼神恢復清澈。他再次看向朝我們衝來的那名超能士兵，這次伸出一手，對方立刻被甩上一旁的牆壁，當場昏厥。

他再次低頭看我，顫抖的吐口氣，查看我胳臂上的割傷時咒罵連連，動作溫柔，跟他一秒前的行動呈強烈對比。我渾身顫抖，但他顯然把我的疼痛看成寒意，因為他脫下外套，裹在我身上，為了幫我保暖而把拉鍊拉到我的喉部。我強忍在胸中攀升的啜泣。

「為什麼妳非得受這種罪？」他質問：「為什麼非得是**妳**？」

「抱歉。」我低語。我道歉，因為科爾，因為我逼得連恩來這裡救我，也因為我如果現在不說，等失去意識時就無法開口。「抱歉，我愛你，好愛你……」

連恩又吻我。「我們能不能趕快離開這裡？」

又一名黑衣人在樓梯口現身，因喘氣而肩膀起伏。我連忙找槍，但是連恩抓住我的手。

「我們在這——」

那人快步跑來，我看到對方的黝黑皮膚，面貌英俊，頭髮花白。「她還好嗎？」

「不算好……」連恩後退，讓繼父查看我的腿傷，再以堅持的口氣對我說：「但妳**絕對不**

會有事，聽到沒有？」

「看來很痛，親愛的，」哈利蹲下查看。「我們現在帶妳離開這裡，好嗎？」

「我必須走出……我必須走出這裡，」我告訴他，思緒因疼痛而混濁。「我必須走出這裡，靠我自己的腳。」

他和連恩交換緊繃的眼神。

「我們得找東西固定斷骨。」連恩掃視四周。

「現在不是時候，」哈利說：「集合點會有醫護人員。」

「我必須走出去。」我不在乎這番話讓我聽來像個瘋子，他們必須明白這點，科爾會明白——如果他還活著。科爾已經是過去式。我緊閉雙眼。

再次睜眼時，我看到哈利把手伸向掛在左肩上的無線電。「這裡是史都華，我們找到她了，現在前往出口，預計三分鐘後抵達。」

無線電另一頭傳來帶有雜訊的回應。

「好了，親愛的，我現在扶妳起來。」連恩起身。「把妳的手掛在我的肩上，沒錯，就是這樣。」他們遵照我的要求，把我扶起時調整我的站姿，讓我能以沒受傷的左腿站起。

我不記得自己經過走廊，只記得右腿每次往前甩的感覺，只記得我們踏進夜晚，冷空氣拂上我的肌膚，還有雨水帶來的觸感。我聞到煙味，空氣因此顯得沉重。

在前方，一群群綠衣和藍衣孩童迅速走出營地大門，身穿黑衣的人影揮手催促，白色臂環跟黑色衣袖形成鮮明反差。孩子們雖然有些受驚，但依然鎮定而且聽從指示，這令我感到驕傲，瑟蒙德起碼在這方面提供了完善訓練。

「紅印者——」我試圖開口。我看到營地盡頭冒出火光，工廠正在燃燒。

「拚命反抗後，」哈利輕輕一捏我勾在他頸邊的手。「都被制伏。」

「有沒有人受傷？」

「所有夥伴都很平安。」他保證。他吹聲尖銳口哨，最近的一名黑衣人似乎已經等候多時，轉身跑來。她的姿態如野獸般優雅，兩臂在身旁甩動，踏過濃稠黑泥時，靴子濺起泥漿。在雨水遮蔽下，我看不清楚她的臉，但我知道她是誰。**薇妲**。

要不是哈利以強壯的胳臂攔住她，她會直接撞上我們。

「小心點！」連恩警告，把我抱得更緊。哈利放手後退，薇妲占據他讓出的位置，以雙臂摟住我。

「媽的，」她說：「我要**宰了**妳，我真的會扭斷妳的脖子，我要——要——」

「我去食堂檢查最後一次，看看有沒有孩童脫隊，」哈利說：「我、約翰和老麥負責殿後。」

「我們在集合點見，」連恩說：「露碧，讓我扛妳，拜託——」

「我必須靠自己走。」我的咽喉疼痛，嗓音沙啞。「你能不能扶我？」

他調整姿勢時，薇妲阻止他，從我的另一側幫忙攙扶。「妳想怎樣都行，只要能讓妳走出這座該死的惡夢工廠。說真的，我以前從沒見過這種**鬼地方**，小親親。」

雖然步伐緩慢又笨拙，但我們持續蹣跚前進，踏過泥濘，加入走出大門的孩子們，走向被炸開的大門。

我們被送來瑟蒙德的那一天在下雨。

我走出瑟蒙德的這一天也在下雨。

＊　＊　＊

發現自己無法甩掉寒意，無法停止打顫，我知道自己有了麻煩。白色臂環黑衣人在前頭帶隊，我們跟著孩子們穿過樹林時，我顫抖得渾身肌肉鎖起，肢體僵硬。

薇妲瞥向連恩，我們加快腳步。

「好痛。」我低語。

「想不想停下來？休息一下？」薇妲問：「因為妳的腿？」

我搖頭。「一切。」

為了找些話題，也可能是為了轉移我的注意力，連恩試圖解釋事情的經過。「我媽把哈利的電話號碼給了我，讓我能讓他知道……關於……關於科爾的事。她告訴我如何去找他，他們在那裡等我，見面的時候，我知道我應該直接回去，我也想直接回去，但是我們到農莊的時候，妳早已離開。查布激動得要命，小雀也是——每個人都是。尼克幫忙維持秩序，直到我們抵達那裡。」

「操他媽的克蘭西，」薇妲說：「格雷一家全是天殺的瘋子。他們還搞了一場記者會，他和他老媽……」

「我有看到。」我現在不願也無法回想那些細節。

「妳是怎麼……算了，那不重要。」連恩說：「等這一切結束後，妳再告訴我。」

「科爾……」我更用力抓住他。

他因為新一波的悲痛而面露苦相。「晚點再說，好嗎？我們快到了。我們必須把集合點安排在附近——我們要帶太多孩子出來。可惜妳沒親眼目睹——強訊社把我們提供的資料散播到各處，包括電視、網路、交通告示板——把真相送到世界各個角落。」

「我們等著看這麼做是不是真的有用吧，」薇妲咕噥：「如果沒有任何家長在那裡——」

「他們一定正在那裡等候。」連恩堅稱。

不管我走多少步，我還是覺得我們離林中那些手電筒光芒越來越遠。第一架直升機在我們上頭出現時，我知道連恩說得沒錯。直升機投下一道光束，捲起風和雨，燈光刺眼——我看不出那是軍隊還是新聞臺的直升機。

某處傳來喧嚣，我剛剛因為耳中的尖銳鳴叫而幾乎聽不到那陣低沉能量，但我現在似乎能聽到周遭世界的脈搏，就在我腳下震動。前方有更多燈光，都指向我們。

襲擊改造營的突擊隊員們，包括孩子和大人，指示龐大的隊伍停步，就在林邊外頭。附近有些建築，這裡大概是已經荒廢的瑟蒙德市中心。連恩和薇妲帶我在孩子們之間推擠而過，走向前方。

三千名孩童如雪崩般散於林中，占據樹木之間的所有空隙。我知道我們在何時接近隊伍前方，因為我聽見某人透過手提式擴音器吶喊：「**留在原地！再向前一步，將被視為敵對行為！**」

如果這支軍隊看到我們，聚在他們身後的家長們顯然也看到我們。

我們再次前進，這次比較慢，但步伐穩定。片刻後，我的視線穿過前方的奪目光芒，看到一個個輪廓成形。

兩座大型白色帳篷豎起，救護車的光芒以及警車的藍紅警示燈籠罩我們，兩隊士兵擋在我們和數百……可能上千名民眾之間。

我眨眼，試圖清理思緒。這是正確的局面——確實該如此發展。愛麗絲的計畫就是在襲擊營地時釋放最後一波情報，包括瑟蒙德孩童的姓名，以及家長能在哪裡接回他們。我原本就知道這麼做會讓軍隊有時間做出反應，我的判斷顯然正確。軍隊士兵、國民警衛隊、警察和超能士兵排成防禦隊形，以防暴裝備做為掩護。

「**放下武器，趴在地上，雙手放在頭上，**」同一名男子命令：「**再向前一步，將被視為敵對行為，我們將開火。**」

我們繼續前進，走向身穿迷彩服的男男女女，走向身穿黑衣的少數幾名超能士兵，直到距離他們不到三百呎。

透明的矩型防暴盾在雙方之間形成牆壁，但沒遮住士兵以哪種眼神打量我們。他們後方那排士兵手持武器，槍口小心翼翼架在盾牌之間的空隙，準備執行那名軍官做出的威脅。在他們後方是一排聯邦調查局人員和身穿制服的警察，面向由記者和平民組成的群眾。攝影機——到處都是攝影機和閃光燈，就算那些人員試圖阻擋他們的拍攝角度，或打爛他們的設備。

還沒從天空現身，螺旋槳聲早已宣布直升機的到來。直升機的探照燈掃過我們幾次，彷彿在尋找某個特定人物。一名士兵坐在敞開的機艙門旁，手持自動步槍，觀察現況。

負責現場的那名軍官站在中央靠左、兩排士兵後方的位置。他把一具衛星電話湊在耳邊，三不五時消失於我們的視線，彷彿蹲下就能避開他身後那些群眾發出的聲浪。

姓名，我聽出民眾在嚷些什麼，我逼自己把視線移向那些武器和盾牌後方，看著那些人臉上的後悔和希望。我身後的一名孩童顯然在民眾之中認出某人，因為她衝上前喊道：「媽——**媽！**」

「**趴在地上，雙手放在頭上，**」軍官朝手提式擴音器咆哮。「**立刻照做——現在！**」

「這裡！」一名女子回喊：「我在這！艾蜜莉，我在這！」

我前方那名士兵的表情彷彿小溪轉為大河，他的眼中閃過情緒，連直升機的強力探照燈也無法蓋過他朝那女子投去的眼神。女子被三名調查局人員壓制在地，但她周遭的平民做出反擊，試圖驅逐那三人。

那名士兵顯然不算年輕，臉龐歷盡風霜，鬍碴灰白，與淡藍眼眸上方的濃眉同色。他再次回頭往前看，無視左右的年輕士兵們不安地挪動身子、等候下一個命令。他的視線移向離我只有幾呎的女孩，她正在哭泣，仍在吶喊「媽！媽！」一頭黑鬈髮貼上溼潤的臉頰。

那名士兵搖頭，動作如此緩慢而簡單。他搖頭，讓手中的防暴盾前傾倒在泥濘中，這聲碰撞似乎讓周遭陷入寂靜。他把身上的自動步槍丟在地上，抬頭挺胸的站直身子，一旁的士兵震驚得稍微伸手試圖攔住他，但被他閃開。

他跨過盾牌，解開身上的扣帶，脫下防彈背心。直升機的探照燈持續追蹤他，他慢慢朝我們走來，讓我們知道他沒有武器。他朝那女孩伸手，女孩猶豫片刻，但接過他的手，讓他把她拉向前，把防彈背心套在她身上。他接著脫下頭盔，雖然對她來說太大，他還是幫她扣好扣帶，在她下巴底部拉緊繫帶。

士兵抱起她，她以雙臂勾住他的脖子，態度顯得完全信賴對方。他抱著她朝士兵們走去時，負責現場的那名軍官終於回過神，意識到自己應該咆哮命令，他也如此嘗試，但我們沒有任何一人聽進去。我在耳中聽見心跳聲，越來越響，我屏住呼吸。

那男子伸出一臂，把填補他留下的空隙的幾名士兵推開，直到壓制那名女子的調查局人員終於放開她。她走向那名士兵，把女孩從他手中搶進自己的懷抱。連恩輕輕捏住我摟住他脖子的手，我這才意識到我周遭的孩子們又開始移動。士兵陣型之中那道空隙持續擴張，兩名孩童走過那對母女走過的路，然後是三名孩童……四名……

那名軍官仍對著擴音器吶喊，但只有少數幾人留在原地，大多士兵已經抬盾脫隊，移到一旁讓路。孩子們從士兵之間湧過，就像他們剛剛湧過樹林；他們尋找空隙，鼓起勇氣，從中穿越。

薇妲說些什麼，但我聽不見。我的腦袋沉重得讓脖子無法支撐，也因為左腿脫力而搖晃。連恩以雙手捧起我的臉，逼我睜眼。這裡好冷——我怎麼還在流汗？

我整個人被扛起，從團圓的親子之間穿過。不只一人把自己孩子的姓名寫在看板上，連同我無法想像的一些古怪標語，例如歡迎回家和我們愛你。

我再次睜眼時，看到查布的臉，他以嘴角表示震驚。還有凱特——是**凱特**，她的臉頰有著瘀傷，眼中帶淚。她捧起我的臉，在我被抬離地面時對我說話。

藍紅白的警示燈沾染他們的皮膚。我知道我們正在奔跑，但我什麼都感覺不到，就算我又被抬起，這次更高，放在一個柔軟物品的表面上。一個個陌生臉龐，燈光閃爍，劈啪聲，說話聲，連恩——

救護車。連恩試圖進入我所在的車廂，但因為兩名突擊隊的成員被送上車而不得不離開——兩名男子，其中一人抱著似乎骨折的胳臂，另一人的眉頭不斷滲血。

「我會去找妳！」連恩後退時吶喊。「我們會找到妳！」

救護員們以束帶將我固定，逼我躺回擔架。查布摟著幾呎外的連恩，試圖安撫、讓他待在原位，顯然跟我一樣看到他是多麼驚慌。

車門甩上，警笛作響。

「——妳的名字？能不能告訴我妳叫什麼名字？」這名救護員是個年輕女子，一臉嚴肅的打量我。「右脛骨可能橫斷骨折，上半身和下半身共有四——五——六處割傷，長度從四公分到六公分不等——看著我，能不能告訴我妳叫什麼名字？妳能不能說話？」

我搖頭，舌頭彷彿石頭。

「很痛？」

我點頭。

「血壓很低，脈搏急促——失血性休克——你能不能——？」坐在地板上的突襲隊員擋住她需要打開的抽屜，他以完好的一臂拉開抽屜，把看起來彷彿大型錫箔紙的東西遞給她。救護員把錫箔毯攤在我身上，另一名救護員把點滴管線扎進我的胳臂，而且開始幫我纏上繃帶。

這塊怪毛毯帶來少許暖意。疼痛再次恢復，我開始顫抖。

「妳的腿怎麼回事？」她把我的腿放進某種支架時，我呻吟。「能不能告訴我，妳的腿是怎麼受傷的？」

「好痛——」我窒息道。

她捧起我的臉，我看著她的眼睛，感覺情緒狂野，幾乎錯亂。「妳沒事，妳很平安，我們會照顧妳。妳很安全。」

坐在地板上的其中一名男子伸出染血的手，輕輕放在我的手腕上。「妳是好女孩，」他說：「勇敢的好女孩，妳做得很好。」

「妳現在很安全，」救護員重複：「我們會照顧妳。」

我在疼痛、恐懼和憤怒之間築起的牆壁終於崩塌，我開始哭泣，就像我被抓走的那天早上在家中車庫啜泣。我吶喊，因為我終於不用再強忍悲傷，不用再故作堅強。

平靜的黑暗開始拉扯我時，我不用再保持清醒。

第二十七章

接下來的幾天，我感覺自己被困在這副軀殼裡。

我偶爾察覺到自己正在醒來，即將回歸現實。陌生的喀啷聲、噴氣聲、嗶嗶聲；戴藍色紙口罩的一張張臉龐；天花板從我上頭飛過。我看到我這輩子最鮮明的一道道夢境，看到多年不見的人們。我坐在一輛黑色廂型車的前座，額頭靠在玻璃窗上。我看到大海。樹林。天空。

正如大地總是在雨後變得更加堅實，我感覺自己持續重組恢復。某天早上，我突然醒來。看到滿室陽光。

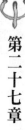

我眨眨眼，轉頭查看光源，感覺身體和腦袋沉重又遲緩。一扇窗，窗簾朝外飄蕩，輕觸一株山茱萸的花綴枝條。牆壁是令人愉悅的淡藍色，跟我周遭這些嗶嗚又發光的深灰儀器形成詭異對比。

醫院。

我撐起身子，接在手背上的幾條管線輕輕拉扯，讓我感覺到阻力。為了查看右腿感覺到的重物，我用左腳踢掉身上這條白色薄毯。石膏。我身上是一件法蘭絨長襬睡衣，被衣料遮蔽的兩臂纏上重重繃帶。感覺到鎖骨被膠帶拉扯，我伸手一摸，發現被紗布覆蓋。

我讓自己放鬆下來，暫時聆聽外頭的車水馬龍，以及牆壁另一側的人聲鼎沸。我總覺得自己應該害怕這裡，但我累得沒體力害怕。再也無法忍受口腔和喉中又酸又乾時，我從一旁的床頭櫃拿起水杯，差點撞倒一只小花瓶，接著一口氣把水喝完。

兩支枴杖斜靠在對側的牆邊，其上方是一臺電視機，由支架固定在天花板上。我打算把腳甩到床邊時，房門打開。

我不知道更感到驚訝的是我，還是端著一小盤食物的這名身形嬌小、一頭灰髮的女子。我們倆瞪大綠眸。

「妳醒了！」她立刻把門關上，興高采烈的轉身看我。我瞪著她，貪婪的吞下這一幕。她大概把我的沉默誤判成驚慌——或困惑，因為她立刻放下托盤，拉張椅子在我身旁坐下。「妳知不知道我是誰？」

我脫口說出。「奶奶。」

她咧嘴笑，牽起我的手，放在她柔軟細薄的兩手肌膚之間。很長一段時間，我們只是這樣看著對方。她的表情比剛剛放鬆，一頭黑髮早已發白，但是眼神依然帶著招牌的淘氣光芒，我感覺這幅景象令我窒息。

「妳遇過不少麻煩，是不是？」

我點頭。她俯身靠來，吻我的額頭。

「妳來了，」我重複這句話，有點反應不過來。「妳找到我了。」

「小丫頭，妳被抓走後，我們就一直在找妳。看到他們宣布孩童名單和改造營的地點，我們立刻開車來找妳，花了幾小時才找出妳被送去哪間醫院。妳被不少人團團保護，他們原本不想讓我和妳爸媽進來。」

我搖頭，無法處理這項消息。「他們不記得我。」

「沒錯，他們是不記得。那真的很怪，但他們……我該怎麼說？雖然他們想不起細節，但妳一直在他們心中，內心深處，不在這兒，」她敲敲自己的額頭，再把手貼上心口。「而是這裡。」

我幾乎說不出話。「妳知不知道我是誰？」

「這個嘛，首先，妳是我的寶貝孫女，能憑著腦力做出一些特別的事，」她的南方口音聽來柔和，腔調比以往更為濃厚。「而且現在似乎成了媒體寵兒。」

這項消息令我驚訝得退後，懷疑的情緒慢慢在腦中擴散。

奶奶伸出一指，要我等候，隨即走到門旁，從我沒注意到的一個手提包拿出一份報紙。「這幾天來，醫院外頭一直被媒體包圍，兩名武裝警衛在妳的房門外二十四小時站崗，這個側廳的病房也只有妳一個人住，儘管如此，還是有個記者試圖溜進來偷拍妳。」

《紐約時報》刊登了襲擊改造營的新聞以及後續報導。我把報紙攤在大腿上，極力維持的鎮定情緒已經開始動搖。我昏睡的這幾天，愛麗絲改變了原本的計畫，不再只是向媒體界提供資料，而是詳細報導在洛杉磯以及農莊發生的一切。報紙上一頁又一頁的全是她給我們拍下的照片，我們每個人——擬定計畫、嬉鬧和工作的時刻。還有路碼——她描述這些欺瞞手法為何必要，而且編輯和媒體大老們如何跟我們合作、掩蓋真相，直到瑟蒙德行動開始。還有關於科爾的詳細介紹，他的臉龐——以黑白油墨印刷——朝我咧嘴笑。

然後是關於我的報導。愛麗絲雖然未曾詳細介紹我的超能力，但在其他方面沒做出任何保留。在她拍下的許多照片中，我都在畫面邊緣，臉被陰影或頭髮遮蔽。想必其他人——尤其是凱特——曾向她說明我當初如何逃離瑟蒙德，我的逃亡生活和聯盟生涯是何種景況，還有，我為了救出那些孩童而自願回到那座營地。報紙上還刊登了我被送上救護車時的畫面，但是連恩的臉龐不在鏡頭中。我完全認不出照片中那名瘦小又蒼白的女孩。

我躺回枕頭上，在奶奶的凝視下感覺赤裸。

「還有更多報導，如果妳想看。」她邊說邊拿走報紙。

「現在不想。」我說：「有沒有其他人……」

「嗯？」奶奶把報紙放回門邊的手提包，拿起醫院提供的食物，放在我身上。「有沒有其他人什麼？」

「來過這裡，」我咕噥：「來看我。」

奶奶露出心照不宣的微笑。「某個嘴甜得能讓水手心臟病發的迷人姑娘？某個送花給妳的可愛小女孩？還是某人一直追著醫師和護士跑、要求他們說明妳的狀況？**還是**，說不定，妳是指某個非常有禮貌的南方小夥子？」

「以上皆是，」我低語：「他們在嗎？」

「現在不在，」奶奶說：「他們在旅館——為了這場熱鬧的記者會，大家都跑來查爾斯頓市。但他們來過這裡，也請我在妳醒來時把這東西交給妳，好讓妳知道如何找到他們。」

奶奶遞來一張摺起的紙條，我打開一看，發現這是旅館提供的信紙，上頭潦草的寫著一串電話號碼。盡快打來。連恩的字跡。

「我真的很想妳，寶貝丫頭，」奶奶溫柔道：「有一天，我希望妳能把妳發生的事說給我聽。我不想看別人寫下的報導，我想聽妳親口說。」

「我也很想妳，」我低語：「好想、好想妳，我一直想去找妳。」

她撥開我臉前的頭髮。「妳想不想現在就見他們？」

她不用清楚解釋，我也知道**他們**是指誰。

「他們……」我吞口水。「他們想見我嗎？」

「噢，當然，」奶奶說：「只要妳答應。」

片刻後，我點頭。她離開房間後，我把托盤放到一旁的小桌上。聽到他們的腳步聲，我的心臟抵著胸腔狂跳。

最後一次，我心想，這是我最後一次動用這種能力……

首先出現的奶奶站到一旁，讓一名瘦小而憔悴的女子走進，接著是一名頭髮灰白的男子。

我沒料到自己已經不太記得他們的確切模樣。或許他們跟我一樣被歲月摧殘，日漸憔悴，被逼著在鋒利的人生道路上來回奔跑。看到我的鼻型出現在另一人的臉上，這種感覺真怪。我的眼睛、嘴巴，還有下巴的酒窩。他身穿POLO衫，下襬紮進休閒長褲，她則是一襲連身裙，我總覺得他們是為了來見我而特別打扮。

我很希望這一刻的氣氛不是尷尬得令人難受，但我能從他們臉上看出這一點。他們看著我，只記得我被抓走的那天早上，他們困惑得逼我離家。一年年的歲月擋在我們彼此之間，虛空又令人心痛。

所以我從甜美回憶開始。我們很久、很久以前在藍嶺山脈的露營之旅，在開始變色的秋樹之間健行。空氣凜冽清新，起伏山丘的色澤只比上方的浩瀚藍天更深幾階。我們為了加菜而釣魚，晚上三個人一起睡在溫暖的小帳篷裡。我好奇的看著爸爸生起營火。

在我的輕觸下，打結的一道道回憶立即釐清，彷彿本來就準備靠自己的力量開始解開。我輪流撤出他們的心靈，脫離他們突來的眾多情緒後，我幾乎無法控制自己的感受。

「你們好歹吭一聲吧。」奶奶生氣的開口。但我不需要說出任何一字，只需要讓他們哭著抱我。

＊　＊　＊

我聽人說過，人生可能在某一天突然改變、徹底顛覆你的生活。但他們錯了，人生改變需要的時間不是一天。

而是三天。

三天後，降落傘才開始從天而降，把物資以及頭戴藍色扁帽的聯合國部隊送去最需援助的各個城市。

三天後，外國領袖組成的小型聯合軍隊，在疾病爆發後的第七年初次踏上美國國土。

三天後，克魯斯參議員發表聲明，描述整起事件的來龍去脈，而且被選為監督國家重建過程的負責人。

三天後，參謀長聯席會議主席辭職，擺脫所有指責，照樣領退休金。

三天後，軍方發布新命令，卻發現丟下崗位的士兵們再也不會回去。

三天後，美利堅合眾國總統人間蒸發。

三天後，聯合國將美國分成四個「維安區」，每一區由當地的前任參議員以及某個外國領袖共同管理，而且以聯合國部隊維持當地秩序。

三天後，爆發為了爭奪乾淨水源的暴力事件，近百起相關暴動的開端。

三天後，樂達公司發表聲明，否認自己跟萬靈藥之間的關聯，卻又慷慨大方的願意提供據說能中和萬靈藥的某種化學藥劑。

我在爸媽帶來的報紙上看到這些消息，也在電視上看到新聞，接受了這個新的現實世界。

當晚，探病時間結束後，兩名態度親切但強硬的護士驅離我的家人後，我拿起掛在牆上的電話。醫院提供的止痛藥令我昏昏欲睡，但我想先聽到他的聲音，先確認他們每個人都平安無恙。

撥號後，我躺回床上，把電話夾在耳朵和肩膀之間。我以指間勾轉捲曲的話筒線，持續等候，聽著電話裡的鈴鈴鈴……鈴鈴鈴……鈴鈴鈴……鈴鈴鈴……

他們大概出門了，去做……某些事。打算把電話掛回牆上時，我試著別讓自己感到洩氣。我可以明天早上再打。

「喂？」他的聲音透過連線而來，聽來氣喘吁吁。「喂？」

我把電話湊回耳邊，微笑低語：「嗨。」

連恩輕輕吐口氣。「真高興聽到妳的聲音。妳還好嗎？」

「現在比較好。」

「真的很抱歉，我們那天沒辦法在醫院待太久。克魯斯參議員叫我們回來旅館——因為——這不能當作理由，但我們最近確實很忙。查布和小薇都說如果我們不去，妳會生我們的氣。」

「他們說得沒錯。」我側躺在床上。「你們在忙些什麼？我奶奶說有場記者會？」

「是啊，為了某個計畫，大計畫。一堆人進進出出——老天，妳猜怎麼著？有個人代表我們參加會議。」

「誰？」如果不是連恩，會是……誰？

「猜猜看，是誰那天吃晚餐的時候張開那張大胖嘴，對克魯斯參議員滔滔不絕的詳細列出他認為應該進行的工作項目？那真是令人嘆為觀止的囉哩叭嗦。」

我閉眼發笑。「不會吧。真的嗎？」

「真的。參議員叫他第二天早上去會議室報到，」連恩說下去。「這項殊榮讓他不是很爽就是很火，他在這方面有時候實在讓人很難判斷。」

我聆聽他說完這段話後的呼吸聲。「你還好嗎？」

「嗯，很好，親愛的，大家都很好，」但是他的嗓音聽來顯然有些緊繃。「我媽明天會到，她也老是說她**很好**。我很……我只是很希望妳也在這。我明天一早就去妳那裡。」

「不，」我說：「明天一早，我去你那裡。」

「看來我們得在半路相逢。」他的緊繃嗓門帶有笑意。

他描述還有一百多名孩童仍在等候家長去接，旅館免費提供他們吃住，一群嚴謹如軍隊的志工送去物資和衣物。他還說薇妲和查布在電梯裡對彼此上下其手的時候被他逮到。還有小雀；聽到她爸媽已經離開美國時，她只是微微聳個肩，而在跟他們取得聯絡之前，她能選擇回家跟緋奈和叔叔嬸嬸住在一起，或是跟薇妲、尼克和凱特住在華盛頓特區附近（方便讓凱特跟克魯斯參議員處理事情）時，她沒花半秒就選擇後者。

我也讓他知道我爸媽的事；每次我的房門開啟時，在外頭站崗的士兵總是趁機窺視；查看我的割傷時，醫師的手微微發抖。在某一刻，我感覺自己漸漸進入夢鄉。

「妳掛電話吧，去睡覺。」連恩的嗓音聽來跟我一樣疲倦。

「你先掛。」

到頭來，我們倆都沒掛。

＊　＊　＊

第二天早上，在爸媽的包圍下，我們一家三口坐在萬豪酒店大廳的沙發上。跟醫院相比，這裡算是位於西維吉尼亞州查爾斯頓市的另一端。現場沒有任何一名記者注意到我們坐在這，你就能想像這裡擠了多少人。再過十五分鐘就要敲鐘時，群眾開始移向電梯，前往大型會議廳。

我們等候時，媽媽總是堅稱我需要某些東西，例如水、零食、書、泰諾止痛藥，直到爸爸終於把手按在她的胳臂上，要她冷靜下來，但我注意到他從眼角窺視我，彷彿需要確認我依然在他身旁。我們就是以這種方式再次熟絡：緩慢笨拙但誠懇。

奶奶在我們前方來回踱步。她停步時，我才知道某人朝我們走來。

但對方不是連恩或薇妲──而是凱特，金髮綁成緊致的馬尾，還化了妝，一襲連身裙。不知道為什麼，她的面色有些凝重，令我感覺揪心。我立刻站起，拖著足踝護具蹣跚上前，爸爸伸手穩住我的身子。看到我時，凱特稍微放慢腳步，而看到她綻放微笑，我感到開心。如果她開始哭泣，我恐怕也會跟著哭。

「我實在以妳為傲，」她低語：「妳令我欽佩不已，謝謝妳。」

她抱住我，我也緊緊抱著她，被她溫暖的愛灌滿。我終於放開她、向家人介紹她時，他們顯然早就知道她是誰。

她抓住我的雙手。「我們能不能晚點再談？我得趕去樓上，但我必須先來親眼確認妳一切平安。」

人。」我點頭，讓她再一次擁我入懷。我準備後退時，她壓低嗓門：「那裡有個妳不想見到的人。」

我總覺得我清楚知道她在說誰，也感激她讓我做好心理準備。

連恩、薇妲、尼克和小雀從她進入的那部電梯走出，我克制不住在自己臉上綻放的咧嘴笑容。小雀第一個來到我面前，身穿粉紅洋裝的她衝過大廳，摟住我的腰。尼克逗留在後，尷尬的挪動身子，直到我催他過來。薇妲沒有這種疑慮，她用力捶我的肩膀，我猜我應該把這記拳頭解讀成「好姊妹」。還有連恩，清楚知道我爸媽正在盯著他，他再次自我介紹，跟他們握手，然後慢慢走向我，讓我有充足時間打量他。他的頭髮被修剪整齊，鬍鬚也刮得乾乾淨淨。就算他沒睡好，也沒表現出倦容——但我在他的眼中看到一絲悲痛。他綻放害羞的淺淺笑容時，我也微笑以對，感覺心臟即將跳出胸腔。

「我們又見面了，夫人。」他跟奶奶握手，態度彬彬有禮。她在他的臉上用力親一下，再回頭朝我眨個眼。

連恩來到我面前時，只是挽起我的胳臂，問道：「大家都準備好上樓了嗎？」

我不該傻得因為沒受到熱情迎接而略感失望，但我的雙手因為渴望撫摸他的頭髮、撫平他臉上的細紋而發燙。

電梯門開啟時，我走上前，但他拉住我，讓爸媽、小雀、薇妲、尼克和另外大約六人先進電梯。「沒關係，」爸爸扶住電梯門時，連恩朝他揮手。「我們搭下一部。」

電梯門關閉的瞬間，他的胳臂滑過我的腰間，另一手在我的髮中糾纏，我被吻得差點窒息而死。

「嗨。」他在終於換氣時開口。

「嗨。」我回答。他把額頭靠在我的額頭上，我感覺既暈眩又缺氧。「我們非得上樓嗎？」

他點頭，但又過幾十秒後，他才按下電梯鈕。

記者會的場地是樓上的舞廳，這裡擺放了一百張椅子，我們來到這裡時，四分之三的座位都被占據。看到夥伴們在會場後方幫我們保留了座位，我差點感激涕零。我現在已經感覺到一道道目光移向我，如果坐在靠近前方的位置，被全場的人盯著我的後腦，也讓我在必要時無法迅速逃脫，這種不自在的感覺只會更強烈。連恩似乎察覺到這點，一手放在我的下背處，引導我坐在一個靠走道的座位上。

我們才剛坐下，兩名身穿軍禮服的男子立刻起身遠離我們，走向會場另一端。薇妲朝他們倆微微露齒笑；他們回頭瞥來時，薇妲揮手以對。

第一批人士上臺時，群眾自動安靜下來。臺上都是男性，有些是軍方，有些顯然是政客——後者記得在就座前先轉身面對鏡頭笑一個。克魯斯參議員現身時，我長長吐一口氣，她身後是格雷博士，再來……居然是凱特。查布抬頭挺胸的上臺時，連恩牽起我的手；查布一身美麗的深藍西裝，條紋領帶，再以一副嶄新的細框眼鏡畫龍點睛。

「阿宅。」我聽到薇妲咕噥，但她臉上帶著欣喜的淺笑。

我瞥向連恩，發現他的表情跟我一樣嚴肅。查布把自己打扮得光鮮亮麗，幾乎讓我沒注意到他的神情，我見過那種表情十幾次——下巴突出，眼神慍怒，看起來似乎是投票失敗。

「媽的，」連恩喃喃自語。「情況不妙。」

確實不妙。

「謝謝各位前來，」克魯斯參議員開口，無需任何人遞上演講稿。「過去這五天真正的考驗了美國人民的毅力。我們現在開始進入恢復期，我也要感謝大家的合作，不只代表我以前的國會同僚，也代表外國盟友。而且好消息是，第一階段已經在八天前開始。」

一臺臺相機喀喀作響。

「我想利用這個機會詳細說明我們今早簽訂的協議，請等說明結束後再發問，我們會撥些時間一一回答。」她吸口氣，翻翻手中的文件。「我們建立的四個維安區將維持四年。許多城鎮在這場紛爭中遭受重創，或在天災中受損而沒獲得政府的支援，而重建工作將由各維安區的外國聯軍處理，細節將在之後的幾場記者會公布。」

等觀眾消化這項消息後，她才接著說下去。「各維安區的人員也將監督使當地地下水和井水中萬靈藥成分無效化的工作，任何剩餘的萬靈藥存貨也將被銷毀。在世界任何一處使用萬靈藥，或讓超能少年少女在本國或其他國家擔任士兵、祕密特工或政府官員，此舉不但被本協議嚴厲禁止，犯罪者也將處以重刑。」

莉莉安掃視周遭，差點跟我四目交會；她稍微坐得更直，神情哀傷，顯然知道接下來是什麼消息。

「仍在改造營的孩子們將在下個月內被送回各自的家庭。我們將建立一套資料庫，方便民眾搜尋特定每一名孩童目前身處哪座營地，但家長將不被允許進入改造營。按照本協議，所有改造營將被銷毀。」

我震驚得彷彿臉部挨了一拳。現場出現騷動，不論是竊竊私語或高喊疑問。我從眼角注意到奶奶正在觀察我的反應，但我無法把視線從講臺上移開。

「這項恐怖的突變疾病存在的一天，我們也將持續免費提供莉莉安．格雷博士研發的救命手術。任何年滿十八歲的超能者都可以選擇是否接受這項手術，但也必須隨身攜帶特殊識別證。十八歲以下者，則由其家長或監護人決定是否接受手術。」

莉莉安垂眼盯著桌面。

「我們預留了幾哩土地，用作興建大型社區，收留任何無家可歸或認為自己在家中可能遭遇危險的孩子。所有選擇不接受手術的超能者，日後必須在那些社區度過餘生。」

想必我火大得發出某種咒罵聲，因為家人們轉頭看我。

同一秒，臺上的某人憤怒得低吼：「一團**狗屁**。」

查布。

「住嘴——」一名身穿制服的男子開口制止，但被查布怒瞪，那種目光能讓任何意志力較為薄弱之人嚇得化成一灘爛泥。凱特低頭看桌，咬唇忍笑。

克魯斯參議員乾咳幾聲，翻翻紙張，還沒來得及再次開口，查布已經接著說下去。

「咱們把話說清楚吧？」他開口。

「耶穌啊。」連恩抬頭仰望，向上蒼祈求力量。

「身為十八歲人士，」查布說：「我終於有權利選擇自己想要什麼人生。但現在，如果我做出錯誤選擇，就活該被懲罰？」

「請等說明會結束後再提問。」克魯斯參議員雖然嘴上這麼說，卻以雙手做出旁人難以察覺的手勢，彷彿鼓勵他說下去。

「我還沒說完，」查布說：「如果我選擇不讓能力或許不足的某人拿刀子割開我的腦子——我全身上下最重要的器官——來『修理』它，我就得被關進另一座營地，而且這次是關到死？」

「噢，我喜歡那小子。」奶奶欣喜道。

「那不是集中營，」身穿制服的其中一名男子顯得不耐煩。「是個社區。我們能不能繼續談正事——」

「被鐵絲網包圍的社區？還是被武裝警衛包圍？給我搞清楚，如果你們這麼做，只是再次向全國——向全世界強調**非我族類**之人必定**醜惡凶險**。這麼做根本沒有解決問題，你們只想把我們掃到地毯底下、任我們自生自滅。很抱歉，但這種做法真他媽爛，你們也顯然**知道**這點，因為你們只花了兩秒的時間就說完一項影響成千上萬人的計畫，而他們的人生已經被另一批人破壞——其中一些凶手大概就坐在這裡。」

「超能人類擁有危險而且無法被控制的力量，」那名男子反駁：「他們很可能被有心人士利用，例如犯罪、取得不法優勢或傷害他人。」

「是啊，金錢也能這樣被利用，重點是我們選擇如何使用自己的能力。如果某人按照與生俱來的權利選擇如何使用自己的身體，卻因此被你們丟進大牢，你們這麼做只是在說『不，我們不信任你們，我們不相信你們能做出正確選擇、善待彼此』。我覺得你們這種態度實在侮辱人——還有，順道一提，我現在似乎把我的能力控制得好好的，你們不覺得嗎？」

「你認為就算八、九、十歲的孩子也應該有權做出攸關人生的重大選擇？」克魯斯參議員故意提出讓他可以利用的反論。看來我對她沒算看走眼，我稍微往後靠，鬆口氣。雖然她不得不順服與她同坐一席的委員會成員，但她也找出這種具有創意的方式來表達自己的意見。

「我要說的是，那些孩子被偷走了好幾年的人生，在那些歲月裡，他們有大把時間考慮如果有一天這種疾病能被治好時自己將如何選擇，」查布說：「而且他們能做出明智決定。相信我，我們在改造營的時候只想著這件事，因為每一天的每小時都是以分鐘為單位的被嚴密控管，還有我們必須每天想辦法在被一堆成年人追捕時尋找食物、水和棲身之處的時候。你們把分界點設在十八歲，就算你們明明知道待過改造營的孩子百分之八十都不到十八歲？我，今年十八歲，在改造營待過一年，我的一個好友在改造營待過六年，她才十七歲，她現在必須再次接受當初把她送走的那些人做出的決定？」

我一臉苦相，逼自己別看爸媽，我不想讓他們有更重的罪惡感。

「我們需要討論下一個話題，」另一名男子說：「否則我們沒時間回答疑問——」

「我同意，」格雷博士突然開口，隨即解釋：「我贊成這位年輕人的看法。除非他們犯罪，或是決策能力被往日的心理負擔所影響，又或是他們傷害了誰，否則我認為我們從改造營救出的孩子們應該有能力自行選擇。然而，如果孩子還沒接近『不是暴斃就是出現超能力』的關鍵年齡，就應該由他們的家長做決定，而且應該在孩子滿七歲之前。」

她的聲音聽來虛脫疲憊。記者們仔細記下她說的每一個字，紛紛起身投出一連串疑問，基本上就是在問：格雷總統在哪？

克魯斯參議員凝視筆記，接著若無其事的問道：「你認為你能建立一套更好的系統，應付我們必須處理的局面？」

「沒錯，」查布的口氣不帶一絲傲慢。「而且我認為如果你們執行既定的計畫，這不但忽視孩子們在離開改造營後的精神和心理需求，也會逼他們這輩子都活在恐懼和羞愧之中。如果你們打算那麼做，那跟他們繼續待在改造營毫無分別。」

「很好，」克魯斯參議員說：「這次發表會結束後，我們將繼續討論這個話題。如果有哪位超能者也想參與，請跟我說一聲。」

在這段時間，某人離開前排座位——是個戴棒球帽的年輕人。他躲到會場邊緣，接著迅速走向出口，低著頭，雙臂交叉於胸，看起來跟一般人沒兩樣。

但我清楚知道他是誰。

我離開座位，朝納悶的連恩和薇妲揮個手，以手勢表示我很快回來。我總覺得我會離開不只一分鐘，但是克魯斯參議員繼續說下去，這次是關於未來的國會和總統大選，大夥的注意力又回到她身上。

跟宛如蒸氣浴的悶熱舞廳相比，外頭的大廳溫度至少低十度，但我總覺得他來到這裡是為了讓耳根子清靜一些，不是為了透氣。他來到長走廊的尾端，在俯視旅館停車場的一扇窗戶的對側座位坐下。

「妳是來取笑我吧？」克蘭西的聲音沙啞。他沒轉頭看我，而是一直盯著窗戶。「那妳好好享受。」

「我不是來笑你。」我說。

他嗤之以鼻，但不發一語。他繃緊放在大腿上的雙手，握拳又放開。「我的右手指常常失去知覺，他們說他們從沒見過這種併發症。」

我吞下出自本能的**我很遺憾**，我並不替他感到遺憾。

「我跟妳說過這種事會發生，不是嗎？」克蘭西說：「你們一窩蜂盲目追求的選擇權落在當初趕你們出門的那些人手上。事情原本不需要這樣發展。」

「沒錯，」我的口氣尖銳。「是不需要。」

他終於正眼看我。手術後的恢復期讓他的某些部位凹陷，膚色蒼白。我總覺得如果我掀起棒球帽，會看到底下是光頭和疤痕。「尼克呢？」

好吧，我沒料到他會這麼問。「他在這裡。你沒見到他？」

他的肩膀隨著呼吸起伏。

「你想找他談事情？」我催促。「或許是你**後悔**的某件事？」

「我只後悔沒能繼續控制整個局面，但是……沒關係，我會想辦法解決，我會關閉她塞進我腦子裡的裝置。東山再起，我辦得到。我比以前更接近關鍵人物，我能找到我父親，不管他躲在哪。**我**辦得到。」

出於某種原因，我早就知道這是他的答案，因為他打從骨子裡就是這種人：擁有一切又欲求不滿，依然想得到他永遠無法得到的某個東西。

但他看著我時，看到他的黑眸陷入顱骨，我發現另一件事——或許他真正想要的、他無法開口承認的，就是他母親這些年來的心願。自尊在他的心中一直玩著危險遊戲，就算把自己搞得虛脫疲憊。我猶豫得兩手握拳，我想到他殘酷的玩弄那麼多人，喪失生命的好人，就因為他要找方法生存下去。

但我也想到某個男孩躺在診療床上，害怕又孤單，心中滿是絕望的恨意。

帶著甜美微笑的那個男孩只活在他母親的回憶裡。

我知道如果當時情況改變，他會做些什麼，我也無法否認我心裡的微弱聲音叫我一走了之，讓痛苦和屈辱在他體內如癌細胞般滋長，直到將他吞噬。這個理由就足以讓我重新考慮，因為不管他如何嘗試，他還是沒能把我改造成他，現在的他更不可能辦到。

我現在這麼做，不是為了讓他放下罪惡感。

不是為了懲罰他。

只是出自慈悲。

我們之間沒有屏障，沒有阻礙。他的人生湧入我的心靈，以我之前從未得以窺視、從未堅強得能發現的色彩和聲響旋轉。我抓住自己能取得的回憶，以更好的回憶加以取代，讓他未曾被當成實驗對象，未曾成為橘印者，未曾去過東河，未曾去過加州。我在他心中看過極為恐怖的景象，也永遠不想跟其他人分享。我只在他心中留下美好回憶——他這些年來都跟他母親在一起、從旁協助，他對她存留的愛是值得珍惜的純潔美物。

我轉身離去時，最後一次釋放他的心靈。他再次望向窗外，看到黑鳥在高空俯衝，在彼此身旁翻滾，振翅飛過藍天時，他綻放微笑。

＊　＊　＊

我垂頭沿走廊返回會場，腦子裡一團亂，沒注意到一名女子走出廁所，直到我撞上她，被她的亮紅鬈髮塞得滿嘴都是。

「抱歉，」我後退。「抱歉——我真不小心。」

「我真幸運，」女子的嗓門低沉滑順。「我已經找了妳好幾天。妳的腿好點沒有，孩子？」

聽到這話，我抬頭一看，終於意識到這人是誰。愛麗絲。她今天精心打扮，把那晚在集合點的破牛仔褲和外套的造型換成不太適合她的套裝，蓬鬆鬈髮垂於兩肩，以一副粗框眼鏡固定，連同塞在髮中、大概就此被遺忘的一支筆。

「還沒完全復原。」我警覺的看著她。

看我沒回以微笑，她嘆氣。「聽著，孩子，如果妳因為我報導妳的故事而生氣，我不打算道歉，我有責任報導所有事實和真相……而事實就是，這是非常精采的故事。如果妳有空，我還有幾件事想問……」

「我沒空。」

愛麗絲不安的挪動身子，似乎想起我有什麼能力。她壓低嗓門，掃視周遭，確保無人偷聽。「我聽說克魯斯參議員跟妳和另外幾人談過，關於某種計畫——最高機密那種，她這麼做還真大膽，考慮到她剛剛才向全場宣布任何國家都不能把你們這些孩子用在軍事或祕密行動上。」

我維持面無表情。參議員還沒跟我談過這件事，但我相信那場談話即將到來。

我站到一旁，但她跟上，又攔住我的去路。我原本就懶得應付她，現在更沒心情。「我必須警告妳，我被擋路時會做出**非常**不良的反應。」

愛麗絲舉起雙手。「好吧，好吧。」她把手伸進掛在肩上的手提包，摸出某個東西——名片。

「如果妳願意談談，」她說：「隨時打電話給我，我洗耳恭聽。」

她進入舞廳後，我把名片撕成兩半，丟在地上。我返回會場時，剛好看到小雀和薇妲從中跑出，牽手跑向電梯，再過幾秒，連恩和一臉不耐煩的查布出現。

「啊！」查布皺眉朝我走來。「妳應該讓妳的腿多休息——」

連恩放開他的肩膀，抓起我的手。「我們走吧，快快快——」

「怎麼回事？」我問。經過舞廳門口時，我窺視內部，某人正在臺上演講，但會場狀況跟我剛剛離開時沒分別。

「逃獄，」連恩回答。電梯開啟時，他把我們拉進去，兩眼發光。「相信我。」

恐懼情緒鬆開我的緊綳咽喉。我們搭電梯來到地下停車場的一路上，連恩一直踮著腳跟搖晃身子。我們被拖出電梯時，查布提高警覺的盯著他。

連恩從口袋掏出一串鑰匙，舉起黑色塑膠塊，聆聽警報器的聲音。薇妲和小雀從一排汽車的後方出現，跑向掛著亞歷桑那州車牌的一輛休旅車，車身塵埃密布，因為警報器而嗶嗚閃燈。

「你真是瘋子。」查布對他說，但他還是走向車，鬆開領帶，臉上帶著一絲笑意。

我揪住連恩的胳臂，他看到我的表情時，笑意消失，我真討厭自己讓他出現這種反應。

「這到底怎麼回事？」

我知道「否認」是什麼表情，他顯然在否認——頑固的拒絕承認有事情不對勁。他心中的某物翻倒，永遠無法恢復原狀。

「因為……」他把頭髮往後梳。「因為從今天開始，一切都會改變。妳會回去維吉尼亞跟家人生活，我也會回去北卡羅來納的家。如果我們想見面，我得經過許可才能開走家裡的車，妳也得徵求妳爸媽的同意。我們得活在我們已經幾年沒嘗過的規矩，這雖然還不錯，但我就是想這樣……我想暫時丟下那些事情，逃避那些煩惱。這是最後一次，我只是想去某個沒人能找到我們的地方。」

我綻放笑臉，勾住他伸來的胳臂。他緩慢而謹慎的帶我從車後拐過，打開車門，扶我坐上副駕駛座，小心調整我腿上的笨重護具，俯身過來幫我綁好安全帶，趁這機會又吻我一次。

「我們要去哪？」連恩繞過車尾，來到駕駛座的車門時，查布朝他吶喊。

「安靜，親愛的。」薇妲口氣溫和，把手放在他的腿上。

「是的，親愛的。」查布咕噥回答。

他們身旁的小雀眉開眼笑。

我還在微笑時，連恩綁好安全帶，轉頭向全員發言。「好了，各位，去哪？我認為會議還有一小時才結束，而我們這次終於有大把汽油可以燒。」

「你們以前就是這樣隨心所欲？」薇妲大聲提問：「你們這些笨蛋能活到現在，簡直是奇蹟。」

「早跟妳說過了。」查布咕噥。我伸手過去打他的胳臂，他改口道：「好啦，各位想去哪？」

「海邊海邊海邊海邊。」小雀哼唱。

「呃，附近好像沒有海，得改天了。還有沒有其他提議？」連恩問：「投票？」

「我都可以。」我靠向椅背。「我們能不能隨便亂跑，看看自己在何處落腳？」

「親愛的，我很久沒聽過這麼棒的點子。妳負責導航，告訴我在哪轉彎。」他發動引擎，聽到歐曼兄弟樂團的曲子從喇叭湧出，他高喊一聲「讚！」車子開上斜坡，離開停車場後，就連查布的牢騷也轉為歡笑。

我們不斷行駛，在街道蜿蜒穿梭，直到發現一條條林蔭綠路，通往沿著城中的彎曲山脊流過的悠悠河川。連恩轉頭看我，暫停五音不全的哼唱；在溫暖的午後陽光下，我們倆的手指在儀表板的中控臺上交扣。小雀隨著音樂節奏搖晃身子，興奮的討論我們經過的每一面路牌。查布從前座置物袋拿出一本書，打量封面片刻後翻開，心不在焉的輕敲破裂的書脊時，薇妲閉眼靠在他的肩上。

我搖下車窗，伸出另一手，抓住迎來的風。

還有我們眼前的寬闊大路。

銘謝

這一刻的感覺既美妙又苦澀，因為這一頁意味著我已經來到三部曲的尾聲。這套作品帶來了許多美好回憶——也把許多不可思議的人們帶進我的生命。

首先感謝我幸運擁有的天才編輯們：我的編輯艾蜜莉・米漢，謝謝妳看出「一群超能少年少女開著一輛破廂型車在維吉尼亞流浪」這種故事的潛力，以精準眼力看出每本書的本質，也感謝妳在我每次送上六百頁草稿時沒把我踢出窗外（無誤）。謝謝蘿菈・史瑞伯最先閱讀本故事、喜愛書中人物，而且從一開始就在每份草稿上付出大量心力。也感謝潔西・哈里頓的幕後協調，讓我們這個團隊維持默契。

感謝所有英雄、救星、智者和巫師，是你們讓Hyperion出版社的魔法天天成真，因為和你們共事，這場旅程才如此幸福快樂的圓滿結束。非常感謝蘇珊・莫菲、史提芬妮・羅里、黛娜・夏曼、賽門・塔斯克、喬安・希爾、瑪希・山德斯、艾瑞卡・薇拉、席勒・巴蘭傑、潔米・貝克、安德魯・桑索內——感謝大家！

要不是因為我的神奇經紀人梅瑞莉・海飛茲提供的引導、鼓勵和照顧，這套三部曲只會是存在我電腦裡的一堆文字檔。我也非常感激莎菈・奈古和雀爾喜・海勒這些年來的支持和理解。感謝作家出版社的每一位！

感謝評論員們聰明又美麗的心靈。安娜・賈薩布似乎比我更明白故事和角色，謝謝妳提供寶貴心得和支持。感謝莎菈・J・瑪斯激勵我在每一份草稿上更勇敢也更深入，還有妳的理解——感激不盡！

一切都多虧我的家人——我的母親，不屈不撓的典範，妳給我無盡的愛，也鼓勵我冒險。感謝丹尼爾閱讀初稿而且給我非常棒的意見，也感謝史戴芬妮在宣傳方面總是提供精準建議。

還有親愛的讀者，謝謝你一路陪伴露碧和她的朋友們。當你有機會探索新的可能性、認識新的人、走進一條陌生道路時，希望你能切記一件事：緊緊把握每一刻，緊得不能再緊。

國家圖書館出版品預行編目（CIP）資料

殘月餘暉（闇黑之心三部曲）／
亞莉珊卓．布拉肯（Alexandra Bracken）作；
甘鎮隴 譯．
—1版．—臺北市：尖端出版，2015.09
面； 公分．
譯自：IN THE AFTERLIGHT
ISBN 978-957-10-6112-2（平裝）

874.57 104013451

奇炫館

殘月餘暉（闇黑之心三部曲）

（原名：IN THE AFTERLIGHT）

著者／亞莉珊卓．布拉肯（Alexandra Bracken） 譯者／甘鎮隴
發行人／黃鎮隆 副總經理／陳君平
總編輯／洪琇菁 國際版權／黃令歡
執行編輯／許晶翎 美術編輯／陳又荻
企劃宣傳／邱小祐、劉宜蓉 文字校對／施亞蒨

出版／城邦文化事業股份有限公司 尖端出版
台北市中山區民生東路二段一四一號十樓
電話：（〇二）二五〇〇—七六〇〇
傳真：（〇二）二五〇〇—二六八三
E-mail：7novels@mail2.spp.com.tw

發行／英屬蓋曼群島商家庭傳媒股份有限公司城邦分公司 尖端出版
台北市中山區民生東路二段一四一號十樓
電話：（〇二）二五〇〇—七六〇〇（代表號）
傳真：（〇二）二五〇〇—一九七九

中彰投以北經銷（含宜花東）／楨彥有限公司
電話：（〇二）八九一九—三三六九
傳真：（〇二）八九一四—五五二四

雲嘉經銷／威信圖書有限公司 嘉義公司
電話：（〇五）二三三—三八五二
傳真：（〇五）二三三—三八六三

南部經銷／威信圖書有限公司 高雄公司
客服專線：〇八〇〇—〇二八—〇二八
電話：（〇七）三七三—〇〇七九
傳真：（〇七）三七三—〇〇八七

香港經銷／城邦（香港）出版集團有限公司
香港灣仔駱克道一九三號東超商業中心1樓
電話：（八五二）二五〇八—六二三一
傳真：（八五二）二五七八—九三三七
E-mail：hkcite@biznetvigator.com

新馬經銷／城邦（馬新）出版集團Cite（M）Sdn. Bhd.
E-mail：cite@cite.com.my

法律顧問／王子文律師 元禾法律事務所
台北市羅斯福路三段三十七號十五樓

二〇一五年九月一版一刷
二〇一八年十二月一版四刷

■中文版■

郵購注意事項：
1.填妥劃撥單資料：帳號：50003021戶名：英屬蓋曼群島商家庭傳媒(股)公司城邦分公司。2.通信欄內註明訂購書名與冊數。3.劃撥金額低於500元，請加附掛號郵資50元。如劃撥日起 10～14日，仍未收到書時，請洽劃撥組。劃撥專線TEL：(03)312-4212 ・ FAX：(03)322-4621。E-mail：marketing@spp.com.tw